Gröls Verlage

„Bücher sind wie Fallschirme. Sie nützen uns nichts, wenn wir sie nicht öffnen."

Gröls Verlag

Redaktionelle Hinweise und Impressum

Das vorliegende Werk wurde zugunsten der Authentizität sehr zurückhaltend bearbeitet. So wurden etwa ursprüngliche Rechtschreibfehler *nicht* systematisch behoben, denn kleine Unvollkommenheiten machen das Buch – wie im Übrigen den Menschen – erst authentisch. Mitunter wurden jedoch zum Beispiel Absätze behutsam neu getrennt, um den Lesefluss zu erleichtern.

Um die Texte zu rekonstruieren, werden antiquarische Bücher von Lesegeräten gescannt und dann durch eine Software lesbar gemacht. Der so entstandene Text wird von Menschen gegengelesen und korrigiert – hierbei treten auch Fehler auf. Wenn Sie ebenfalls antiquarische Texte einreichen möchten, finden Sie weitere Informationen auf www.groels.de

Viel Freude bei der Lektüre wünscht Ihnen das Team des Gröls-Verlags.

Adressen

Verleger: Sophia Gröls, Im Borngrund 26, 61440 Oberursel

Externer Dienstleister für Distribution & Herstellung: BoD, In de Tarpen 42, 22848 Norderstedt

Unsere „Edition | Werke der Weltliteratur“ hat den Anspruch, eine der größten und vollständigsten Sammlungen klassischer Literatur in deutscher Sprache zu sein. Nach und nach versammeln wir hier nicht nur die „üblichen Verdächtigen“ von Goethe bis Schiller, sondern auch Kleinode der vergangenen Jahrhunderte, die – zu Unrecht – drohen, in Vergessenheit zu geraten. Wir kultivieren und kuratieren damit einen der wertvollsten Bereiche der abendländischen Kultur. Kleine Auswahl:

Francis Bacon • Neues Organon • **Balzac** • Glanz und Elend der Kurtisanen • **Joachim H. Campe** • Robinson der Jüngere • **Dante Alighieri** • Die Göttliche Komödie • **Daniel Defoe** • Robinson Crusoe • **Charles Dickens** • Oliver Twist • **Denis Diderot** • Jacques der Fatalist • **Fjodor Dostojewski** • Schuld und Sühne • **Arthur Conan Doyle** • Der Hund von Baskerville • **Marie von Ebner-Eschenbach** • Das Gemeindekind • **Elisabeth von Österreich** • Das Poetische Tagebuch • **Friedrich Engels** • Die Lage der arbeitenden Klasse • **Ludwig Feuerbach** • Das Wesen des Christentums • **Johann G. Fichte** • Reden an die deutsche Nation • **Fitzgerald** • Zärtlich ist die Nacht • **Flaubert** • Madame Bovary • **Gorch Fock** • Seefahrt ist not! • **Theodor Fontane** • Effi Briest • **Robert Musil** • Über die Dummheit • **Edgar Wallace** • Der Frosch mit der Maske • **Jakob Wassermann** • Der Fall Maurizius • **Oscar Wilde** • Das Bildnis des Dorian Grey • **Émile Zola** • Germinal • **Stefan Zweig** • Schachnovelle • **Hugo von Hofmannsthal** • Der Tor und der Tod • **Anton Tschechow** • Ein Heiratsantrag • **Arthur Schnitzler** • Reigen • **Friedrich Schiller** • Kabale und Liebe • **Nicolo Machiavelli** • Der Fürst • **Gotthold E. Lessing** • Nathan der Weise • **Augustinus** • Die Bekenntnisse des heiligen Augustinus • **Marcus Aurelius** • Selbstbetrachtungen • **Charles Baudelaire** • Die Blumen des Bösen • **Harriett Stowe** • Onkel Toms Hütte • **Walter Benjamin** • Deutsche Menschen • **Hugo Bettauer** • Die Stadt ohne Juden *und viele mehr….*

Edgar Rice Burroughs

Tarzans Sohn

Inhalt

Ein Riesenaffe reist nach London

Ein Boot der „Marjorie W." trieb zur Zeit der Ebbe den breiten Ugambi mit der Strömung hinab; es war der Bemannung anzusehen, daß sie sich freute, die harte Ruderarbeit der Stromaufwärtsfahrt hinter sich zu haben, und jeder machte es sich, so gut es ging, bequem. Man war ja noch etwa drei Meilen von der „Marjorie W." entfernt, die allerdings sofort in See gehen sollte, sowie sie das lange Boot samt seinen Insassen an Bord hatte.

Als so jeder seinen Gedanken nachhing oder sich mit seinen Kameraden mehr oder weniger angeregt unterhielt, wurde plötzlich die Aufmerksamkeit aller nach dem Nordufer des Stromes gelenkt: Dort stand jemand ... War es ein Mensch? Weit ausgestreckt die dürren, abgemagerten Arme ... und dazu die bettelnden Rufe in höchsten Fisteltönen!

Was will der eigentlich? stieß einer der Matrosen hervor.

Es ist ein Weißer! brummte der Steuermann vor sich hin. Dann kommandierte er: Alle Mann an die Ruder! Wollen gerade auf ihn zu halten und sehen, was mit ihm los ist, fügte er noch hinzu.

Beim Näherkommen erkannten sie in der Gestalt deutlich das klägliche Zerrbild eines Menschen. Ein paar armselige weiße Locken deckten wirr und kraus das Haupt, der nackte Körper schien nur Haut und Knochen, und um die schmalen Lenden hing lose ein Leinenfetzen.

Tränen rannen von den eingefallenen und narbenbedeckten Wangen, als der Mann die Ankömmlinge mit fremdem, unbekanntem Gestammel anredete.

Das ist vielleicht ein Russe, meinte der Steuermann. Kannst du Englisch? rief er dem Fremdling zu.

Er verstand die Frage und radebrechte nun langsam und stockend hervor, was er wollte. Es machte den Eindruck, als seien Jahrzehnte verflossen, seit er das letztemal englisch gesprochen hatte, doch ließ sich seinen Worten soviel entnehmen, daß er unter allen Umständen aus diesem „Lande der Schrecken" fortwollte.

Als er an Bord der „Marjorie W." war, erzählte er seinen Rettern seine ganze Leidensgeschichte, die überall mit lebhafter Anteilnahme aufgenommen wurde. Es war eine ununterbrochene Kette von Entbehrungen, Nöten und Qualen gewesen, die ihn zehn Jahre lang gefesselt hatte. Wie er überhaupt nach Afrika gekommen war, berichtete er ihnen jedoch nicht; er ließ sie bei der Meinung, daß er alles, was sein früheres Leben anging, unter der Einwirkung der schrecklichen Heimsuchungen völlig vergessen hatte, die ihn freilich geistig und körperlich zerrüttet haben mußten. Auch seinen wirklichen Namen nannte er ihnen nicht, und so kannten sie ihn nur als Michael Sabrov. Und tatsächlich war auch nichts, was beim Anblick dieses bedauernswerten Menschenwracks an die stattliche Erscheinung des Schurken Alexei Pawlowitsch von einst erinnert hätte.

Zehn Jahre waren verflossen, seit der Russe dem Schicksal, das seinen Freund, den Bösewicht Rokoff, ereilt, entgangen war. Nicht nur einmal, nein, unzählige Male hatte Pawlowitsch in diesen zehn Jahren das Schicksal verwünscht, das Nikolaus Rokoff den Tod und damit die Befreiung von allen Leiden gewährt, während es ihm die schrecklichsten Schrecken eines Lebens zumaß, das wahrlich schlimmer als der Tod war, den es ihm hartnäckig immer und immer wieder versagte. Pawlowitsch hatte sich in die Dschungel davongemacht, sowie er Tarzans Tieren mit ihrem wilden Herrn und Gebieter an Bord der „Kincaid" den letzten Streich gespielt hatte. In seiner Angst, daß Tarzan ihn doch noch verfolgen und gefangennehmen könnte, hatte er sich in die Tiefen der Dschungel geflüchtet und war so schließlich in die Hände eines grausamen Kannibalenstammes gefallen, der Rokoffs Schandtaten noch sehr in Erinnerung hatte. Zehn Jahre lang hatte er dann die Zielscheibe aller Rachegelüste dieser Wilden sein müssen, Weiber und Kinder hatten ihn geschlagen und mit Steinen nach ihm geworfen, und die Männer waren nur zu oft mit Messern und Knüppeln über ihn hergefallen. Ein bösartiges Fieber nach dem anderen hatte sich ihn zu seinem Opfer auserkoren – und doch starb er nicht, auch als die Blattern ihn mit furchtbaren Krallen umklammerten.

Unter diesen Martern und dank den „Liebenswürdigkeiten" des Kannibalenstammes wandelte sich das Äußere Alexei Pawlowitschs derart, daß selbst seine eigene Mutter in diesem vernarbten Gesicht kaum einen einzigen vertrauten Zug entdeckt haben würde. Von dem dichten, schwarzen Haar, das einst sein Haupt deckte, waren nur ein paar spärliche, schmutzigweiße Strähnen geblieben, seine Glieder waren krumm und verwachsen; schwerfällig und schwankend schleppte er sich mit vorgeneigtem Oberkörper dahin. Von Zähnen war nichts mehr zu sehen; die hatten ihm seine wilden Peiniger einfach herausgeschlagen. Und selbst das, was er an geistigen Kräften sein eigen genannt hatte, war jetzt nur noch ein Zerrbild von dem, was es einst gewesen.

Sie hatten ihn also mit an Bord der „Marjorie W." genommen und dort für Nahrung und gute Pflege gesorgt. Gewiß, er kräftigte sich ein wenig, aber ihm war fast nichts davon anzusehen. Als das Wrack eines Menschen, zerschlagen und halbzerborsten, hatten sie ihn gefunden – und das Wrack eines Menschen, zerschlagen und halbzerborsten, würde er auch bleiben, bis der Tod ihn einmal zu sich rief. Alexei Pawlowitsch war noch in den vierziger Jahren, und doch hätte man ihn leicht für einen Achtziger gehalten. Die unergründliche Natur hatte dem bloßen Helfershelfer schwerere Strafen auferlegt, als der Führer und Anstifter auf sich nehmen mußte.

Keinerlei Rachegedanken durchwühlten das Hirn dieses Alexei Pawlowitsch mehr, aber er grollte doch dem Manne, den er und Rokoff nicht hatten zerschmettern können. Groll empfand er auch, wenn er an Rokoff dachte, denn Rokoff hatte ihn mit sich in dieses Schreckensreich hineingerissen, dessen Qualen er nun bis zur Neige ausgekostet hatte. Er grollte auch der Polizei einiger Städte, aus denen er hatte fliehen müssen, er haßte die Gesetze, die Ordnung, er haßte alles. So lange er wach war, wogten krankhafte Haßgedanken durch sein Inneres, sie ließen ihn kaum eine Sekunde los; es war, als habe sich sein abschreckendes Äußere mit diesem seinem Inneren zu einer Verkörperung blinden Hasses vereint.

Den Matrosen, die ihn vor dem völligen Untergang gerettet hatten, trat er kaum näher. Zum Arbeiten war er zu schwach, er war auch viel zu griesgrämig, um ein guter Gesellschafter zu sein. Man ließ ihn bald allein; er mochte sich mit sich selbst beschäftigen.

Die „Marjorie W." war seinerzeit von einer Vereinigung wohlhabender Fabrikanten gechartert worden; man hatte auf ihr ein Laboratorium eingerichtet und ihr einen Stab von Gelehrten mitgegeben, die nach einem Rohstoff suchen sollten, den die Unternehmer der Expedition bisher unter ungeheurem Kostenaufwand aus Südamerika einführen mußten. Um was für einen Rohstoff es sich handelte, war allein den Gelehrten an Bord der „Marjorie W." bekannt. Für uns hat dies nur insofern Bedeutung, als der weitere Verlauf der Forschungsreise das Schiff, nachdem man Pawlowitsch an Bord genommen, nach einer Insel in der Nähe der afrikanischen Küste führte.

Das Schiff lag einige Wochen unweit des Inselufers vor Anker. Kein Wunder, daß das ewige Einerlei für die Mannschaft mit der Zeit recht langweilig wurde. Man ging also öfters an Land, und schließlich hatte auch Pawlowitsch das eintönige Leben an Bord gründlich satt und fragte, ob er sich den Matrosen anschließen dürfe.

Die Insel war dicht bewaldet, üppiges Dschungelgestrüpp wucherte bis zum Strande herab. Die Gelehrten waren weit ins Innere vorgedrungen und suchten nach den wertvollen Schätzen der unberührten Natur, die – wie die Eingeborenen des Festlandes ihnen versichert hatten – dort in erstaunlicher Fülle zu finden sein sollten. Die Matrosen fischten, gingen auf die Jagd oder streiften planlos in den Wäldern herum, während Pawlowitsch am Strande auf und ab hinkte oder im Schatten der großen Bäume am Waldessaum vor sich hindämmerte.

Eines Tages schlief er wieder unter einem solchen Baumriesen. Die Matrosen standen in einiger Entfernung um einen Leoparden, dem die Kugel eines ihrer Kameraden im Innern der Insel den Garaus gemacht hatte. Mit einem Male erwachte Pawlowitsch. Es kam ihm vor, als habe sich eine Hand auf seine Schulter gelegt, er richtete sich entsetzt auf: Neben ihm hockte ein riesiger Menschenaffe und starrte ihm fest in die Augen.

Der Russe war zu Tode erschrocken, seine Blicke schweiften hinüber zu den Matrosen ..., doch die waren einige hundert Meter weit weg. Wiederum zupfte der Affe an seiner Schulter und stieß dabei ein paar klägliche Jammerlaute hervor. Pawlowitsch erkannte, daß in dem forschenden, bittenden Blick des Tieres und in dessen ganzer Haltung im Augenblick nichts Bedrohliches lag. Als er sich dann langsam erhob, stand der Affe neben ihm auch sofort auf.

Halbgebückt wankte Pawlowitsch vorsichtig davon; er mußte versuchen, mit heiler Haut zu den Matrosen hinüberzukommen. Doch der Affe ging ruhig mit und faßte ihn sogar an seinem Arm. So gelangten sie unbemerkt ziemlich nahe an die Matrosen heran; Pawlowitsch hatte inzwischen die Überzeugung gewonnen, daß das Tier nichts Böses im Schilde führte; es schien an menschliche Gesellschaft gewöhnt zu sein. Sofort schoß ihm der Gedanke durch den Kopf, daß dieser Affe eigentlich einen riesigen Wert hatte. Und den wollte er sich zunutze machen, sich ganz allein. Bevor er noch zu den Matrosen stieß, war die Idee bei ihm abgemachte Sache.

Die Matrosen waren aufs höchste bestürzt, als sie mit einem Male das seltsame Paar aus dem Dickicht heranhumpeln sahen, und sogleich reckte sich den Ankömmlingen ein Gewehrlauf verderbendrohend entgegen. Doch der Affe zeigte nicht die geringste Furcht. Er packte sofort einen Matrosen nach dem anderen an den Schultern und musterte jeden lange mit einem forschenden Blick. Dann wandte er sich wieder zu Pawlowitsch zurück. In seinen Zügen und in seiner ganzen Haltung war bittere Enttäuschung zu lesen.

Den Matrosen machte der Affe jetzt Spaß. Sie drängten sich heran, suchten den Russen auszufragen und musterten seinen Begleiter von allen Seiten. Der Russe sagte nur soviel, daß der Affe ihm gehöre. Im übrigen rückte er nicht weiter heraus, betonte aber immer wieder: Der Affe gehört mir, der Affe gehört mir. Allmählich konnte man diese alberne Erklärung Pawlowitschs schon gar nicht mehr anhören. Einer der Matrosen versuchte sich mit einer kleinen Neckerei. Er schlich sich um den Affen herum und stach ihm mit einer Nadel in den Rücken. Doch der Affe stürzte sich blitzartig auf seinen Peiniger. In dem Augenblick, in dem es sich umdrehte, hatte sich auch das erst so harmlose friedliche Tier in eine wutschnaubende Bestie verwandelt. Das breite Lachen, das um die Lippen des Matrosen spielte, als er sich den kühnen Scherz erlaubte, wich augenblicklich wildem Entsetzen. Er suchte den langen Armen, die sich nach ihm ausstreckten, durch einen raschen Seitensprung zu entgehen, doch vergeblich. Und als er sein langes Messer aus dem Leibgurt zog, schlug der Affe es ihm mit einem Ruck aus der Faust zu Boden. Dann gruben sich die gelben Fangzähne des Ungeheuers in die Schultern des Matrosen ...

Mit Knütteln und Messern fielen die anderen Matrosen über das Tier her, während Pawlowitsch um den fluchenden und brüllenden Knäuel der Kämpfenden herumschlich und seiner Wut mit mehr oder weniger lauten Bitten und Drohungen Luft machte; denn all seine schönen Träume von Wohlstand und Reichtum sah er schon unter den Dolchen und Knütteln der Matrosen ins Nichts zerfließen ...

Allein der Affe war nicht gewillt, sich ohne weiteres der Übermacht zu fügen, wenn es auch schien, als müsse er unterliegen. Er riß sich jetzt von dem Matrosen los, der den Frieden gebrochen hatte, zwei andere, die sich an seinen Rücken festgeklammert hatten, schüttelte er einfach ab und stürzte dann auf die Angreifer, daß einer nach dem anderen zu Boden flog. Bald sprang er hierhin, bald dahin ..., er war behend wie ein Meerkätzchen.

Der Kapitän und der Steuermann waren vom Strande aus Zeugen dieses Kampfes gewesen und kamen jetzt mit schußbereiten Revolvern herangeeilt. Zwei Matrosen, die das Boot der „Marjorie W.“ herübergerudert hatten, folgten ihnen auf dem Fuße.

Der Affe stand jetzt ruhig da und schien zu betrachten, was er angerichtet hatte. Pawlowitsch vermochte indessen nicht zu erraten, was er nun tun würde. Ob der Affe einen neuen Angriff erwartete oder ob er überlegte, welchen seiner Gegner er zuerst ins Jenseits befördern sollte? Er wußte nur soviel, daß die beiden Offiziere mit dem Tiere kurzen Prozeß machen würden, sowie sie auf Schußweite heranwaren. Irgend etwas mußte also getan werden, und zwar schnell, wenn er das verhindern wollte. Keine Bewegung des Affen deutete darauf hin, daß er auch den Russen angreifen würde; immerhin war Pawlowitsch nicht sicher, was passierte, sowie er sich mit diesem wilden Tiere weiter einließe. Ob nicht trotzdem die Bestie sich zu wütendem Angriff auch gegen ihn erhöbe, nachdem ihr eben erst frisches Blut in die Nase gestiegen war? Er zögerte einen Augenblick, doch dann schwebten vor seinen Augen wieder die Traumbilder von Reichtum und Überfluß, die dieser große Menschenaffe zweifellos zur Wirklichkeit machen konnte, wenn Pawlowitsch erst einmal wohlbehalten mit ihm in irgend einer Metropole der zivilisierten Welt – vielleicht in London? – gelandet wäre.

Der Kapitän rief Pawlowitsch laut entgegen, er solle beiseitetreten, damit er den Affen niederschießen könne. Statt dessen drängte sich Pawlowitsch näher an das Tier heran und, wiewohl ihm vor Angst die Haare zu Berge standen, bezwang er sich und stützte sich auf des Affen Arm.

Komm mit, gebot er dem Affen und suchte ihn mit Anspannung aller Kräfte aus dem Kreise der Matrosen wegzuzerren, die mit schreckensweiten Augen dasaßen oder auf Händen und Knien aus dem Bereich ihres Bezwingers davonkrochen.

Langsam ließ sich der Affe beiseite führen, und es war nicht das geringste Anzeichen dafür zu entdecken, daß er dem Russen ein Leid antun würde. Der Kapitän war inzwischen bis auf ein paar Schritte an das seltsame Paar herangekommen und blieb stehen.

Tritt beiseite, Sabrov! befahl er! Ich will die Bestie dorthin befördern, wo sie einem braven Seemann nichts mehr anhaben kann.

Das Tier war nicht schuld an der ganzen Sache, warf Pawlowitsch ein. Schießen Sie bitte nicht! Die Leute reizten das Tier – sie haben den Kampf vom Zaune gebrochen. Sehen Sie nur, der Affe ist völlig zahm, und – er ist mein, er gehört mir, ja, mir gehört dieser Affe! Ich dulde nicht, daß Sie ihn töten, schloß er, und in seinem angekränkelten Hirn tauchte wieder die kühne Idee von vorhin auf. Er berauschte sich förmlich an dem Gedanken, daß der Affe ihm in London Geld einbringen würde, viel Geld, so viel, wie er nie zu besitzen gehofft hätte, wäre ihm nicht dieser wertvolle Affe vom Glück in den Weg geschickt worden.

Der Kapitän ließ seine Waffe sinken. Die Matrosen haben das Tier gereizt? Stimmt das? forschte er. Wie steht es damit? wandte er sich an die Matrosen, die sich inzwischen vom Boden erhoben. Sie hatten alle Lehrgeld zahlen müssen, aber am schlimmsten war der daran, der den Zusammenstoß auf dem Gewissen hatte, und dem nun seine wunde Schulter eine Woche oder länger zu schaffen machen würde.

Simpson war's, sagte einer der Matrosen. Er stach den Affen mit einer Nadel in den Rücken, und der Affe packte ihn. Das geschah ihm aber ganz recht; und daß der Affe uns auch gehörig anfaßte, kann ich ihm nicht verdenken, denn wir sind dann alle zusammen auf ihn losgestürzt.

Der Kapitän sah Simpson an, der die Wahrheit der Aussage bestätigen mußte. Dann trat der Kapitän auf den Affen zu; er tat so, als wolle er sich nun auch selbst ein Bild davon machen, ob der Affe tatsächlich gar nicht bösartig sei. Dabei hielt er den Revolver schußbereit, um im Notfall das Tier jeden Augenblick niederstrecken zu können. In begütigendem Tone sprach er auf den Affen ein, der jetzt neben dem Russen hockte und zuerst die beiden neuen Matrosen betrachtete. Als der Kapitän immer näher kam, erhob er sich halb und humpelte ihm entgegen. In seinen Zügen lag derselbe eigenartige forschende Ausdruck von vorhin, als er auf die Matrosen stieß und ihnen nacheinander prüfend in die Augen schaute. Ganz nahe trat er an den Offizier heran, legte eine Hand auf dessen linke Schulter und starrte ihm lange mit suchendem Blick in die Augen. Und wieder huschte ein Ausdruck von Enttäuschung über sein Gesicht, und so etwas wie ein menschlicher Seufzer entrang sich seiner Brust. Dann wandte er sich von dem Kapitän ab und forschte in derselben seltsamen Art in den Gesichtern des Steuermanns und der beiden Matrosen, die mit den Offizieren nachgekommen waren. Jedesmal trottete er seufzend weiter und schließlich wieder zu Pawlowitsch, neben dem er sich abermals niederließ. Er zeigte darauf nicht das geringste Interesse mehr an seiner Umgebung, ja, es schien, als habe er den Kampf von vorhin bereits vergessen.

Als man an Bord der „Marjorie W." zurückkehrte, nahm Pawlowitsch den Affen mit; es schien auch, als sei das Tier geradezu darauf erpicht, mitzukommen. Der Kapitän legte keine Schwierigkeiten in den Weg; der große Menschenaffe wurde stillschweigend als Passagier geduldet. An Bord prüfte er minutenlang jedes neue Gesicht, und jedesmal lag wieder dieselbe Enttäuschung in seinen Zügen. Die Offiziere und Seeleute an Bord unterhielten sich über das Tier, konnten aber keine Erklärung für das seltsame Gebaren finden, mit dem der Affe jedes neue Gesicht empfing. Hätte man ihn auf dem afrikanischen Festland oder auch irgendwo anders eingefangen, jedenfalls aber nicht gerade auf dieser unbekannten Insel, die seine Heimat sein mußte, dann würde man der Überzeugung gewesen sein, daß Menschen ihn früher einmal gezähmt hatten. Diese Auffassung war aber hier unhaltbar, weil er doch von dieser völlig unbewohnten Insel stammte.

Er schien übrigens beständig jemanden zu suchen, und während der ersten Tage nach Abfahrt von der Insel fand man ihn oft, wie er in den verschiedensten Teilen des Schiffes herumstöberte. Nachdem er aber jedes neue Gesicht an Bord gemustert und alles bis in die entlegensten Ecken des Schiffes ausgekundschaftet hatte, verfiel er in nahezu völlige Teilnahmslosigkeit. Seine ganze Umgebung kümmerte ihn nicht mehr; nur für den Russen behielt er einiges Interesse, so oft er ihm sein Futter brachte. Sonst schien er den Russen auch nur zu dulden, denn er legte ihm gegenüber keinerlei besondere Zuneigung an den Tag. Im übrigen deutete nichts darauf hin, daß seine wilden Instinkte, die sich damals bei dem Zusammenstoß mit den Matrosen in seinem Zorn so schrecklich entladen hatten, eines schönen Tages wieder erwachen würden. Meistens hielt er sich im Ausguck des Schiffes auf. Seine Augen suchten den Horizont in der Fahrtrichtung ab, und es schien, als habe er soviel Verstand, um zu wissen, daß man auf einen Hafen zusteuerte, wo er neuen Menschen begegnen und diesen forschend ins Antlitz schauen könnte. Alles in allem hielt man Ajax – so hatte man ihn genannt – an Bord der „Marjorie W." für den bedeutendsten und intelligentesten Affen, den man je gesehen hatte. Allein seine Klugheit war nicht die einzige bemerkenswerte Eigenschaft; schon sein für einen Affen wuchtiges Äußere mußte jedem Bewunderung und Scheu einflößen. Gewiß, er war schon alt, das sah jeder. Ob sein Alter freilich seine körperlichen und geistigen Kräfte irgendwie herabgesetzt haben mochte, ließ sich nicht erkennen.

Und so kam die „Marjorie W." schließlich nach England. Die Offiziere und Gelehrten hatten Mitleid mit dem armen halbgebrochenen Russen, den sie in der Wildnis aufgelesen, und entließen ihn mit einigem Geld und den besten Wünschen für seine und des Affen Zukunft.

Im Hafen und auf der Fahrt nach London hatte der Russe mit Ajax seine liebe Not. Beinahe jeden der Tausende, die unterwegs in seine Reichweite kamen, suchte der Menschenaffe eingehend zu mustern, wobei natürlich nicht wenige seiner „Opfer“ zu Tode erschrocken waren. Als er dann offenbar merkte, daß der, den er suchte, nicht zu finden war, verfiel er wieder in eine geradezu krankhafte Teilnahmslosigkeit, aus der er sich nur ganz selten aufraffte, wenn jemand an ihm vorbeikam.

In London ging Pawlowitsch mit seiner „Beute“ sofort zu einem bekannten Tierbändiger. Der Mann war sogleich für Ajax begeistert, zumal die Verhandlungen dazu führten, daß er den Löwenanteil an dem zu erwartenden Gewinn der Schaustellungen zugesichert erhielt. Zunächst wollte er den Affen dressieren und während der hierfür nötigen Zeit auch für den Unterhalt des Tieres und seines Besitzers sorgen.

So kam Ajax nach London, und damit hatte sich das Glied einer Kette eigenartiger Zufälle geschlossen, die für das Leben vieler Menschen von einschneidender Bedeutung sein sollten.

Ajax, der dressierte Affe

Mister Harold Moore war ein gebildeter junger Herr, sehr fleißig, aber auch schon ein wenig griesgrämig, er nahm sich selbst sehr ernst, nicht minder sein ganzes Leben und seinen Beruf. Er war als Hauslehrer zur Erziehung des jungen Sohnes eines britischen Lords engagiert worden, und da er bald zu der Überzeugung gekommen war, daß sein Zögling nicht die Fortschritte machte, die dessen Eltern mit Recht erwarten mußten, trug er eines Tages der Mutter des Jungen gewissenhaft seine Bedenken vor.

Ich kann nicht behaupten, daß der Junge nicht geweckt und klug ist, meinte Mr. Moore. Wäre dies der Fall, könnte ich bestimmt auf Erfolg hoffen, denn ich würde alle meine Kräfte dafür einsetzen, um diese Schwächen auszugleichen oder ganz zu beheben. Die Hauptschwierigkeit liegt vielmehr darin, daß der Junge übermäßig geweckt und begabt ist. Er lernt so rasch, daß ich nicht das geringste an dem auszusetzen habe, was er für die Stunden vorbereitet. Es bekümmert mich jedoch, daß er offenbar nicht ein Fünkchen innerer Anteilnahme für das aufbringt, was wir jeweils zusammen durcharbeiten. Er sitzt gewissermaßen nur jede Stunde ab wie etwas, was man sich möglichst schnell vom Halse schaffen will, und ich bin sicher, daß kein Unterrichtsthema ihm eine Minute eher wieder durch den Kopf geht, als bis die Stunden unseres gemeinsamen Studiums und des Vortrags wieder herangekommen sind. Das einzige, was ihn wirklich interessiert, scheinen Stoffe zu sein, die von Heldentaten und Beweisen körperlicher Tüchtigkeit berichten. Er liest alles, was er an Büchern über wilde Tiere sowie über Leben und Gebräuche unzivilisierter Völker in die Hände bekommen kann. Den Tiergeschichten gibt er dabei den Vorrang. Er will, daß wir stundenlang zusammen in den Werken einiger Afrikaforscher herumstöbern, und überdies habe ich ihn zweimal dabei ertappt, wie er nachts im Bette sitzend Carl Hagenbecks Buch „Von Tieren und Menschen“ las.

Die Mutter setzte ihren Fuß nervös auf den Kaminteppich.

Sie haben ihm das natürlich verboten? unterbrach sie ihn.

Mr. Moore wurde etwas verlegen.

Ich – – ja – – ich versuchte ihm das Buch wegzunehmen, erwiderte er – und eine leichte Röte verfärbte sein sonst bleiches Gesicht. Aber ... nun ... Ihr Sohn ist doch schon recht kräftig für sein Alter ...

Er wollte sich das Buch nicht wegnehmen lassen? forschte die Mutter weiter.

Ja, er wollte es nicht, gestand der Hauslehrer. Er war erst im Grunde durchaus gutmütig, erklärte jedoch hartnäckig, daß er ein Gorilla sei und ich ein Schimpanse, der ihm seine Nahrung rauben wolle. Dann sprang er mit wildem Knurren, wie ich es noch nie gehört, auf mich zu, hob mich bis über seinen Kopf hoch und schleuderte mich auf sein Bett. Mit allerhand Grimassen und Bewegungen wollte er dann wohl ausdrücken, daß er mich eigentlich zu Tode würgen müßte. Schließlich stellte er sich auf meinen ausgestreckt daliegenden Körper und stieß einen furchtbaren Schrei aus. Das sollte, wie er erklärte, der Siegesruf der Menschenaffen sein. Darauf trug er mich an die Tür, schob mich hinaus in den Vorraum und sperrte sein Zimmer von innen zu ...

Einige Minuten waren beide sprachlos. Die Mutter des Jungen brach schließlich das Schweigen.

Es ist hochnötig, Mr. Moore, sagte sie, daß Sie alles, was in Ihrer Macht steht, daransetzen, Jack aus dieser Bahn herauszubringen; er ...

Sie kam nicht weiter. Lautes Geschrei drang zum Fenster herein. Sie sprangen beide auf. Das Zimmer lag im zweiten Stock des Hauses, und dem Fenster gegenüber stand ein großer Baum, der einen Ast bis auf etwa einen Meter an den Fenstersims heranstreckte. Eben auf diesem Ast entdeckten beide jetzt den Gegenstand ihrer ernsten Unterhaltung. Der große, kräftig gebaute Junge hielt sich auf dem schwankenden, gekrümmten Ast mit Leichtigkeit im Gleichgewicht und brach, als er die entsetzten Gesichter der beiden gewahrte, in laute Freudenrufe aus.

Die Mutter und der Hauslehrer stürzten beide nach dem Fenster zu, doch noch ehe sie halb dort waren, war der Junge behend auf den Sims herübergesprungen und im Zimmer.

Der wilde Mann aus Borneo, trällerte er vor sich hin und führte dabei eine Art Kriegstanz um seine entsetzte Mutter und den sichtlich verstimmten Hauslehrer auf. Dann schlang er seine Arme um den Hals seiner Mutter und küßte sie auf die Wangen.

O Mutter, rief er, in einer Musikhalle wird ein wundervoller dressierter Affe vorgeführt. Willy Grimsby sah ihn gestern abend. Er sagt, das Tier könne einfach alles, nur nicht richtig sprechen. Der Affe fährt Rad, ißt mit Messer und Gabel, zählt bis zehn und kann noch viele andere schöne Kunststückchen. Darf ich auch hin und ihn ansehen? O bitte, Mutter – laß mich hin!

Die Mutter strich ihrem Jungen freundlich über die Wangen, schüttelte jedoch ablehnend den Kopf. Nein, Jack, entgegnete sie bestimmt. Du weißt, ich bin nicht für solche Sachen.

Mutter, ich sehe aber nicht ein, warum, unterbrach sie der Junge. Alle meine Altersgenossen gehen hin, sie gehen auch nach dem Zoo ..., und du läßt mich nie mit. Jeder meint, ich bin ein Mädel oder ... oder ... ein Muttersöhnchen. Vater, du ..., rief er dem stattlichen Herrn mit den grauen Augen entgegen, der eben zur Tür hereintrat. Vater, darf ich hingehen?

Wohin denn, mein Junge? fragte dieser.

Er will durchaus in eine Musikhalle und sich dort einen dressierten Affen ansehen, warf die Mutter des Jungen ein und gab dabei ihrem Gatten mit einem Blick zu verstehen, daß die Erlaubnis versagt werden sollte.

Was für ein Affe? Ajax etwa? forschte der Herr weiter.

Jack nickte.

Gut, ich habe nichts daran auszusetzen, mein Sohn; habe nicht übel Lust, mir die Sache selbst anzusehen. Man sagt allgemein, der Affe sei ein Prachtexemplar und für einen Menschenaffen außergewöhnlich groß. Wir wollen alle zusammen gehen. Meinst du nicht auch, Jane?

Er richtete diese Frage an seine Frau, die aber den Kopf schüttelte. Sie lehnte also glatt ab. Darauf fragte er Mister Moore, ob er und Jack jetzt nicht bei den Vormittagsstudien zu sein hätten. Die beiden gingen. Die Lady wandte sich sofort an ihren Gatten.

John, begann sie, es muß etwas getan werden, um Jacks Neigung für alles, was mit der Wildnis zusammenhängt, einzudämmen. Ich fürchte übrigens, er hat das von dir geerbt. Du weißt ja aus eigener Erfahrung, wie stark sich bisweilen die Sehnsucht nach der Urgewalt des Dschungellebens bei dir geltend macht. Du weißt, wie es dich oft einen harten Kampf kostet, dem fast wahnsinnig heftigen Verlangen zu widerstehen, wenn es dich peinigt, und du dich wieder in das Land der Gefahren stürzen möchtest, das dich so viele, viele Jahre an sich kettete. Und du weißt auch – besser als irgend jemand anderes – wie furchtbar es für Jack wäre, sollte ihn eines Tages die Dschungel ernstlich locken, oder ihm der Weg dahin gar irgendwie geebnet werden.

Ich bezweifle, ob überhaupt zu befürchten ist, daß der Junge eine besondere Sehnsucht nach dem Dschungelleben von mir geerbt haben könnte, erwiderte Lord Greystoke. Ich kann mir gar nicht vorstellen, daß derlei Besonderheiten vom Vater auf den Sohn übergehen. Bisweilen will es mir aber scheinen, liebe Jane, daß du in deiner Sorge um Jacks Zukunft etwas zu weit gehst, wenn du ihn von dem und jenem fern hältst. Seine Liebe zu Tieren – zum Beispiel der jetzige Wunsch, diesen dressierten Affen zu sehen – ist bei einem gesunden, normalen Jungen seines Alters etwas ganz Natürliches. Wenn er Ajax sehen will, so sagt das doch noch lange nicht, daß er einen Affen heiraten will, und, selbst wenn er das wollte, liebe Jane, würdest du nicht das Recht haben, ihm zu sagen: Schäme dich doch!

John Clayton, der Lord Greystoke, schlang einen Arm um seine Gattin. Sie blickte zu ihm auf; ein gütiges Lächeln breitete sich über sein Gesicht, er neigte sein Haupt zu ihr nieder und küßte sie.

Dann fuhr er mit ernsterer Betonung fort: Du hast Jack nie etwas von meinem früheren Leben erzählt und hast es auch mir nicht gestattet. Ich glaube, du hast damit einen Fehler gemacht. Hätte ich ihm von den Erfahrungen des Affen-

Tarzan berichten können, ich würde ihm zweifellos viel von der zauberhaften Romantik genommen haben, in der das Dschungelleben sich in den Köpfen derer malt, die nicht selber alles durchgemacht haben. Meine Erfahrung würde ihm zugute gekommen sein, aber so? Wenn ihn jetzt eines schönen Tages die Dschungel geradezu unwiderstehlich locken sollte, wird er sich nur von seinen Impulsen leiten lassen, und ich weiß, wie mächtig die uns zuzeiten gerade in die falsche Bahn abdrängen können.

Allein Lady Greystoke schüttelte nur wieder den Kopf, wie sie es hundert und mehr Male getan, so oft man auf die Vergangenheit zu sprechen gekommen war.

Nein, John! Sie blieb bei ihrer Ansicht. Ich werde niemals meine Zustimmung dazu geben, daß Jack genaueren Einblick in das Leben der Wildnis erhält, vor dem wir ihn beide bewahren wollen. Ich möchte nicht, daß ihm dies gewissermaßen eingeimpft wird. –

Am Abend tauchte das Thema von neuem auf, und zwar wurde es von Jack selbst angeschnitten. Er hatte sich bequem in einem großen Lehnstuhl eingehuschelt und las. Plötzlich blickte er auf und wandte sich an seinen Vater.

Weshalb, fragte er und ging damit gerade auf das Ziel los, darf ich mir Ajax nicht ansehen?

Deine Mutter billigt das nicht, erwiderte der Vater.

Und du?

Darum handelt es sich jetzt nicht, wich Lord Greystoke geschickt aus. Es genügt, daß deine Mutter dagegen ist.

Ich werde doch hingehen, kündigte Jack an, nachdem er ein paar Sekunden schweigend und in Gedanken versunken gewartet hatte. Ich bin nichts anderes als Willy Grimsby oder irgend einer meiner Kameraden, die Ajax gesehen haben. Das hat ihnen nichts geschadet – und mir wird es auch nichts schaden. Ich hätte ja auch gehen können, ohne dir etwas davon zu sagen, doch das wollte ich nicht. Ich sage es dir also jetzt vorher, daß ich mir den Ajax ansehen werde.

Im Ton und in der ganzen Art, wie Jack seinen Entschluß vorbrachte, lag nichts Unehrerbietiges oder Herausforderndes. Leidenschaftslos klang alles, wie eine rein sachliche Feststellung. Sein Vater vermochte kaum ein leichtes Lächeln und eine gewisse Hochachtung vor der mannhaften Art seines Sohnes zu unterdrücken.

Ich freue mich über deine Aufrichtigkeit, sagte er. Ich werde nun ebenso offen sein. Wenn du ohne unsere Zustimmung fortgehst und dir den Ajax ansiehst, werde ich dich bestrafen. Ich habe dich nie schlagen müssen, aber ich warne dich. Wenn du dich den Wünschen deiner Mutter nicht fügst, werde ich es tun.

Gut, Vater! Ich werde es dir sagen, wenn ich Ajax gesehen habe. –

Mr. Moores Zimmer lag neben dem seines jungen Zöglings, und der Lehrer war gewöhnt, allabendlich noch einmal einen Blick in das Zimmer des Jungen zu werfen, ehe er sich zurückzog. Heute abend nahm er es mit dieser seiner Aufgabe besonders genau. Er war gerade von einer Besprechung mit den Eltern Jacks zurück, in der man ihm die größte Achtsamkeit dringend ans Herz gelegt hatte; er sollte auf alle Fälle verhindern, daß Jack die Musikhalle besuchte, in der man Ajax vorführte. Als er so gegen ½9 Uhr abends die Tür zu Jacks Zimmer öffnete, war er zwar nicht gerade völlig überrascht, aber doch sofort aufs höchste aufgebracht. Er fand den künftigen Lord Greystoke fix und fertig zum Ausgehen angekleidet und mußte sehen, wie er gerade dabei war, zum offenen Schlafzimmerfenster hinauszuklettern.

Mr. Moore sprang rasch hinzu, doch hätte er sich diese unnütze Kraftvergeudung schenken können. Als Jack hörte, daß der Lehrer ins Zimmer trat und ihn ertappt hatte, kehrte er um. Es schien, als ob er das geplante Abenteuer aufgeben wollte. Wohin wolltest du eben? forschte Mr. Moore, außer sich vor Aufregung.

Ich will mir den Ajax ansehen, erwiderte der Knabe ruhig, als ob nichts vorgefallen wäre.

Ich finde keine Worte, schrie Mr. Moore. Doch im nächsten Augenblick sollte er sich noch ganz anders wundern: Der Junge trat dicht an ihn heran, packte ihn an den Hüften, hob ihn hoch und schleuderte ihn mit dem Gesicht nach unten auf das Bett nieder. Dann preßte er das Gesicht seines Opfers tief in das weiche Kissen.

Ruhig! gebot der Sieger mit warnender Stimme. Oder ich werde Sie einfach erwürgen.

Mr. Moore wehrte sich mit Händen und Füßen, doch vergeblich. Mochte der Sohn des Affen-Tarzan nun nach seinem Vater geraten sein oder nicht, auf jeden Fall hatte er aber von ihm eine geradezu unglaubliche Körperkraft ererbt, wie sie sein Vater im gleichen Alter ebenfalls besessen. Der Lehrer war in der Hand des

Jungen gleichsam Teig, den er kneten konnte, wie er wollte. Jack kniete jetzt auf ihm, riß schmale Streifen aus dem Leinentuch des Bettes und band damit seinem Opfer die Hände auf dem Rücken zusammen. Dann wälzte er ihn herum und stopfte ihm einen Leinenknebel zwischen die Zähne, den er auch noch durch einen Streifen um den Mund und Hinterkopf sicherte. Dabei sprach er mit leiser Stimme, wie wenn er eine harmlose Geschichte zu erzählen hätte, vor sich hin.

Ich bin Waja, der Häuptling der Waji, erklärte er, und du bist Mohammed Dubn, der Araberscheich, der meine Leute morden und mein Elfenbein rauben wollte.

Er hob behende Mr. Moores gefesselte Füße hoch zurück, um sie mit den gefesselten Handgelenken zu verbinden.

So Schurke! Jetzt habe ich dich endlich doch in meiner Gewalt. Ich gehe; aber ich werde zurückkommen.

Und Tarzans Sohn sprang durch das Zimmer, schlüpfte zum Fenster hinaus und glitt an den Dachrinnen in die Freiheit hinab.

Mr. Moore bewegte sich unter großen Anstrengungen auf dem Bett hin und her, um seine Lage zu verbessern; denn er befürchtete, daß er ersticken müßte, wenn nicht rasche Hilfe käme. In seiner Verzweiflung wälzte er sich vom Bett herunter, und Erschütterung und Schmerzen dieses Sturzes brachten ihn wenigstens dahin, daß er seine Lage nüchterner betrachtete. War er vorher ganz im Banne einer geradezu wahnsinnigen Furcht und absolut unfähig, klar nachzudenken, so blieb er jetzt erst einmal ganz ruhig liegen und überlegte, wie er am leichtesten aus dieser Klemme herauskäme. Schließlich fiel ihm ein, daß sich das Zimmer, in dem er vorhin mit Lord und Lady Greystoke zusammengesessen hatte, gerade unter Jacks Schlafzimmer befand, auf dessen Diele er jetzt lag. Er wußte, daß immerhin einige Zeit verstrichen war, seit er sich nach oben zurückgezogen. Die beiden würden inzwischen auch gegangen sein; denn es kam ihm wie eine Ewigkeit vor, seit er auf dem Bette gelegen und sich dort wie ein Verzweifelter zu befreien gesucht hatte. Das Allerbeste, was sich tun ließ, war, daß er zusah, ob er irgend jemanden aus dem unteren Stock auf sich aufmerksam machen konnte. Nach zahlreichen vergeblichen Versuchen hatte er sich endlich soweit gebracht und gewendet, daß es ihm gelang, mit der Fußspitze auf die Diele zu pochen. Er wiederholte das Pochen in kurzen Abständen mit großer Ausdauer. Endlos lang kam ihm die Zeit vor, aber schließlich schien die Belohnung nahe. Tritte nahten von unten, es stieg jemand die Treppe nach oben und klopfte an die Türe. Mr. Moore pochte nur wieder kräftig mit dem Fuß auf den Boden, denn er konnte ja nicht anders antworten. Einen Augenblick war es draußen still, dann wurde wieder geklopft – und Mr. Moore stieß wieder mit dem Fuß auf den Boden. Warum man nur nicht einfach die Tür öffnete! Mühsam wälzte er sich in der Richtung weiter, aus der die Hilfe winkte. Wenn er sich jetzt mit dem Rücken gegen die Türe lehnte, würde er an die Türfläche pochen können und dann müßte er doch sicher gehört werden. Man klopfte draußen etwas stärker, und schließlich rief jemand: Mr. Jack! Es war einer der Hausangestellten, Mr. Moore erkannte ihn an der Stimme. Die Adern drohten dem Lehrer zu zerspringen, als er jetzt durch den fest in den Mund gepreßten Knebel hindurch „Herein" zu schreien versuchte. Wieder vergingen ein paar Minuten, dann klopfte der Mann draußen ganz laut und rief den Jungen beim Namen. Als er erneut keine Antwort bekam, drückte er die Türklinke nieder ... Schlagartig durchschoß Mr. Moore der entsetzliche Gedanke, daß er ja selbst die Tür hinter sich verriegelt hatte, als er in Jacks Zimmer eingetreten war.

Er hörte noch, wie der Diener mehrmals klinkte und schließlich fortging, dann fiel Mr. Moore in tiefe Ohnmacht. –

Inzwischen genoß Jack in vollen Zügen das erschlichene Glück, nun doch in der Musikhalle sein zu können. Er war noch rechtzeitig in das Vergnügungslokal gekommen; die Vorführung mit Ajax begann erst.

Jack nahm einen Logenplatz und lehnte sich in atemloser Spannung über das Geländer. Seine Augen waren weit geöffnet und verfolgten staunend jede Bewegung des großen Affen. Der Dompteur bemerkte bald den Jungen mit dem hübschen Gesicht, der so ganz Feuer und Flamme für den Affen zu sein schien. Nun gehörte es zu den Glanzleistungen des Affen, daß er gewöhnlich während der Vorstellung eine oder mehrere Logen betrat und dort offenbar nach einem lange vermißten Bekannten suchte, wie der Dompteur jedesmal erklärend vorausschickte. Der Mann nahm sich diesmal fest vor, den Affen in die Loge mit dem hübschen Jungen zu schicken, der zweifellos zu Tode erschrecken würde, wenn der zottige, wuchtige Affenkoloß so nahe an ihn heranrückte.

Als dann schließlich der Affe die Schwingschaukel verließ, und Beifallsstürme eine Wiederholung oder Zugabe heischten, lenkte der Dompteur die Aufmerksamkeit des Affen auf den Jungen, der zufällig als einziger in seiner Loge saß. Mit einem Satz sprang der große Menschenaffe von der Bühne zu dem

Jungen. Doch wenn der Dompteur sich auf eine komische Szene gespitzt hatte, die durch die Todesangst des Knaben besonders gewürzt werden sollte, hatte er sich gewaltig geirrt. Ein Lächeln hellte die Züge des Jungen auf, als er seine Hand auf den zottigen Arm seines Besuchers legen konnte; der Affe faßte sein Gegenüber bei beiden Schultern und forschte mit ernstem, fast durchbohrendem Blick lange in dessen Gesicht, während ihm der Junge den Kopf streichelte und mit leiser Stimme auf ihn einredete.

Niemals hatte Ajax jemanden so lange gemustert wie jetzt. Er schien zwar ein wenig unruhig, aber nicht im geringsten gereizt, murmelte dem Jungen irgend etwas Unverständliches zu und liebkoste ihn dann, wie der Dompteur es nie bei Ajax mit einem anderen Wesen erlebt hatte. Schließlich kletterte der Affe in die Loge hinein und schmiegte sich dort dicht an den Jungen. Das Publikum war begeistert, und der Jubel wuchs erst recht, als der Dompteur, da die für die Vorführung des Ajax bestimmte Zeit verstrichen war, den Affen aus der Loge herauslocken wollte, und das Tier darauf einfach nicht reagierte.

Der Direktor, wütend ob dieser Störung seines Programms, ließ dem Dompteur sagen, er solle sich mehr beeilen. Doch als dieser nun die Loge betrat, um den widerspenstigen Ajax herauszuzerren, wurde er mit weitgeöffnetem Rachen und drohendem Geknurr empfangen.

Das Publikum raste vor Entzücken. Der Affe wurde mit Beifallsstürmen überschüttet, man jubelte dem Jungen zu und ließ Spott und Hohn auf den Dompteur und den Direktor niederprasseln, der unglücklicherweise auch noch vor das erregte Publikum getreten war, um dem Tierbändiger beizustehen.

Schließlich wußte der Dompteur vor Verzweiflung keinen anderen Ausweg, als sich die Peitsche aus seiner Garderobe zu holen; denn so viel war ihm klar, daß diese offensichtliche Widerspenstigkeit das wertvolle Tier für künftige Schaustellungen unmöglich machte, wenn er sich nicht auf der Stelle Gehorsam erzwang. Er kehrte also mit der Peitsche in die Loge zurück, doch, als er Ajax damit nur einmal drohte, mußte er sich im selben Augenblick auch schon *zwei* wütenden Feinden gegenübersehen: Der Junge war aufgesprungen, hatte einen Stuhl gepackt und stand kampflustig neben dem Affen – bereit, seinen Freund zu verteidigen. Kein Lächeln spielte mehr auf seinem schönen Antlitz, in seinen grauen Augen flackerte ein unbestimmtes Etwas und machte den Dompteur unsicher. Neben ihm stand der riesige Menschenaffe, brummend und nicht minder kampfbereit. Was bei dem geringsten Anzeichen eines offensichtlichen Angriffs geschehen mußte, mag sich jeder selbst ausmalen. Daß der Dompteur auf jeden Fall gehörig durchgebleut worden wäre, wenn es damit überhaupt abging, war bei der Haltung seiner beiden Gegner mehr als klar.

*

Der Diener war leichenblaß, als er in das Greystokesche Bibliothekzimmer hineinstürzte und meldete, daß er die Tür zu Jacks Zimmer verschlossen gefunden habe. Mit zitternder Stimme berichtete er weiter, er habe auf sein wiederholtes Anklopfen und Rufen keine Antwort bekommen. Es sei nur ein ganz eigenartiges Pochen vom Zimmer her zu vernehmen gewesen, und dann habe es so geklungen, als bewege sich ein Körper unten auf dem Fußboden.

Lord Greystoke nahm vier Stufen auf einmal, als er die Treppe zum oberen Korridor hinaufstürmte. Die Lady und der Diener folgten in größter Eile. Der Lord rief seinen Sohn einmal laut bei seinem Namen, und, als keine Antwort kam, warf er sich mit der ganzen Wucht seines Körpers und unter Einsatz aller seiner Muskeln, die nicht das geringste von ihrer alten Kraft eingebüßt hatten, gegen die schwere Tür. Krachend barsten die Eisenteile, das Holz splitterte in großen Fetzen auseinander, und das „Hindernis" flog nach innen und deckte dumpf dröhnend Mr. Moore, der noch immer bewußtlos dicht hinter der Tür lag.

Tarzan sprang hinein, und im nächsten Augenblick flutete das grelle Licht von einem halben Dutzend elektrischer Lampen durch das Zimmer.

Es dauerte immerhin einige Minuten, bis man den Lehrer entdeckt hatte, da er unter den Trümmern der Tür nahezu völlig verschüttet lag. Man zog ihn hervor, befreite ihn aus seinen Leinenfesseln und entfernte den Knebel aus dem Munde. Durch reichliche Kaltwasserumschläge wurde er auch bald zum Bewußtsein zurückgebracht.

Wo ist Jack? war Tarzans erste Frage. Wer hat das getan? fuhr er sogleich fort; er dachte an Rokoff, und blitzartig war die Befürchtung in ihm aufgetaucht, es könne sich hier um eine zweite Entführung seines Sohnes handeln.

Langsam und zitternd stand Mr. Moore auf. Seine Blicke wanderten wie irr durch das Zimmer, und erst nach und nach schienen Gedanken und Begriffe wieder wach zu werden. Die Einzelheiten seines jüngsten qualvollen Erlebens mochten ihm wieder vor Augen stehen.

Ich vermelde Ihnen meinen Verzicht, einmal etwas mit dem Jungen zu erreichen, mein Herr! waren seine ersten Worte. Sie brauchen keinen Hauslehrer und Erzieher für Ihren Herrn Sohn ...; er braucht einzig und allein einen ... Dompteur.

Aber wo steckt der Junge denn? warf Lady Greystoke mit lauter erregter Stimme ein.

Er ist fortgegangen; er sieht sich den Ajax an.

Tarzan wurde es nicht leicht, ein Lächeln zu verbergen. Er stellte noch zu seiner Genugtuung fest, daß der Hauslehrer in der Hauptsache nur unter dem großen Schrecken gelitten hatte, sonst aber nicht irgendwie verletzt war, und fuhr dann sofort in seinem geschlossenen Auto nach der bekannten Musikhalle.

Pawlowitschs Ende

Der Dompteur zögerte mit erhobener Peitsche einen Augenblick vor dem Eingang der Loge, in der der Junge und der Affe ihn erwarteten. Mit einem Male drängte sich ein großer breitschulteriger Herr von rückwärts an beiden vorbei und in die Loge; über das Gesicht des Jungen huschte eine leichte Röte, als er den Ankömmling erblickte.

Vater! rief er ihm zu.

Der Affe nahm den englischen Lord rasch aufs Korn, dann ein Sprung ... und er war dicht an ihn heran und begrüßte ihn in freudiger Erregung mit einem unverständlichen jauchzenden Geplapper. Die Augen des Herrn weiteten sich, er schien bestürzt und blieb auf der Stelle stehen, wie wenn er zu Stein erstarrt wäre.

Akut! schrie er dann.

Der Junge blickte verwirrt von dem Affen zu seinem Vater und von seinem Vater zu Akut, und dem Dompteur standen Mund und Ohren offen, wie er jetzt hörte, was sich vor ihm zutrug: über die Lippen des Engländers quollen die Kehllaute der Affensprache ..., und der riesige Menschenaffe antwortete tatsächlich in gleicher Weise, während er sich dicht an den großen Herrn schmiegte.

Ein anscheinend vom Alter gekrümmter, häßlicher Mann verfolgte von der Bühne aus die Vorgänge in der Loge; man konnte deutlich beobachten, wie über sein mit Narben bedecktes Gesicht in krampfhaften Zuckungen wechselnde Empfindungen liefen, die jede Schwingung der ganzen Tonleiter von heller Freude bis zum tiefsten Erschrecken wiedergaben.

Lange habe ich nach dir gesucht, Tarzan! sprach Akut. Jetzt endlich fand ich dich, und nun will ich in deine Dschungel kommen und immer dort mit dir leben.

Der Herr streichelte den Kopf des Tieres. All die alten Erinnerungen schossen ihm durch das Hirn, Bild reihte sich an Bild, er sah sich zurückversetzt in die Tiefen des afrikanischen Urwalds, weit weg von hier, dahin, wo dies riesige menschenähnliche Tier vor Jahren mit ihm Schulter an Schulter gekämpft. Er sah den schwarzen Mugambi, wie er mit seinem knorrigen Knüppel zum tödlichen Schlage ausholte, daneben den schreckengebietenden Sheeta mit weit geöffneten Pranken und zitterndem Barte ... und dann Muts furchtbare Affenhorde, wie sie sich dicht an den Wilden und an den kampfwütigen Leoparden herandrängte. Tarzan seufzte. Gewaltig lockte von neuem das heiße Sehnen nach der Dschungel, das er schon tot geglaubt, und das nun nur um so schlimmer in ihm wogte. Ach, wenn er nur für einen Monat, für ein paar kurze Wochen dahin zurückkehren könnte! Nur einmal wieder fühlen, wie dichtes Buschwerk und die Blätter der Urwaldriesen seinen nackten Körper streiften, wieder einmal den dumpfen Duft versunkener und dahingewelkter Tropenvegetation einatmen können ..., wie Weihrauch und Myrrhen wäre das für ihn, der in den Dschungelgründen das Licht der Welt erblickt hatte! Einmal wieder wittern, wie die großen Raubtiere des Urwalds leise seiner Spur folgten, wieder jagen und gejagt werden ..., wieder töten! O, wie diese Bilder ihn mit ihren schillernden Farben lockten und umgarnen wollten! Aber dann traten andere Bilder auf die Schwelle seines Bewußtseins: ein liebliches Frauenantlitz, schön und noch so jung; die Freunde, das Heim, der Sohn ... Er zuckte mit seinen gewaltigen Achseln.

Es darf nicht sein, Akut! kam seine Antwort. Doch wenn du zurückkehren möchtest, werde ich dafür sorgen. Du könntest hier nicht glücklich sein ..., ich nicht dort drüben.

Der Dompteur trat einen Schritt vorwärts, doch der Affe zeigte ihm sofort brummend sein furchtbares Gebiß.

Geh jetzt mit ihm, Akut, sagte der Affen-Tarzan. Ich werde dich morgen besuchen.

Der Affe trottete mürrisch und enttäuscht zum Dompteur, der auf Tarzans Befragen noch sein Quartier genannt hatte. Dann wandte sich Tarzan zu seinem Sohn.

Komm mit! sagte er nur, und die beiden verließen die Musikhalle. Man nahm in der Limousine Platz. Minutenlang wurde kein Wort gesprochen. Dann brach Jack das Schweigen.

Der Affe kannte dich ja! begann er, und du unterhieltst dich mit ihm in der Affensprache. Wie kommt es, daß der Affe dich kennt, und wie hast du diese Sprache gelernt?

Und so erzählte denn der Affen-Tarzan in kurzen Umrissen seinem Sohn zum ersten Male von seinem früheren Leben ..., von seiner Geburt in der Dschungel, vom Tode seiner Eltern, und wie die große Menschenäffin Kala ihn von klein auf genährt und gehegt und gepflegt, bis er als Jüngling ihren schützenden Armen entwachsen sei.

Er verhehlte ihm auch nicht die Gefahren und Schrecken der Dschungel. Er erzählte von den großen Raubtieren, die Tag und Nacht an einen heranschlichen; von den Zeiten der Hitze, da alles schier verdorrte, und von Unwettern und endlosen Regengüssen; von Hunger und Kälte und neuer Tropenglut; vom Nacktsein und von den Ängsten und Qualen jener Zonen. Er malte ihm alles das besonders aus, was den zivilisierten Menschen am meisten mit Entsetzen und Abscheu erfüllt, denn er hoffte, daß die Klarheit über das Leben da drüben dem Jungen die Sehnsucht nach der Dschungel austreiben würde, wenn sie wirklich schon in ihm irgendwie Wurzel gefaßt haben sollte. Und doch war all das, was er sagte, im Grunde nichts anderes als seine Erinnerungen aus der Dschungelzeit, nichts anderes als das, was er in buntem Nebeneinander liebte: das Dschungelleben in seiner ganzen Gewalt und Schönheit. Eines bedachte er zudem nicht, wie er so erzählte ..., und das war gerade die Hauptsache: Der Junge, der neben ihm saß und ihm mit atemloser Spannung lauschte, war schließlich doch ... der Sohn des Affen-Tarzan. –

Nachdem der Junge zu Bett gebracht worden war – wohlgemerkt, ohne die angedrohte Strafe –, berichtete Lord Greystoke seiner Frau den weiteren Verlauf des Abends, und daß er seinem Sohne schließlich das Wesentliche aus seinem Dschungelleben mitgeteilt habe. Die Mutter hatte es ja lange vorausgesehen, daß

Jack eines Tages etwas von diesen furchtbaren Jahren hören mußte, in denen sein Vater nackt und als beutegieriges Raubtier die Dschungel durchstreift hatte. Sie schüttelte also jetzt nur den Kopf, gab sich aber der Hoffnung hin – an der sie freilich ab und zu schon irre zu werden meinte –, daß das, was bestimmt in der Brust ihres Mannes an lockenden Träumen noch oft und heftig nach der Verwirklichung verlangte, wenigstens nicht auf ihren Sohn abgefärbt sei. –

Tarzan suchte Akut am nächsten Tage auf; Jack hatte er nicht mitgenommen, obwohl er geradezu darum gebettelt hatte. Bei dieser Gelegenheit bekam er auch den alten narbenbedeckten Besitzer des Affen zu sehen, ohne jedoch in ihm den Schurken Pawlowitsch von einst zu erkennen. Akut brachte wieder sein gestriges Anliegen vor, und so sah sich Tarzan veranlaßt, den etwaigen Kauf des Affen zur Sprache zu bringen. Allein Pawlowitsch wollte durchaus keinen Preis nennen, sagte aber schließlich, er würde sich die Sache einmal durch den Kopf gehen lassen.

Als Tarzan wieder nach Hause kam, fand er Jack ganz aufgeregt. Er wollte alles bis ins einzelne von diesem Besuch erzählt haben und drang dann auf seinen Vater ein, er solle den Affen ja kaufen und mitbringen.

Lady Greystoke war natürlich über diesen Vorschlag außer sich, aber ihr Junge blieb nur immer hartnäckiger bei seiner Bitte. Tarzan erklärte darauf, er habe schon beabsichtigt, den Affen zu kaufen, allerdings nur, um ihn wieder in seine Dschungelheimat zurückbefördern zu lassen. Dem pflichtete Jacks Mutter bei.

Jack fragte hernach, ob er den Affen noch einmal besuchen dürfe, doch wurde ihm dies wieder glatt abgeschlagen. Er kannte aber die Adresse, die der Dompteur seinem Vater angegeben, und zwei Tage später paßte er einen günstigen Augenblick ab und entwischte seinem neuen Erzieher, der an Stelle des vom Schrecken arg mitgenommenen Mr. Moore engagiert worden war.

Nach langem Hinundherirren in einem Londoner Stadtviertel, in das er bisher noch nie gekommen war, fand er endlich den dumpfen düsteren Winkel, in dem jener pockennarbige Greis hauste. Auf das Klopfen erschien der Alte selbst an der Tür, und als Jack erklärte, er wolle sich den Ajax ansehen, lachte er auf und ließ ihn in den kleinen Raum ein, den er mit dem Affenriesen bewohnte.

Früher war der gerissene Pawlowitsch schon etwas anspruchsvoller gewesen; aber die zehn furchtbaren Jahre, die er in Afrika unter Kannibalen hatte zubringen müssen, mochten bei ihm jegliche Spur feinerer Gewohnheiten weggespült haben. Sein Anzug war fleckig und halbzerrissen, er wusch sich die

Hände nicht, geschweige denn, daß je ein Kamm an die paar krausen Haarsträhnen kommen mochte. Das sogenannte Zimmer starrte vor Schmutz und sah wie eine Rumpelkammer aus. Als der Junge eintrat, hockte der große Affe gerade auf dem Bett. Schmutzige Wolldecken und übelriechende Tücher lagen dort wirr durcheinander. Sowie der Affe den Jungen gewahr wurde, sprang er zu Boden und humpelte ihm entgegen; doch der Alte, der seinen Besuch nicht wiedererkannte und fürchtete, daß der Affe nichts Gutes im Schilde führte, trat sofort dazwischen und wies den Affen ins Bett zurück.

Der tut mir nichts zu Leide, rief der Junge laut. Wir zwei sind gute Freunde, und früher war er der Freund meines Vaters. Lord Greystoke ist nämlich mein Vater. Er weiß es nicht, daß ich hierher gegangen bin. Meine Mutter hat es mir übrigens verboten, aber ich wollte nun einmal Ajax sehen. Und ich will Sie gut bezahlen, wenn Sie mich oft hierher kommen und den Affen sehen lassen.

Wie Jack seinen Namen erwähnte, zuckte es unwillkürlich in Pawlowitschs Augen. Seit er Tarzan von der Bühne der Musikhalle zum ersten Male wieder gesehen hatte, dämmerten in seinem sonst fast stumpfsinnigen Hirn Gedanken auf, die ihn lange in Ruhe gelassen, ja es regte sich in ihm so etwas wie ein Verlangen, nun doch noch Rache zu üben. Es ist überaus bezeichnend für Schwächlinge und Verbrecher, daß sie andere für das Unglück verantwortlich machen, das sie doch nur ihrer eigenen Minderwertigkeit zuzuschreiben haben. Genau so stand es mit Alexei Pawlowitsch. Langsam erwachte in ihm gerade jetzt die Erinnerung an sein früheres Leben, und wenn er nun daran dachte, wie greifbar nahe er diesen Menschen hatte, den er damals mit Rokoff unter Einsatz aller Kräfte aus seiner Bahn schleudern, ja einfach ins Jenseits befördern wollte, so fühlte er von neuem das ganze Unheil, das über ihn hereingebrochen war, als all die fein gesponnenen Ränke ins Nichts zerrannen, und ihnen ihr Opfer entging.

Vorerst sah er indessen keine Möglichkeit, unter Wahrung seiner persönlichen Sicherheit sich an Tarzan auf dem Umweg über dessen Sohn zu rächen. Aber er war sich darüber klar, daß der Junge ihm durch seine unvorsichtigen Äußerungen den Weg zu einer gründlichen Rache freigemacht hatte. So beschloß er, das häufige Erscheinen des jungen Greystoke recht zu begünstigen und diesen so an sich zu fesseln. Hoffte er doch, daß irgend ein günstiger Stern ihm den Jungen eines Tages irgendwie ganz in die Hand spielen würde.

Darum erzählte er dem Jungen zunächst alles, was er über das Dschungelleben seines Vaters wußte. Als er dann hörte, daß der junge Greystoke all die Jahre überhaupt nichts zu erfahren bekommen hatte, daß ihm der Besuch des Zoologischen Gartens untersagt war, ja, daß er seinen Erzieher hatte fesseln und ihm einen Knebel in den Mund stopfen müssen, um sich so wenigstens einmal die Vorstellung mit Ajax ansehen zu können ..., da erriet er sofort, welche geheimen Befürchtungen die elterlichen Herzen zu dieser wunderbaren Fürsorge trieben: Vor ihnen stand drohend wie ein Gespenst der Gedanke, die Dschungel könnte einmal auch ihren Jack in die Arme locken, wie sie einst dessen Vater an sich gerissen hatte.

Und so redete Pawlowitsch dem Jungen zu, ja recht oft zu kommen, und ging immer bereitwillig auf dessen Bitten ein, ihm doch viel, recht viel von der wilden Welt da draußen zu erzählen, die Pawlowitsch in allem ja nur zu bekannt war. Er ließ ihn auch viel mit Akut allein, und nach gar nicht zu langer Zeit stellte er zu seiner großen Überraschung fest, daß der Junge sich mit dem Affen verständigen konnte, weil er tatsächlich schon viele Worte der primitiven Menschenaffensprache gelernt hatte.

In dieser Zeit kam Tarzan mehrere Male zu Pawlowitsch. Es schien ihm sehr daran gelegen, Ajax zu erwerben, und schließlich erzählte er dem Alten eines Tages ganz offen, daß ihn nicht allein der rein persönliche Wunsch, dem Affen mit der Rückkehr in die Dschungelheimat seine Freiheit wiederzuschenken, zu dem beabsichtigten Kauf bestimme. Seine Frau fürchte vielmehr, daß ihr Sohn irgendwie Näheres über das Woher des Affen erfahren könne, und daß so – zumal der Junge für das Tier Feuer und Flamme sei – in ihm gewisse abenteuerliche Regungen zum Durchbruch kämen, die, wie Tarzan dem Besitzer vertraulich erklärte, sein eigenes Leben entscheidend beeinflußt hätten.

Der Russe konnte nur mit Mühe das Lachen verbeißen, als Lord Greystoke ihm dies mitteilte, denn noch vor einer knappen halben Stunde hatte der künftige Lord Greystoke auf dem zerwühlten Bett gesessen und sich so geläufig wie je ein leibhaftiger Affe mit Ajax unterhalten.

Während dieser Unterredung gewann in Pawlowitsch ein neuer Plan Gestalt. Der erste Schritt zur Verwirklichung bestand darin, daß er schließlich in eine fabelhaft hohe Kaufsumme für den Affen einwilligte und sich verpflichtete, nach Empfang des Geldes das Tier auf ein Schiff zu bringen, das in zwei Tagen seine Reise von Dover nach Afrika antreten sollte. Zweierlei hatte er im Sinn, als er

Greystokes Angebot annahm. An erster Stelle war es der Geldpunkt, der bei seiner Entscheidung stark mitspielte; der Affe war für ihn ja sowieso nicht mehr die alte Einnahmequelle, da er sich hartnäckig weigerte, wieder in der Musikhalle aufzutreten, seit er Tarzan entdeckt hatte. Es war fast so, als ob das Tier nur deshalb geduldet hätte, daß man es aus seiner Dschungelheimat verschleppte und vor Tausenden von neugierigen Zuschauern seine Kunststücke machen ließ, weil es unbedingt darauf aus war, seinen langentbehrten Freund und Gebieter zu suchen. Und als das Tier ihn nun gefunden, hielt es jede weitere Berührung mit der großen Herde gewöhnlicher menschlicher Wesen für überflüssig. Mochten die Dinge nun liegen wie sie wollten, die Tatsache blieb bestehen, daß kein noch so geschickter Überredungsversuch den Affen dahin bringen konnte, sich auf der Varietébühne erneut dem schaulustigen Publikum zu zeigen. Und als der Dompteur ein einziges Mal seinen Willen mit Gewalt durchzusetzen suchte, konnte er von großem Glück reden, daß er nur mit dem Leben davonkam. Seine Rettung hatte er lediglich dem Umstande zu verdanken, daß Jack zufällig anwesend war. Man hatte ihm erlaubt, das Tier in seinem besonderen Ankleideraum im Varieté aufzusuchen, und so hatte er sofort eingegriffen, als er es merkte, daß es dem Affen mit seiner Drohung bitter ernst war.

Abgesehen von der Geldfrage waren es natürlich aufbrausende Rachegelüste, die Pawlowitsch fast verzehrten, je mehr er über das ganze Elend seines Lebens nachbrütete. Schuld an allem war Tarzan, und nicht zuletzt auch an dem neuen schlimmen Unglück, daß Ajax sich weigerte, weiter für ihn Geld zu verdienen. Diese Widerspenstigkeit des Affen schrieb er Tarzan unmittelbar zu; denn er redete sich ein, daß der Affenmensch den großen Menschenaffen bewogen haben mußte, das Auftreten auf der Varietébühne einfach zu verweigern.

Pawlowitschs natürliche Neigung zum Verbrecherischen hatte sich unter jahrelangen Qualen und Entbehrungen und durch die damit verbundene Zerrüttung seiner geistigen und körperlichen Kräfte nur noch mehr verschlimmert. War er früher kühl, berechnend und mit hochgradiger Schläue an die Durchführung seiner bösen Pläne herangegangen, so zeigte sich jetzt insofern eine gewisse Entartung, als alles, was von ihm drohte, wie bei einem bösartigen Geisteskranken beinahe unterschiedslos lebensgefährlich für die betroffenen Mitmenschen war.

Der augenblickliche Plan war anderseits so geschickt angelegt, daß man immerhin gelinden Zweifel hegen könnte, ob es mit der Abnahme seiner geistigen Fähigkeiten wirklich so schlimm bestellt war; denn der neue Anschlag sicherte ihm zunächst die stattliche Summe, die Lord Greystoke für den Rücktransport des Affen ausgeworfen hatte, und außerdem die Rache am Vater auf dem Umweg über dessen abgöttisch geliebten Sohn. Und dieser Teil seines Planes war gemein und brutal. Fehlte auch bei diesen Racheplänen die raffinierte Steigerung und Vertiefung, für die die meisterhaften Schachzüge des Pawlowitsch von Einst so bezeichnend gewesen waren, als er damals noch Hand in Hand mit Nikolaus Rokoff gearbeitet hatte, so konnte er diesmal wenigstens jegliche Verantwortung für das, was passieren würde, von sich abwälzen. Die ganze Schuld würde eben auf diesen Affen fallen, der damit zugleich dafür bestraft werden sollte, daß er sich weigerte, weiter für den Lebensunterhalt seines Herrn zu sorgen.

Das Schicksal spielte nun mit geradezu teuflischem Einvernehmen alles so in die Hände Pawlowitschs, wie er es brauchte. Tarzans Sohn hörte zufällig, wie der Vater seiner Mutter die weiteren Schritte wegen Akuts sicherer Rückbeförderung in die Dschungelheimat auseinandersetzte, und bat die Eltern nochmals, ihm den Affen doch lieber als Spielgefährten mit nach Hause zu bringen. Tarzan stand diesem Vorschlag jetzt nicht ablehnend gegenüber, aber Lady Greystoke war bei dem bloßen Gedanken an eine derartige Lösung der Frage wieder außer sich. Es gab einen kleinen Wortwechsel zwischen Jack und seiner Mutter, ohne daß man zu einem anderen Ergebnis gekommen wäre. Lady Greystoke blieb fest auf ihrem Standpunkt, und schließlich schien sich auch der Sohn mit dem letzten Wort seiner Mutter abzufinden, daß der Affe unbedingt nach Afrika zurückgebracht werden müsse, und daß er, der Jack, nach den Ferien wieder in die Schule zu gehen habe.

An diesem Tage wagte es Jack nicht, Pawlowitsch wieder zu besuchen, doch nahm er dafür mit entsprechender Eile etwas anderes vor. Er hatte immer reichlich Geld in der Tasche, und wenn er irgend etwas brauchte, war es nie besonders schwierig, ein paar hundert Pfund zu bekommen. Einen Teil des Geldes verwendete er heute zu verschiedenen sonderbaren Einkäufen, die er geschickt und unbemerkt mit ins Haus schmuggelte, als er erst spät gegen Abend zurückkehrte.

Am anderen Morgen fügte es sich, daß er seinem Vater zuvorkommen konnte. Es galt, sich mit Pawlowitsch zu einigen, und so eilte Jack ohne Verzug nach der Wohnung des Russen. Da er sich über den Charakter dieses Menschen doch nicht ganz im klaren zu sein glaubte, wagte er es nicht, ihn ganz ins Vertrauen zu ziehen; denn er fürchtete, der Alte könnte ihm nicht allein die Unterstützung bei seinem Vorhaben versagen, sondern vor allem die ganze Geschichte seinem Vater hinterbringen. Er bat statt dessen einfach um die Erlaubnis, Ajax nach Dover mitzunehmen, und fügte begütigend hinzu, er wolle damit dem Alten die beschwerliche Reise ersparen. Dafür solle er obendrein auch noch hübsche Goldstücke in die Tasche bekommen. Jack hatte auch tatsächlich vor, den Russen für seine Freundlichkeit gut zu bezahlen.

Sie sehen, fuhr er fort, es besteht keine Gefahr, daß die Sache herauskommt, denn ich soll sowieso mit einem Nachmittagszug in die Schule zurückfahren. Wenn die Meinen sich am Zuge von mir verabschiedet haben, werde ich heimlich wieder aussteigen; ich komme hierher und kann Ajax gut nach Dover bringen, wie Sie sehen. In der Schule komme ich dann eben einen Tag später an. Niemand wird etwas davon erfahren, es wird auch nicht das Geringste passieren ... und ich habe wenigstens noch einen Extrazug mit Ajax gehabt, ehe ich ihn für immer verliere.

Der Vorschlag paßte glänzend zu dem, was Pawlowitsch ausgeheckt hatte. Hätte er indessen nur geahnt, was der Junge weiterhin im Schilde führte, würde er zweifellos seine eigenen Rachepläne völlig haben schwimmen lassen; er hätte dem Jungen in seinem Vorhaben sicher aus vollem Herzen zugestimmt. Am Nachmittag des gleichen Tages waren Lord und Lady Greystoke mit auf dem Bahnhof. Sie wünschten ihrem Sohn gute Reise, als er in einem Abteil erster Klasse des Zuges Platz genommen hatte, der ihn in ein paar Stunden sicher und wohlbehalten nach Dover und damit in die Schule zurückbringen sollte. Dann gingen sie. Doch kaum waren sie im Gewühl seinen Blicken entschwunden, so raffte er schon seine sieben Sachen zusammen, verließ das Abteil und wandte sich nach dem Droschkenhalteplatz vor dem Bahnhof. Dort nahm er eine Droschke, die ihn zur Wohnung des Russen befördern sollte. Die Dämmerung war bereits hereingebrochen, als er am Ziele war. Pawlowitsch erwartete ihn offenbar schon länger, er ging nervös im Zimmer auf und ab. Der Affe war mit einem starken Strick ans Bett gebunden. Es war zum ersten Male, daß Jack den Ajax so sah. Fragend blickte er zu Pawlowitsch auf. Der Mann erklärte ihm brummend, nach seiner Überzeugung müsse das Tier so etwas wie eine Ahnung davon haben, daß man es wegschaffen wolle; er fürchte deshalb, daß es einen Fluchtversuch wage.

Pawlowitsch hielt einen zweiten Strick in den Händen; der war jedoch an dem einen Ende mit einer Schlinge versehen, an der er immer in seltsamer Unruhe herumfingerte. Dazu schritt er beständig im Zimmer hin und her, bald hierhin, bald dorthin, und in seinen pockennarbigen Zügen war deutlich zu lesen, daß er schwer mit sich kämpfte, während er irgend etwas leise und unverständlich vor sich hinmurmelte.

Jack hatte ihn nie so gesehen. Seine ganze Art war ihm daher ein wenig unbehaglich. Schließlich blieb Pawlowitsch drüben auf der anderen Seite des Zimmers, wo er am weitesten von dem Affen entfernt war, stehen.

Komm mal her! wandte er sich an den Jungen. Ich will dir zeigen, wie du den Affen fesselst, wenn er dir unterwegs nicht parieren sollte.

Jack lachte gerade heraus. Wird nicht nötig sein, entgegnete er. Ajax wird immer von ganz allein tun, was ich von ihm will.

Der Alte stampfte unwillig mit dem Fuße. Komm hierher, wie ich dir sage! wiederholte er bestimmt. Wenn du dich jetzt meinem Wunsche nicht fügst, darfst du nicht mit dem Affen nach Dover. Ich habe nämlich keine Lust, zu riskieren, daß er durchbrennt.

Noch immer lächelnd ging Jack hinüber und trat dicht an den Russen heran.

Dreh' dich um! Mit dem Rücken zu mir! gebot Pawlowitsch. Ich muß dir doch richtig vorführen können, wie du ihn rasch fesseln kannst.

Der Junge tat, wie ihm geheißen, und legte auch seine Hände auf den Rücken, als Pawlowitsch es verlangte. Sofort zog der Alte die Schlinge um das eine Handgelenk des Jungen fest, wand den Strick ein paarmal um das andere Handgelenk und machte ein paar straffe Knoten.

Sowie nun Jack gefesselt war, änderte sich mit einem Schlage die ganze Haltung des Alten. Er stieß einen entsetzlichen Fluch aus, riß seinen Gefangenen herum, stellte ihm ein Bein, schleuderte ihn heftig zu Boden und stürzte sich auf die Brust des Niedersinkenden.

Vom Bett her kam sofort die Antwort des Affen, der unter wildem Geknurr an seinen Fesseln zerrte. Jack schrie nicht ..., und diese Selbstbeherrschung mochte er von seinem wilden Vater ererbt haben, der es in den langen Jahren seines Dschungellebens nach dem Tode seiner Pflegemutter Kala, der großen Menschenäffin, erfahren hatte, daß doch niemand dem einmal Unterlegenen zu Hilfe kam.

Pawlowitschs Finger tasteten sich an die Gurgel Jacks heran, sein Gesicht war zu einem breiten höhnischen Grinsen verzerrt, als er jetzt in das Gesicht seines Opfers starrte.

Dein Vater hat mich ruiniert, stieß er hervor. Das will ich ihm heimzahlen. Er wird meinen, daß der Affe es tat ..., und ich werde es ihm auch so sagen. Ha, ich werde ihm erzählen, daß ich den Affen ein paar Minuten allein ließ, und daß du dich da gerade hereinstahlst ... und vom Affen getötet wurdest. Ich werde deinen Körper dort aufs Bett werfen, wenn ich dich erwürgt habe; bringe ich dann deinen Vater hierher, so wird er sehen, daß der Affe auf deiner Leiche hockt!

Von den Wänden des kleinen Zimmers hallte das Geschrei des rasenden Riesenaffen wider. Jack wurde zwar blaß, doch lag nichts in seinen Zügen, was auf Furcht oder gar auf panischen Schrecken hingedeutet hätte. Er war eben ganz Tarzans Sohn. Die Finger seines Gegners griffen immer fester um seinen Hals; kaum, daß er noch atmen konnte. Er keuchte, er rang nach Luft ...

Der Affe zerrte wütend an dem starken Strick, der ihn ans Bett fesselte. Dann drehte er sich um, wand den Strick um seine Hände, wie es ein Mensch in gleicher Lage getan haben würde, und riß ihn mit voller Wucht nach oben. Seine gewaltigen Muskeln schwollen hoch. Ein Krach ..., es klang, wie wenn Holz in tausend Splitter zerbarst: Der Strick war ganz geblieben, aber dafür hatte ein Teil vom Bettuntergestell daran glauben müssen.

Pawlowitsch blickte auf, sein von wilden Leidenschaften durchwühltes Gesicht wurde augenblicklich leichenblaß, Entsetzen spiegelte sich in seinen Augen: Der Affe hatte sich losgerissen, das Tier war frei ...

Mit einem einzigen Sprung stürzte sich das Ungeheuer über ihn. Ein Aufschrei, und die Bestie riß ihn vom Körper des Jungen weg. Scharfe Krallenfinger gruben sich ihm tief ins Fleisch, ein Rachen gespickt mit furchtbaren, gelblichen Zähnen gähnte ihm weitgeöffnet entgegen. Wohl suchte er sich mit Händen und Füßen zu wehren, doch was half es! Die Seele Alexei Pawlowitschs wanderte hinüber in das Reich der Teufelsgeister, die schon so lange auf ihn gewartet hatten.

Jack raffte sich mit Akuts Unterstützung langsam in die Höhe. Zwei volle Stunden mühte sich der Affe, nach den Weisungen seines jungen Freundes dessen Handfesseln zu lösen. Endlich war der Affe hinter das Geheimnis des Knotens gekommen: Jack war wieder frei. Er entfernte zunächst den Strick, der noch um den Leib des Affen geschlungen war; dann öffnete er eines seiner Pakete und brachte daraus verschiedene Kleidungsstücke hervor. Er hatte alles großartig ausgedacht und vorbereitet. Der Affe wurde natürlich gar nicht erst groß gefragt; er tat auch alles, was ihm geheißen wurde. Dann schlichen sie sich beide aus dem Hause davon. Und mochte ihnen auch hier und da unterwegs jemand begegnen: Niemand merkte, daß der eine der beiden Passanten ein Affe war.

Eine tolle Fahrt

Die Ermordung des greisen Russen Michael Sabrov, der keinerlei Freunde und Verwandte hinterließ, durch seinen großen dressierten Affen war eine Sensation, die ein paar Tage in allen Zeitungen lebhaft erörtert wurde.

Lord Greystoke las natürlich auch von der Sache, und während er besondere Vorkehrungen dafür traf, daß sein Name keinesfalls irgendwie in unmittelbaren Zusammenhang mit dieser Affäre gebracht wurde, hielt er sich ständig bei der Polizei über das Ergebnis der Nachforschungen nach dem Verbleib des Menschenaffen auf dem Laufenden.

Allgemein bekannt war, daß er sich bei der ganzen Angelegenheit in erster Linie nur für das rätselhafte Verschwinden des Mörders interessierte, wenigstens so lange, bis er einige Tage nach der Tragödie erfuhr, daß sein Sohn Jack nicht nach Dover zur Schule zurückgekehrt sei, wohin man ihn doch mit jenem Nachmittagszuge sicher unterwegs geglaubt hatte. Aber selbst dann konnte sich der Vater das Verschwinden seines Sohnes nicht so erklären, daß er irgendwie mit dem mehr oder weniger wahrscheinlichen Gerüchten über das Wo und Wohin des Affen auf einer Linie lag. Nach einem Monat hatten indessen sorgfältige Nachforschungen das Dunkel schon mehr gelichtet: Es stand fest, daß der Junge den Zug noch vor der Abfahrt von der Londoner Station verlassen hatte. Man hatte schließlich auch den Droschkenkutscher herausbekommen, der ihn nach der Wohnung des alten Russen gefahren, und so kam der Affen-Tarzan denn auch zu der Überzeugung, daß Akut irgendwie etwas mit dem Verschwinden Jacks zu tun haben mußte.

Der Kutscher hatte seinen Fahrgast vor dem Hause, in dem der Russe gewohnt, den Wagen verlassen sehen. Dann riß der Faden ab. Weder Jack noch der Affe waren seither irgendjemandem zu Gesicht gekommen – wenigstens niemandem, der noch lebte. Der Hausbesitzer konnte sich wohl aus der Zeit vor dem Unglückstage an einen Jungen erinnern, der häufig bei dem Alten ein- und ausgegangen sei und der sich schließlich auf Grund der vorgelegten Photographie tatsächlich als der kleine Greystoke erwies. Darüber hinaus wußte er nichts auszusagen. Und so stand man schließlich enttäuscht vor der Tür jenes elenden Hauses in einem der verrufensten Londoner Viertel. Was hatten alle Nachforschungen genützt? Man stand eben wie vor einer dunklen, undurchdringlichen Mauer!

*

Am Tage nach dem Tode Alexei Pawlowitschs hatte sich ein Junge in Begleitung seiner kränklichen Großmutter an Bord eines Dampfers in Dover eingeschifft. Die alte Dame war dicht verschleiert und mußte, da sie durch allerlei Altersbeschwerden und Krankheiten zu sehr geschwächt war, in einem Krankenfahrstuhl an Bord des Schiffes gebracht werden.

Der Junge schob den Fahrstuhl selbst und duldete keinerlei Unterstützung. Mit eigenen Händen war er ihr auch beim Verlassen des Fahrstuhls behilflich und geleitete sie fürsorglich in die gemeinsame Kabine. Dies war übrigens das einzige Mal, daß Personal und Passagiere des Dampfers die alte Dame zu sehen bekamen, ehe sich beide wieder ausschifften; denn der Junge ließ es sich auch nicht nehmen, alle Arbeiten, die an sich dem Kabinensteward zufielen, selbst zu erledigen, da, wie er angab, seine Großmutter unter schweren nervösen Anfällen litt, die sich in Gegenwart Fremder, nur verschlimmerten und für sie verhängnisvoll werden könnten.

Was der Junge in seiner Kabine trieb, wußte niemand an Bord. War er nicht dort, führte er sich jedenfalls wie jeder andere gesunde und normale englische Junge auf. Er knüpfte Bekanntschaften mit den übrigen Passagieren an, war bald bei den Offizieren des Dampfers sehr beliebt und schloß mit mehreren einfachen Matrosen Freundschaft. Er war bisweilen freigebig, trug ein natürliches, offenes Wesen zur Schau und hatte im übrigen noch jenen feinen Hauch einer gewissen Würde und Selbstbeherrschung an sich, der ihm die Achtung und Zuneigung seiner vielen neuen Bekannten sicherte.

Unter den Passagieren befand sich auch ein Amerikaner namens Condon, ein bekannter Falschspieler und Hochstapler, der von mindestens einem halben Dutzend größerer amerikanischer Städte steckbrieflich verfolgt wurde. Er hatte den Knaben anfangs wenig beachtet, doch änderte sich dies, als er ihn eines Tages zufällig beobachtete, wie er ein Bündel Banknoten zählte. Von diesem Augenblick an suchte er öfters mit dem jungen Briten zusammenzukommen. Er brachte leicht heraus, daß der Junge allein mit seiner kranken Großmutter reiste, und daß sein Ziel ein kleiner Hafen an der Westküste war; ferner, daß er Billings hieß, und daß die beiden in der kleinen Kolonie, nach der sie reisten, keine Freunde oder Bekannten hatten. Als Condon dann noch nach dem eigentlichen Zweck der Reise fragte, schwieg sich der junge Engländer völlig aus und ließ auch nicht weiter in sich dringen. Condon seinerseits war klug genug, die Sache nicht auf die Spitze zu treiben; er hatte auch schließlich alles erfahren, was er zunächst wissen wollte.

Ein paarmal suchte Condon den Jungen für das Kartenspielen zu begeistern, doch fand dieser keinen Spaß daran. Die finsteren Blicke einiger Passagiere bedeuteten dem Amerikaner überdies zur Genüge, daß es Zeit war, auf andere Mittel und Wege zu sinnen, wollte er die Banknoten des Jungen in seine eigene Tasche bringen.

Eines Tages ging der Dampfer am Fuße eines bewaldeten Vorgebirges vor Anker. Wie ein häßlicher Schandfleck auf dem schönen verlockenden Antlitz der Natur wirkten die zwanzig oder mehr Häuser mit ihren Wellblechdächern und schrien es den Ankommenden gleichsam entgegen, daß die Zivilisation mit ihren Errungenschaften dort ihr grelles Banner aufgerichtet hatte. Etwas abseits lagen die strohbedeckten Hütten der Eingeborenen, malerisch in ihrer Einfachheit und geboren aus der Urgewalt der Wildnis, wunderbar in ihrer Harmonie mit dem Tropenurwald im Hintergrund, und in grellem Gegensatz zu den abstoßend-häßlichen Bauwerken der weißen Kolonisten!

Der Junge beugte sich über die Reling. Seine Blicke schweiften weit hinweg über die kleine Ansiedlung, dieses nur von Menschenhand hervorgestampfte Machwerk, weit hinaus in die Dschungel, die Gott gebaut. Ein eigenartiges Gefühl beschlich ihn in diesem Augenblick, ein leichter Schauer rann ihm den Rücken hinab ... und dann sah er – ganz ohne daß er es gewollt hätte – auf einmal die liebenden Augen seiner Mutter vor sich ... und das strenge Antlitz seines Vaters, das aber trotz einer gewissen männlichen Härte und Geschlossenheit keine geringere Liebe widerspiegelte. Er fühlte, wie er selbst mit einem Male schwankend und unschlüssig wurde ...

Nicht weit von ihm stand ein Schiffsoffizier und rief mit dröhnender Stimme der nahenden Bootsflottille allerhand Befehle zu; denn die Eingeborenen kamen, um den für diesen kleinen Hafen bestimmten Teil der Schiffsladung zu löschen. Wann legt der nächste Dampfer nach England hier an? fragte der Junge.

Der „Emanuel“ muß bald vorbeikommen. Ich nahm eigentlich an. wir würden ihm hier begegnen, gab der Offizier zur Antwort und fuhr sogleich fort, das wüste Durcheinander, das auf den Fluten immer näher an den Dampfer heranschaukelte, zu entwirren und richtig zu dirigieren.

Es war eine äußerst schwierige Aufgabe, die Großmutter des Jungen von Bord des Dampfers in ein bereitliegendes Boot hinabzubefördern. Der Junge hielt sich an Bord ständig an ihrer Seite und ließ sich von niemandem helfen. Erst als sie schließlich unten im Boot, das sie an Land bringen sollte, sicher geborgen war, kletterte der Enkel gewandt wie eine Katze zu ihr hinab. So sehr hatte er sich bemüht, ihr alle Unbequemlichkeiten zu erleichtern, daß er nicht einmal auf das kleine Paket achtgab, das schon etwas aus seiner Tasche herausgerutscht war, während er mit zugriff, um die alte Dame auf einem mit Seilen verknüpften Sitz über die Reling ins Boot hinabzulassen. Er merkte es auch nicht, als das Päckchen ganz herausglitt und ins Wasser fiel.

Kaum war das Boot mit dem Jungen und der alten Dame nach dem Strande unterwegs, als Condon sich auf der anderen Seite des Schiffes einen Eingeborenen mit seinem Kanu heranrief. Nachdem er sich mit dem Manne über den Preis geeinigt, ließ er sein Gepäck hinab und folgte selber.

Einmal an Land, beobachtete er aus einiger Entfernung den häßlichen zweistöckigen Bau, der sich mit der hochtrabenden Bezeichnung „Hotel“ geschmückt hatte, um arglose Reisende auf seine zahllosen Unbequemlichkeiten usw. hereinfallen zu lassen. Erst als es bereits völlig dunkel war, wagte er hineinzugehen und sich seine Unterkunft zu sichern. –

In einem nach rückwärts gelegenen Zimmer im zweiten Stock erklärte der Junge seiner „Großmutter“ – allerdings nicht ohne beträchtliche Schwierigkeiten –, daß er sich entschlossen habe, mit dem nächsten Dampfer nach England zurückzukehren. Er gab sich dabei die größte Mühe, um der alten Dame begreiflich zu machen, daß sie in Afrika bleiben könne, sofern sie dies wünsche. Ihn für seine Person zwinge jedenfalls sein Gewissen, sich zu Vater und Mutter zurückzubegeben; denn beide Eltern grämten sich, zweifellos jetzt bitterlich, weil er ihnen durchgegangen sei ..., woraus zu entnehmen ist, daß seine Eltern nicht in die Pläne eingeweiht waren, die ihn und die alte Dame zu ihrer abenteuerlichen Reise in die afrikanische Wildnis geführt hatten. –

Schließlich waren die beiden doch einig geworden; dem Jungen war es gleich ganz anders zu Mute, und die quälenden Gedanken wichen, die ihn manche schlaflose Nacht wie böse Geister gepeinigt hatten. Und als sich seine Augen heute zum Schlummer schlossen, träumte er von einem glücklichen Wiedersehen mit den Seinen daheim. Doch während ihm diese Träume ihre trügerischen Bilder vorgaukelten, nahte auf dem dunklen Korridor des schmutzigen „Hotels“, in dem er schlief, heimlich und auf leisen Sohlen, grausam und unerbittlich das Verhängnis, das Verhängnis in Gestalt des amerikanischen Hochstaplers Condon.

Behutsam schlich sich der Mann an die Zimmertür, preßte sich mit dem Ohr dicht heran und horchte so lange, bis ihn die tiefen regelmäßigen Atemzüge drinnen davon überzeugten, daß die beiden fest schliefen. Ruhig steckte er dann einen schmalen Schlüssel in das Schlüsselloch, drehte ihn mit außerordentlicher Fingerfertigkeit im Schloß herum und drückte gleichzeitig die Klinke nieder. Jeder hätte ohne weiteres gesehen, daß Condon solch heimliche „Bearbeitung“ von Schloß und Riegel, hinter denen sich Hab und Gut seiner Mitmenschen sicherte, lange gewohnt war. Ein leichter Druck gegen die Tür und sie glitt langsam in den Angeln nach innen. Der Mann trat ein und schloß die Tür hinter sich. Draußen schien der Mond, doch war er von Zeit zu Zeit von schweren schwarzen Wolken verhüllt. So auch jetzt: Im Zimmer herrschte nahezu völlige Dunkelheit. Condon tastete sich nach dem Bett hin, indessen sich in einer entfernten Ecke des Zimmers etwas anderes bewegte, ganz leise und noch viel vorsichtiger, als es dem gewerbsmäßigen Einbrecher trotz aller seiner Routine gelang. Condon hörte nichts davon. Seine ganze Aufmerksamkeit richtete sich auf das Bett, in dem er den jungen Engländer und dessen hilflose, gebrechliche Großmutter vermutete.

Der Amerikaner wollte auch nur das Bündel Banknoten. Konnte er es an sich reißen, ohne daß man erst auf ihn aufmerksam wurde, sollte es ihm recht sein. Wenn der Junge Widerstand leistete, auch gut. Er hatte sich auf alles gerüstet. Anzug und Unterkleidung des Jungen lagen auf einem Stuhl neben dem Bett. Der Amerikaner wühlte die Sachen rasch durch: In den Taschen war nichts von einem Bündel neuer Banknoten oder dergleichen zu entdecken. Der Junge hatte es zweifellos unter dem Kopfkissen versteckt, und so trat er näher an den ahnungslos Schlafenden. Eine Hand hatte sich schon halb unter das Kopfkissen geschoben, als die große schwarze Wolke, die sich vor den Mond gelagert hatte, beiseite glitt: Helles Licht flutete in das Zimmer. Der Junge schlug im gleichen Moment seine Augen auf und blickte Condon gerade ins Gesicht. Der Mann erkannte sofort, daß der Junge allein in dem Bett lag und krallte seine Finger um den Hals seines Opfers. Der Junge richtete sich indessen in die Höhe, um sich zu wehren. Condon hörte in seinem Rücken ein dumpfes Brummen, dann riß ihn der Junge an den Handgelenken herum und bewies ihm damit deutlich, daß sich unter seinen schmalen blassen Fingern Muskeln von Stahl verbargen.

Und noch ein paar Hände grapsten nach ihm, rauhe, behaarte Hände. Über seine Schultern kamen sie von hinten heran und langten nach seinem Halse. Condon warf einen entsetzten Blick rückwärts, die Haare standen ihm zu Berge, wie er ein riesiges menschenähnliches Affenungetüm im Angriff dicht hinter sich gewahrte. Die weitgeöffneten Fänge des Menschenaffen mußten im nächsten Augenblick seine Kehle umschnüren, der Junge hielt ihn an den Händen wie mit eisernen Klammern gefesselt, keiner von beiden gab einen Ton von sich. Wo war denn die Großmutter? Mit einem einzigen Blick suchte er das Zimmer bis in alle seine Winkel ab, und seine Augen traten ihm vor Entsetzen fast aus den Höhlen, wie ihm in jenem verzweifelten Moment ein Licht über die wahren Zusammenhänge aufging. Was waren das für furchtbare, unheimliche Wesen, in deren Gewalt er sich ahnungslos gestürzt hatte! Wie ein Rasender wehrte er sich jetzt. Es galt erst einmal den verdammten Jungen abzuschütteln, damit er dann mit voller Wucht auf das schreckliche Tier hinter seinem Rücken losgehen könne. Eine Hand hatte er schon frei, ein heftiger Schlag traf den Jungen ins Gesicht. Doch damit hatte er seine Lage nur verschlimmert: Es schien, als sei das struppige Ungetüm mit einem Male von tausend Teufeln besessen. Wütend würgte es ihn am Halse, Condon hörte noch ein tiefes wildes Brummen ... und das war auch das Letzte, was er in seinem Leben hörte. Er wurde nach rückwärts auf den Boden herabgezerrt, ein schwerer Körper wälzte sich auf ihn nieder, mächtige Zähne bohrten sich in seine Schlagader ... und seine Seele wirbelte hinüber in die schwarze Nacht am Rande der Ewigkeit. Im nächsten Augenblick erhob sich der Affe. Langhingestreckt lag sein Opfer vor ihm ... doch Condon wußte nichts mehr davon, er war tot.

Der Junge sprang entsetzt aus dem Bett und beugte sich über den Körper des Fremdlings. Er wußte wohl, daß Akut damals Michael Sabrov in der Notwehr getötet hatte; doch was würde man hier mit ihm und seinem getreuen Affen machen, wenn man dies erfuhr? Hier im wilden Afrika, weit weg von daheim und von den Freunden? Der Junge wußte, daß auf Mord die Todesstrafe stand, er wußte auch, daß mit dem Täter der Helfershelfer dem gleichen Schicksal verfallen war. Wer sollte hier Zeuge sein, wer sollte sie beide verteidigen? Alles, alles würde gegen sie sprechen. Die Leute hier waren kaum mehr als halbzivilisiert zu nennen, es war nichts anderes zu erwarten, als daß man ihn und Akut bei Morgengrauen hinaus vor die Stadt schleppte und sie beide am ersten besten Baum aufknüpfte. Oft hatte er gelesen, daß man es in Amerika so machte, und in Afrika? Hier ging es sicher nur noch schlimmer und grausamer zu als im großen Westen, der Heimat seiner Mutter. Ja, man würde sie beide eines Morgens hängen!

Gab es denn kein Entrinnen? Er dachte ein paar Minuten ruhig nach, dann rieb er mit einem Ausruf der Erleichterung die Hände und griff nach seinem Anzug auf dem Stuhle. Das Geld! Ja, mit Geld würde noch etwas zu machen sein. Das Geld würde ihn und Akut retten! Er wollte das Bündel Banknoten aus der Tasche ziehen, in der er es gewöhnlich trug: es war nicht mehr darin! Erst suchte er bedächtig in den andern Taschen, doch von Sekunde zu Sekunde steigerte sich seine Unruhe. Fast wie ein Wahnsinniger rutschte er dann auf Händen und Knien im Zimmer herum und tastete den Boden ab. Er machte sich Licht, rückte das Bett beiseite und suchte Zentimeter für Zentimeter den ganzen Raum ab. Da lag Condon. Der Knabe zögerte, es war ihm zuwider, ihn anzurühren. Doch schließlich riß er sich zusammen und zog die Leiche beiseite. Auch da war nichts von dem Geld zu sehen. Ihm kam jetzt der Gedanke, daß Condon eingedrungen sein konnte, um ihn zu berauben; doch konnte er nicht glauben, daß der Mann schon genug Zeit gehabt hatte, sich des Geldes zu bemächtigen. Indessen – sonst war es nirgends zu finden, der Tote mußte es also schon bei sich verstaut haben. Jack visitierte die Kleider des Amerikaners. Vergeblich! Immer und immer wieder stand er auf, durchsuchte das Zimmer von neuem ..., und jedesmal kehrte er wieder zu der Leiche des Fremdlings zurück. Das Geld war und blieb verschwunden.

Er war der völligen Verzweiflung nahe. Was sollten sie denn nun tun? Am Morgen würde man sie aufgreifen und einfach töten. Gewiß, er war ein kluger und stämmiger Bursche, dem viele beneidenswerte Eigenschaften von seinen Eltern her gleichsam im Blute lagen: Doch jetzt, nach alledem, war er schließlich nicht viel mehr wie ein kleiner Junge, ein kleiner Junge, den Furcht und Heimweh gepackt haben, und der alles vom Standpunkt seiner spärlichen Jugenderfahrungen aus beurteilt. Er sah alles nur von der einen offenkundigen Tatsache aus an, daß sie einen Menschen getötet hatten. Außerdem waren sie mitten unter halbwilden fremden Leuten, denen nicht viel Verständnis für seine besondere Lage zuzutrauen war. Das und Ähnliches mehr hatte er sich aus allerlei Schauerromanen zusammengelesen, das waren seine „Erfahrungen". –

Geld brauchten sie beide, sie mußten das Geld wieder haben!

Er beugte sich wieder über den Toten. Diesmal wollte er aber rücksichtslos und entschlossen vorgehen! Der Affe hockte in einer Zimmerecke und folgte jeder Bewegung des Jungen, der dem Amerikaner ein Kleidungsstück nach dem anderen auszog und Stück für Stück minutenlang visitierte. Sogar die Schuhe durchsuchte er mit peinlicher Sorgfalt und, als er dem Toten auch das Letzte vom Leibe gezogen hatte, warf er sich aufs Bett. Er schien fast den Verstand zu verlieren, seine Augen starrten weitgeöffnet ins Leere ... und doch auch wieder nicht. Ein gräßliches Bild stand vor seinem Innern, das war das, was kommen mußte.

Wie lange er so dagesessen hatte, wußte er nicht, als ihn schließlich ein Geräusch im ersten Stock unten aufscheuchte. Er sprang rasch auf seine Beine, blies die Lampe aus, eilte leise zur Tür und schloß sie von innen. Dann wandte er sich zu dem Affen; er war inzwischen zu einem anderen Entschluß gekommen.

Gestern abend war er noch der Ansicht gewesen, daß es das Beste sei, bei nächster Gelegenheit nach der Heimat zurückzureisen und seine Eltern um Verzeihung dieses tollen Abenteuers zu bitten. Jetzt hatte er das Gefühl, daß er nie wieder nach Hause kommen würde. Das Blut eines Mitmenschen klebte an seinen Händen, ja an seinen Händen, wie er sich nun schon fest eingeredet hatte. Die geradezu krankhaften Vorstellungen, die in den letzten Stunden sein Hirn durchwühlt, hatten ihre Arbeit getan. Er war jetzt soweit: Nicht der Affe hatte Condon umgebracht. Nein, in seinen Schreckensnöten und in seiner Verwirrung legte er die ganze Schuld sich allein zur Last. Hätte er sein Geld noch, würde er sich vielleicht den Freispruch erkaufen können. Aber so, nicht einen Penny in der Tasche? Was sollten Fremde hier ohne Geld in dieser Lage noch zu erhoffen haben?

Wo das Geld nur war? Er suchte sich in die Erinnerung zurückzurufen, wann er das Bündel Banknoten zum letztenmal gesehen. Doch er konnte sich an nichts entsinnen, und selbst wenn er es gekonnt hätte, würde er sich unmöglich über das Verschwinden des Päckchens klar geworden sein; denn er hatte eben keine Ahnung davon, daß es ihm aus der Tasche gerutscht und ins Meer gefallen war, als er sich über die Reling des Dampfers schwang und in das bereitstehende Boot kletterte.

Komm! wandte er sich an Akut in der Sprache der Menschenaffen. Er dachte gar nicht mehr daran, daß er nur einen leichten Schlafanzug trug, als er zum offenen Fenster ging, seinen Kopf hinaussteckte und gespannt in die Nacht hinaushorchte. Nicht weit vom Fenster entfernt streckte ein einzelstehender Baum seine Äste nach oben. Behend sprang der Junge hinüber, klammerte sich einen Augenblick katzenartig dicht am Stamme fest, wie wenn er erst sehen müßte, ob irgendwie Gefahr drohe, und kletterte dann ruhig abwärts. Dicht nach ihm kam der große Affe. In etwa 200 Meter Entfernung berührte ein schmaler Ausläufer der Dschungel die Siedlung mit ihren verstreut liegenden Häusern, und dorthin lenkte der junge Engländer seine Schritte. Niemand mochte die beiden sehen, wie sie hinüberschlichen; im nächsten Augenblick schon tauchten sie in der Dschungel unter:

Der kleine Jack, der künftige Lord Greystoke, war dem Gesichtskreis der zivilisierten Welt entrückt.

Es war schon spät am andern Morgen, als der Hausdiener, ein Eingeborener, an die Tür des Zimmers klopfte, das man Mr. Billings und dessen Großmutter zugewiesen hatte. Da er keine Antwort erhielt, wollte er mit dem Hauptschlüssel öffnen; doch stellte es sich sofort heraus, daß bereits ein anderer Schlüssel, und zwar von innen her, im Schloß steckte. Er berichtete dies dem Besitzer des Hotels, einem gewissen Herrn Skopf, der sogleich mit nach dem zweiten Stock hinaufging und kräftig an der Zimmertür trommelte. Auch diesmal kam keine Antwort. Er bückte sich und versuchte, ob er irgend etwas durch das Schlüsselloch erkennen könne. Dabei verlor er das Gleichgewicht, was bei seiner starken Figur nicht zu verwundern war, doch konnte er sich wenigstens gerade noch mit einer Hand auf den Boden stützen. Er fühlte an seinen Fingern etwas Weiches, so wie wenn ihnen mit einem Male eine dicke Flüssigkeit anhaftete, hob die Hand dicht vor die Augen und suchte, so gut es im Halbdunkel des Korridors möglich war, das neue Rätsel zu lösen. Ein Schauder durchlief ihn, als er tiefdunkles Blut an seiner Hand gewahrte. Er sprang auf und stemmte sich mit seinem Oberkörper gegen die Tür. Herr Skopf ist ein starker, stattlicher Mann – oder er war es damals wenigstens, denn ich habe ihn ein paar Jahre nicht wiedergesehen. Die schwache Tür gab jedenfalls unter der Wucht dieses Druckes nach, und Herr Skopf stürzte kopfüber nach innen.

Vor ihm lag das größte Geheimnis seines Lebens: Da war die Leiche eines ihm völlig unbekannten Mannes. Das Genick war gebrochen, die Schlagader durchgebissen, wie wenn sich die reißenden Zähne eines wilden Tieres hineingegraben hätten. Der Körper war splitternackt, die Kleider lagen ringsherum auf dem Boden verstreut. Die alte Dame und deren Enkel waren verschwunden, das Fenster weit geöffnet. Sie mußten also durch das Fenster entkommen sein, denn die Tür war ja von innen verschlossen gewesen.

Aber wie sollte der Junge seine alte kranke Großmutter so aus dem zweiten Stock hinuntergebracht haben? Nein, das war doch zu albern, so etwas überhaupt anzunehmen. Herr Skopf durchsuchte das kleine Zimmer, er bemerkte, daß das Bett von der Wand abgerückt war. Und warum? Zum dritten oder vierten Male blickte er nun unter das Bett ... Es blieb dabei: Die beiden hatten sich aus dem Staube gemacht, und doch sagte ihm sein gesunder Menschenverstand, daß die alte Dame unmöglich ohne Träger hinuntergekommen sein konnte; man hatte sie ja auch gestern heraustragen müssen ...

Die weiteren Nachforschungen breiteten nur immer dichtere Schleier über das große Geheimnis. Man fand sämtliche Kleidungsstücke der beiden noch im Zimmer. Sie mußten sich also nackt oder in ihren Nachtgewändern davongemacht haben. Herr Skopf schüttelte den Kopf und kratzte sich hinter den Ohren. Er war einfach baff. Hätte er je einmal etwas von einem Sherlock Holmes gelesen oder gehört gehabt, würde er wohl keinen Augenblick gesäumt haben, sich dieses berühmte „Genie“ herzubeordern. Denn hier stand man tatsächlich vor einem nie dagewesenen Rätsel: Eine alte Dame, die noch dazu krank und gebrechlich war und vom Schiff bis zum Hotelzimmer getragen werden mußte, hatte mit ihrem hübschen jungen Enkel tags zuvor dies Fremdenzimmer bezogen. Beide hatten sich das Abendessen auf dem Zimmer servieren lassen, und das war das Letzte, was man von ihnen wußte. Kein Boot und kein Schiff hatte inzwischen den Hafen verlassen, es gab auch keine Eisenbahn in einem Umkreis von hundert Meilen, und wenn sie etwa die nächste von Weißen bewohnte Niederlassung erreichen wollten, so würde ihnen dies Wagnis nur in einigen anstrengenden Tagemärschen und in Begleitung einer gut ausgerüsteten Trägermannschaft glücken können. Sie mußten sich einfach im Äther „aufgelöst“ haben, denn der Eingeborene, den er hinuntergeschickt hatte, um den Erdboden unter dem Fenster vor dem Haus auf Fußspuren hin zu untersuchen, kam eben mit der Nachricht zurück, daß dort auch nicht das geringste verdächtige Zeichen zu entdecken sei. Was für Geschöpfe waren die beiden denn, wenn sie wirklich aus dieser Höhe auf den weichen Rasen hinabgesprungen sein sollten, ohne irgendeine Spur zu hinterlassen? Ja, hier stand man vor einem großen Rätsel, es lag etwas Unheimliches in alledem, was hier vorgefallen. Er haßte jetzt schon den bloßen Gedanken daran ... und mit Unruhe sah er der kommenden Nacht entgegen.

Das Ganze war Herrn Skopf ein großes Geheimnis und ist es zweifellos auch heute noch.

Die kleine braune Meriem

Der Hauptmann Armand Jacot von der Fremdenlegion saß auf seiner Satteldecke, die er unter einer kümmerlichen Palme ausgebreitet hatte. Mit seinen breiten Schultern und dem fast glattrasierten Kopfe hatte er sich bequem an den Stamm der Palme gelehnt, seine langen Beine über die viel zu kurze Decke hinaus weit von sich gestreckt, die Sporen im Sandboden der kleinen weltentlegenen Oase halb vergraben. Kein Wunder, daß er es sich jetzt so gemütlich wie möglich machte, denn er hatte einen langen anstrengenden Ritt durch die Sandwogen der Wüste hinter sich.

Bedächtig und mit sichtlichem Behagen rauchte er seine Zigarette; er erwartete jeden Augenblick seine Ordonnanz, die ihm jetzt die Abendmahlzeit fertig machte. Hauptmann Armand Jacot war heute mit sich selbst und mit der Welt sehr zufrieden. Ein wenig rechts von ihm herrschte reges Leben und Treiben. Seine Leute, lauter sonnenverbrannte kampferprobte Soldaten, fühlten sich einmal frei von den oft drückenden Fesseln der strengen Disziplin, ihre müden Muskeln entspannten sich, man lachte, scherzte und rauchte, während man sich nach zwölfstündigem Fasten auch endlich wieder einmal etwas für den hungrigen Magen zubereiten konnte. Dort hockten außerdem völlig schweigsam und in sich versunken fünf Araber in weißen Gewändern. Sie waren stark gefesselt und ständig unter scharfer Bewachung.

So oft Hauptmann Armand Jacot zu diesen seinen Gefangenen hinüberblickte, überkam ihn vor allem das wohlige Gefühl voll erfüllter Pflicht. Einen ganzen langen Monat hatte er mit seinem kleinen Trupp in furchtbarer Glut und unter großen Entbehrungen die weiten öden Wüstenflächen durchstreift, und endlich war ihnen nun die Räuber- und Mörderbande ins Garn gegangen. Unzählige Kamele, Pferde und Ziegen hatten die Marodeure auf dem Gewissen und obendrein schändliche Mordtaten, die allein schon genügt hätten, um über die ganze unangenehme Gesellschaft den Stab zu brechen.

Vor einer Woche war man ihnen auf die Spur gekommen. Wohl hatte er im Kampf mit den Banditen zwei seiner Leute verloren, aber die Strafe hatte nicht lange auf sich warten lassen und die ganze Gesellschaft nahezu aufgerieben. Nur ein halbes Dutzend mochte seinem rächenden Arm entronnen sein, die anderen – mit Ausnahme der fünf Gefangenen – hatten ihre Taten mit dem Tode büßen müssen. Dafür hatten die Legionäre mit den kleinen Stahlgeschossen im Nickelmantel schon gesorgt. Und das Allerbeste: Der Rädelsführer Achmet ben Haudin war gefangen!

Von den Gefangenen schweiften die Gedanken des Hauptmanns Jacot in die Ferne. Er überlegte, über wie viele Meilen der Ritt durch den Wüstensand noch gehen mußte, bis er wieder in dem kleinen vorgeschobenen Standort anlangte. Morgen würde es soweit sein, morgen würden ihm seine Frau und das kleine Töchterchen freudestrahlend aus dem Hause entgegenkommen und ihn willkommen heißen. In seine Augen trat ein feuchter Schimmer wie stets, wenn er an die Seinen dachte; und er sah es jetzt sogar schon ganz deutlich, wie sich das schöne Antlitz der Mutter in den noch kindlichen Zügen der kleinen Jeanne widerspiegelte, und wie beide ihm strahlend zulächeln würden, wenn er sich morgen spät am Nachmittag von seinem müden Reitpferd herabschwänge. Er fühlte schon die weichen zarten Wangen, die sich an die seinen schmiegen würden, hier die Gattin und da die kleine Jeanne – – wie Sammet auf Leder.

Plötzlich wurde er aus seinen Träumen aufgescheucht. Ein Posten hatte dem Unteroffizier etwas laut zugerufen. Hauptmann Jacot blickte hinüber. Die Sonne war noch nicht untergegangen, aber die Schatten der paar Bäume drängten sich gleichsam schon in den Wassertümpel der Oase hinein, während die seiner Leute samt denen der Opfer sich weit hinaus über die jetzt goldüberglänzte Sandfläche dehnten. Der Posten deutete nach dieser Richtung, Hauptmann Jacot stand auf. Er war nicht der Mann darnach, daß es ihm genügt hätte, mit den Augen anderer zu sehen. Er mußte alles selber gesehen haben, ja für gewöhnlich entdeckte er alles, lange bevor die anderen überhaupt merkten, daß etwas zu sehen war. Diese außerordentliche Fähigkeit hatte ihm übrigens den Spitznamen der „Falke“ eingetragen. Jetzt sah er – weit, weit hinaus über die langen Schatten – etwa ein Dutzend Pünktchen, die sich über den Sandflächen hoben und senkten. Sie verschwanden und tauchten wieder auf, wurden aber immer größer. Jacot erfaßte sofort, um was es sich da handelte: Reiter waren das, richtige Wüstenreiter.

Schon kam ein Sergeant zu Jacot herbeigeeilt. Die Leute blickten alle angestrengt nach dem fernen Horizont. Jacot gab ein paar knappe Befehle, der Sergeant grüßte, machte kehrt und ging rasch zu den Leuten zurück. Sogleich sattelten die zwölf Mann, die er bestimmt hatte, ihre Pferde, schwangen sich hinauf und ritten den nahenden Fremdlingen entgegen. Der Rest des Trupps machte sich fertig, um gegebenenfalls sofort in den Kampf eingreifen zu können. Denn es war ja keineswegs ausgeschlossen, daß die Reiter, die in rasendem Tempo auf das Lager zuhielten, Freunde der Gefangenen waren und die ihre Blutsverwandten durch einen plötzlichen Angriff befreien wollten. Jacot bezweifelte dies indessen, da die Fremdlinge offenbar gar nicht erst den Versuch machten, unbemerkt heranzukommen. Im Gegenteil, sie ritten in vollem Galopp und so, daß sie von jedem deutlich gesehen werden konnten, unmittelbar auf das Lager zu. Mochte sein, daß trotzdem oder gerade deshalb Verrat und Tücke hinter diesem Herannahen in anscheinend freundlicher Absicht lauerten. Wer indessen den „Falken" richtig kannte, würde sich nie der etwas fatalen Hoffnung hingegeben haben, daß Jacot sich je in solch eine Falle locken lassen könnte.

Der Sergeant war mit seinen Reitern etwa zweihundert Meter vom Lager entfernt, als er auf die Araber stieß. Jacot konnte deutlich verfolgen, wie er mit einem großen Mann in weißem Gewande, offenbar dem Führer der Schar, verhandelte. Beide ritten schließlich Seite an Seite auf den Lagerplatz zu, wo Jacot sie erwartete. Sie zogen die Zügel straff und stiegen vom Pferde.

Scheich Amor ben Khatur, meldete der Sergeant kurz und trat ab.

Hauptmann Jacot blickte dem Ankömmling scharf in die Augen. Ihm war so ziemlich jeder einigermaßen einflußreiche Araber im Umkreis von ein paar hundert Meilen bekannt, doch den da hatte er noch nie gesehen. Es war ein stattlicher, wettergebräunter Mann mit finster-mürrischem Blick; er mochte sechzig Jahre oder älter sein. Seine zusammengekniffenen Augen schienen nichts Gutes zu verheißen; Hauptmann Jacot hatte wenigstens sofort diesen Eindruck.

Nun? fragte er. Was ist los?

Der Araber machte keine langen Umschweife. Achmet ben Haudin ist der Sohn meiner Schwester, begann er. Wenn Sie ihn mir herausgeben, will ich ihn unter meine Obhut nehmen und dafür sorgen, daß er nie wieder gegen die Gesetze der Franken verstößt.

Jacot schüttelte den Kopf. Unmöglich, erwiderte er. Ich muß ihn nach meinem Standort schaffen. Ein besonderes Zivilgericht wird über die ganze Sache zu befinden haben. Ist er unschuldig, wird man ihn freilassen.

Und wenn er es nicht ist? unterbrach ihn der Araber.

Ihm werden allerdings mehrere Mordtaten zur Last gelegt. Wird ihm eine Schuld oder Mitschuld auch nur an einem derartigen Verbrechen einwandfrei nachgewiesen, muß er dies mit dem Tode büßen.

Die Linke des Arabers hatte im Burnus gesteckt. Er zog sie jetzt heraus und brachte zugleich einen schweren, mit Münzen bis obenan gefüllten Geldbeutel aus Ziegenleder hervor, den er ohne Verzug öffnete. Klingend rollte eine Handvoll Münzen in seine Rechte: Es waren lauter gute Goldstücke. Hauptmann Jacot schloß aus dem immer noch prallen, stattlichen Beutel, daß er ein ganz hübsches kleines Vermögen enthalten mochte. Scheich Amor ben Khatur ließ ein Goldstück nach dem anderen langsam wieder in den Beutel zurückfallen und zog die Schlinge oben wieder zu. Die ganze Zeit über hatte er geschwiegen, während Jacot jede seiner Bewegungen aufmerksam verfolgte.

Die beiden waren jetzt allein. Der Sergeant, der den Fremdling begleitet hatte, stand ein wenig abseits und drehte ihnen gerade den Rücken zu. Der Scheich hatte eben wieder alle Goldstücke in seinen dicken Beutel zurückgleiten lassen, stellte ihn auf die geöffnete Hand und wandte sich mit unmißverständlicher Gebärde jetzt an den Hauptmann Jacot.

Achmet ben Haudin, der Sohn meiner Schwester, wird diese Nacht auf unerklärliche Weise entfliehen ...? Nicht wahr? flüsterte er.

Hauptmann Armand Jacot schoß das Blut in den Kopf, daß er bis unter die Haarwurzeln errötete. Dann wurde er leichenblaß. Seine Fäuste ballten sich, und er rückte einen halben Schritt an den Araber heran. Doch plötzlich kam ihm ein anderer Gedanke, und der war entschieden besser.

Sergeant! rief er mit lauter Stimme. Der Unteroffizier stürzte sofort herzu. Er schlug die Hacken zusammen und stand grüßend vor seinem Vorgesetzten.

Bringen Sie diesen braunen Hund wieder zu seiner Bande zurück! befahl er. Und sehen Sie zu, daß die Gesellschaft auf der Stelle verschwindet. Auf jeden – ganz gleich wer – der sich bei Nacht in der Nähe des Lagers herumtreibt, wird einfach geschossen.

Scheich Amor ben Khatur richtete sich zu seiner ganzen Größe auf, seine glühenden Augen kniffen sich zusammen, und er folgte mit dem verlockenden Geldbeutel den Augen des Offiziers, der ihn von oben bis unten maß.

Mehr als dies da werden Sie für das Leben Achmet ben Haudins, der meiner Schwester Sohn ist, zahlen müssen! Und, fuhr er fort, noch einmal so viel für den netten Namen, den Sie mir eben zulegten, und das Hundertfache an Sorgen und Qualen obendrein!

Scheren Sie sich fort, ehe ich Sie mit einem Fußtritt hinausbefördere! stieß Hauptmann Armand Jacot hervor ...

*

All dies geschah etwa drei Jahre vor der Zeit, in der unsere Erzählung beginnt. Die gerichtliche Untersuchung in Sachen Achmet ben Haudins und seiner Spießgesellen brachte Unerhörtes an den Tag. Wen es interessiert, der mag die offiziellen Berichte nachlesen. Achmet erhielt die verdiente Strafe und ging mit der ganzen stoischen Ruhe eines Arabers in den Tod. Einen Monat später war die kleine Jeanne Jacot, das siebenjährige Töchterchen des Hauptmanns Armand Jacot, mit einem Male auf rätselhafte Weise verschwunden. Weder das Vermögen von Vater und Mutter, noch die unerschöpflichen Hilfsquellen und Maßnahmen der Regierung schienen auszureichen, um irgendwie Licht in das Dunkel zu bringen. Das Rätsel war und blieb unergründlich, kein Mensch konnte irgend etwas über das Wo und Wohin des Mädchens und seines Räubers erfahren oder entdecken. Es war gleichsam, als habe die Wüste sie verschlungen.

Unerhörte Belohnungen hatte man ausgesetzt, und viele abenteuerlustige Männer waren der Lockung dieser Jagd nach dem Glück gefolgt. Das war zwar nichts für moderne Großstadtdetektive, und doch wagte sich mehr als einer hinaus in die Wüste. Bald bleichten dafür auch die Gebeine manches kühnen Glücksjägers auf den grabesstillen Sandflächen der Sahara in der Glut der afrikanischen Sonne.

Zwei Schweden, ein gewisser Carl Jenssen und Sven Malbihn, waren drei volle Jahre immer auf der falschen Spur gewesen. Sie befanden sich schließlich weit unten im Süden der Sahara und kamen zu dem Entschluß, die Nachforschungen aufzugeben und sich dafür ganz der bedeutend einträglicheren Jagd auf Elfenbein zuzuwenden. Man kannte die beiden übrigens schon zur Genüge im weiten Umkreis als rücksichtslose und schier unersättliche Ausbeuter der „Elfenbeinquellen“. Die Eingeborenen haßten und fürchteten diese Sorte von

Fremdlingen, nach denen auch die Regierungen der betroffenen europäischen Kolonien unablässig fahndeten. Sie hatten jedoch während ihrer anfänglichen Streifzüge durch Nordafrika im „Niemandsland“ südlich der Sahara mancherlei gelernt, was ihnen späterhin zunutze kam; denn sie kannten nur zu genau die vielen Schliche und Pfade, auf denen sie sich der Gefangennahme und ihren ungeschickten Verfolgern jederzeit leicht entziehen konnten. Plötzlich und mit unglaublicher Schnelligkeit stürmten sie auf ihre Beute, holten sich das Elfenbein und verschwanden ebenso rasch wieder in dem unwegsamen öden Norden, noch ehe die Polizei der heimgesuchten Gebiete sie überhaupt zu Gesicht bekommen hatte. Es gab keinen Pardon, sie schlachteten rücksichtslos ab, was ihnen an Elefanten in den Weg lief, oder plünderten auch wohl die Elfenbeinvorräte der Eingeborenen. Hundert oder mehr abtrünnige Araber und Negersklaven schlimmster Sorte waren ihre Handlanger.

Der Leser wolle sich das, was eben von diesen beiden blondbärtigen schwedischen Hünengestalten Karl Jenssen und Sven Malbihn angedeutet wurde, gut merken, denn wir werden ihnen später wieder begegnen.

*

Im Herzen der Dschungel und etwas abseits vom Ufer eines kleinen unerforschten Flusses, dessen Wasser sich bald mit den Fluten eines großen Stromes vereinen und sich mit ihnen unweit vom Äquator in den Atlantischen Ozean ergießen, lag im Walde versteckt ein kleines, ringsum mit starken Palisaden umzäuntes Dorf. Die zwanzig Hütten, die fast wie große Bienenstöcke aussahen, waren mit Palmenblättern gedeckt und boten der schwarzen Bevölkerung seit langem Schutz und Obdach, während in der Mitte auf freiem Dorfplatze ein Trupp Araber seine Zelte aus Ziegenleder aufgeschlagen hatte, die ihm für die Dauer der Streifzüge als Standquartier dienten. Die Araber gingen in diesen Gebieten ihren mehr oder weniger reellen Handelsgelüsten nach, das heißt sie kauften oder kauften auch nicht, was sie dann zweimal im Jahr mit ihren „Wüstenschiffen“ nordwärts auf den Markt nach Timbuktu abschoben.

Vor einem der Araberzelte spielte ein kleines, etwa zehnjähriges Mädchen; wer das schöne schwarze Haar und die tiefschwarzen Augen, die nußbraune Haut und die anmutig-schmiegsame Gestalt der Kleinen betrachtete, mußte sie ohne weiteres für eine echte Tochter der Wüste mit den dieser Rasse eigenen Merkmalen halten. Ihre kleinen Finger waren gerade geschäftig dabei, ein Grashemd für die schon arg mitgenommene Puppe zu flechten, die ihr ein kinderlieber Sklave vor ein oder zwei Jahren in einer freundlichen Anwandlung angefertigt hatte. Der Kopf der Puppe war etwas unförmig, aber aus Elfenbein geschnitzt, der Rumpf bestand aus einem mit Gras ausgestopften Rattenfell, die Arme und Beine aus Holzstückchen, die er an den entsprechenden Enden durchbohrt und an den Rattenfelleib angenäht hatte. Im ganzen war die Puppe zweifellos unschön, zumal sie alles andere als sauber geblieben war. Doch für die kleine Meriem war sie das Schönste und Liebenswerteste auf der ganzen weiten Welt, und das ist auch nicht verwunderlich, weil sie das einzige „Wesen" war, dem Meriem rückhaltslos trauen mochte.

Alle anderen, mit denen Meriem in Berührung kam, kümmerten sich entweder überhaupt nicht um sie – oder sie waren ihr gegenüber grausam und ungerecht. Da war zum Beispiel diese alte schwarze Hexe Mabunu, der man sie übergeben hatte: die hatte keine Zähne mehr, lief immer nur schmutzig herum und verstand sich wie selten jemand aufs Keifen. Sie versäumte keine Gelegenheit, das kleine Mädchen zu schlagen und – wenn es mit der ewigen Quälerei gnädiger abging – zu zwicken. Und dann der Vater erst, der Scheich, den sie mehr noch als Mabunu fürchtete. Er schalt sie oft für nichts und wieder nichts, und das Ende der fast endlosen Schimpferei war allemal, daß er sie rücksichtslos schlug, bis ihr kleiner Körper mit blauen und schwarzen Flecken wie übersät war.

Nur wenn sie für sich allein gelassen wurde, war sie glücklich. Sie spielte dann mit Geeka, schmückte sich ihr Haar mit Blumen der Wildnis oder flocht sich aus Gras Bänder und Schnüre. O, sie war immer lebhaft und aufgeweckt und trällerte ein Liedchen vor sich hin – so oft man sie nur mal in Ruhe ließ; denn mochte man noch so grausam und lieblos mit ihr umgehen: in ihrem kleinen Herzen blieb im Grunde die ganze große Fülle von Anmut und Heiterkeit, die sie mit auf die Welt gebracht; und die konnte man nicht ersticken! –

War der Scheich in der Nähe, so schwieg Meriem sofort und spielte lieber nicht weiter; denn sie hatte vor diesem Manne immer Angst, manchmal sogar so, daß man hätte annehmen können, sie sei dem Wahnsinn nahe. Und dann fürchtete sie sich auch vor der dunklen, unheimlichen Dschungel, dieser grausamen Dschungel, die überall bis zum Dorfe ihre Arme ausstreckte, am Tage vor den Affen, die dort schnatterten, und den kreischenden Vögeln, und dann erst in der Nacht, wenn das Brüllen und Knurren und Stöhnen der Urwaldbestien herüberhallte. Ja, ihr bangte wohl vor der Dschungel, aber noch viel, viel mehr vor diesem Scheich, und nicht bloß einmal war sie – das kleine ahnungslose Geschöpf, das doch die Folgenschwere seiner kindlichen Entschlusse gar nicht ermessen konnte – nahe daran gewesen, einfach für immer in die schreckliche Dschungel davonzulaufen, statt länger bei diesem ewigdrohenden und bösen Gespenst von einem Vater leben zu müssen. –

Wie sie jetzt vor dem Lederzelt des Scheichs saß und der Geeka ein Grashemd flocht, merkte sie mit einem Male, daß der Scheich sich näherte, und sofort war das sonnige Lachen, das um ihren Kindermund gespielt, dahin. Sie sprang zur Seite, wohl in der Hoffnung, daß sie vielleicht doch noch unbemerkt dem alten Araber mit seinem lederfarbigen Gesicht entwischen könne. Allein das Kind war nicht schnell genug. Mit einem harten Fußtritt stieß er die Kleine nieder, daß sie der Länge nach aufs Gesicht fiel. Still und ohne Tränen zu vergießen blieb sie liegen; ein leises Zittern rann durch ihren Körper. Ein Fluch, eine gräßliche Verwünschung – und der Mann trat in das Zelt. Die alte schwarze Hexe schüttelte sich vor Lachen und gab dabei wohl ihren einzigen Zahn zum Besten, der wahrscheinlich selber nicht wußte, wie er zu der Ehre kam, noch zu existieren.

Als das kleine Mädchen sicher war, daß der Scheich sich ins Zelt verfügt hatte, kroch es hinter das Zelt in den Schatten und blieb dort mäuschenstill liegen. Sie drückte Geeka fest an ihr Herz und meinte es gut mit der lieben kleinen Puppe, doch ab und zu war es, als wollte der ganze Jammer von neuem über sie hereinbrechen: Sie reckte und streckte dann ihren kleinen gequälten Körper, nur um das Schluchzen zu unterdrücken. Laut weinen – nein, das durfte sie nicht wagen, denn dann würde der Scheich von neuem seine Wut an ihr ausgelassen haben. Was ihr kleines Herz so bekümmerte, war überdies nicht etwa nur der Nachhall jener neuen Mißhandlung. Unendlich tiefere innere Nöte bedrängten sie: Man versagte ihr hier jegliche Liebe, und jedes Kinderherz lechzt doch geradezu nach allem, was Liebe atmet!

Die kleine Meriem konnte es sich kaum mehr anders denken, als daß sie immer nur unter der strengen, grausamen Hand des Scheichs und Mabunus gelebt hatte. Ganz dunkel schwebte freilich beinahe wie ein Traum in den Tiefen ihrer kindlichen Seele ein Bild undeutlich und verschwommen. Dann war es ihr, als habe sie einmal eine gute, sanfte, freundliche Mutter gehabt. Aber Meriem meinte, dies sei wohl mehr ein frommer Wunsch, vielleicht auch bloß der Ausdruck ihrer großen Sehnsucht nach den Liebkosungen, die sie nie selber gekostet, aber dafür der herzigen Geeka-Puppe in Hülle und Fülle schenkte. Kein Kind wurde so verwöhnt, wie Geeka, deren kleine Mutter – ganz im Gegensatz dazu wie sie von ihren eigenen „Eltern“ behandelt wurde – die Nachsicht und

Milde selber war. Geeka bekam tausend Küsse an einem Tag, und selbst wenn sie beim Spiel oder sonst recht unartig gewesen, gab es statt der verdienten Strafe immer neue Liebkosungen. Alles, was die kleine Meriem ihrem Puppenkinde an Zärtlichkeiten angedeihen ließ, war eben nur ein deutlicher Beweis dafür, wie sehr sie selbst nach einem wahrhaft liebenden, hegenden Mutterherzen verlangte.

Und als sie jetzt Geeka fest an sich drückte, fühlte sie, daß das Schluchzen und Zittern langsam nachließ. Nicht lange mehr, und sie hatte auch ihre Stimme wieder in der Gewalt und konnte nun wenigstens der einzigen Vertrauten ihr Herz ausschütten.

Geeka liebt Meriem, flüsterte sie der Puppe in ihr Elfenbeinohr. Warum liebt mich mein Vater, der Scheich, nicht auch? Bin ich denn so ungezogen? Ich versuche ja immer, brav zu sein; doch ich weiß gar nicht, warum er mich so schlägt, und da kann ich auch nicht sagen, was ich getan haben soll oder was ihm nicht gefällt. Gerade vorhin gab er mir einen Fußtritt. O, das hat mir sehr, sehr wehgetan! Und ich saß doch bloß vor dem Zelt und flocht ein Hemdchen für dich! Das muß etwas Böses sein, denn sonst hätte er mir doch nicht dafür einen Fußtritt gegeben. Aber warum ist das etwas Böses, Geeka? Liebe Geeka, ich weiß es nicht, weiß es nicht ... Geeka, ich möchte tot sein. Gestern schleppten die Jäger El Adrea, den Löwen, ins Dorf. El Adrea war ganz, ganz tot. Nie wieder wird er sich leise an seine ahnungslosen Opfer heranschleichen, nie wieder werden die Herzen guter Waldtiere vor seinem großen Kopfe und der Mähne im Nacken erzittern, wenn sie nachts an der Tränke sind. Nie mehr wird sein Donnergebrüll die Erde erbeben lassen. El Adrea ist tot. Sie haben ihn ganz schrecklich geschlagen, als sie ihn hier im Dorfe hatten, aber El Adrea kümmerte sich gar nicht darum. Er fühlte das gar nicht, denn er war eben tot. Geeka, wenn ich tot bin, werde ich auch nichts mehr merken, die Schläge Mabunus nicht und auch die Fußtritte des Scheichs, meines Vaters, nicht. Dann will ich aber froh sein. Geeka! Ach, ich wünschte, ich wäre tot!

Geeka schien gerade etwas einwenden zu wollen, doch sie wurde sofort unterbrochen, denn draußen vor den Toren des Dorfes hatte sich ein heftiger Streit erhoben. Man hörte lautes Stimmengewirr. Meriem spitzte die Ohren, und – neugierig wie Kinder nun einmal sind – wäre sie zu gern hingerannt und hätte sich selbst davon überzeugt, warum man sich so entsetzlich anschrie. Die anderen Dorfbewohner waren schon größtenteils auf den Beinen und stürzten in der Richtung davon, aus der der Lärm kam, aber Meriem getraute sich doch nicht mit. Der Scheich würde sicher auch dort sein und, wenn er sie sah, nur wieder die Gelegenheit benutzen, sie von neuem zu schlagen oder zu stoßen. Meriem blieb also still liegen und horchte.

Sie hörte bald, daß die Menge sich die Dorfstraße herauf dem Zelt des Scheichs näherte, und so konnte sie der Versuchung nicht widerstehen und guckte ganz vorsichtig um die Zeltecke; nur ein Stück von ihrem kleinen niedlichen Köpfchen würde man sehen können. O, das, was sich da jetzt zutrug, war wenigstens einmal etwas anderes! Und sie sehnte sich ja so nach Abwechslung und allem, was über diese Eintönigkeit hinaushob. Zwei Fremde sah sie mitkommen. Es waren Weiße und sie waren allein. Aber als man weiter herankam, entnahm sie aus den Gesprächen der Eingeborenen, die sich um die Fremdlinge herumdrängten, daß das stattliche Gefolge der beiden sich außerhalb des Dorfes gelagert hatte und dort das Ergebnis der Verhandlungen mit dem Scheich abwartete.

Der alte Araber empfing die Fremden am Eingang zu seinem Zelt. Er kniff seine Augen zusammen und musterte die beiden während der üblichen Begrüßung mehr als geringschätzig.

Sie seien gekommen, um Elfenbein aufzukaufen, erklärten sie. Der Scheich brummte erst etwas vor sich hin und entgegnete dann, er habe überhaupt kein Elfenbein. Meriem mußte den Atem an sich halten, um nicht laut dazwischenzurufen und die Wahrheit zu sagen; denn sie wußte, daß in einer Hütte ganz in der Nähe Elefantenzahn an Elefantenzahn bis unter das Dach aufgestapelt war. Sie beugte ihr kleines Köpfchen noch weiter hervor, um die Fremdlinge besser erkennen zu können. Wie weiß war doch deren Haut! Und wie blond die langen Bärte!

Plötzlich bemerkte sie, wie der eine gerade zu ihr herüberblickte. Sie wollte sich noch zurückbeugen, denn sie fürchtete alle Männer; doch er hatte sie sicher schon gesehen, das ließ sich daran erkennen, wie sich mit einem Male Staunen und Überraschung in seinen Zügen spiegelten. Dem Scheich war diese Veränderung seines Gegenüber ebensowenig entgangen, ja er ahnte sogleich den Anlaß.

Ich habe kein Elfenbein, sagte er nochmals. Ich will außerdem nichts von Geschäften wissen. Gehen Sie nur, aber gleich! Er trat ein paar Schritte vorwärts und stieß die Fremden halb und halb vor sich her. Sie sollten nur machen, daß sie wieder zum Tor hinauskämen! Als sie noch allerlei Einwände vorbrachten, verlegte sich der Scheich aufs Drohen. Wenn sie nun nicht pariert hätten, wäre das einfach Selbstmord gewesen, und so machten die beiden kehrt und begaben sich unmittelbar in ihr eigenes Lager zurück.

Der Scheich trat wieder in sein Zelt zurück, doch bei Leibe nicht, um nun die Hände in den Schoß zu legen. Die kleine Meriem lag schon ganz verängstigt dicht an die Lederwand geschmiegt, als der Alte sich um die Ecke herumschlich. Er bückte sich, packte die Kleine am Arm, schleuderte sie roh zu Boden, zerrte sie vor den Zelteingang und stieß sie hinein. Und damit nicht genug: Er packte sie von neuem und bleute sie unbarmherzig durch.

Bleib' mir ja hier! brüllte er sie an. Daß du dich nicht unterstehst, den Fremden noch einmal unter die Augen zu kommen. Passiert es doch, daß du die Fremden dein Gesicht sehen läßt, mache ich dich tot!

Er gab ihr zur Bekräftigung seiner Drohung noch einen gehörigen Puff in die Seite und stieß sie in die äußerste Ecke des Zeltes, wo sie mit halbunterdrücktem Schluchzen und Stöhnen liegen blieb, während der Scheich auf und ab ging und dabei etwas Unverständliches vor sich hinmurmelte. Mabunu saß kichernd am Eingang.

*

Die beiden Fremdlinge waren inzwischen wieder in ihrem Lager angelangt und hatten sich sofort in eine eifrige Debatte gestürzt.

Malbihn, es ist gar kein Zweifel, die Sache stimmt ganz gewiß so. Das einzige, was mir noch Kopfzerbrechen macht: Warum hat sich der alte Schurke nicht schon lange die unerhörte Belohnung gesichert?

Ja, es gibt eben doch Dinge, an denen einem Araber mehr liegt als an Geld, Jenssen! warf der andere ein. Die Rache zum Beispiel!

Mag sein. Aber das sagt doch schließlich noch lange nicht, daß man's nicht mal auf eine kleine Probe mit Gold ankommen lassen könnte, erwiderte Jenssen.

Malbihn zuckte die Achseln. Mit dem Scheich ist nichts anzufangen. Wir versuchen es schließlich mal mit einem seiner Leute; aber er selber? Dem kannst du noch so viel Gold hinwerfen, der läßt nicht von seiner Rache. Und wenn wir zu ihm vor sein Zelt kämen und ihm auch nur mit ein paar Worten etwas von Gold und Ähnlichem sprächen, würde er sicher nur noch mehr Verdacht schöpfen ... Und – das sage ich dir – wir müßten verdammt auf der Hut sein.

Könnten wahrscheinlich von Glück reden, wenn wir mit dem Leben davonkämen.

Gut also. Versuchen wir es mit Bestechung! pflichtete Jenssen bei. – Aber auch dieser Versuch schlug fehl. Es wurde eine ganz schreckliche Geschichte daraus. Man hatte ein paar Tage im Lager außerhalb des Dorfes verstreichen lassen und glaubte schließlich in einem großen, kräftigen Mann, der schon lange in der Kriegerschar des Scheichs die Rolle eines Unterführers spielte, das geeignete Werkzeug für die Verwirklichung des kühnen Wagnisses gefunden zu haben. Der Mann war natürlich dem verlockenden Funkeln der angebotenen Geldbelohnung erlegen, zumal er früher an der Küste gelebt hatte und die Macht, die im Golde liegt, nur zu genau kannte. Und so versprach er den beiden, ihnen spät in der Nacht das Gewünschte zu bringen.

Unmittelbar nach Eintritt der Dunkelheit trafen die beiden Weißen ihre Anordnungen; es galt, das Lager abzubrechen, um auf alles gerüstet zu sein. Um Mitternacht war man bereit. Die Träger lagen neben ihrem Gepäck. Ein Wink, und der Rückzug konnte beginnen. Die bewaffneten Askaris hatten sich in dem Gelände zwischen dem Lagerplatz der Safari und dem Araberdorf eingenistet und sollten als Nachhut den Abmarsch decken, der in dem Augenblick zu beginnen hatte, in dem der gedungene Eingeborene mit der von den Weißen erwarteten Beute zu ihnen gestoßen war.

Bald hörte man auch Schritte auf dem Weg vom Dorfe her. Die Askaris und die Weißen waren sofort scharf auf ihrem Posten. Doch das klang ja, als käme nicht nur einer allein? Jenssen schlich den Ankömmlingen entgegen und rief sie mit gedämpfter Stimme an.

Wer ist das hier? forschte er.

Mbeeda, kam die Antwort.

Mbeeda hieß der Verräter, den die Weißen bestochen, und so gab sich Jenssen zunächst zufrieden, wenn er sich auch darüber verwunderte, daß der Mann noch andere Leute mitbrachte. Dann aber begriff er mit einem Male: Man schleppte sicher das, nach dem sie so sehnlich begehrten, auf einer Tragbahre heran ... Jenssen unterdrückte einen Fluch. Sollte dieser Narr ihnen etwa eine Leiche bringen? Dafür hatten sie natürlich nicht diese Belohnung ausgeworfen ...

Die Träger blieben vor dem Weißen stehen. Das habt ihr mit eurem Gold erkauft, sagte der eine der beiden Träger. Sie setzten die Bahre auf die Erde, wandten sich und verschwanden in Richtung nach dem Dorfe im Dunkel der Dschungelnacht.

Malbihn blickte mit einem sauersüßen Lächeln auf Jenssen. Die Bahre war mit einem Gewand verhüllt.

Nun? fragte Jenssen. Nimm das da weg und sieh, was du gekauft hast? Wir werden schrecklich viel Geld zu sehen bekommen, nicht wahr? Für eine Leiche ...! Und vor allem nach den sechs Monaten unter der glühenden Wüstensonne! Denn so lange brauchen wir ja sicher, ehe wir sie ans Ziel gebracht haben.

Der Narr hätte wissen können, daß wir sie nur lebend haben wollten, polterte Malbihn unwillig heraus. Er faßte das Gewand, das über die Bahre gebreitet war, an einem Ende und zog es beiseite.

Beide traten entsetzt einen Schritt zurück ..., denn das hatten sie nicht erwartet: Vor ihnen lag tot Mbeeda, der Verräter seines Herrn. Unwillkürlich stießen sie ein paar kräftige Verwünschungen hervor – und schon fünf Minuten später bahnten sich die Safari Jenssens und Malbihns rasch den Weg nach Westen, während die sehnigen Askaris, jeden Augenblick eines Angriffs gewärtig, den Rückzug deckten.

Erste Dschungeltaten

An seine erste Nacht in der Dschungel mußte Tarzans Sohn immer und immer wieder denken. Die Raubtiere der Wildnis hatten ihn in Ruhe gelassen, kein Wilder oder sonst irgendein zweifelhaftes Menschenwesen war ihm zu Gesicht gekommen, und wäre es doch der Fall gewesen, so würde der Junge bei seiner damaligen Gemütsverfassung kaum davon besondere Notiz genommen haben. Er machte sich nämlich die schlimmsten Gewissensbisse, wenn er daran dachte, wie sehr seine arme Mutter jetzt unter den Sorgen um ihn zu leiden haben mußte. Und unter diesen Selbstanklagen versank er fast in die tiefsten Tiefen eines nicht minder unglücklichen Daseins. Den Tod des Amerikaners hatte er an sich leichthin abgetan, denn der Bursche verdiente dieses Ende. Was ihn aber im Zusammenhang mit Londons Tod am meisten bekümmerte, war die entscheidende Einwirkung dieses Todesfalls auf das, was er vorgehabt hatte. Er konnte jetzt einfach nicht mehr direkt zu seinen Eltern zurückreisen, wie es doch schon beschlossen gewesen war. Er fürchtete die Macht des Gesetzes hier in dem einfachen Kolonialstaate, wo man zweifellos gleich kurzen Prozeß machte, wie er aus all den gelesenen buntschillernden und im Grunde unwahrscheinlichen Abenteurergeschichten ohne weiteres schließen zu müssen glaubte, und so hatte ihm die Flucht in die Dschungel als einziger Ausweg vorgeschwebt. Hier in dieser Gegend durfte er sich auf keinen Fall zur Küste zurückwagen, das stand bei ihm fest. Seine Furcht war dabei nicht etwa in erster Linie von einer gewissen Besorgnis um sein eigenes Wohl und Wehe diktiert. Viel mehr beschäftigte ihn die Frage, wie er Vater und Mutter das Schmerzliche und Beschämende einer Gerichtsverhandlung ersparen könnte, bei der er als Mörder angeklagt und bei der somit der gute ehrliche Name unabwendbar in den Schmutz gezogen werden mußte.

Doch mit dem neuen Tage wichen die Gespenster, und als die Sonne aufging, fühlte Jack neue Hoffnung in der Brust. Es mußte sich ein anderer Weg zurück in die zivilisierten Länder finden lassen. Niemand sollte dann auch nur ahnen, daß er mit dem Tode jenes Fremden in dem weltentlegenen Küstenhandelsplatz irgend etwas zu tun gehabt hatte.

Fröstelnd hatte er sich im Gabelgeäst eines Baumes dicht an den großen Affen angeschmiegt und die ganze Nacht kaum ein Auge zugetan. Sein leichter Pyjama konnte ihn nur wenig vor der Zudringlichkeit der naßkalten Nachtluft der Dschungel schützen, und nur die Seite seines Körpers, mit der er sich an den warmen zottigen Leib seines Kameraden gepreßt, war behaglicher gebettet. Kein Wunder, daß er die Strahlen der aufgehenden Sonne mit Freuden begrüßte. Wärme und Licht zugleich verhieß dieses glückspendende Gestirn, das von Körper, Geist und Gemüt die Plagegeister der Nacht verscheuchen mußte.

Er weckte Akut.

Komm mit! sagte er zu ihm. Mich friert und ich habe Hunger. Wir müssen uns Nahrung suchen, dort drüben, wo die Sonne scheint. Und er zeigte hinüber nach einer weitgeöffneten Lichtung, auf der ein paar kümmerliche Bäume und hier und da verstreut zackiges Felsgestein zu erkennen waren.

Während er dies sagte, ließ er sich vom Baume heruntergleiten. Der Affe war nicht so voreilig; er schnupperte erst mit Bedacht in die Morgenluft und sah sich von seinem hohen Sitz aus gehörig um, ob nicht vielleicht irgend etwas Verdächtiges in der Nähe war. Dann kletterte er befriedigt zu seinem Genossen, ohne sich dabei sonderlich zu beeilen.

Numa und sein Weibchen Sabor machen sich mit Wonne über alle die her, die erst vom Baume heruntersteigen und sich dann umsehen. Wer aber zuerst die Augen aufmacht und dann herunterklettert, wünscht oder bekommt die beiden selber zum Schmause. Das war das erste Stückchen Dschungelweisheit, das der alte Menschenaffe Tarzans Sohn offenbarte. Seite an Seite überquerten sie dann die unwegsame, aber sonnenbestrahlte weite Lichtung, denn Jack wollte vor allem erst einmal wieder warm werden. Der Affe zeigte ihm unterwegs auch gleich, wie und wo man am besten die kleinen Nagetiere und eßbares Gewürm auftrieb. Doch den jungen Tarzan ekelte es bei dem bloßen Gedanken, daß er solch widerliches Zeug über die Zunge bringen sollte. Man fand ein paar Eier, die Jack gleich roh trank; dann verzehrte er auch die von Akut ausgegrabenen Wurzeln und Knollen.

Am Ende der Lichtung ging es so etwas wie einen kleinen Damm hinauf; dahinter gewahrte man einen seichten Wassertümpel, der durch allerlei Unrat getrübt und am Rande wie nach der Mitte zu von Tieren aufgewühlt zu sein schien. Und richtig, da galoppierte eine Zebraherde davon.

Jack war viel zu durstig, um jetzt erst lange über dieses Wasser, das zwar alles andere als Trinkwasser war, die Nase zu rümpfen. Er trank nach Herzenslust, während Akut mit erhobenem Kopfe sich erst einmal vergewisserte, ob nicht irgendwie Gefahr im Anzug war. Ehe er dann selber trank, schärfte er dem Jungen ein, ja aufzupassen, und selbst während des Trinkens warf er ab und zu rasch einen Blick hinüber nach der dichten Gebüschgruppe, die in etwa hundert Meter Entfernung das jenseitige Ufer des Wassertümpels säumte. Schließlich wandte er sich in der Sprache, die sie beide ererbt, an Jack.

Ist es jetzt hier gefährlich? fragte er in den primitiven Lauten der Menschenaffensprache.

Nein, kam die Antwort. Ich sah nicht, daß sich irgend etwas bewegte, während du trankst.

Deine Augen werden dir in der Dschungel nur wenig nützen, fuhr der Affe fort. Wenn du hier überhaupt am Leben bleiben willst, mußt du dich auf deine Ohren und auf deine Nase verlassen; am meisten auf deine Nase! Als wir hierher kamen, um zu trinken, und die Zebras uns witterten, wie ich beobachtete, da wußte ich gleich, daß auf dieser Seite des Tümpels keine Gefahr lauerte; denn sonst hätten die Zebras sie schon entdeckt und wären vor unserem Auftauchen auf und davon gegangen. Aber drüben auf der anderen Seite kann gut das Unheil in den

Büschen liegen, zumal der Wind nicht herüberweht. Wir können es nicht einmal wittern, weil das Verräterische uns von dort nicht in die Nase kommt. Meine Nase ist jetzt machtlos, dafür lasse ich in dieser Richtung Ohren und Augen arbeiten.

Und du findest ... nichts! warf Jack lachend ein.

Ich sehe, daß Numa dort drüben in dem dichten Gebüsch und dem hochwuchernden Gras herumkriecht. Und Akut deutete hinüber.

Ein Löwe? rief Jack. Woher willst du das wissen? Ich kann nichts sehen.

Und Numa ist doch dort, erwiderte der große Affe. Erst hörte ich ihn, wie er tief atmete. Für dich gibt es vielleicht bis jetzt noch keinen Unterschied zwischen diesem eigenartigen Atemgeräusch Numas und den Tönen, die an dein Ohr dringen, wenn der Wind durch Gras und Bäume streicht. Aber du mußt in Zukunft genau Numas Atmen erkennen lernen! Ich paßte also scharf auf, und schließlich sah ich, wie sich das hohe Gras an einer Stelle stärker bewegte, als wenn bloß der Wind darüberweht. Sieh, wie sich die Gräser zu beiden Seiten von Numas großem Körper heben und senken! Siehst du, wie er atmet? Da, wie er sich bewegt! Das ist nicht etwa der Wind. So neigt sich das übrige Gras nicht.

Der Junge blickte scharf hinüber. Seine Augen waren gut, besser als die jedes anderen in seinem Alter. Da, ein halbunterdrückter Freudenschrei. Er hatte es entdeckt.

Ja, ich sehe es jetzt. Er liegt dort. Dort! Und er zeigte genau nach der Richtung. Er liegt mit dem Kopf nach uns zu. Ob er uns beobachtet?

Numa sieht uns genau, kam Akuts Antwort. Wir sind aber nicht besonders in Gefahr, wenn wir ihm nicht gerade zu nahe auf den Pelz rücken; er liegt nämlich auf seiner Beute und muß sich seinen Bauch schon ordentlich gefüllt haben, sonst würden wir es hören, wie er die Knochen seines Opfers knirschend zermalmt. Er beobachtet uns jetzt mit einer gewissen Ruhe und eigentlich nur aus Neugier; entweder setzt er bald seine Mahlzeit fort oder er erhebt sich und kommt an den Tümpel, seinen Durst zu löschen. Er fürchtet uns momentan nicht, hat auch keine Lust, über uns herzufallen, und wird daher gar nicht versuchen, uns über seine Anwesenheit im unklaren zu lassen. Das ist jetzt eine ganz ausgezeichnete Gelegenheit, Numa kennen zu lernen; du mußt es ohnehin, wenn du nicht bald in der Dschungel zugrunde gehen willst. Wo wir große Affen in der Überzahl sind, läßt Numa uns lieber allein, denn wir haben lange und scharfe Zähne und verstehen uns auch auf den Kampf. Sind wir aber allein, und ist Numa hungrig, dann ist die Erledigung eines Menschenaffen für ihn ein Kinderspiel. Komm, wir wollen einen großen Bogen um ihn machen und sehen, daß wir seine Witterung in die Nase bekommen! Je eher du damit vertraut wirst, desto besser! Aber bleibe ja immer dicht in der Nähe der Bäume, wenn wir uns jetzt außen um ihn herumschleichen; denn Numa tut auch oft gerade das, was man am allerwenigsten erwartet. Und halte mir Ohren, Augen und Nase offen! Denke immer daran, daß hinter jedem Busch, in jedem Baum und überall im dichten Dschungelgras ein neuer Feind stecken kann! Du willst Numas Pranken entgehen: Paß auf, daß du dabei nicht gerade seinem Weibe Sabor in den Rachen rennst! Folge mir nun!

Akut machte einen großen Bogen um den Wassertümpel und den Löwen, der dort geduckt im Grase lag. Jack folgte dicht auf den Fersen. Alle seine Sinne fühlte er wach, seine Nerven waren aufs höchste gespannt. Das war Leben, wirkliches Leben! Wie weggeblasen waren mit einem Male all die schönen Vorsätze, die ihm noch vor wenigen Minuten unumstößlich schienen. Nichts mehr davon, so daß er so schnell wie möglich irgendeinen anderen Hafenplatz an der Küste zu erreichen suchen und von da sofort nach London zurückreisen wollte! Dafür jetzt nur der eine Gedanke, wie herrlich und wildgewaltig das Dschungelleben doch sein mußte, wenn man mit offenen Sinnen und unerschrocken der Macht und Tücke wilder Dschungelbrut trotzte, die die weiten Lichtungen und düsteren Urwaldpfade dieses großen unbezwungenen Erdteils lauernd und gierig durchstreifte. Gewiß, er kannte keine Furcht, denn sein Vater hatte ihm sein männliches, unerschrockenes Herz vererbt; er spürte aber auch ein Gewissen und das, was man Ehrfurcht vor dem Willen der Eltern nennt, und oft war es so, daß diese geheimen Mächte ihn peinigten, wenn sie in seinem Inneren mit seinem angestammten Freiheitsdrang um die Oberhand über sein Ich rangen.

Sie hatten sich auf gar nicht zu große Entfernung von rückwärts an Numas Graslager herangeschlichen, als der Junge mit einem Male den unangenehmen Geruch des Raubtieres in die Nase bekam. Ein freudiges Lächeln huschte über sein Gesicht; denn irgendwie war es ihm so, als würde er diesen Geruch unter Myriaden anderer sofort erkannt haben, auch wenn Akut ihm nicht erst erzählt gehabt hätte, daß ein Löwe in der Nähe war. Etwas Eigenartiges und doch so seltsam Vertrautes lag in dem, was der Wind herübertrug, was ihm die Nackenhaare zu Berge stehen ließ und ihm ein unfreiwilliges Brummen hervorstoßen ließ, daß seine Zähne kampflustig unter der hochgezogenen Oberlippe hervortraten. Dabei hatte er das Gefühl, als dehne sich die Haut um seine Ohren, und als legten sich diese flach und dicht an seinen Schädel, alles nur, um für den Kampf auf Leben und Tod gerüstet zu sein. Er spürte ein Prickeln in seinem Körper, ein wohliges Gefühl durchrann ihn, wie er es nie in diesem Ausmaß gekannt. Mit einem Schlage war er ein ganz anderer geworden, er war vorsichtig, aufs äußerste gespannt und kampfbereit ..., die Witterung Numas, des Löwen, hatte den Jungen zum wilden Dschungeltier gewandelt.

Nie war ihm ein Löwe von Fleisch und Blut zu Gesicht gekommen, denn seine Mutter hatte ja alle Hebel in Bewegung gesetzt, um das zu verhindern. Die schier unzähligen Bilder von Löwen in seinen Büchern hatte er aber geradezu verschlungen, und so erwartete er jetzt mit wahrem Heißhunger den Augenblick, da sich der König der Tiere leibhaftig vor ihm erheben würde. Während er Akuts Spur folgte, blickte er deshalb immer mit einem Auge über seine Schulter halb nach rückwärts; denn er mochte die Hoffnung nicht aufgeben, daß Numa doch noch von seiner Beute aufsprang und sich in seiner ganzen stattlichen Erscheinung zeigte. So kam es, daß er ein Stück hinter Akut zurückblieb. Doch ein schriller Warnungsschrei des Affen brachte ihm nur zu bald bei, daß er jetzt an andere Dinge als an den rückwärts im Grase versteckten Numa zu denken habe. Er wandte sich rasch nach der Richtung, aus der ihm sein Kamerad zugerufen, allein wildes Entsetzen durchbebte seinen ganzen jungen Leib, wie er gewahrte, was da mitten auf dem Pfad ihm dräuend entgegenstarrte: Eine Löwin, glatt das Fell und beinahe majestätisch schön, noch halb im dichten Grase versunken, in dem sie den Blicken der Ankömmlinge entgangen war. Ihre hellgrünen Augen funkelten aus den weitgeöffneten, fast kreisrunden Höhlen und bohrten sich geradezu in die ihres Gegenübers, das ja kaum noch zehn Schritte entfernt war. Der große Affe stand etwa zwanzig Schritt hinter der Löwin; er brüllte Jack rasch zu, wie er sich verhalten sollte, und überhäufte gleichzeitig die Löwin mit Schmähungen schlimmster Sorte. Offenbar wollte er sie so reizen, daß sie ihre Aufmerksamkeit von Jack abwandte und sich auf ihn zustürzte, während der Junge sich dann in das rettende Geäst eines nahen Baumes schwingen konnte.

Doch Sabor ließ sich nicht irre machen; sie hatte es eben auf den Jungen abgesehen, der zwischen ihr und ihrem Männchen, zwischen ihr und der Beute stand. Das war ihr doch zu verdächtig; vielleicht führte er irgend etwas Böses gegen ihren Herrn und Gebieter im Schilde. Wollte er sie um die Früchte ihrer

Jagd betrügen …? Eine Löwin ist stets kurz angebunden, und da dieser hier obendrein Akuts Gebrüll gar nicht paßte, ging sie mit rollendem Knurren auf Jack los.

Auf den Baum! schrie Akut herüber.

Der Junge wandte sich in wilder Flucht, die Löwin ihm nach. Bis zum Baum waren es zwar nur ein paar Meter, doch als Jack den drei Meter über dem Boden schwebenden Ast im Sprunge erfassen wollte, duckte sich die Löwin schon … Er zog sich rasend behend wie ein kleines Kletteräffchen nach oben. Eine große Vorderpranke streifte ihn leicht an der Hüfte, doch gab das nicht mehr als ein paar harmlose Schrammen, wenn sich auch eine Kralle wie ein Angelhaken in den leichten Gurt seiner Pyjamahosen verfangen hatte und ihm diese glattweg vom Leibe riß. Halbnackt schwang er sich in das Reich der Sicherheit, indessen die Bestie in erneutem Anlauf ihn noch zu packen suchte. Akut ließ von einem andern Baum aus die wüstesten Schimpfworte seiner Affensprache auf die Löwin herniederprasseln, und Jack, der das Verhalten seines Lehrmeisters durchaus billigte, brachte sogleich auch ein paar gehörige „Schmähbomben“ zu Häupten seines wütenden Feindes zum Platzen. Als er indessen merkte, daß bloße Worte hier nicht die geeigneten Waffen sein konnten, besann er sich ganz von selbst auf ein sicher wirksameres Kampfmittel. Zwar waren nur abgestorbene dürre Aste und Zweige zur Hand, aber das war schließlich besser als nichts. Er schleuderte sie Sabor ins Gesicht, so oft sie immer wieder knurrend zu ihm nach oben blickte; ganz so, wie sein Vater es vor zwanzig Jahren getan, wenn er als Knabe die großen Dschungelkatzen höhnen und auf die Folter spannen wollte.

Die Löwin lief noch eine Zeitlang mit wütendem Geknurr um den Stamm des Urwaldriesen herum. Sodann – mochte sie es nun für zwecklos halten, hier bis in die Nacht gleichsam Posten zu stehen, oder hatte sich der Hunger bei ihr energischer gemeldet – trottete sie in majestätischer Haltung davon und verschwand in dem Dickicht, das ihr Herr und Gebieter zum Lagerplatz ausersehen und während der ganzen Streiterei nicht einen Augenblick verlassen hatte.

Froh, daß Sabor endlich den Rückzug angetreten, kletterten Akut und Jack wieder hinab und setzten ihre so jäh unterbrochene Wanderung fort. Der alte Affe schalt den Jungen wegen seiner Unachtsamkeit von vorhin gehörig aus.

Wärest du nicht so versessen auf den Löwen hinter dir gewesen, würdest du die Löwin viel, viel eher bemerkt haben, brummte der Affe ärgerlich.

Aber du gingst ja direkt an ihr vorbei, ohne daß du etwas von ihr gesehen hast, gab ihm Jack schlagfertig zurück.

Akut geriet in Erregung.

So ist es eben, fuhr er fort. So ist es, wenn das Dschungelvolk daran glauben muß. Ein ganzes Leben lang sind wir immer auf der Hut, und in einem einzigen Augenblick ... sind wir vergeßlich und ...

Er knirschte mit den Zähnen; es klang, wie wenn ein Raubtierrachen die Beute krachend zermalmt. – Es soll wenigstens eine Lehre sein, fuhr er dann fort. Du hast jetzt gelernt, daß du niemals mit Augen, Ohren und Nase gleichzeitig lange nach einundderselben Richtung beobachten darfst.

In der folgenden Nacht fror Tarzans Sohn mehr als je bisher in seinem Leben; denn waren auch die Pyjamahosen nicht gerade besonders dick gewesen, so hatten sie ihm immerhin einigermaßen Schutz gewährt. Am anderen Tage mußte er dann in der glühenden Sonne fast „verbraten“, da sie oft weite baumlose Flächen kreuzten.

Im stillen war Jack noch entschlossen, sich nach Süden zu wenden und nach der Küste abzubiegen, wo er auf irgendeine andere Kolonistensiedlung zu stoßen hoffte. Akut hatte er jedoch nichts von diesem Plan mitgeteilt; er wußte, daß der alte Affe außer sich sein würde, wenn er irgendwie Lunte roch, daß der Gedanke an eine Trennung immer noch im Kopfe des Knaben spukte.

Einen Monat lang streiften die beiden weiter durch Wälder und über weite offene Landstriche; Jack wurde rasch mit dem Gesetz der Dschungel vertraut, und seine Muskeln paßten sich bald den tausendfältigen Aufgaben dieses neuen Lebens an, in das sie gleichsam hineingestoßen worden. Das hatte der Sohn vom Vater ererbt, und es bedurfte eben nur noch eines gewissen Trainings in der Schule der rauhen Wirklichkeit, um seine körperlichen Fähigkeiten zur vollen Entfaltung zu bringen. Der Junge fand bald, daß ihm das Klettern und Springen von Baum zu Baum einfach angeboren sein mußte. Selbst in den höchsten Wipfeln spürte er nie den leisesten Schwindel, und als er es dann herausbekommen hatte, wie man sich kunstgerecht von einem Ast zum andern schwang und in welchem Moment man beim Sprunge am besten losließ, konnte er bald rascher und leichter vorwärts kommen als der schwere Akut.

Er war jetzt beinahe allen Unbilden der Witterung ausgesetzt. Seine noch vor kurzem glatte und weiße Haut wurde also immer zäher und widerstandsfähiger, je mehr sie sich unter Sonne und Wind bräunte. Eines Tages badete er; vor Krokodilen brauchte man nicht auf der Hut zu sein, dazu war der Fluß zu klein. Er hatte natürlich seine Pyjamajacke am Ufer abgelegt, und während er sich mit Akut vergnügt in den kühlen Fluten tummelte, war ein kleiner Affe aus dem überhängenden Geäst herabgesprungen, hatte das einzige, was dem Knaben noch von seiner europäischen Ausrüstung geblieben, vor der Nase weggeschnappt und entführt.

Eine Zeitlang war Jack über dieses Mißgeschick recht betrübt; doch sah er dann ein, daß es eigentlich sehr unpraktisch war, halbbekleidet herumzulaufen. Da war es entschieden besser, ganz nackt zu sein. Bald vermißte er seine frühere Bekleidung überhaupt nicht mehr, ja von da an berauschte er sich geradezu an dem stolzen Bewußtsein seiner völligen Freiheit und Ungebundenheit. Ab und zu huschte auch ein besonders überlegenes Lächeln über sein Gesicht; dann suchte er sich allemal das Staunen seiner Schulkameraden vorzustellen, wenn sie ihn jetzt so sehen könnten. Ob sie ihn beneiden würden? O, und wie! Sie taten ihm beinahe leid ... Dann kamen aber auch andere Stunden. Er sah sie mitten im Luxus und in der Behaglichkeit ihrer Elternhäuser drüben in der Heimat, glücklich vereint mit Vater und Mutter ... Da war's, als würge ihn etwas im Halse, so ein dummes komisches Gefühl; dann meinte er das Antlitz seiner Mutter wie im Nebel verschwommen sich nahe zu sehen, und doch hatte er dies Traumbild nicht gerufen ... Und er spornte Akut darauf zu rascherem Vordringen an, weil man gerade wieder einmal westwärts der Küste entgegenwanderte. Der alte Affe meinte, daß man dort irgendwo schließlich auf seine eigenen Stammesgenossen stoßen würde, und Jack hütete sich, ihn eines Besseren zu belehren. Er wollte Akut erst dann in seine wirklichen Pläne einweihen, wenn eine Kolonistensiedlung in greifbarer Nähe vor ihnen lag.

Als sie eines Tages am Ufer eines Flusses langsam dahinschlenderten, stießen sie ganz unerwartet auf ein von Eingeborenen bewohntes Dorf. Kinder spielten am Wasser, und dem Jungen klopfte vor Freude das Herz in der Brust, wie er das sah. Hatte er doch einen Monat lang kein menschliches Wesen zu Gesicht bekommen! Was tat es, daß das hier nackte Wilde waren und daß sie schwarze Haut hatten? Waren es nicht Menschen wie er, genau nach dem Vorbild ihres Schöpfers? Ja, seine Brüder und Schwestern waren es ..., und er ging auf sie zu.

Akut legte mit einer leisen Warnung eine Hand auf Jacks Arm und wollte ihn zurückhalten; doch der junge Engländer schüttelte ihn ab und rannte mit lauten Willkommrufen den ebenholzschwarzen Kindern entgegen.

Der eigenartige Klang seiner Stimme wirkte indessen wie ein Alarmsignal: Die Kinder reckten ihre Hälse nicht schlecht und starrten für ein paar Sekunden zu dem rätselhaften Fremden hinüber; dann flüchteten sie sich schreiend und angsterfüllt nach dem Dorfe zu, unter die schützenden Fittiche ihrer Mutter, die sofort von ihrer Feldarbeit herbeieilten. Und schon nahte vom Dorftor eine Schar schwarzer Krieger, Speer und Schild, die sie auf das mörderische Geschrei der Kinder hin sofort an sich gerissen, kampfbereit in der Hand.

Akut hatte den Jungen schließlich dazu bewogen, daß er wenigstens nicht weiterlief, als sich die ganze Lage so gefährlich gestaltete; von seinem beglückten hoffnungsfrohen Lächeln war nicht mehr viel zu sehen, wie die schwarzen Krieger jetzt mit wildem Gebrüll und drohenden Gebärden heranrückten. Akut rief ihm nochmals laut zu, er solle auf der Stelle kehrt machen, die Schwarzen würden ihn sonst einfach töten, doch er rührte sich nicht. Er schien ruhig abwarten zu wollen, bis sie heran waren. Dann erhob er jedoch seine Rechte, um den Angreifern mit der entgegengehaltenen offenen Handfläche zu bedeuten, daß sie stehen bleiben sollten. Gleichzeitig rief er ihnen zu, er käme als ihr Freund und er habe nichts anderes im Sinn gehabt, als mit ihren Kindern zu spielen.

Die Eingeborenen verstanden natürlich kein Wort, antworteten aber um so deutlicher mit einem Speerhagel, wie ihn jedes andere nackte Geschöpf, das plötzlich auf ihre Frauen und Kinder aus der Dschungel hervorstürzte, für durchaus selbstverständlich gehalten hätte. Rechts und links und vor ihm sausten die grimmigen Geschosse in die Erde, keines erreichte sein Ziel. Den Jungen durchlief wieder wie neulich jenes seltsame Zittern, die dünnen Haare im Nacken und auf der Kopfhaut schienen sich zu sträuben, er kniff seine Augen zusammen, in denen das freundliche Leuchten von vorhin jäh verglommen und wildem Haßgefunkel gewichen war. Ein leiser knurrender Laut – ganz wie bei einem Raubtier, das enttäuscht abziehen muß – kam über seine Lippen. Dann wandte er sich in rasendem Lauf zur Dschungel zurück. Akut erwartete ihn schon ungeduldig im Schatten eines Baumriesen und spornte ihn zu immer rascherer Flucht an; der alte, erfahrene Menschenaffe wußte genau, daß sie beide nackt und ohne Waffen den sehnigen schwarzen Kriegern nicht gewachsen waren, die zweifellos irgendwie versuchen würden, sie in der Dschungel aufzuspüren, und zu vernichten.

Doch Tarzans Sohn fühlte mit einem Male, wie die Kräfte in ihm wuchsen. Frank und frei und mit offenem Herzen war er diesen Leuten, die doch auch nur

Menschen waren, entgegengegangen, um ihnen seine Freundschaft anzubieten –, und dafür hatten sie ihn mit Argwohn und tückischen Speeren überschüttet. Sie hatten ihn nicht einmal hören wollen? Wut und auflodernder Haß verzehrten ihn fast, als er sich das jetzt so vorstellte. Akut mahnte ihn von neuem zur Eile. Er kümmerte sich nicht darum. Nein, kämpfen mußte er, und mochte ihm auch sein Verstand hundertmal sagen, daß es geradezu Wahnsinn, ja Selbstmord war, wenn er allein mit bloßen Armen und Händen und seinen Zähnen der bewaffneten Übermacht trotzen wollte – er hatte eben doch seine Zähne und seine starken Arme …! Die sollten ihm helfen, wenn die Wilden noch einmal zum Kampfe herausforderten.

Während sie auf halber Höhe der Bäume vordrangen, blickte er immer einmal über seine Schultern nach rückwärts, ohne dabei zu vergessen, daß tausend andere Gefahren ringsum und überall lauern konnten; denn das Erlebnis mit der Löwin bedurfte keiner Wiederholung, er hatte es sich ein für allemal zu Herzen genommen, was ihn jene bangen Minuten gelehrt. Hinter sich hörte er jetzt die Wilden, die rufend und schreiend durch das Dickicht vorrückten. Er wartete, bis die Verfolger in Sicht kamen, dann schwang er sich ihnen unbemerkt in den Bäumen nach; die Schwarzen dachten natürlich nicht im entferntesten daran, daß man diesem menschlichen Wesen auch oben im Geäst der Baumriesen nachspüren müsse.

Etwa eine Meile weit mochten sie so den Wald durchstöbert haben, als sie es aufgaben und sich zur Rückkehr in ihr Dorf anschickten. Das war der geeignete Augenblick, auf den Jack noch gewartet, indessen ihm schon das Blut in den Adern kochte, daß er schließlich seine Verfolger wie in einem scharlachroten Nebel zu seinen Füßen dahinschleichen sah …

Sie kehrten um – und er folgte ihnen. Von Akut war nichts mehr zu sehen. Er hatte sicher gemeint, daß der Junge von allein nachkommen würde, und war vorausgeeilt, zumal er keine Lust verspürte, das Schicksal herauszufordern und sich unnötig im Bereich dieser todbringenden Speere zu zeigen. Jack schwang sich also vorsichtig von Baum zu Baum und blieb so den heimkehrenden Kriegern immer dicht auf den Fersen. Als dann einer der schwarzen Männer auf dem schmalen Waldpfad, der zum Dorfe führte, hinter den anderen etwas zurückblieb, zuckte ein hartes Lächeln über Jacks Gesicht.

Ein paar rasche kühne Sprünge ... und er war dicht über dem ahnungslosen Schwarzen. Wie Sheeta, der Leopard, sich an sein Opfer heranschleicht, hatte er schon oft beobachtet: Jetzt war er selber Sheeta!

Plötzlich und lautlos stürzte er sich auf die breiten Schultern seiner Beute hernieder, und im Bruchteil einer Sekunde hatten seine tastenden Finger den Hals des Mannes gefunden. Mit der ganzen Wucht seines Körpers schleuderte er den Schwarzen zu Boden und stemmte ihm seine Knie in den Rücken, daß es ihm den Atem verschlug, als er sich zur Wehr setzen wollte. Scharfe weiße Zähne gruben sich tief in das Genick des Eingeborenen, und immer fester klammerten sich kraftgeschwellte Finger um seine Gurgel. Eine Zeitlang suchte der Krieger, der verzweifelt um sein Leben rang, sich noch herumzuwerfen und seinen unerbittlichen Gegner abzuschütteln. Doch das unheimliche Wesen, das stumm und erbittert ihm im Nacken saß, ohne daß er es einmal Auge in Auge zu sehen bekam, war auf der Hut und zerrte ihn langsam in die Büsche abseits vom Waldpfad.

Der „elfte" Löwe

Als Akut gewahrte, daß der Junge sich nicht an ihn herangehalten hatte, kehrte er sofort um. Vielleicht war er wieder in Gefahr. Er mußte ihn jedenfalls suchen. Nach kurzer Zeit bot sich ihm indessen ein Anblick, der ihn mehr als stutzig machte und erst einmal abwarten ließ. Was für eine seltsame Gestalt kam denn da oben in den Bäumen gerade auf ihn zu? Sollte das wirklich Jack sein ...? Und doch, er war es. In seinen Händen trug er einen langen Speer, auf seinem Rücken hing ein länglicher Schild, genau so einer, wie ihn die Schwarzen, von denen sie heute angegriffen worden, gehabt hatten; die Fußgelenke und Arme waren mit Ringen aus Eisen und Kupfer geschmückt, und in dem Leinenschurz, der sich in Falten um die Lenden des Jungen schlang, steckte ein Messer.

Sowie Jack den Affen von ferne erkannte, eilte er ihm in schnellstem Tempo entgegen, denn er brannte geradezu darauf, ihm seine Trophäen vorzuführen. Stolz leuchtete aus seinen Augen, als er dann jedes neue Beutestück von dem Affen gebührend gewürdigt wissen wollte, und mit prahlender Stimme schilderte er hastig seine Heldentat bis in alle Einzelheiten.

Ja, mit den bloßen Händen und mit meinen Zähnen habe ich ihm den Garaus gemacht! betonte er schließlich nochmals und fuhr dann fort: Meine Freunde hatten sie sein sollen, doch sie wollten das gerade Gegenteil. Gut, jetzt habe ich einen Speer, jetzt will ich auch Numa beweisen, was es heißt, mich zum Feind zu haben! Akut, paß auf: Nur die Weißen und die großen Menschenaffen sind unsere Freunde; wir wollen sehen, daß wir sie irgendwo finden. Allen anderen müssen wir aus dem Wege gehen oder ... wir müssen sie einfach töten. So viel habe ich nun aus dem Dschungelleben gelernt. –

Sie wanderten also zunächst in einem größeren Bogen um das Dorf, dessen Bewohner ihnen so grimmig entgegengestürmt waren, und setzten ihren Marsch nach der Küste fort. Jack war immer wieder ganz stolz auf seine neuen Waffen und auf den schimmernden Schmuck. Er übte sich unermüdlich im Gebrauch des Speeres, suchte sich bald hier, bald da ein Ziel, indessen man sich mühsam den Weg durch die Wildnis bahnte, und wurde so schließlich dank der jugendlichen Elastizität seiner Muskeln sehr rasch in die Geheimnisse dieser Waffe völlig eingeweiht. Inzwischen versäumte auch Akut nicht, ihn weiter in seine Schule zu nehmen. Bald lagen die Spuren, die das Dschungelleben überall in Erde, Baum und Busch einzeichnete, klar und deutlich wie die Lettern eines aufgeschlagenen Buches vor seinen scharfen Augen, und all die anderen geheimen Spuren, die an den abgestumpften Sinnen zivilisierter Menschen ohne weiteres vorübergleiten und sogar seinem wilden Vetter oft halb rätselhaft blieben oder gar entgingen, wurden ihm vertraut, als seien sie seine besten Freunde. Er witterte gleichsam mit tödlicher Sicherheit all die unzähligen Pflanzenfresser, die in der Waldwildnis und auf den weiten offenen Flächen hausten, er konnte immer genau sagen, ob ein Tier nahte oder davoneilte – und dies einzig und allein, weil seine Sinne genau zu unterscheiden vermochten, ob die Witterung sich verstärkte oder ob sie immer schwächer wurde. Nicht einmal seine Augen brauchte er erst zu Hilfe zu rufen, wenn er selbst bei Gegenwind genau herausbekommen wollte, ob zwei Löwen oder etwa vier im Hinterhalt lauerten, ob hundert Meter entfernt oder auch eine halbe Meile.

Viel davon hatte ihm Akut beigebracht, doch bei weitem mehr lag ihm gleichsam im Blute; es war dies jenes eigenartige instinktive Ahnen und Erkennen, das er von seinem Vater ererbt. Und nun liebte er das Dschungelleben erst recht! Verstand und Sinne lagen in beständigem Kampf mit den vielen Todfeinden, die bei Tag und Nacht am Wege lauern, und verlangten nach immer größeren Abenteuern, wie sie jeder, in dessen Adern überhaupt noch das frische rote Blut der ersten Menschen rollt, sich wünscht. Ja, er liebte dies Leben hier, und doch war er wieder auch nicht so selbstsüchtig, daß er darüber die Stimme in seinem Inneren überhörte, die ihm seine abenteuerliche Flucht nach Afrika als ein Unrecht vorhielt. In seinem Herzen lebte die Liebe zu Vater und Mutter; sie lebte im wahrsten Sinne des Wortes, und so konnte ihm das auch keine reine Freude sein, was den Eltern zweifellos manch' bittere Stunde bereitete. Er blieb deshalb auch fest bei seinem Entschluß, einen Küstenort ausfindig zu machen, von dem aus die Verbindung mit seinen Eltern wieder aufgenommen, und seine Rückkehr nach London durch Geldüberweisung sichergestellt werden konnte. So viel würde er nachher von seinen Eltern schon erreichen, daß er einmal auf einige Zeit nach den afrikanischen Besitzungen seines Vaters, über die er zufällig daheim ein paar nicht für ihn bestimmte Angaben aufgefangen, beurlaubt würde. Das wäre dann eine für alle befriedigende Lösung und wenigstens besser, als das ganze Leben lang in den Fesseln der Zivilisation schmachten zu müssen.

So war er schon recht zufrieden, daß man wieder der Küste zu marschierte, genoß die Freiheit und die Freuden der Wildnis in vollen Zügen und fühlte dabei, wie ihm die drückende Last immer mehr vom Herzen fiel, denn er war sich bewußt, daß er alles Menschenmögliche tat, um wieder zu seinen Eltern zurückzukehren. Vorwärts schweifte sein Blick vor allem; dort mußte er ja endlich wieder Weißen begegnen, Menschen wie er selbst und wie er sie sich jetzt nur zu oft als Kameraden gewünscht hätte. Es war doch nicht einfach, immer nur mit dem alten Affen auszukommen. Auch der Zusammenstoß mit den Schwarzen machte ihm immer noch Kopfzerbrechen. Mit so unschuldig-freundlicher Miene, mit geradezu kindlich-offenem Wesen und mit unzweideutigem Willkommengruß war er ihnen entgegengegangen – und die Antwort? O, seine jugendlichen Ideale waren stark erschüttert, es war ihm alles wie ein Schlag ins Gesicht gewesen. Der Schwarze war jedenfalls nicht mehr sein Bruder, er war ihm nichts anderes als ein Feind, der blutdürstig die Dschungel durchstreift, nichts anderes als ein Raubtier, nur daß er auf zwei Füßen statt auf allen Vieren daherkam.

So ging ein Tag nach dem anderen dahin, und im Laufen und Jagen und Klettern wuchsen Muskelkraft und Gewandtheit, daß selbst der phlegmatische Akut bald seinen gelehrigen Schüler ob seiner Tapferkeit geradezu bewundern mußte. Jack wurde sogar im Vollgefühl seiner Kräfte allzu stolz auf sein Können und ließ sich so erneut zur Unvorsichtigkeit verleiten. Erhobenen Hauptes schritt er durch die Dschungel und forderte damit die Gefahr oft glatt heraus. Während Akut sich stets sofort in die Bäume hinauf zurückzog, wenn ein Löwe gewittert wurde, lachte Jack dem König der Tiere keck ins Gesicht und folgte ihm. Lange war das Glück ihm dabei hold. Die Löwen, denen er begegnete, mochten sich eben gerade an anderer Beute sattgefressen haben. Oder die offensichtliche Frechheit des Fremdlings, der sich ohne Bedenken in ihre Gebiete hineinwagte, verblüffte sie derart, daß sie wie gebannt stehen blieben und, statt selbst anzugreifen, einfach zuschauten, wie er daherkam und schließlich weiterging. Sei dem nun, wie ihm wolle, die Tatsache bleibt bestehen, daß ihn mehrmals nur ein paar Schritte von einem großen Löwen trennten, und daß er stets unbehelligt vorüberkam. Ein kaum merkliches Knurren war das einzige, worauf diese furchtbaren Dschungeltiere nicht verzichteten.

Allein es gibt nicht zwei Löwen, die einander ihrem Charakter und ihrem Temperament nach völlig glichen. Die Unterschiede sind vielmehr nicht minder gering wie bei den Menschen, und es ist noch lange nicht gesagt, daß, sollten zehn Löwen unter den gleichen Bedingungen sich ähnlich verhalten, der elfte nicht aus der Rolle fällt, wenn er es sich gerade in den Kopf gesetzt hat. Er kann denken und sich deshalb eben auch einmal anders als die andern entschließen; er hat ja seinen Verstand und ein empfindliches Nervensystem, das auf fremdartige Eindrücke jeweils ganz verschieden reagiert.

Und eines Tages kam dem Jungen jener elfte Löwe in den Weg. Jack kreuzte gerade eine kleine, dicht mit Grasbüscheln bestandene Lichtung, als er Numa gewahrte.

Schnell, Akut, rief er lachend dem großen Affen, der links neben ihm war, zu. Numa lauert drüben im Gebüsch. Mach', daß du in die Bäume hinaufkommst! Ich, der Sohn des Tarzan, will dich beschützen. Und er lachte gerade heraus und schritt unbekümmert um den Löwen, der noch immer in seinem Versteck lag, weiter.

Der Affe brüllte Jack zornig zu, er solle sofort ausweichen, doch Jack schwang als Antwort herausfordernd seinen Speer und führte gar noch eine Art Kriegstanz auf, als könne er dem König der Tiere gar nicht deutlich genug zeigen, wie sehr er ihn verachtete. Immer näher und näher war er dabei an das furchtbare Raubtier herangekommen. Da ... ein wütendes Knurren – und der Löwe sprang wie ein Blitz aus heiterem Himmel aus seinem Hinterhalt hervor. Kaum zehn Schritte war er noch von Jack entfernt, und was für ein stattliches Exemplar war gerade dieser Löwe! Ein rechter, stolzer Herr und Gebieter der Dschungel und der Wüste! Imponierend wallte die Mähne über seinen Nacken, grausige Fangzähne blitzten drohend aus weitgeöffnetem Rachen, und in seinen gelbgrünen Augen funkelten Haß und Erbitterung.

Der Junge warf einen kurzen Blick auf den armseligen Speer, den seine Hand umklammerte. Was sollte diese Waffe hier ausrichten können? Der Löwe war zweifellos ein anderer Kerl als die, denen er in der letzten Zeit begegnet. Ob er nicht lieber den Rückzug antrat? Doch dazu war es entschieden schon zu spät. Der nächste Baum stand ein paar Meter weiter links. Der Löwe konnte ihm einfach den Weg abschneiden oder über ihn herstürzen, noch ehe er halb drüben sein würde; denn es war kein Zweifel, daß die Bestie im nächsten Augenblick zum Angriff überging; das hätte jeder sich gesagt, der ihr jetzt Auge in Auge gegenübergestanden hätte. Drüben, nur ein paar Meter hinter dem Löwen, wuchs dichtes Dorngestrüpp. Das wäre jetzt die einzige Rettung gewesen – doch Numa stand ja davor!

Tarzans Sohn wog den langen Schaft seines Speeres prüfend in der Hand und warf nochmals einen raschen Blick über den Löwen hinweg auf das Dornengestrüpp. Eine beinahe lächerliche, alberne Idee durchzuckte sein Hirn ... Es war jetzt nicht die Zeit, erst lange das Für und Wider abzuwägen, es gab nur einen einzigen Ausweg: Er mußte das dornige Gestrüpp zu erreichen suchen. Griff der Löwe an, war es schon zu spät; er mußte ihm unbedingt zuvorkommen. Akut und nicht minder der Löwe selbst waren also geradezu verblüfft, als Jack in einem jähen Sprung auf ihn zustürzte. Eine Sekunde rührte sich Numa nicht, so groß war sein Erstaunen – und eben diese Sekunde genügte Jack, um sein tollkühnes Wagen mit einem Trick zu krönen, den er früher auf dem Sportplatz in harmloserer Form geübt hatte.

Er war direkt auf die Bestie losgestürmt, hatte aber dabei seinen Speer so gehalten, daß er quer zu seinem Körper lag. Akut schrie laut auf vor Entsetzen und Bestürzung, wie er das erkannte, während der Löwe mit weit aufgerissenen Augen dem Angriff entgegensah. Er brauchte sich ja nur auf seiner Hinterhand aufzurichten und die Pranken, die einen Büffelschädel einschlagen konnten, auf dieses vorwitzige Geschöpf niedersausen zu lassen und ...

Doch als Tarzans Sohn dicht an seinen Gegner heran war, stemmte er mit einem Male den Speer mit dem dicken Schaftende auf den Boden und schwang sich in jähem kühnen Sprung über Numas Kopf hinüber in die reißenden Arme des Dornbusches, noch ehe die Bestie in ihrer Verwirrung den Trick durchschaut hatte. Jack war gerettet, wiewohl er aus vielen Wunden blutete.

Akut hatte bisher nie solch einen „Stabhochsprung“ gesehen. Er schien jedoch heilfroh, daß alles gut abgegangen war, und schwang sich jetzt im sicheren Bereich seines Baumes prahlend auf und nieder, wobei er den schmählich getäuschten Löwen mit allerhand Schimpfworten verhöhnte. Der Junge suchte sich indessen in seinem Dornenwall noch besser zu verschanzen. Wohl rissen ihm die spitzen Stacheln neue Wunden, doch das war schließlich das Schlimmste nicht. Er hatte sich selbst das Leben gerettet, das war die Hauptsache, wenn er dafür nun auch sein gerüttelt Maß an Schmerzen tragen mußte! Erst schien es, als wolle der Löwe überhaupt nicht das Feld räumen. Aber nach einer vollen Stunde hatte es die grimme Bestie endlich satt, vergeblich auf der Lauer zu bleiben, und trottete in majestätischer Haltung quer über die Lichtung davon.

Sowie das Tier außer Sicht war, zwängte sich Jack mühsam aus den wirren Dornbüschen heraus, was natürlich nicht ohne neue Martern für seinen so schon arg zerfetzten Körper abging. –

Es dauerte einige Zeit, bis sich diese Wunden ganz schlossen. Sie hielten ihm alle Tage wieder vor Augen, daß er hatte ordentlich Lehrgeld zahlen müssen. Zudem mochte sich ihm das Furchtbare jenes Augenblicks, da er um ein Haar dem Rachen Numas nicht mehr entgangen wäre, für sein ganzes Leben als warnendes Beispiel eingeprägt haben, nie wieder leichtfertig das Schicksal herauszufordern.

Manch kühnes Wagnis hatte er in seinem ferneren Leben zu bestehen; doch nur in den Fällen, in denen es das Schlußglied in der Kette einer genau berechneten Tat war, verließ er sich wieder auf seine Geschicklichkeit im Stabhochsprung.

Die beiden mußten nun einige Tage Halt machen, weil Jack mit seinen schmerzhaften Verletzungen wenigstens zunächst einer gewissen Schonung bedurfte. Der große Menschenaffe beleckte ab und zu die Wunden seines jungen Freundes, und das war auch die einzige Linderung. Immerhin schien alles ziemlich rasch zu heilen; er hatte ja gesunde Haut und gesundes Blut, die in derartigen Fällen in erster Linie eine schnelle Genesung garantieren.

Sowie er einigermaßen wieder bei Kräften war, setzten die beiden ihren Marsch nach der Küste fort. Jack glaubte merkwürdigerweise zu ahnen, daß irgend etwas Erfreuliches in der Luft lag.

Und schließlich kam auch der langersehnte Augenblick. Man arbeitete sich gerade mühsam im unteren Geäst üppig umrankter Urwaldriesen vorwärts, als Jack mit seinen scharfen Augen zwar nicht mehr frische, aber doch noch deutliche Spuren entdeckte. Sein Herz zersprang ihm fast vor Freude, denn die Spuren mußten von Menschen herrühren – von richtigen Menschen, von Weißen! Zwischen den Abdrücken nackter Füße waren einwandfrei die Umrisse von Schuhen zu erkennen, wie sie nur von Weißen getragen wurden. Die Spuren der anscheinend starken Karawane führten nordwärts, kreuzten also die Richtung, die der Affe und Jack nach der Küste zu bisher eingehalten, in einem rechten Winkel.

Es war kaum zu bezweifeln, daß diese Weißen die nächste Kolonistensiedlung an der Küste kennen würden, wenn sie sich nicht gar schon selbst im weiteren Verlauf ihres Marsches dahin gewandt hatten. Jedenfalls schien es Jack der Mühe wert zu sein, ihnen nachzueilen –, und wenn er sich damit bloß den Spaß leisten sollte, einmal wieder Menschen seinesgleichen die Hand zu schütteln. Er war Feuer und Flamme für diesen Abstecher und drängte Akut mit dem ganzen Ungestüm seiner jugendlichen Begeisterung, sich unverzüglich an der Verfolgung jener Unbekannten zu beteiligen. Akut erhob allerlei Einwände; es war klar, er wollte von Menschen und gar von den Weißen überhaupt nichts wissen. Für ihn war Jack auch ein Affe, er war einer seiner Stammesgenossen, denn sein Vater war ja der König der Menschenaffen gewesen. Immer wieder suchte er ihn von seinem Vorhaben abzuraten und wies ihn schließlich noch darauf hin, daß sie bald ihre eigenen Stammesgenossen gefunden haben müßten, die ihn, wenn er erst ein paar Jahre älter wäre, als Nachfolger seines Vaters zu ihrem König machen würden. Allein Jack blieb bei seiner Ansicht. Er bestand darauf, daß er jetzt unbedingt einmal wieder mit Weißen sprechen müsse, zumal er seinen Eltern wenigstens ein Lebenszeichen von sich zukommen lassen wolle. Akut hatte genau hingehört. Jetzt wußte er es, sein Tierverstand genügte vollauf, um ihm die wahren Pläne des Knaben zu enthüllen: Jack wollte einfach zu seinesgleichen zurückkehren.

Der alte Affe war über diese Entdeckung recht betrübt, denn er liebte den Jungen, wie er früher dessen Vater geliebt; ja mehr noch: Er lief ihm nach, wie ein Hund seinem Herrn, in einer geradezu rührenden Treue und Anhänglichkeit. Er hatte in seinem Affenhirn und in seinem Affenherzen immer die Hoffnung genährt, daß er und der Junge sich nie wieder trennen müßten, – und nun sollte es mit einem Male um all seine schönen Zukunftspläne geschehen sein? Es war trostlos, und doch beschloß er, Jack die Treue zu halten und ihn jetzt seinem Wunsche gemäß bei der Verfolgung der Safari und der weißen Menschen nicht im Stich zu lassen. Gut, er würde ihn begleiten, wohin er immer wollte, und mochte es der letzte gemeinsame Marsch sein.

Die Spuren waren nur ein paar Tage alt, als die beiden sie entdeckten. Die Karawane kam auch sicher sehr langsam voran, weil dichtes Gestrüpp und Schlingpflanzen die schwerbepackten Träger auf Schritt und Tritt hemmen mußten, und so konnte man damit rechnen, sie schon in wenigen Stunden einzuholen. Für Akut und Jack war solch ein „Marsch" eine Kleinigkeit. Ihre Muskeln waren ja geschmeidig und kräftig genug, sie trugen den Körper hoch über dem Wirrwarr der üppigen Bodenvegetation von Baum zu Baum, Meile auf Meile.

Der Junge war immer seinem getreuen Gefährten voraus. Eine seltsame Unruhe und eine dunkle Ahnung bestimmten ihn dazu; außerdem wußte er ja, daß es dem Affen nur schmerzlich war, wenn man das Ziel wirklich erreichte. So entdeckte denn auch der Knabe als erster die Nachhut der Karawane und die Weißen, auf die er es vor allem abgesehen hatte.

Vor ihnen sah er etwa ein Dutzend schwerbeladene schwarze Träger sich mühsam auf dem unwegsamen Pfad dahinschleppen. Ab und zu blieben einige etwas zurück, doch das bekam ihnen schlecht. Mochten die armen Kerle müde oder krank sein, wer fragte darnach? Die schwarzen Aufseher der Nachhut hieben auf sie ein und, wenn sie dann gar noch zusammenbrachen, bekamen sie ein paar ordentliche Fußtritte, wurden mit rohem Griff wieder hochgerissen und von neuem vorwärts getrieben. Die beiden Weißen waren Hünengestalten mit unglaublich dicken blonden Bärten, hinter denen das Gesicht beinahe vollständig verschwand.

Der Junge wollte die Weißen eben mit einem lauten Freudenschrei begrüßen, da mußte er Zeuge eines Vorfalls sein, der ihm gleichsam die Stimme im Munde erstarren ließ. Die Wut packte ihn, als er sah, wie die Weißen mit einem Male schwere Peitschen auf die nackten Träger niedersausen ließen. Schändlich, wie sie diese armen Teufel so brutal behandeln konnten, die unter ihrer Last schier zusammenbrachen. Und was für eine Last! Kein Mensch konnte so bepackt selbst am frühen Morgen mit frischen Kräften ein paar Stunden marschieren.

Ab und zu hielten die Weißen und die Leute der Nachhut nach rückwärts Ausschau, als ob von da jeden Augenblick ein längst erwarteter Angriff einsetzen könne. Der Junge, der erst auf seinem Ausguck eine Weile gewartet hatte, als er die Karawane einmal in der Nähe wußte, folgte jetzt langsam nach, um jenes böse Schauspiel genauer beobachten zu können. Akut war inzwischen auch herangekommen; wohl erschrak er weniger über diese abscheuliche Szene als Jack, aber in seiner Brust ballten sich dafür um so rascher Zorn und Wut über diese zwecklose Quälerei hilfloser Sklaven. Er sah Jack verwundert an.

Warum rennst du denn nicht hin? fragte er. Das sind doch ebensolche Geschöpfe wie du; nun hast du sie ja eingeholt! Warum begrüßt du sie nicht?

Das sind ja Teufel, stieß der Junge mit verhaltenem Zorn hervor. Meinst du, ich möchte mit solchen Kerlen was zu tun haben? Und wenn ich es doch wollte: Sie sollten nur einmal in meiner Gegenwart ihre Leute so prügeln wie jetzt, ich stürzte über sie her und machte sie kalt!

Er schien einen Augenblick zu überlegen, ehe er fortfuhr: Halt, Akut, ich kann sie immerhin fragen, wie wir zum nächsten Hafen kommen. Nachher lassen wir sie ihrer Wege gehen.

Der Affe schwieg, indessen sich der Knabe schon nach unten schwang und dann schnellen Schritts auf die Safari zuging. Kaum hundert Meter mochte er zurückgelegt haben, als ihn einer der beiden Weißen entdeckte. Der Mann schrie laut auf, legte sein Gewehr auf Jack an und feuerte. Die Kugel sauste jedoch dicht vor den Füßen des Knaben in den Boden und wirbelte nur ein paar harmlose Blätter und Grasfetzen empor. Doch damit waren die schwarzen Askari der Nachhut und der andere Weiße alarmiert, und im nächsten Augenblick knatterte es an allen Ecken und Enden.

Jack war sofort hinter einen Baum gesprungen. Man feuerte also ins Blaue hinein, und das war kein Wunder!

Panikartig – als würden sie von Tod und Teufel gehetzt – hatten Karl Jenssen und Sven Malbihn sich in jener Nacht auf die Flucht gemacht. Tag für Tag glaubten sie den Scheich und seine blutdürstige Gefolgschaft dicht auf ihren Fersen, und bei jedem geringsten Geräusch, das ihnen die Dschungel aus ihren Tiefen nachsandte, meinten sie, ihr Stündlein habe geschlagen. Ihre Nerven waren nur mehr wie Zwirnsfäden, und selbst den Schwarzen tanzten die Schreckensgespenster stets vor den Augen. Und wie nun mit einem Male dieser nackte, weiße Krieger lautlos aus den Dschungelgründen hervordrang, die sie eben noch durchquert, mußte die Bombe platzen. Das bißchen Nervenkraft, über das Malbihn gerade noch verfügte, zersprang wie Glas in tausend Splitter:

Ein erschütternder Schrei, ein Schuß – und er, der den Fremdling zuerst gesehen, hatte alle anderen mitgerissen.

Allein nach ein paar Minuten hatte sich der Sturm gelegt, weil schließlich auch die schlimmste Kopflosigkeit einmal ihr Ende haben muß. Man versuchte langsam dahinterzukommen, wem diese große Kraftanstrengung eigentlich gegolten hatte, und dabei stellte sich heraus, daß einzig und allein Malbihn etwas wirklich Verdächtiges gesehen hatte. Einige Schwarze behaupteten zwar auch, ganz deutlich eine fremdartige Gestalt beobachtet zu haben, doch wichen die Beschreibungen dermaßen von einander ab, daß Jenssen, der überhaupt nichts zu Gesicht bekommen hatte, die ganze Geschichte doch mit einer ziemlichen Portion Mißtrauen betrachtete. Einer der Schwarzen wollte ganz genau wissen, daß das „Ding" über drei Meter groß gewesen sei; es habe zwar einen Körper wie jeder Mensch gehabt, aber einen – Elefantenkopf! Wieder ein anderer bestand hartnäckig darauf, drei riesengroße Araber mit langen schwarzen Bärten gesehen zu haben ... –

Als man schließlich der allgemeinen Nervosität Herr geworden war und die Nachhut vorschickte, um den Feind in seiner Stellung aufzustöbern, fand man ... nichts; denn Akut und der Junge hatten sich inzwischen eiligst aus dem Bereich der verderbenspeienden Gewehre zurückgezogen. Jack war sehr, sehr niedergeschlagen. Er hatte ja noch nicht einmal jene beschämend unfreundliche und unerwartete Haltung der Schwarzen von neulich verwunden, geschweige denn verstanden, und da mußten ihn jetzt auch noch Männer seiner eigenen Rasse und Farbe weit schlimmer und unwürdiger empfangen!

Das sind die kleineren Bestien, die vom Schrecken gepackt vor mir fliehen! murmelte er halb vor sich hin. Die größeren Bestien aber sind die, die mich in Stücke reißen wollen, wenn sie mich nur sehen. Die Schwarzen wollten mich töten, mit Speeren oder Pfeilen. Und die Weißen, die meinesgleichen sein sollen, ha, die haben auf mich geschossen und mich fortgejagt. Ist denn alle Kreatur auf der weiten Welt mir feind? Hat Tarzans Sohn außer Akut keinen Freund mehr?

Der alte Affe schmiegte sich dichter an ihn.

Die großen Affen sind noch da, du! begann er. Nur die großen Affen wollen auch die Freunde von Akuts Freund sein, nur sie werden Tarzans Sohn gerne bei sich aufnehmen. Du hast es gesehen: Die Menschen mögen dich nicht leiden, komm, wir wollen jetzt aufbrechen und sehen, daß wir bald unsere Stammesgenossen, die großen Affen, finden!

Die Sprache der großen Affen ist als eine Kombination von einsilbigen Kehllauten und allerhand Gesten zu denken. Nun kann man zwar das, was die Tiere sagen, nicht buchstäblich sagen, nicht buchstäblich in unsere Menschensprachen verdolmetschen, doch soviel steht nach Menschenermessen fest, daß die eben erwähnten Worte genau wiedergeben, was Akut seinem Freunde in jener Stunde zu sagen hatte.

Stumm gingen die beiden dann einige Zeit nebeneinander. Der Junge war tief in Gedanken versunken, Gedanken, in denen Haß und Wut und Rachgier die Oberhand hatten. Schließlich brach er das Schweigen.

Gut, abgemacht. Akut! sagte er mit fester Stimme. Wir wollen sehen, daß wir unsere Freunde, die großen Affen, finden!

Korak, der „Töter"

Ein Jahr war verstrichen, seit die beiden Schweden vom Schrecken gejagt die wilden Gebiete verlassen hatten, in denen der Scheich der Machthaber war. Die kleine Meriem spielte noch immer mit Geeka und verschwendete alle ihre kindliche Liebe und Zuneigung an diese Puppe, die kaum mehr eine Puppe war und selbst in ihren besten Tagen nicht im entferntesten reizend oder gar liebenswert hätte genannt werden können. Allein für Meriem war und blieb Geeka eben das „süße, liebe, gute" Kind. Sie drückte den arg mitgenommenen Elfenbeinkopf an ihre Wangen und flüsterte Geeka in die tauben Ohren, was sie an Sorgen und auch an Hoffnungen und Wünschen bewegte; denn mochte ihre Lage noch so trostlos sein, mochte es scheinen, als könne sie nie mehr der Gewalt ihrer rohen „Eltern" entrinnen, sie hörte nicht auf zu hoffen und ließ ihr Herz voller Wünsche und Sehnsüchte lebendig bleiben. Was ihr immer vorschwebte, war wohl nicht klar umrissen und wogte in ihrem Innern wie in einer Nebelwolke, die in einem schönen Augenblick von den Strahlen der Sonne sieghaft durchbrochen werden kann. In der Hauptsache liefen ihre Wünsche aber sicher darauf hinaus, daß sie mit Geeka nach einem weit entlegenen und unbekannten Fleckchen Erde entfliehen wollte, jedenfalls irgendwohin, wo es keinen Scheich und keine Mabunu gab, wo El Adrea nicht plötzlich hervorstürzen konnte und wo sie selbst alle Tage unter Blumen, Blüten, Vögeln und harmlosen kleinen Kletteräffchen lustig und ungestört würde spielen können. –

Eines Tages hockte Meriem unter einem großen schattigen Baum dicht am Dorfrand und noch innerhalb des Palisadenzaunes. Sie baute ein Blätterzelt für Geeka. Vor dem Zelt lagen ein paar Holzstückchen, kleinere Blätter und einige Steine; das sollte Geekas Haus- und Küchengerät sein, denn Geeka sollte das Mittagessen kochen. Während die kleine Meriem sich an diesem kindlichen Spiel ergötzte, erzählte sie sich immer das lustigste Zeug mit ihrer stummen Gefährtin, der sie fürsorglich auch noch eine Art Rückenlehne aus dürren Zweigen gefertigt, damit sie bequem sitzen konnte. Meriem war derart in Geekas kleine häusliche Pflichten vertieft, daß sie es gar nicht merkte, wie es erst in den Zweigen ihres großen Baumdaches leise rauschte, und wie dann ein Fremdling von der Dschungel her vorsichtig auf die dicken Äste des Baumriesen herüberglitt.

Nichts, auch gar nichts ahnte das kleine Mädchen in seinem glücklichen Spiel davon, daß zwei Augen fest und unverwandt von oben auf sie herabblickten und sich kaum satt sehen konnten. Wie sollte auch jetzt jemand kommen! Sie wußte, daß niemand außer ihr in diesem jetzt so stillen Dorfwinkel war, den sie so oft schon aufgesucht, seit der Scheich vor Monaten eine weite Reise nach dem Norden angetreten. Sie ahnte nicht, daß der Scheich an der Spitze seiner Karawane gerade heimkehrte. Noch war er draußen in der Dschungel, aber in einer Stunde schon mußte er da sein.

*

Ein Jahr war ins Land gegangen, seit die Weißen den anschleichenden Jack mit wütendem Gewehrfeuer empfangen und in die Dschungeltiefen zurückgejagt, seitdem er sich entschlossen, die großen Affen zu suchen, die nun als einzige in der weiten Wildnis ihm Freunde und Kameraden sein sollten. Monatelang waren die beiden ostwärts gewandert, tiefer und immer tiefer in die Waldwildnis hinein. Dies Jahr hatte den Jungen weiter gewandelt. Seine von vornherein schon kräftigen Muskeln bargen jetzt Kräfte, die Stahl und Eisen getrotzt hätten. Er baute und zimmerte aus Holz, was immer der Augenblick oder sein praktischer Sinn ihm eingaben. Er war ein Meister auf der Fährte der Urwaldbestien, ein Meister im Gebrauch der Waffen, die ihm die Natur verliehen und die er sich selbst zur Ergänzung geschaffen. Es grenzte ans Wunderbare, was Erfahrung, instinktives Erkennen und die Tat ihm in dieser kurzen Spanne Zeit gelehrt hatten.

Unglaublich schier diese Kraft und diese Klugheit, in einem Menschen zu stolzer Größe geballt, der im Grunde immer noch ein Knabe war! Oft hatte Jack zum Spaß mit dem stattlichen Menschenaffen gerungen, und immer war es für ihn nur eine Kleinigkeit gewesen, seinen Gegner niederzuwerfen. Ein Kinderspiel war solch ein Kampf für seine überstarken Muskeln, und mehr nicht. Akut hatte auch die Gelegenheit benutzt, um ihn in die Kampfgeheimnisse des Menschenaffenstammes einzuweihen. Nie hätte einer besser dazu gepaßt als Akut, und keiner hätte wohl diese wildgewaltige Kampftaktik der Urmenschheit so leicht gelernt, wie Jack, der alles rasch erfaßte und beim nächsten Dschungelkampf sofort in die Tat umzusetzen wußte ...

Sie nährten sich vom Besten, was die Dschungel bot, während sie monatelang auf der Suche nach jener schon fast ausgestorbenen Affengattung waren, zu der Akut gehörte. Antilopen und Zebras mußten unter Jacks Speer verbluten, oder die beiden beutehungrigen „Bestien“ sprangen ihren Opfern vom schwankenden Ast aus in den Nacken und zwangen sie zu Boden. Oft lauerten sie auch in dichtem Gestrüpp und Büschen, wenn die Tiere ahnungslos auf schmalem Waldpfad zur Tränke zogen.

Ein Leopardenfell deckte Jacks jugendlichen Körper. Nicht Scham war es oder Rückkehr zu den Gewohnheiten der zivilisierten Welt: Als damals die Kugeln aus den Gewehren der Weißen an ihm vorüberpfiffen, da war das wilde Tier in ihm erwacht mit all den Instinkten, die jeder Sterbliche in sich trägt, und die in Jack in jenem Augenblick gleich hellen Flammen aufloderten. War doch sein Vater einst nicht mehr und nicht weniger als ein Raubtier gewesen. Er trug das Leopardenfell, diese prächtige Trophäe, mit Stolz und Genugtuung, es machte ihm immer wieder Freude, sich darin zu bewundern, denn er hatte den Leoparden mit seinem Messer im „Handgemenge“ getötet, Auge in Auge hatte er mit diesem seinem furchtbaren Gegner gekämpft. Das Fell war schön und schmeichelte seinen Sinnen, die von jeher für fremdartigen Schmuck eingenommen gewesen. Als es dann mit der Zeit hart und brüchig wurde, und die weichen Haare sich lösten, weil er keine Ahnung hatte, wie solch ein Fell zu gerben war, brachte er es nur schwer übers Herz, sich von diesem einst so prächtigen Wahrzeichen seiner Tapferkeit zu trennen. Schließlich tat er es doch. Bald darauf kam ihm zufällig ein schwarzer Krieger allein auf einsamem Dschungelpfad entgegen. Jack sah, daß er ein Leopardenfell trug; es schien das wahre Gegenstück zu dem, das er einst selbst erbeutet. Blitzartig sprang er aus hohem Geäst dem ahnungslosen Schwarzen in den Nacken und stieß ihm den scharfen Stahl ins Herz. Er hatte wieder ein Fell – und noch dazu eines, das kunstgerecht gegerbt war!

Wer etwa meint, Jack müsse sich doch hinterher Gewissensbisse gemacht haben, kennt die Gesetze der Dschungel nicht. In der Dschungel geht Macht vor Recht, und keinem, der einmal in der Dschungel hausen muß, braucht dies erst lange eingehämmert zu werden, gleichviel, was für Ansichten und Grundsätze er vorher gehabt hat. Jack wußte eben ganz genau, daß der Schwarze ihn einfach getötet hätte, wenn er es darauf hätte ankommen lassen. Niemand hätte an seiner Stelle anders gehandelt, niemand war besser oder schlechter als er: Weder der Schwarze, noch der Löwe oder der Büffel, noch das Zebra oder die Antilope oder all die unzähligen Kreaturen, die durch die dunklen unendlichen Wälder streiften, schlichen, flüchteten oder kletterten. Jedes hatte nur sein Leben, hatte es auch nur einmal, und – viele trachteten darnach, es zu vernichten. Je mehr Feinde tot und erledigt, um so größer die Aussicht, sich sein Leben länger zu erhalten, – das war doch am Ende die Weisheit der Dschungel.

Und so huschte ein Lächeln über Jacks Gesicht, als er das schmucke Leopardenfell des Besiegten nahm und mit Akut weiterschritt. Es hieß die Menschenaffen finden, sie mußten suchen und immer wieder suchen, denn eines Tages würde man doch am Ziele sein und von den Freunden mit offenen Armen aufgenommen werden.

Und endlich kam der Tag. Tief in den Tiefen der Dschungel, dort, wo keines Menschen Auge und Fuß je hingedrungen, stießen sie auf ein Amphitheater, in dem sich gewöhnlich die tollen Dum-Dum-Tänze der Menschenaffen abspielten, wie sie Jacks Vater vor langen, langen Jahren selbst miterlebt hatte. Schon aus großer Entfernung hatten die beiden den Trommellärm gehört: Sie hatten friedlich hoch oben im sicheren Baumnest geschlafen, da drang mit einem Male jenes dumpfe Dröhnen und Brummen an ihr Ohr und scheuchte sie auf. Akut wußte sofort, was los war.

Die großen Affen! brummte er laut in freudiger Erregung. Sie tanzen die Dum-Dum-Tänze. Komm mit, Korak, du Sohn Tarzans, wir wollen hin zu unseren Stammesgenossen! –

Vor einigen Monaten schon hatte Akut dem Jungen nach eigenem Gutdünken einen anderen Namen gegeben, weil er den Menschennamen Jack einfach nicht aussprechen konnte. „Korak“ nannte er ihn, wobei wir diesen Namen, so gut es eben geht, in die Menschensprache übertragen haben. In der Affensprache bedeutet er jedenfalls so viel wie „der Töter“. Der Töter erhob sich sogleich von dem Aste des Baumriesen, gegen dessen Stamm gelehnt er geschlafen hatte, und streckte seine jungen geschmeidigen Arme dem bleichen zauberhaften Mondlicht entgegen, das durch das Blätterdach vom Nachthimmel herabschimmerte und kleine Lichtpünktchen auf seiner braunen Haut tanzen ließ.

Der Affe richtete sich ebenfalls auf und blieb halbgebückt, wie es so Affenart ist, stehen. Dumpfes Brummen quoll aus den Tiefen seiner Brust und in diesem Brummen kam seine ganze freudige Erwartung zum Ausdruck. Und Jack brummte mit. Dann glitt der Menschenaffe langsam hinab auf die Erde.

Nicht weit von dort und in der Richtung, aus der der Trommellärm des Dum-Dum-Festes herüberschallte, öffnete sich der Wald. Die Silberstrahlen des Mondes fluteten in märchenhafter Fülle über die Lichtung, als der große Affe sie kreuzte. Halbgebeugt, wie immer, trottete er vorwärts, und neben ihm – in scharfem Kontrast zu der linkischen Haltung seines Gefährten – schritt elastisch und aufrecht der junge Mensch, wobei der dunkle zottige Pelz des Affen ab und zu seine glatte glänzende Haut leicht streifte. Jack summte einen Gassenhauer, den er früher in der Schule aufgeschnappt hatte. Nein, die Schulbank würde er nicht wieder drücken; so wie jetzt, so war es recht! Glücklich und voller Erwartung sah er dem Augenblick entgegen, den er so oft und heiß ersehnt, und der nun endlich zur Wirklichkeit werden sollte: Nach Hause kam er jetzt endlich, noch ein paar Stunden – und er war daheim! Die letzten Monate – bald waren sie langsam dahingeschlichen, bald schien es, als rase die Zeit nur so dahin, je nachdem, ob Entbehrungen oder wilde Abenteuer auf der Tagesordnung gestanden. Oft hatte Jack an sein Elternhaus zurückgedacht, und doch: die Bilder von dort waren – vielleicht eben gerade deswegen – immer mehr verblaßt. Sein früheres Leben war ihm mehr Traum als Wirklichkeit. Zudem war sein fester Entschluß, die Küste zu erreichen und nach London zurückzukehren, damals so schmählich aus der Bahn geschleudert worden, daß ihm die bloße Hoffnung auf die Möglichkeit einer Heimreise in weite, weite Ferne gerückt schien. Schön, davon zu träumen, aber mehr nicht!

All die Erinnerungen an London und an das, was sich Zivilisation nannte, waren gleichsam tief in seinem Unterbewußtsein versunken; dort ruhten sie, als wären sie nie wirklich gewesen. Er war jetzt – wenn man von seiner Statur und seinem überragenden Verstand absah – ein Affe, genau wie das große, grimmige Tier an seiner Seite.

In seiner überschwenglichen Freude gab er dem Affen einen Klaps auf den Kopf. Halb ärgerlich, halb zum Scherze wandte sich Akut gegen den Übeltäter. Seine Fangzähne grinsten ihm kampflustig entgegen, seine langen, zottigen Arme streckten sich nach ihm aus und packten ihn an den Schultern. Die beiden wurden – wie tausendmal schon, seit sie die Dschungel durchstreiften – miteinander handgemein: Sie wälzten sich im Grase, schlugen um sich, knurrten, „bissen“ sich, ohne dabei ihren Zähnen mehr als ein paar harmlose Schrammen zu gestatten. Das Ganze war eben weiter nichts als eine übermütige Balgerei, bei der beide sich in ihrer Kampfweise für den Ernstfall übten. So wendete Jack besonders gern Ringertricks an, die er in der Schule gelernt. Akut bekam mit der Zeit auch mancherlei davon weg und wußte sogar bisweilen im rechten Augenblick den rechten Gegengriff. Umgekehrt lernte Jack von Akut immer neue und im Grunde doch uralte Kampfmethoden: Sie stammten von Akuts und Jacks gemeinsamen Ahnen, die einst die fruchtbare Erde bevölkerten, als die Farnkräuter wie Bäume zum Himmel ragten, und die Krokodile noch zu den Vögeln gehörten, und hatten sich über die Jahrtausende nur bei den Menschenaffenstämmen erhalten.

Ein „Kunststück“ brächte Akut jedoch im Gegensatz zu Jack nie recht fertig, wenn er sich auch noch so große Mühe gab und bisweilen für einen Affen ganz nette Ansätze zeigte: Das leidige Boxen! Wie ein Stier stürzte er sich auf den Jungen los – und da war der Ansturm auch jedesmal bald gebrochen, wenn er nicht gar gleich wie ein Kartenhaus in sich zusammenfiel, weil Jacks plötzlich geballte Faust ihm auf die Schnauze niedersauste oder mit einem furchtbaren Stoß in die Magengegend landete. Akut war stets außer sich, ja er bekam dann oft solche Wut, daß er das weiche Fleisch seines Freundes am liebsten mal ordentlich mit seinen Zähnen bearbeitet hätte; denn er war ja schließlich immer noch ein Affe – leicht reizbar und mit all den brutalen Instinkten seiner Stammesgenossen. Allein es war schwierig für das Tier, solange es in voller Wut war, an seinen Peiniger auch nur heranzukommen. Verlor er wirklich einmal den Kopf und raste wie wahnsinnig auf den Jungen los, dann mußte er es immer wieder erleben, wie geradezu ein Hagel wuchtiger Stöße und Schläge auf Gesicht und Leib niederprasselte – und nie daneben! Der Knabe traf immer sein Ziel, und das Ende war stets, daß der Affe die Arme sinken ließ und sich vor Schmerzen krümmte. Mit bitterbösem Brummen schlug er sich dann seitwärts in die Büsche und blickte mit weitaufgerissenem Rachen noch ein paarmal grimmig zu Jack herüber, bis sich nach ein oder zwei Stunden sein Groll gelegt hatte. Wenn er wiederkam, war zwischen den beiden Freunden alles beim alten.

Heute nacht gab es keinen Boxmatch. Sie amüsierten sich dafür lieber mit dem harmloseren Ringkampf. Mit einem Male – sie mochten sich erst ein paar Minuten auf der mondbestrahlten Lichtung gebalgt haben – witterten sie Sheeta, den Leoparden. Rasch und sofort mit allen Fasern gespannt sprangen sie auf. Die große Katze schlich dicht drüben am Dschungelrand entlang; jetzt schien sie zu warten und aufzuhorchen. Jack und der Affe brummten drohend hinüber, laut und wie aus einem Munde. Und – die Bestie trottete davon; sie hatte wohl so schon genug ...

Dann wanderten die beiden weiter; immer näher rückte der Lärm des Dum-Dum-Festes an sie heran, immer lauter und lauter dröhnte der dumpfe Trommelwirbel herüber. Bald hörten sie schon das Brummen der Festgesellschaft. Deutlich spürten sie den Geruch, der von ihren Artgenossen herüberwehte. Jack überkam ein sonderbares Zittern, und Akuts Nackenhaare sträubten sich vor freudiger Erregung. Wie eigenartig, daß sich Glück und Schmerz oft in so ähnlichen Symptomen äußern!

Leise drangen sie jetzt auf halber Höhe der Bäume durch das Dschungeldickicht voran und, je näher man an den Festplatz herankam, um so vorsichtiger schlängelten sie sich von Ast zu Ast. Man mußte immerhin aufpassen, daß man nicht den Wachposten in die Hände fiel.

Plötzlich gab eine Lücke im dichten Laubwerk den Blick frei, und vor den erstaunten Augen des Jungen entrollte sich das ganze gewaltige Urwaldschauspiel. Jack war entzückt; Akut blieb gleichgültig, denn für ihn war das alles nichts Neues. Um so mehr für seinen Korak, dem die Freude in alle Glieder gefahren zu sein schien, wie er die großen Affen im grellen Mondlicht da unten gewahrte. Drei alte Weibchen hockten neben der Erdtrommel, die glatten, in langjährigem Gebrauch abgenutzten Stöcke in ihren Händen wirbelten dumpf dröhnend auf die flache Wölbung, und ringsum sprangen in unregelmäßigem Tanze die stattlichen Männchen.

Akut kannte Temperament und Gebräuche seiner Artgenossen genau; er war klug genug, um zu wissen, daß niemand etwas von den heimlichen Zuschauern merken durfte, ehe nicht der tolle, rasende Tanz vorüber war. Erst wenn der Trommellärm verklungen, wenn sie sich ihre Bäuche gehörig gefüllt, war der Augenblick gekommen, in dem sich die Begrüßung wagen ließ. Man würde natürlich zunächst unterhandeln müssen, doch dann würde man ihn und Korak als seinesgleichen in die Stammesgemeinschaft aufnehmen. Sicher würden auch einige dagegen sein, doch die konnte man ja einfach mit Gewalt zur Ruhe bringen. Daran sollte es bei ihm und dem Jungen nicht fehlen, sie hatten ja Kräfte mehr als genug. Andere würden sie zweifellos zunächst gerade nur dulden, doch nach ein paar Wochen oder schlimmstenfalls Monaten würde auch bei denen das Mißtrauen schwinden; bis dann der Tag kam, da sie wie leibhaftige Brüder mit diesen Artgenossen zusammenleben würden.

Akut hoffte auch, daß diese Affen hier derselben Sippe angehörten, die einst Tarzan bei sich aufgenommen; denn das würde ihm die Einführung Koraks wesentlich erleichtern. Vielleicht würde ihm dann auch sein sehnlichster Wunsch, Korak zum König der Affen zu machen, rascher erfüllt!

Der Junge war jetzt kaum mehr zu halten, er hätte sich am liebsten gleich den vielen Menschenaffen in die Arme geworfen. Im letzten Augenblick gelang es Akut aber noch, ihn zur Vernunft zu bringen. Schrecklich wäre solch unbesonnenes Unterfangen für beide abgelaufen; man würde sie gleichsam hinweggefegt haben, denn mit den großen Affen war nun einmal nicht zu spaßen, wenn sie sich bei ihren feierlichen Zeremonien in geradezu wahnsinnige Ekstase hineinsteigerten. Selbst die wildesten Urwaldbestien machten in solchen Stunden einen großen Bogen um die Stätte dieser schauerlichen Nachtfeiern.

Als sich der Mond langsam hinter die hohen Blättermauern des Urwaldtheaters verkroch, ließ das Trommeln allmählich nach. Die Bewegungen der Tänzer wurden matter und matter, bis ein letztes dumpfes Dröhnen der Trommel das Ende des Dum-Dum verkündete. Die Tierriesen stürzten sich nun wie besessen über den Festschmaus, der, wie immer, dieses nächtliche Fest krönte.

Soviel Akut aus dem, was er gehört und gesehen, schließen zu dürfen glaubte, handelte es sich hier um die Wahl eines neuen Königs. Er erklärte Korak die Bedeutung der einzelnen Zeremonien und machte ihn noch besonders auf den neuen König aufmerksam. Ein gewaltiger dichtbehaarter Affe war es, der Anerkennung seiner Herrscherwürde gefordert, die er zweifellos – ähnlich wie viele Machthaber bei den Menschen – durch Beseitigung seines Vorgängers an sich gerissen hatte. Das Festmahl war zu Ende; die Affen hatten sich gesättigt und lagen größtenteils schlafend unter den Bäumen.

Akut zupfte Korak am Arm.

Komm! flüsterte er. Aber leise! Und halte dich immer dicht an mich. Du mußt unbedingt auf mich hören!

Langsam wand er sich oben durch die Zweige, bis er einen dicken Ast dicht am Rande des Amphitheaters erreicht hatte. Einen Augenblick schwieg er noch, dann drang ein tiefes Brummen aus seiner Kehle. Sofort sprangen unten die Affen auf. Ihre kleinen wildfunkelnden Augen suchten rasch das weite Rund der Waldlichtung von oben bis unten ab. Der Affenkönig, der die beiden Fremdlinge zuerst entdeckt hatte, stieß einen schrillen Warnungsschrei aus und stürzte polternd auf den Baum zu, auf dem sich die frechen Eindringlinge eingenistet haben mußten. Seine Haare standen ihm förmlich zu Berge; seine Beine steiften sich in seiner Wut, was seinen so schon hinkenden Gang nur noch komischer erscheinen ließ. Eine stattliche Schar seiner männlichen Stammesgenossen folgte ihm dicht auf dem Fuße.

Ein paar Schritte noch – und er war im Sprungbereich der beiden Ruhestörer, die immer noch oben auf dem dicken Ast hockten. Doch der König war auf der Hut und blieb rechtzeitig stehen. Ein Zittern durchlief seinen Körper und schwoll an zu gewaltigem Zucken, daß der wuchtige Leib auf den kurzen Beinen hin und her schwankte, als seien tausend Teufel in ihn hineingefahren. Aus weitaufgerissenem Rachen blitzten furchtbar seine königlichen Fangzähne, und immer lauter und heftiger drang drohendes Brummen aus seiner Brust, bis es in der Wandlung zu schreckengebietendem Gebrüll seinen Höhepunkt erreichte. Akut wußte, daß der König sich nur deshalb zu diesem Wutrausch aufpeitschte, um schließlich mit voller Wucht zum Angriff auf ihn und Korak übergehen zu können. Der alte Affe wollte aber gar nicht kämpfen; er begehrte nicht mehr, als mit dem Menschenjungen in die Lebens- und Schicksalgemeinschaft dieses Affenstammes aufgenommen zu werden.

Ich bin Akut, wandte er sich an den König. Und dies ist Korak. Korak ist der Sohn Tarzans, der einst König der Affen war. Auch ich war einmal König der Affen. Mein Stamm wohnte auf einer Insel mitten in den großen Wassern. Wir sind zu euch gekommen, um mit euch zu jagen; wir wollen eure Kampfgenossen sein. Wir sind große Jäger, wir sind auch mächtige Kämpfer. Nehmt uns in Frieden bei euch auf!

Der König schwankte nicht mehr in wilder Erregung hin und her, doch aus seinen blutunterlaufenen Augen funkelten Tücke und Wut unter den buschigen Brauen hervor, als er jetzt die beiden Fremdlinge musterte. Jung, blutjung war seine königliche Macht und Würde. Wer wollte es ihm verdenken, wenn er diesen beiden Eindringlingen mit Mißtrauen und Eifersucht begegnete? Er kannte sie nicht, und ... vor Nebenbuhlern mußte man sich hüten! Der glatte, braune, unbehaarte Körper des Jungen sagte ihm zudem deutlich, daß er es auch mit einem „Menschen“ zu tun hatte, und Menschen fürchtete er nicht nur, nein, er haßte sie.

Schert euch fort! brüllte er hinauf. Macht, daß ihr fortkommt ... oder ich töte euch!

Voll fieberhafter Erwartung und in stiller Vorfreude hatte Jack erst hinter Akut gelehnt. Das Land seiner Träume war erreicht, er brauchte nur noch hinabzuspringen mitten unter diese zottigen Geschöpfe ... noch ein paar Minuten – und er wollte es ihnen schon beweisen, daß er ihr Freund und ihresgleichen war. Doch was sollte das jetzt auf einmal bedeuten, was da unten vorging? Er hatte gedacht, sie würden ihn mit offenen Armen aufnehmen ... und nun diese herausfordernde Wut des Affenkönigs? Schmerz und Empörung füllten mit einem Male wieder seine Brust. Die Schwarzen waren auf ihn mit Speeren losgegangen und hatten ihn davongejagt. Er war den Weißen nachgelaufen, die doch Menschen wie er waren, ... und mit Gewehrgeknatter hatten sie ihn empfangen, statt ihn mit freundlichen Worten willkommen zu heißen, wie er es erwartet. Die großen Affen waren seine einzige Hoffnung gewesen. Monatelang hatte er sie gesucht, um ihr Kamerad zu werden, weil Menschen ihm ihre Freundschaft versagten. Kein Wunder, er war jetzt außer sich vor Enttäuschung.

Der Affenkönig stand fast dicht unter ihm, während die anderen einige Meter weiter zurück im Halbkreis gespannt dem Verlauf der heftigen Auseinandersetzung folgten. Akut hatte natürlich keine Ahnung, was sich in den letzten paar Sekunden im Innern des Jungen abgespielt; er war vielmehr geradezu bestürzt, als Jack mit einem Male zu Boden sprang und sich dem König in den Weg stellte, dessen wahnsinnige Wut inzwischen zu gewaltiger Kampflust gestiegen war.

Ich bin Korak, schrie der Knabe. Ich bin der Töter! Ich war hierher gekommen, um mit euch als Freund zu leben. Ihr wollt mich fortjagen? Gut, ich werde gehen. Doch zuvor will ich euch beweisen, daß der Sohn Tarzans euer Herr ist, vor dem ihr in den Staub liegen müßt, wie früher vor seinem Vater. Der Sohn Tarzans kennt keine Furcht. Weder vor euch, noch vor eurem König.

Der Affenkönig war ein paar Sekunden starr vor Überraschung, denn ein derartig herausforderndes Auftreten hatte er keinem der beiden Eindringlinge zugetraut. Auch Akut war ganz außer Fassung, rief aber dann Korak mit erregter Stimme zu, er solle sich sofort zurückziehen; denn er wußte, daß die Affenschar hier in der heiligen Arena ohne weiteres ihrem König im Kampfe gegen einen unerwünschten Außenseiter beistehen würde, wenn der König entgegen aller Wahrscheinlichkeit doch Hilfe brauchen sollte. Und hatten diese mächtigen Zähne sich einmal im weichen Nacken des Jungen verbissen, dann mußte alles rasch zu Ende gehen ...

Sollte er ihn zu retten suchen? Es würde auch sein Tod sein. Aber der alte brave Affe achtete der Bedenken nicht und sprang knurrend und mit gesträubtem Haar hinab in die Kampfbahn, als der König sich gerade zum Angriff anschickte.

Die Hände der Bestie krampften sich gierig zusammen, als sie auf Jack losstürzte, und aus ihrem weitgeöffneten Rachen funkelten gelbe Fangzähne, bereit, im nächsten Augenblick tief in den braunen Körper des verhaßten Gegners einzuhauen. Auch Korak hatte inzwischen zum Sprunge ausgeholt, um diesem ungastlichen König zu begegnen, wie er es verdiente. Tief geduckt sauste er vorwärts, seine Arme weit nach vorn ausgestreckt. Und ehe die Gegner noch aufeinanderprallten, hatte sich Jack blitzschnell auf einem Fuße seitwärts gedreht und dem Affen mit der vollen Wucht seines Körpers und unter Einsatz seiner ganzen Muskelkraft die geballte Faust in die Magengegend gerammt. Ein halberstickter Aufschrei, und der Affenkönig sank in sich zusammen. Vergeblich sein wild-verzweifeltes Umherfuchteln ..., der nackte Junge hatte sich schon durch einen raschen Seitensprung den weitgreifenden Fangarmen des Königs entzogen.

Schreckliches Wutgeheul war die Antwort der Affen, die bisher in stummer Erbitterung dem Ringen zugeschaut. Die Niederlage des Königs heischte Vergeltung, und so stürmten sie im nächsten Augenblick geschlossen auf Korak und Akut ein. Allein der alte Akut war klug genug, um es nicht erst auf solch einen ungleichen Kampf ankommen zu lassen. Er wußte aber auch, daß es zwecklos gewesen wäre, Jack zum Rückzug zu bewegen, ganz abgesehen davon, daß Warnen nur unersetzlicher Zeitverlust sein mußte. Zögerte er nur eine Sekunde, war das Schicksal der beiden Todeskandidaten besiegelt. Es gab überhaupt nur noch eine Rettungsmöglichkeit – und Akut hatte sie richtig erkannt. Mit eisernem Griff den Jungen an den Hüften packen, vom Boden wegzerren und über die Schultern schwingen – war eins. Den Baum da drüben mit seinen starken Ästen, die sich wie hilfsbereite Arme ihm entgegenreckten, mußte er zu erreichen suchen. Und in rasendem Lauf stürzte er davon, die erbitterte Affenmeute dicht auf seinen Fersen. Doch Akut war schneller als seine bösen Verfolger, mochte er auch noch so sehr unter Koraks Last keuchen, der sich obendrein wie ein unvernünftiges Kind gebärdete und sich am liebsten von seinem Retter losgerissen hätte.

Ein fast verzweifelter Sprung – Akut umklammerte den dicken Ast und zog sich samt dem Jungen auf seinem Rücken behend und gewandt wie ein kleiner Kletteraffe hinauf. Für ein paar Sekunden war man hier wohl in Sicherheit. Doch sich nur nicht unnütz aufhalten, dachte Akut, und schwang sich in Windeseile mit seiner schweren Bürde von Ast zu Ast, immer tiefer hinein in die schwarze Dschungelnacht. Eine Zeitlang waren die Verfolger scharf hinter ihm her, doch als die flinkeren Gegner ihre weniger raschen Kameraden immer mehr hinter sich zurückbleiben und damit ihre anfängliche Übermacht stark zusammenschmelzen sahen, mochten sie wohl den Mut verlieren und gaben die tolle Hetzjagd auf. Eine Weile noch hallte ihr lautes Geknurr und Brüllen den Flüchtenden nach; dann kehrten sie enttäuscht nach dem Schauplatz des nächtlichen Zusammenstoßes zurück.

Kameraden

Es war ein unglücklicher Korak, der am Tage nach jenem mehr als ungastlichen Empfang bei den großen Affen ziel- und planlos durch die Dschungel streifte. Das Herz war ihm schwer vor lauter Enttäuschung, und daß er seiner Rache nicht hatte freien Lauf lassen können, quälte ihn am allermeisten. Verhaßt war ihm mit einem Male alles, was in der Dschungel hauste, und jedem Tier, das ihm in den Weg kam oder auch nur von seinen überreizten Sinnen gewittert oder gehört wurde, bewies er mit erhobener Faust oder zornigem Brummen, daß nicht mit ihm zu spaßen sei. Was den Vater früher an wilden Leidenschaften durchwogt, war jetzt in seiner Allgewalt im Sohne zum Durchbruch gelangt. Monatelanger Kampf unter und mit den Bestien der Dschungel – das war die beste Schule gewesen, in der ihm die vielen kleinen und großen Eigentümlichkeiten der wilden Kreatur rasch in Fleisch und Blut übergegangen, zumal sich der Nachahmungstrieb in jungen Jahren besonders stark geltend macht. –

Akut und Korak drangen nur langsam und sehr vorsichtig vorwärts, denn sie hatten den verräterischen Wind im Rücken und boten damit allen Tieren, ob sie harmlos oder gefährlich waren, bequeme Gelegenheit, sich rechtzeitig für Flucht oder Angriff zu entscheiden.

Plötzlich hielten die beiden – wie auf einen Ruck flogen die Köpfe nach ein und derselben Richtung herum. Wie in Stein gemeißelt standen die beiden da und lauschten gespannt, ohne eine Miene zu verziehen, ohne ein Glied zu rühren. Ein paar Sekunden verharrten sie in dieser Haltung; dann schlich Korak auf den Fußspitzen weiter. Nur einige Meter – und er schwang sich flink hinauf in die Bäume. Akut folgte ihm dicht auf dem Fuße. Völlig lautlos vollzog sich das alles. Nicht ein einziges verdächtiges Zeichen würden Menschenohren wahrgenommen haben, und hätten sie nur zehn oder zwölf Schritte entfernt gelauscht.

Die beiden machten ab und zu wieder Halt und horchten, ehe sie sich weiter von Baum zu Baum dahinschlängelten. Irgend etwas Rätselhaftes mußten sie beide vorhin wahrgenommen haben, denn von Zeit zu Zeit sahen sie einander fragend an, ohne daß einem inzwischen die Lösung des Rätsels gelungen wäre.

Mit einem Male sah Korak einen Palisadenzaun durch das dicke Grün herüberschimmern, nur hundert Meter entfernt, und dann Zelte, spitze Lederzelte, palmenblattgedeckte Hütten ... Ein wildes Brummen kam über seine Lippen ... Die Schwarzen hausten dort ..., ha, wie er dieses Gesindel haßte! – Er bedeutete Akut, einstweilen zu warten, bis er alles genau erkundet habe.

Wehe dem unseligen Dorfbewohner, auf den er, der „Töter", sich jetzt herabschwingen würde! Leise schlich sich Korak auf den unteren Ästen der Bäume nach dem Dorfe hinüber; bald sprang er leicht, als wenn er flöge, von Ast zu Ast; war aber die Entfernung zwischen dem Dschungelriesen und seinem Nachbar zu groß, so faßte er erst einen Ast, der sich ihm hilfsbereit von drüben entgegenstreckte, und zog sich in kühnem Schwung hinüber.

Er hörte eine Stimme; hinter der Palisadenwand mußte also jemand sein. Er hatte sofort die Richtung heraus. Dort, da drüben mußte es sein, wo jener mächtige Waldriese mit seinen Zweigen über den Palisadenzaun hinüberreichte. Korak kroch hin, den Speer kampfbereit in der Rechten. Seine Ohren sagten ihm, daß ein menschliches Wesen in der Nähe war. Nur einen einzigen Blick auf diesen armen Teufel brauchten seine Augen noch, und dann würde sein Wurfgeschoß wie ein Blitz aus heiterem Himmel auf das Ziel herniedersausen.

Schon hatte er den Speer erhoben, als er die Zweige des Riesenbaumes am Dorfrand behutsam auseinanderbog und in atemloser Spannung sein Opfer zu entdecken suchte. Er hörte dieselbe Stimme wie vorhin, nur daß sie jetzt klar und deutlich zu ihm hinaufklang.

Schließlich sah er etwas. War das nicht ein Rücken …? Seine Rechte holte weit aus, um den Speer mit voller Wucht hinabschleudern zu können.

Aber dann zögerte der „Töter" doch mit einem Male? Er beugte sich vorwärts. Wollte er sein Ziel nur noch besser aufs Korn nehmen, um es ja nicht zu verfehlen? Oder hatten ihn Anmut und weiche Linien dieses kindlichen Körpers jäh aus dem Banne der Dschungelgesetze gerissen?

Vorsichtig senkte er seinen Speer; nicht das geringste Rascheln und Knacken in Blättern und Zweigen durfte er sich erlauben, wenn er …

Er kroch behutsam noch ein Stück nach vorn und streckte sich, noch immer von dichtem Laubwerk gedeckt, auf einem dicken Aste der Länge nach hin. So, jetzt konnte er bequem auf dieses wunderbare Geschöpfchen hinabsehen, an das er sich … wie ein Raubtier herangeschlichen, um … zu töten. Mit weiten, erstaunten Augen blickte er hinab auf … ein kleines Mädchen mit nußbrauner Haut.

Kein brummender Laut kam jetzt über seine Lippen; er hatte vorläufig nur das eine Ziel, aus den Bewegungen und Worten des Mädchens herauszufinden, womit es sich eigentlich beschäftigte. Plötzlich huschte ein frohes Lächeln über sein Gesicht: Das Mädchen hatte sich etwas zur Seite gedreht und ihm so auch den Blick auf Geeka freigegeben, auf Geeka mit dem Elfenbeinkopf, dem Rattenfelltorso und den Beinen und Armen aus Holz, – auf die ganze häßliche Geeka! Die Kleine drückte das arg zerzauste Puppengesichtchen fest an ihre Wangen und sang Geeka leise ein schwermütiges arabisches Wiegenlied, wobei sie sich in den Hüften drehend vor und zurück bewegte. Ein milder Schimmer lag jetzt über den Augen des „Töters", als er eine volle Stunde unverwandt auf das spielende Kind hinabblickte, ohne daß ihm die Zeit zu lang geworden wäre. Leider hatte er noch nicht ein einziges Mal der Kleinen richtig ins Gesicht schauen können. Wohl sah er das üppige schwarze Haar, das von ihrem Köpfchen herabwallte; er sah auch eine kleine braune Schulter, und zwar dort, wo ihr einziges Gewand lose zusammengeknüpft war –, und dann ein schöngeformtes Knie, das von ihrem Gewand nicht mehr bedeckt wurde, als sie mit übereinandergekreuzten Beinen im Grase hockte. Wie sie dann die unfolgsame Geeka mit mütterlicher Strenge zurechtwies, neigte sich ihr Kopf ab und zu ein wenig seitwärts und ließ eine rundliche Wange oder das kleine, hübsche Kinn erkennen. Jetzt drohte sie Geeka mit dem Finger, – doch der Rüge folgten sofort neue Liebkosungen: Sie drückte dieses kleine stumme Wesen wieder an ihr Herz. O, das schien ihr doch das Schönste zu sein, die reiche Überfülle ihres kindlichen Gemüts an Geeka zu verschwenden! –

Korak schien inzwischen sein blutiges Vorhaben ganz vergessen zu haben. Seine Finger hielten die schreckengebietende Speerwaffe nicht mehr so fest wie im Anfang umklammert, ja, mit einem Male wäre der Speer fast unversehens seiner Hand entglitten. Das war der Augenblick, in dem der „Töter" sich wieder auf sich selbst besann. Er mußte wieder daran denken, daß Rachgier ihn aus heimlichen Schleichwegen dem Klang dieser Stimme da unten hatte folgen lassen, und blickte gleichsam prüfend auf seinen Speer mit dem kräftigen, gut erhaltenen Schaft und dem grausamen, spitzen „Haupt". Von da wanderten seine Augen wieder hinunter zu dem feinen Geschöpf mit den zarten Formen. Er stellte sich vor, wie es sein müßte, wenn sein schweres Geschoß hinabsauste, wie die lächerliche Puppe aus den Armen der Kleinen hinabpurzelte und rührend hilflos, Arme und Beine von sich gestreckt, neben dem wunden Mädchen liegen blieb. Der „Töter" schauderte und warf einen finsteren Blick auf Holzschaft und Eisenspitze seines Speeres, als hätten sie Leben, und als sprächen aus ihnen jene bösen Gedanken, die eben wieder sein Gehirn durchzuckt hatten.

Korak fragte sich, was das Mädchen wohl tun würde, wenn er jetzt plötzlich von seinem Baumversteck zu ihm hinabspränge. Sie würde sicher schreiend Reißaus nehmen und dann mußten die männlichen Dorfbewohner mit Speeren und Gewehren sogleich über ihn herfallen. Töten würden sie ihn oder zu Gefangenschaft und Folter wegschleppen ... Es war zu dumm!

In Wirklichkeit hatte ihn nämlich auf einmal schon wieder die Sehnsucht gepackt, mit Menschen, richtigen Menschen gut Freund zu sein ..., wenn er es sich auch erst nicht eingestehen wollte. Ja, er wäre am allerliebsten hinabgeschlüpft, hin zu dem kleinen Mädchen und hätte mit ihm geplaudert, wiewohl er vorhin aus dem kindlichen Plappern gemerkt hatte, daß es eine ihm völlig unbekannte Sprache sprach. Vielleicht würden sie sich wenigstens durch Zeichen verständigen können? Das wäre schließlich besser als nichts, und dann ... Er hätte doch zu gern der Kleinen mal richtig ins Gesicht geschaut! Soviel er flüchtig erhascht, mußte sie ein nettes Ding sein. Den tiefsten Eindruck hatte es aber auf ihn gemacht, wie die Kleine das komische Püppchen so zärtlich bemutterte, und wie sich darin ihr Gemüt so deutlich widerspiegelte.

Ein Gedanke kam ihm. Wie, wenn er ihre Aufmerksamkeit erst irgendwie auf sich lenkte und ihr dann aus einiger Entfernung freundlich zulächelte und ihr damit versicherte, daß sie sich vor ihm nicht zu fürchten brauche? Er schlängelte sich vorsichtig wieder von seinem Ausguck in das dichtere Geäst des Baumes zurück, das diesseits der Palisade lag. Wenn er sie jetzt von hier aus anrief, würde sie sicher nicht gleich erschreckt davonlaufen, weil sie ja die feste Palisadenwand zwischen sich und dem Fremdling wußte.

Kaum hatte er indessen den Rückweg angetreten, als von dem entgegengesetzten Dorfende lautes Stimmengewirr herüberhallte und seine ganze Aufmerksamkeit auf sich zog. Er beugte sich ein wenig nach vorn. Was war das? Männer, Frauen und Kinder rannten nach dem am Ende der Dorfstraße liegenden Tore. Das Tor flog auf; er sah sofort, daß eine Karawane Einlaß begehrt hatte. Und schon strömte der bunte Schwarm herein: Schwarze Sklaven und braune Araber aus der nördlichen Wüste, Kameltreiber, die unter lauten Verwünschungen auf ihre geplagten Lasttiere einhieben, schwerbeladene Esel, die ihre Ohren trübselig herunterhängen ließen, indessen sie in stummem Gleichmut und bewundernswerter Langmut die Schläge ihrer Herren duldeten, dahinter Ziegen, Schafe und Pferde. Allen voran ritt ein hochgewachsener, stattlicher alter Mann. Mit finsterer Miene und ohne den Gruß der vor ihm zurückweichenden Menge zu erwidern, schlug er den Weg nach einem großen Lederzelt in der Mitte des Dorfes ein und sprach dort mit einer runzeligen alten Frau.

Korak konnte von seinem Ausguck aus alles genau beobachten. Er sah, wie der Alte an das schwarze Weib ein paar Fragen richtete, und wie diese Hexe dann nach dem abgelegenen Dorfwinkel zeigte, der von der Hauptstraße aus nicht übersehen werden konnte, weil die Zelte der Araber und die Hütten der Eingeborenen davor lagen. Soviel sich erkennen ließ, hatte die Alte den Platz um den Baum gemeint, unter dem das kleine Mädchen noch spielte. Zweifellos war das der Vater der Kleinen, dachte Korak. Er war lange fortgewesen, und sein erster Gedanke daheim galt nun dem Töchterchen. Wie würde sie sich freuen, wenn sie ihn wiedersah! Sie würde auf ihn zurennen und sich ihm in die Arme werfen, und er, o, er würde sie an sein Herz drücken und sie mit Küssen bedecken. Korak seufzte. Er mußte an Vater und Mutter im fernen London denken ...

Leise kletterte er auf den dicken Ast zurück, von dem aus er vorhin dem Mädchen bei seinem Spiel zugeschaut. Blieb ihm auch jetzt ein glückliches Wiedersehen mit den Seinen versagt, so wollte er sich doch wenigstens am Glücke anderer mitfreuen. Und wenn es gar gelang, mit dem Alten Bekanntschaft anzuknüpfen, würde er vielleicht bereit sein, ihn im Dorfe bei nächster Gelegenheit als seinen guten Freund einzuführen, und das lohnte einen Versuch. Er würde natürlich erst abwarten, bis der alte Araber seine Tochter begrüßt hätte; aber dann würde er sich unverzüglich bemerkbar machen und ihm unter Beteuerung seiner friedlichen Absichten nahen.

Der Alte schlich langsam herüber. Im nächsten Augenblick mußte er schon neben sein Töchterchen treten ... Wie überrascht und froh die Kleine sein würde! Koraks Augen strahlten; es war ihm, als erlebe er diese Wiedersehensfreude selbst. Der Alte stand jetzt dicht hinter dem kleinen Mädchen. Merkwürdig, über sein altes finsteres Gesicht huschte nicht der matteste Freudenschimmer. Die Kleine sprach noch immer mit ihrer stummen Geeka, sie ahnte gar nicht, daß jemand zu ihr getreten. Da hustete der Alte, und wie auf einen Ruck blickte das erschrockene Kind über seine Schulter zu ihm hinauf. Korak sah jetzt endlich das hübsche Gesicht der Kleinen ganz. Wie rührend kindlich-unschuldvoll alles, und diese weichen lieblichen Linien, diese großen dunklen Augen! Wie mußte es erst sein, wenn nun der Glanz der Wiedersehensfreude in diese Augen kam, wenn sie sich dem Vater in die Arme warf! Doch es kam anders. Entsetzen und geradezu wahnsinniger Schrecken spiegelte sich in ihren Augen, auf ihrem Munde und in ihrer geduckten Haltung. Ein hämisches Lächeln umflog die schmalen Lippen des Arabers. Das Kind suchte seinen drohend fuchtelnden Armen zu entrinnen, doch da hatte er die Kleine schon mit einem Fußtritt ins Gras geschleudert, so daß sie sich vor Schmerzen wand. Er sprang ihr sogar nach, um sie mit festem Griff zu packen und zu schlagen.

Allein über ihnen im Geäst hockte mit einem Male statt des harmlosen Jungen eine Bestie, die alles genau beobachtete, – eine Bestie mit aufgeblähten Nüstern ...

Eben bückte sich der Scheich, um das Mädchen zu packen, als der „Töter" wie ein Blitz aus heiterem Himmel von seinem Baumsitz herabsprang und dicht neben ihm zu stehen kam. Seinen Speer hatte er zwar in der Linken, doch schien er ihn ganz vergessen zu haben, denn er ging mit der geballten Rechten auf den Scheich los. Der war, starr vor Entsetzen ob dieser Erscheinung, die sich wie auf einen Schlag anscheinend aus der Luft hervorgezaubert hatte, einen Schritt zurückgewichen, doch schon sauste Koraks schwere Faust auf ihn. Der junge Riese hatte die volle Wucht seines stattlichen Körpers und seine ganze schreckengebietende übermenschliche Muskelkraft bei diesem unerwarteten Vorstoß eingesetzt und – gut getroffen.

Bewußtlos sank der Scheich zu Boden. Korak wandte sich zu dem Kind, das sich mühsam wieder aufgerichtet hatte und die großen angsterfüllten Augen erst auf ihn und dann mit einem Ausdruck wildester Verzweiflung auf den jäh zusammengebrochenen Scheich richtete. Ganz unwillkürlich legte der „Töter" einen Arm um die Schultern des Mädchens, als wolle er ihm damit bedeuten, daß es sich unter seinem Schutze vor nichts zu fürchten brauche, und schien zu warten, ob der Araber wieder zur Besinnung kam. Sie hatten ein paar Sekunden so aneinandergelehnt, bis die Kleine das Wort nahm.

Sowie er wieder bei Bewußtsein ist, wird er mich tot machen, stieß sie auf Arabisch hervor.

Korak verstand sie nicht. Er schüttelte den Kopf und suchte sich erst auf Englisch und dann in der Sprache der großen Menschenaffen mit ihr zu verständigen, doch beide Male vergeblich. Sie bückte sich vorwärts und berührte den Griff des langen Dolches, den der Araber im Gürtel trug. Dann hob sie ihre Hand hoch über ihren Kopf und ließ sie, als ob sie den Dolch fest umklammert hielte, gegen ihre Brust niedersausen. Korak begriff: Der Alte wollte sie töten! Das Mädchen trat wieder dicht an Korak heran. Sie zitterte wie Espenlaub – und doch, vor ihm schien sie sich nicht zu fürchten. Und warum hätte sie auch Angst vor ihm haben sollen? Er hatte sie ja vor den Mißhandlungen des Scheichs gerettet; nie hatte ihr jemand solch einen Freundesdienst getan, soweit sie sich entsinnen konnte. Sie blickte jetzt zu ihm auf. Er hatte doch ein schönes offenes Jungengesicht, und nußbraun war es, wie ihres auch. Dann bewunderte sie das gesprengelte Leopardenfell, das seinen schlanken biegsamen Körper von der einen Schulter bis zu den Knien deckte. Und obendrein der blinkende Metallschmuck! Sie beneidete ihn um die Fußringe und Armspangen, denn sie hatte sich schon immer so etwas gewünscht. Aber der Scheich hatte nichts Derartiges geduldet; nur das einfache Baumwollgewand, das kaum den notdürftigsten Schutz gewährte, hatte man der kleinen Meriem gegeben. Felle, Seidenzeug und Schmuck waren nur für die anderen da.

Und Korak schaute auch Meriem ins Gesicht. Er hatte Mädchen eigentlich immer ein wenig geringschätzig betrachtet; seine Altersgenossen, soweit sie den

Mädchen nachblickten oder ihnen gar den Hof machten, waren in seinen Augen überhaupt keine richtigen Jungens gewesen. Was sollte er aber jetzt anfangen? Er konnte sie doch nicht einfach im Stich lassen, denn der alte Araber würde sie zweifellos schlagen, daß ihr Hören und Sehen verginge, wenn er sie nicht gar gleich totschlüge. Nein, niemals würde er das dulden. Aber war es denn anderseits möglich, sie mit in die Dschungel zu nehmen? Was sollte er anfangen, wenn die Bestien der Dschungel zum Kampfe riefen, und er dann das schwache schreckhafte Mädchen bei sich hatte? Vor ihrem eigenen Schatten würde sie ja erzittern, wenn der Mond über der Dschungel aufging, und die großen Bestien fauchend und brüllend durch die Nacht streiften.

Ein paar Minuten stand er in Gedanken versunken da, indessen das Mädchen mit fragendem Blick zu ergründen suchte, was sich hinter der Stirn ihres Retters abspielte. Auch Meriem dachte an die Zukunft. Sie fürchtete sich vor der Rache des Scheichs, wenn sie nun allein zurückbleiben mußte. Zu wem konnte sie sich denn in ihrer Todesangst flüchten? Niemand auf der weiten Welt bot solche Hilfe, wie sie eben dieser halbnackte Fremdling gewährt, als er sich wie durch ein Wunder plötzlich aus den Wolken herabgestürzt und ihr die gewohnten Schläge und Fußtritte des Scheichs wenigstens für den Augenblick erspart hatte. Ob dieser gute Freund nun ging? Fast bettelnd forschte sie in seinen Zügen, in denen sich noch immer nichts regte. Sie lehnte sich ein wenig dichter an ihn, und eine schlanke braune Hand legte sich auf seinen Arm. Die unerwartete Berührung scheuchte ihn aus seinem tiefen Nachdenken auf, er blickte hinab zu ihr, und als er seinen Arm um ihre Schultern schlang, sah er ein paar Tränen an ihren Wimpern.

Komm, sagte er. Die Dschungel hat eher noch Erbarmen als die Menschen. Du sollst mit in der Dschungel leben; Korak und Akut werden dich beschützen.

Zwar verstand sie seine Worte nicht, aber als er nun seinen Arm fester um sie legte und sie von dem immer noch besinnungslosen Araber und damit auch aus dem weiteren Bereich der Zelte und Hütten wegzog, war ihr alles klar. Sie barg einen Arm in dem weichen Fell um seine Hüften und folgte ihm. Dicht am Palisadenzaun, unter dem großen Baum, von dem aus Korak das Mädchen beim Spielen beobachtet hatte, hob er sie auf seine Arme, legte sie dann über eine Schulter und sprang behend hinauf auf die unteren Äste. Ihre Arme hatten sich um seinen Hals geschlungen, und aus der einen kleinen Hand baumelte Geeka über seinen straffen Rücken herab.

Die beiden waren noch gar nicht so weit vom Dorfe weg, als das Mädchen plötzlich den großen Akut in seiner ganzen urgewaltigen Erscheinung gewahrte. Mit einem halberstickten Aufschrei schmiegte sie sich noch dichter an Korak und zeigte entsetzt auf den Riesenaffen.

Akut hatte gemeint, daß der „Töter" mit einem Gefangenen zurückkehrte, und kam brummend auf die beiden zu; denn für ein kleines Mädchen hatte er im Grunde seines Affenherzens nicht mehr übrig als für ein ausgewachsenes Affenmännchen, das ihm jetzt in den Weg gekommen wäre: Sie war für ihn überflüssig und mußte schon deshalb einfach getötet werden. Seine Fangzähne fletschten gierig, als er immer näher heranrückte, und er wunderte sich nur, daß der „Töter" mit drohendem Gebrumm ihm die Zähne zeigte.

Aha, dachte Akut, der „Töter" hat sich eine „Frau" genommen! Er wollte die beiden gerade allein lassen, um sie – getreu den ungeschriebenen Gesetzen seines Stammes – nicht in ihrem Glück zu stören, als er eine recht fette, saftige Raupe entdeckte, die er sich denn doch nicht entgehen lassen mochte. Nach diesem Leckerbissen konnte er es sich schließlich nicht verkneifen, noch einen raschen Seitenblick auf Korak zu riskieren. Der Junge hatte seine zarte Last auf einem breiten Ast abgesetzt, an den sie sich vor lauter Angst, daß sie fallen könnte, wie verzweifelt festklammerte.

Sie wird uns begleiten, wandte sich Korak an Akut und wies mit dem Daumen in der Richtung, in der das Mädchen in den Zweigen hockte. Wir wollen sie beschützen!

Akut fuhr entsetzt zurück. Sich solch ein junges Menschenkind aufzuhalsen, das war denn doch nicht sein Fall. Wenn er sah, wie sie offenbar in Todesangst sich dort am Aste festhielt und mit schreckensweiten Augen zu ihm herüberblickte, hatte er schon genug. Sie taugte nicht hierher, und nach Akuts Auffassung von Recht und Unrecht, wie er sie ererbt hatte oder seinen reichen Erfahrungen verdankte, mußte jeder Untüchtige einfach aus der Reihe der Lebenden getilgt werden. Allein der „Töter" hatte sie zur Gefährtin begehrt, und da würde ihm nichts weiter übrig bleiben als sie zu dulden.

Akut selbst empfand nicht die geringste Zuneigung für sie; das stand fest. Ihre Haut war ihm viel zu glatt und nicht einmal behaart. Wie eine Schlange kam sie ihm vor – und dann das Gesicht! Was ihm daran hätte gefallen sollen, wußte er wirklich nicht. Da war doch die Äffin, die es ihm vergangene Nacht im Amphitheater der Affen besonders angetan, eine Schönheit dagegen! Ah, das wäre etwas für ihn gewesen: die großen feurigen Lippen, die reizenden gelben Fangzähne und dieser so weiche gestutzte Seidenbart. Akut seufzte. Dann erhob er sich und stolzierte mit geschwellter Brust auf einem dicken Ast auf und ab; die winzige „Frau" Koraks sollte nun endlich mal seinen feinen Pelz und seine ganze graziöse Haltung bewundern lernen.

Die kleine Meriem schmiegte sich indessen nur noch mehr an Korak. Sie wünschte sich fast wieder in das Dorf und zu dem Scheich zurück, denn das, was dort drohte, waren ja mehr oder minder bekannte Qualen, die sie wenigstens von Menschenhand über sich ergehen lassen mußte. Aber dieser furchtbare Affe? Nein, vor dem hatte sie eine geradezu wahnsinnige Angst. Was für ein Koloß das war, und wie wild er sich gebärdete! Und als er jetzt auf seinem Ast herumtanzte, meinte sie, er wolle ihr damit nur noch schlimmer drohen. Wie hätte sie auch ahnen sollen, daß er sich gerade mal selbst gefiel und mit seinen beinahe gezierten Bewegungen auch ihre Bewunderung herausfordern wollte! Und dann wußte sie ja auch nichts um die Freundschaft, die dieses große Affentier mit ihrem jungen Helden verband, der sie aus den Klauen des Scheichs befreit hatte.

Meriem verbrachte einen Abend und eine ganze lange Nacht in tausend Ängsten, indessen Korak und Akut sie auf der Suche nach geeigneter Nahrung durch ein wahres Dschungellabyrinth mitschleppten.

Einmal versteckten die beiden sie oben im dichten Geäst eines Baumes und pirschten sich dann an einen Bock heran, den man in einiger Entfernung gesichtet. War es für sie schon entsetzlich, sich in der schaurigen Dschungel auch nur für kurze Zeit ganz allein zu wissen, so wurde ihre Angst nur noch größer, als sie sah, wie der Junge und das Affentier sich gleichzeitig über ihr Opfer stürzten und es zu Boden zerrten, wie ein tierisches Brummen über die Lippen ihres Beschützers kam und sein hübsches Gesicht verzerrte.

Sie fuhr zurück, als er dann zu ihr kam und ihr ein Stück noch warmen Fleisches reichte. Korak konnte erst gar nicht fassen, warum sie mit einem Ausdruck des Abscheus auf diesen Leckerbissen verzichtete, aber im nächsten Augenblick schwang er sich wieder in das Walddickicht hinab und kehrte bald mit Früchten beladen zurück. Sie hatte nun allen Grund, zufrieden zu sein, wich auch nicht wieder wie vorhin zurück, sondern verzehrte die erfrischende und stärkende Kost mit Behagen, nachdem sie ihm mit einem Lächeln gedankt, das den seit Monaten mit freundlichen Blicken nicht gerade verwöhnten Jungen reichlicher belohnte, als sie ahnte.

Man mußte nun auch an die Nachtruhe denken, und diese Frage machte Korak einiges Kopfzerbrechen. Er wußte, daß das Mädchen im Schlafe unmöglich oben in der Astgabel eines Baumes das Gleichgewicht so sicher halten konnte, wie er und Akut es gewohnt waren. Anderseits war es zu gefährlich, sie unten im Grase zu betten, wo sie nur zu leicht ein Opfer beutehungriger Raubtiere wurde. Es blieb nur eine Lösung, die sich eigentlich von selbst verstand: Er mußte Meriem in seinen Armen bergen.

Und so wurde es auch. Akut hielt sie an dem einen Arm fest und er an dem anderen; sie lag leidlich bequem zwischen ihren beiden Beschützern und konnte sich wenigstens auch etwas wärmen.

Erst hatte sie zwar die halbe Nacht kein Auge zugetan, aber schließlich forderte der todmüde Körper sein Recht und nahm ihr alle Angst vor dem tiefen Abgrund unten und dem zottigen wilden Affentier neben ihr in einem festen erquickenden Schlummer. Längst waren die Schatten der Nacht dem strahlenden Tagesgestirn gewichen, als sie ihre Augen das erste Mal wieder aufschlug. Zunächst meinte sie noch zu träumen. Ihr Kopf war im Schlafe von Koraks Schulter gesunken, und so fiel ihr erster Blick beim Erwachen auf den schwarzen dichtbehaarten Rücken des Affen. Sie fuhr entsetzt zurück, doch dann spürte sie, daß jemand sie festhielt, und, wie sie den Kopf nach der anderen Seite wandte, sah sie in die warmen leuchtenden Augen des Jungen. Er lächelte? Da brauchte sie sich vor ihm also nicht zu fürchten und konnte wenigstens von dem rauhen Pelz ihres ungemütlichen Nachbarn zur Rechten etwas abrücken.

Sie schmiegte sich dichter an Korak, der sogleich in der Menschenaffensprache ein paar Fragen an sie richtete, die jedoch von ihr nur mit Kopfschütteln beantwortet werden konnten. Ebenso erging es ihr, als sie sich mit ihm zu verständigen suchte. Arabisch war für ihn, genau wie ihr die Affensprache, wie ein Buch mit sieben Siegeln.

Akut wurde wach und richtete sich auf. Er verstand zwar, was Korak sagte, doch was das Mädchen redete, war in seinen Augen nur ein närrisches, ja beinahe lächerliches Geplärr, dem er keinen Sinn abzugewinnen vermochte. Akut konnte einfach nicht begreifen, was Korak für dieses sonderbare Wesen so einnahm. Er starrte Meriem eine ganze Weile an und schien geneigt, sich ein gewissenhaftes Urteil über Wert oder Unwert dieses Neulings zu bilden. Dann sprang er jedoch mit einem Male auf, kratzte sich hinter dem Kopf und schüttelte sich wie toll.

Meriem war ob dieser plötzlichen Ruhestörung zusammengefahren; sie hatte im Augenblick gar nicht mehr an den Affen gedacht, wich aber sofort erneut vor ihm zurück. Akut merkte nun gleich, daß sie vor ihm Angst hatte, ja es gab ihm – seinem Tierverstand entsprechend – direkt Spaß, daß er dem Mädchen durch seine bloße Anwesenheit einen gelinden Schrecken einjagen konnte. Er duckte sich dann und streckte seine mächtige Affenhand vorsichtig nach ihr aus, als wolle er das Mädchen zu sich herüberziehen. Meriem rückte noch mehr von ihm ab.

Akuts Augen verfolgten mit Spannung den weiteren Verlauf der lustigen Neckerei; es entging ihm dabei jedoch, daß der Junge jede seiner Bewegungen scharf beobachtete – wie sein Hals immer kürzer wurde, und so seine breiten hochgezogenen Schultern darauf hindeuteten, daß er sich zu einem Vorstoß gegen den zudringlichen Affen rüstete. Der Affe wollte denn auch das Mädchen gerade am Arm fassen, als Korak mit einem kurzen unwilligen Brummlaut auf ihn zufuhr.

Meriem sah nur, wie eine geballte Faust mit voller Wucht dem völlig verdutzten Akut auf die Schnauze sauste. Ein wahnsinniges Gebrüll, der Menschenaffe taumelte zurück und stürzte vom Baume ab.

Korak sandte ihm eben noch ein paar wutfunkelnde Blicke nach, als es plötzlich ganz nahe unten im Dickicht raschelte. Auch das Mädchen wurde stutzig, doch sah sie nur Akut, der nicht gerade bei bester Laune war und sich mühsam wieder aufzurichten versuchte. Dann schoß auf einmal – wie ein von einer Armbrust abgeschnellter Bolzen – eine gelbgesprenkelte Masse auf Akuts Rücken zu: Sheeta, der Leopard.

Mangani, Manus und die bunten Vögel

Meriem rang nach Luft; sie war außer sich vor Schrecken, als der Leopard jetzt über den großen Affen herfiel, doch weniger wegen des Schicksals, das Akut nun drohte, als aus Bestürzung über die unbesonnene Tat des Jungen, weil er seinem sonderbaren Gefährten solch derben Schlag ins Gesicht versetzt hatte. Die Raubtierbestie war indessen kaum von Korak flüchtig bemerkt worden, da hatte er sich auch schon mit gezücktem Dolche über sie hinweg ins Dickicht hinabgeschwungen und war ihr, als sie eben Zähne und Pranken in Akuts breiten Rücken einhauen wollte, in den Nacken gesprungen.

Die große Katze bäumte sich auf und schlug mit ihren Pranken in die Luft, sobald sie die Last auf dem Rücken spürte; Akut, der nur noch eine Handbreit von ihr entfernt gewesen, war für den Augenblick wenigstens gerettet! Unter schrecklichem Geknurr wälzte sich der Leopard auf seinem Rücken, schlug mit den Pranken wütend um sich und suchte so seinen neuen Gegner abzuschütteln, der sich in seinen Nacken festgebissen hatte und ihm mit seinem Dolchmesser gehörig zusetzte.

Akut hatte in seiner Entrüstung über Koraks Handlungsweise nur gemerkt, daß hinter seinem Rücken etwas nicht in Ordnung war und sich ganz instinktiv und in einer für seinen schweren Körper geradezu verblüffenden Gewandtheit wieder zu dem Mädchen auf den Baum hinaufgeschwungen. Aber als er oben sah, wie die Dinge tatsächlich standen, stürzte er sofort zur Kampfstätte zurück. Persönliche Konflikte waren stets vergessen gewesen, wenn er seinen menschlichen Gefährten in der Not wußte, und so säumte er auch jetzt nicht einen Augenblick, sein Leben für ihn in die Schanze zu schlagen, zumal Korak ihm offenbar zu Hilfe geeilt sein mußte.

Sheeta sah sich also auf einmal zwei erbitterten Gegnern ausgeliefert. Brüllend, knurrend und brummend wälzten sich die drei im Untergestrüpp bald hierhin, bald dahin, während über ihnen auf hohem Ast zwei angsterfüllte Augen dem königlichen Schauspiel folgten. Zitternd sank das Mädchen immer mehr in sich zusammen; ihr einziger Trost schien Geeka, die sie fest an ihr kleines Herz drückte.

Der Dolch des Jungen mochte jedoch dem Kampf schließlich die entscheidende Wendung gegeben haben. In wilden Zuckungen brach das Tier zusammen und verendete. Im Nu waren Akut und Korak auf den Beinen und standen einander mit herausforderndem Blick über der Leiche ihres Feindes gegenüber. Korak wies mit dem Kopfe hinauf zu dem Mädchen.

Laß sie in Ruhe! sagte er bestimmt. Sie gehört mir!

Akut blinzelte nur ein wenig mit seinen blutunterlaufenen Augen und gab einen grunzenden Laut von sich. Dann trat er aufgerichtet und mit herausgeworfener Brust auf Sheetas toten Leib, wandte sein Gesicht hinauf zum Himmel und stieß einen markerschütternden Schrei hervor, so daß das kleine

Mädchen auf seinem Baumsitz erneut angsterfüllt zusammenfuhr. Der Affe hatte seinen Feind getötet – es war sein altgewohnter Siegerruf, der jetzt dröhnend durch die Dschungel hallte. Korak verharrte einen Augenblick in stummer Bewunderung seines Kampfgenossen; dann sprang er behend zu der verängstigten Meriem. Akut kam bald nach. Ein paar Minuten hockte er mit oben und leckte sich mit sichtlichem Eifer seine Wunden; dann trieb ihn der Hunger auf die Jagd nach dem wohlverdienten Morgenfrühstück.

*

Einige Monate vergingen, ohne daß sich etwas ereignete, was dem Urwaldleben dieses seltsamen Kleeblatts eine außergewöhnliche Note gegeben hätte, – wenigstens nach der Ansicht Koraks und des Affen. Für das kleine Mädchen dagegen waren Tage und Nächte nur eine einzige Schreckensreihe, bis allmählich auch ihr die Macht der Gewohnheit lindernd zu Hilfe kam. Sie lernte dem Tode unerschrocken in die Augen schauen, wenn er auch lauernd durch die Dschungel schlich.

Sie drang auch nach und nach in den Sinn der rohen unbeholfenen Naturlaute ein, die offenbar die einzige Verständigungsmöglichkeit zwischen und mit ihren Gefährten boten ... sie lernte die Sprache der Menschenaffen verstehen und anwenden. – Viel leichter fiel ihr aber die Anpassung an alles, was das Dschungelleben sonst von denen fordern muß, die nicht zu Grunde gehen wollen; sie stand so ihren Kampfgenossen schon bald wacker zur Seite. Sie hielt Wache, wenn die beiden schliefen, oder zeigte sich überaus findig, wenn man auf der Jagd der Spur des flüchtenden Wildes folgte.

Akut hatte sich mit ihrer Gegenwart abgefunden, ja er behandelte sie sogar mit einer gewissen Freundschaft, so oft er etwas mit ihr zu tun hatte. Im allgemeinen schien er sich aber lieber etwas von ihr fernzuhalten. Der Junge war dagegen stets freundlich zu ihr und ließ es ihr nicht merken, wenn er – und das kam öfter einmal vor – im stillen doch über die Last seufzte, die er sich mit ihr aufgebürdet. Er sah, wie sie unter der kalten, feuchten Nachtluft zu leiden hatte, und baute eigens für sie oben auf dem schwankenden Geäst eines Baumriesen ein kleines, dichtes Zelt aus Zweigen. Dort war Klein-Meriem für die Nacht wenigstens verhältnismäßig mollig und sicher geborgen, indessen der „Töter“ und der Affe auf den Ästen nebenan nächtigten. Korak nistete sich immer in den Zweigen dicht vor dem Eingang dieses seltsamen Schlafgemaches ein, denn so konnte er seinen Schützling am besten vor den immer und überall drohenden

Dschungelfeinden sichern. Gewiß, man hatte in diesem hohen „Nest“ von Sheeta nichts zu fürchten. Aber da war ja noch Histah, die Schlange; die konnte einen zu Tode erschrecken. Und dann die großen Paviane! Die waren geradezu ihre Nachbarn, und wenn sie auch nie offen zum Angriff übergingen, so zeigten sie doch zu gern ihre Zähne und bellten ganz mörderisch herüber, so oft sie einen von den Dreien bei einem kleinen Vorstoß zu Gesicht bekamen.

Das Zelt bewährte sich, und damit spielte sich das Leben und Treiben der Drei mehr oder minder im näheren Umkreis dieses „Baumhauses“ ab. Man streifte nicht mehr weit weg in die Tiefen der Dschungel, denn bei Einbruch der Nacht mußte man ja ohnehin zurück sein. In der Nähe war auch ein Fluß und spendete neben dem köstlichen Naß Fische in Menge. Obendrein gab es Wildbret und Früchte in Hülle und Fülle. Ein Tag glich jetzt fast dem anderen: Man ging auf die Jagd und Nahrungssuche ... und schlief dann mit wohlgefülltem Magen bis zum neuen Morgen. Man sorgte für das Heute; was dann kam, kümmerte niemanden. Ab und zu dachte der Junge wohl an sein vergangenes Leben und an die Seinen in der fernen Heimatstadt, die sicher sehnsüchtig nach einem Lebenszeichen von ihm ausschauten. Aber das ging immer rasch vorüber und war für ihn eigentlich nicht viel mehr als eine verschwimmende Feststellung der Tatsache, daß andere eben ihr Leben anders lebten als er, jeder seinen Anlagen und Neigungen entsprechend. Zudem hatte er die Hoffnung, je wieder heimkehren zu können, aufgegeben, seit ihm alle, deren Freundschaft und Unterstützung er gesucht, gewissermaßen einen Fußtritt gegeben hatten. Er hatte sich seiner Überzeugung nach bereits so tief in die Wildnis hineingewagt, daß er sich völlig in diesen unendlichen Irrgärten gefangen glaubte.

Dann war ihm auch in Meriem etwas beschert worden, was er in der ersten Zeit seines Dschungellebens am meisten vermißte: Er hatte endlich einen Menschen, der sein Schicksal teilte, er hatte einen Kameraden seinesgleichen. Seine Zuneigung zu diesem rührenden Menschenkind entsprang nicht dem, was man gemeinhin Liebe nennt. Sie waren Freunde – gute Kameraden, und das war alles. Sie hätten beide Jungen sein können, nur daß Korak mit seinem halb gütig-freundlichen, aber doch immer bestimmt-männlichen Wesen und in der Betonung der Beschützerrolle seinem Gefährten gegenüber stets als der überlegene hätte gelten müssen.

Das kleine Mädchen schwärmte für ihn wie es vielleicht für einen älteren und hilfsbereiten Bruder geschwärmt hätte. Beide wußten noch nichts um die Liebe ... aber es war immerhin nur eine Frage der Zeit. Einmal mußte schließlich der

Tag kommen, da auch diese Macht über den Jungen wie über jedes andere wilde Dschungeltier hereinbrach.

Im Bereich ihrer Jagdgründe und vor allem in der näheren Umgebung ihres Standquartiers waren die drei bald bekannte Gestalten. Die kleinen Kletteräffchen schienen sich sogar besonders für ihre neuen Nachbarn zu interessieren, kamen oft herüber und konnten sich mit Plappern und Schnattern und allerhand Späßen nicht genug tun. War Akut da, hielt dies lustige Dschungelvölkchen sich lieber in angemessenem Abstand. Mit Korak nahmen sie es schon weniger genau, und waren gar die beiden „Herren“ ausgegangen, so kamen sie zu Meriem, zupften an dem blinkenden Schmuck oder trieben mit Geeka ihre Possen. Das war allemal ein Hauptvergnügen, am liebsten wären sie gar nicht wieder fortgegangen. Das Mädchen spielte gern mit ihnen, gab ihnen auch öfters etwas zu beißen und war vor allem nicht böse darüber, daß ihr durch diesen drolligen Zeitvertreib die Stunden bis zu Koraks Rückkehr nicht gar zu lang wurden.

Geeka hatte sich auch eine kleine Wandlung gefallen lassen müssen, seit ihre kleine „Mutter“ das Dorf und den finsteren Scheich mit Korak verlassen hatte. In ihrer Kleidung wenigstens war sie jetzt gewissermaßen eine kleine Meriem, denn über dem Rattenfelltorso hing von der Schulter bis zu den Beinchen ein winziges Leopardengewand. Ein aus Waldgräsern geflochtenes Stirnband hielt die bunten Papageienfedern auf ihrem Elfenbeinköpfchen, und obendrein trug sie an Armen und Beinen Spangen und Ringe, wobei sie allerdings mit Dschungelgras als Metallersatz fürlieb nehmen mußte. Geeka war also ein richtiges kleines Kind der Wildnis, doch nur äußerlich. Im Grunde ihres Herzens war sie dieselbe geblieben: Sie hörte nach wie vor ihrer Mutter mit einer wahren Engelsgeduld zu, ja es war aller Ehren wert, daß Geeka niemals Meriem unterbrach, um schließlich auch mal was von ihren Freuden und Leiden zu erzählen. Auch heute war sie nicht minder geduldig.

Die junge schlanke Meriem lag behaglich und wie ein Kätzchen so schmiegsam auf einem leicht schwankenden Ast – und sie, die kleine Geeka, lehnte nun schon eine volle Stunde ihr gegenüber am Baumstamm und – mußte immer aufmerksam anhören, was Mutter sagte.

Liebe Geeka, meinte Meriem, unser Korak ist heute recht lange fort. Es ist Zeit, daß er wiederkommt, nicht wahr, Geeka? Und es ist auch so sehr, sehr langweilig … und recht einsam hier in der großen Dschungel, wenn Korak nicht da bleibt.

Was er uns wohl heute mitbringen mag? Noch solch einen glitzernden Metallring für Meriems Fuß? Oder einen weichen ledernen Lendenschurz, wie ihn die schwarzen Frauen tragen? Er sagt mir immer, daß es nicht so einfach ist, Frauenschmuck und Frauenkleidung zu erlangen, denn er will die Frauen nicht einfach wie die Männer töten. Und sie wehren sich ganz furchtbar, wenn er ihnen ihre Kostbarkeiten nehmen will. Mit Speeren und Pfeilen gehen die Männer auf ihn los, und er muß sich dann meist in die Bäume zurückziehen. Ein paarmal hat er eine Schwarze mit hinauf ins hohe Geäst geschleppt und ihr dort die Herrlichkeiten, die er Meriem zugedacht, entrissen; er sagt auch, daß die Schwarzen ihn jetzt sehr fürchten, und daß Frauen und Kinder sich schreiend in die Hütten flüchten, wenn sie ihn nur auftauchen sehen. Aber er folgt ihnen dann oft, und selten kehrt er ohne Pfeile für sich und ohne ein hübsches Geschenk für Meriem zurück. Korak hat große Macht in der Dschungel. O, unser Korak, liebe Geeka! Nein ... mein lieber Korak, meiner allein!

Meriem wurde in ihren Betrachtungen plötzlich unterbrochen. Ein kleines Äffchen war wie im Fluge von einem Nachbarbaum herabgeschossen und gerade auf ihrer Schulter zu sitzen gekommen.

Du mußt fortklettern! schrie das Tier in höchster Erregung und halb außer Atem. Reiß aus! Die Mangani sind nicht mehr weit.

Meriem blickte gelassen über ihre Schulter auf den sonderlichen Störenfried.

Klettere du nur selber, kleiner Manu, entgegnete sie ruhig. Akut und Korak sind die einzigen Mangani in unserem Dschungelrevier. Und sie sind es auch, sie kommen von der Jagd heim. Es kann noch passieren, daß du, kleiner Manu, eines schönen Tages vor deinem eigenen Schatten zu Tode erschrickst, wenn du dich immer gleich so aufregst.

Das kleine Äffchen kreischte indessen weiter und wiederholte seine Warnung nur immer lauter, während es, wie von der Tarantel gestochen, hinauf in die lichte Baumkrone klomm; denn dorthin durften sich die Mangani, diese großen, schweren Affen, gar nicht wagen. Meriem hörte, wie etwas durch die Bäume von drüben heranrauschte. Sie horchte gespannt: Es mußten zwei große Affen sein; nun ja, Korak und Akut kamen endlich wieder. Auch Korak war nämlich ein Mangani; die drei hatten sich als gar nichts anderes bezeichnet, seit sie sich kannten. Die „Menschen“ waren ja jetzt ihre Feinde; die drei dachten nicht daran, sich nun auch gar noch mit diesem Namen zu schmücken. Sie gehörten einfach nicht mehr zu diesen Erdbewohnern und nannten diese großen, weißen

Affen in ihrer Sprache Tarmangani; die großen schwarzen Affen oder Neger hießen bei ihnen Gomangani, und, da die drei eben mit beiden nichts zu tun haben wollten, hatten sie für sich „Mangani“ am passendsten gefunden.

Meriem hatte sich augenblicklich einen kleinen Spaß für Korak ausgedacht: Sie wollte so tun, als ob sie schliefe. Immer näher hörte sie die beiden herankommen, sie lag mäuschenstill da und hatte ihre Augen fest geschlossen. Jetzt mußten sie auf dem nächsten Baum sein und sie auch entdeckt haben, denn sie hatten plötzlich Halt gemacht. Merkwürdig! Warum sie heute nur so ruhig waren? Korak hatte es doch sonst immer recht eilig, ihr „Guten Abend“ oder ein paar freundliche Worte zuzurufen.

Im nächsten Augenblick klang es jedoch, als schliche sich einer von den beiden leise zu ihr herüber. Aha, Korak wollte sich nun sicher einen Scherz erlauben! Bah! Er sollte sie nicht narren! Sie blinzelte ein ganz klein wenig hinüber ... doch was war das? Ihr Herzschlag stockte. Leise, wie eine Schlange, kroch ein unheimliches Affentier auf sie zu, ein Riesenkerl ... und hinter ihm noch einer. Und beide wildfremd, dazu weit und breit nichts von Akut und Korak zu sehen!

Im Nu war Meriem auf den Beinen, noch ehe das Affenungetüm sie mit dem schon ausgestreckten Arm fassen konnte. Wie ein Eichhörnchen sprang sie von Ast zu Ast immer weiter davon in die Dschungel, und dicht auf ihren Fersen die beiden großen Affen. Oben in den Wipfeln über ihr eilte schreiend und kreischend ein ganzer Schwarm kleiner Kletteräffchen mit, schmähte und höhnte die Mangani und suchte dem Mädchen durch allerhand Winke und ermunternde Zurufe die Flucht zu erleichtern.

Meriem schwang sich von Baum zu Baum und schien darauf aus zu sein, möglichst bald in die höheren Regionen zu kommen, wohin diese Affenkolosse nicht folgen konnten. Doch die beiden rückten immer näher und näher heran, ja ein paarmal fehlte nicht viel, und der eine hätte sie mit seinen Krallenfingern gepackt, wäre sie nicht unter Anspannung aller Kräfte wie bei einem Endspurt dahingeflogen oder in tollkühnem Wagen über abgrundtiefe Lücken zwischen Baum und Baum hinweggesprungen.

Nach und nach war sie dabei auch immer höher hinauf in die Bäume geklommen, denn nur dort winkten Sicherheit und Möglichkeit zum Verschnaufen. Eben hatte sie in einem besonders gewagten Sprung einen Ast über sich umklammert, um sich auf ihm hinaufzuschwingen, da mußte sie auch schon erkennen, daß er doch nicht der Arm sein konnte, auf den sie hoffte. Der

Ast neigte sich erst stark unter ihrer Last nach unten ... ein leises Knacken und Knirschen ... und krachend brach er vom Stamm. Meriem verlor den Halt, stürzte ein paar Meter tief hinab, besaß aber noch soviel Geistesgegenwart, sich unten im dichteren Geäst festzuklammern und so vor tödlichem Aufprall zu retten. Sie war in den ersten Wochen ihres Dschungellebens oft genug abgestürzt und hatte sich an derlei Mißgeschicke schon gewöhnt. Das Schlimmste war jetzt zweifellos, daß sie den mühsam errungenen Vorsprung eingebüßt hatte. Und richtig: Sie hatte sich kaum wieder einigermaßen ins Gleichgewicht gebracht, da glitt auch schon das Affenungetüm zu ihr herab. Ein langer zottiger Arm schlang sich um ihre Hüften.

Fast gleichzeitig hatte sich der andere Affe herangeschwungen und suchte Meriem seinem Gefährten abzujagen. Doch da kam er an den Rechten! Der zeigte ihm unter bösem Gebrumm die Zähne und riß seine schwer erkämpfte Beute blitzschnell nach der anderen Seite herum. Meriem suchte sich mit Händen und Füßen zu wehren, denn es galt Freiheit und Leben. Sie zog den Affen an den Haaren auf der Brust und im Gesicht, sie biß ihn mit ihren scharfen weißen Zähnen in den zottigen Unterarm, allein die Bestie verstand keinen Spaß und antwortete mit ein paar derben Ohrfeigen. Dann mußte er sich jedoch wieder mit seinem Kameraden beschäftigen, der offenbar noch immer gesonnen war, ihm die Gefangene streitig zu machen.

An einen Kampf mit seinem Rivalen war natürlich nicht zu denken, solange er mit seiner zappelnden und strampelnden Beute auf schwankendem Ast blieb. Er kletterte also rasch nach unten, doch der andere folgte unverzüglich. Der Kampf begann, doch schon im nächsten Augenblick hatte das Mädchen sich die Schwäche ihrer Verfolger zunutze gemacht und suchte in rasendem Lauf dem drohenden Unheil zu entrinnen. Aber sofort ließen die Affen voneinander ab und stürzten Meriem nach. Kaum hatte man sie von neuem gefaßt, da ging auch schon der Zweikampf wieder los. Wohl wagte die kleine Meriem noch ein paar Mal denselben tollkühnen Streich, doch die Affen waren auf der Hut. Bald wurde sie von dem einen, bald von dem anderen zuerst eingeholt, und jedesmal entspann sich dann dasselbe wütende Ringen um die kostbare Beute. Am liebsten hätte jeder seinen Widerpart in Stücke gerissen.

Das Mädchen hatte oft einen ordentlichen Schlag abbekommen, der eigentlich dem immer dreisteren Rivalen zugedacht war, und schließlich wurde sie so unglücklich getroffen, daß sie bewußtlos niedersank. Die Affen atmeten auf, als sie sahen, daß sie sich ihr Opfer nun wenigstens gesichert hatten, und stürzten mit neuer Erbitterung in den Kampf, den kein Fluchtversuch mehr unterbrechen sollte.

Hoch in den Wipfeln über dem Kampfplatz tobten höhnend die kleinen Kletteräffchen, unzählige buntgefiederte Vögel schwirrten kreischend und krächzend durch die Zweige, und aus der Ferne meldete sich ein Löwe mit tiefem Gebrüll. Der ganze Wald schien in Aufruhr und in größter Erregung dem einzigartigen Schauspiel zu folgen.

Der größere Affe gewann offenbar langsam, aber sicher die Oberhand. Beißend und wild um sich schlagend wälzten sich die beiden im Grase, dann sprangen sie mit einem Male wieder hoch, prallten von neuem aufeinander los und verstrickten sich in immer verzweifelterem Ringen. Es war, als kämpften zwei Menschen um die Meisterschaft, nur daß unter den scharfen Fangzähnen und Krallen auf beiden Seiten das Blut in Strömen floß. Meriem lag immer noch regungslos und ohne Besinnung abseits im Dschungelgrase.

Der Höhepunkt war jetzt erreicht. Schäumend vor Wut umklammerte der Stärkere die Gurgel seines nicht minder erbitterten Gegners, als beide sich zum letzten Male gemeinsam zu Boden rollten. Ein paar Minuten schien es, als hätten sich beide den Garaus gemacht, doch der Stärkere hatte allein den Sieg. Ein krampfartiges Zucken durchschoß jäh seinen massigen Körper, und zugleich bezeugte ein tiefes Brummen, daß er mit sich zufrieden war. Er trottete ein paarmal zwischen seiner Beute und dem erlegten Gegner auf und ab, ehe der letzte Akt dieses Urwalddramas begann. Dann trat er auf die Leiche seines Rivalen ... und weithin schallte der schrille Siegesschrei der Menschenaffen. Die kleinen Kletteräffchen stoben kreischend nach allen Winden auseinander, die buntschillernden Vögel schlugen erschreckt die Flügel und flatterten taumelnd davon, und wieder drang Numas Brüllen rollend herüber, doch diesmal aus noch größerer Entfernung.

Der Riesenaffe humpelte wieder zu dem Mädchen hin. Erst drehte und wendete er es nach allen Seiten, dann bückte er sich, beschnupperte das Gesicht und drückte sein Ohr dicht an die Brust. Sie lebte noch!

Die Kletteräffchen kamen zurück, es wimmelte von ihnen in den Baumkronen, und immer heftiger schwoll ihr Kreischen zur Verhöhnung des Siegers.

Der Affe knurrte mit fletschenden Zähnen zu ihnen hinauf. Er verachtete diesen Mob. Dann beugte er sich nieder, hob das Mädchen auf seine Schultern und trottete durch die Dschungel davon. Zu seinen Häupten folgte lärmend die Horde der Schmäher.

Dieser da ist euer neuer König

Als Korak von der Jagd heimkehrte, hörte er schon von weitem das Kreischen und Plärren aufgeregter Kletteräffchen; er wußte sofort, daß da irgend etwas nicht in Ordnung war. Vielleicht hatte Histah, die Schlange, einen unachtsamen Manu heimtückisch umgarnt? Der Junge schlug eine schärfere Gangart an. Die Äffchen waren Meriems Freunde, er mußte ihnen helfen, wenn es noch irgend möglich war. Immer rascher eilte er auf halber Höhe der Bäume dahin; bald hatte er den Baum mit Meriems Zelt erreicht. Er verbarg seine Jagdtrophäen auf dem ersten besten Ast und rief laut nach Meriem. Keine Antwort. Vielleicht war sie irgendwo weiter unten? Hatte sich einen Spaß gemacht und versteckte sich?

Auf dem großen Aste, auf dem Meriem sich so oft vergnügt schaukelte, sah er Geeka. Stumm wie immer lehnte sie an dem dicken Stamm des Urwaldriesen. Was sollte das heißen? Meriem hatte doch nie ihre Geeka allein gelassen. Korak nahm die Puppe und hing sie an seinen Leibgurt. Dann rief er nochmals und lauter als vorhin, ohne daß Antwort von Meriem kam. In der Ferne kreischten die Manus erneut auf, doch klang es, als seien sie jetzt weiter weg.

Sollte dies etwa mit Meriems Verschwinden irgendwie zusammenhängen? Der bloße Gedanke an diese Möglichkeit genügte, und Korak schwang sich rasch in der Richtung davon, aus der das Gekreisch der Kletteräffchen herüberschallte. Hier war keine Zeit zu verlieren; er wartete deshalb auch nicht erst, bis Akut, der ihm langsamer folgte, am Baumzelt eingetroffen war.

Nur wenige Minuten verstrichen, und Korak hatte die aufgeregte Äffchengesellschaft eingeholt. Sobald sie ihn erkannten, verstärkte sich der wilde Lärm. Sie bedeuteten ihm mit entsetzter Geste, er möge so schnell als irgend möglich in der eingeschlagenen Richtung weitereilen, und nach ein paar kurzen bangen Sekunden schon gewahrte Korak selbst das Furchtbare, dem ihre Entrüstung galt.

Dem Jungen stand das Herz fast still vor jähem Entsetzen ... Ein großer Affe schleppte Meriem davon; schlaff hing der kleine Körper über die zottigen Schultern der Bestie. Kein Zweifel, das Mädchen war tot. Fürchterlich dieser

Augenblick; er hätte nicht sagen können, wie ihm zu Mute war. Es kam ihm nur vor, als stünde ihm dieser zarte Körper, der nun so matt und rührend-hilflos mit jedem Schritt auf den hohen Schultern des Affen hin und her pendelte, auf einmal im Mittelpunkt aller seiner Wünsche und Gedanken.

Er wußte auf einmal, daß die kleine Meriem sein Ein und Alles war ... seine Sonne, sein Mond, sein Stern, und daß mit ihrem Tode Licht, Wärme und Glück von ihm gewichen. Ein tiefer Seufzer entrang sich seiner Brust, gefolgt von einem Aufschrei, vor dem sich Raubtierbestien in die Büsche verkrochen hätten. Fast gleichzeitig schoß er in wahnsinnigem Sprung senkrecht von oben auf den Übeltäter herab. Das Affenungetüm hatte kaum den ersten drohenden Laut eines unerwarteten neuen Gegners vernommen, als es sich hastig zurückwandte und damit Haß und Wut des „Töters“ zur wildlodernden Flamme entfachte. Korak erkannte nämlich in ihm sofort keinen geringeren als den Affenkönig, der ihn neulich auf und davon gejagt, als er ihn und dessen Stamm um Freundschaft und Obdach gebeten.

Der Riesenaffe warf seine Bürde kurzerhand zu Boden. Gut, er würde von neuem um seine so schon teuer erkaufte Beute kämpfen. Diesmal mußte ihm der Sieg leicht in den Schoß fallen, denn er hatte Korak bereits erkannt. War dieser Fremdling ihm nicht damals aus dem Amphitheater davongelaufen, ohne daß er ihn hatte Zähne und Fäuste spüren lassen? Mit gesenktem Kopf und vorgedrückten Schultern stürzte er sich wie ein Rasender auf das glatthäutige Geschöpf, das sich unterstehen wollte, ihm seine Beute streitig zu machen.

Wie zwei Bullen im Stierkampf prallten sie aufeinander und rissen sich zu Boden. Korak wollte nichts von seinem Dolche wissen, Wut und Entsetzen verlangten heute andere Waffen. Es galt diesmal nur die Waffen, die die Natur ihm gegeben, anzuwenden. Nicht Haß und Rache regierten allein: Die Ehre stand auf dem Spiel, denn er war auch ein Mann ... ein Mann, der um seine Genossin gegen den Rivalen zu kämpfen hatte.

Selten war der junge Affenmensch mit solchem Ungetüm über seinen Gegner hereingebrochen wie heute. Doch es hatte sich gelohnt. Noch ehe der Menschenaffe ihm zuvorkommen konnte, hatte Korak den entscheidenden „Griff“. Mit zusammengepreßten Augen lag der Junge über seinem Widerpart. Es galt alle Kräfte einzusetzen.

Meriem war just in jenen schicksalsschweren Sekunden wieder zum Bewußtsein erwacht. Ihr erster Blick fiel auf die Kämpfenden.

Korak! schrie sie auf – und ihre Augen wurden groß und rund vor Freude und Bangigkeit zugleich. Korak! Mein Korak! Ich wußte, daß du kommen würdest. Töte ihn, Korak! Mach' ihn tot!

Sie war inzwischen aufgesprungen. Ihre Augen blitzten, als sie neben Korak stand und ihn zu immer erbitterterem Draufgehen anzuspornen suchte. Der Speer des „Töters“ lag nicht weit. Korak hatte ihn beiseite geschleudert, als der Zweikampf begann. Das Mädchen sah ihn und im Nu hatte sie ihn errafft. Nicht einen Augenblick versagte sie angesichts dieses urgewaltigen Ringens. Der erste unglückliche Zusammenstoß mit diesem Riesenaffen hatte ihr wohl für einige Zeit – wie lange, wußte sie nicht – die Besinnung geraubt, aber sie nicht derart erschüttert, daß sie beim Erwachen wie ein hilfloser Spielball ihrer Nerven angstgepeitscht davongelaufen wäre. Ein wenig aufgeregt war sie gewiß, aber im Grunde doch kaltblütig und unerschrocken. Ihr Korak rang mit dem fremden Mangan, der sie geraubt. Nun wollte sie auch bei ihm bleiben und ihm zu Hilfe kommen, wenn es nottat. Nicht oben in den Zweigen die eigene Sicherheit suchen und nur zuschauen, wie es ein Manganiweibchen getan hätte. Sie stieß dem Affen den Speer in die Seite, daß die scharfe Spitze ihm das grimme Herz durchbohren mußte.

Korak hätte ihre Hilfe jedoch nicht nötig gehabt. Denn der große Affe war schon so gut wie tot. Als Korak sich erhob, lag ein Lächeln auf seinem Antlitz, und dankbar ergriff er die Rechte seiner wackeren Gefährtin.

Wie groß und feingewachsen sie war! Hatte sie sich denn mit einem Schlage in den wenigen Stunden der Trennung so gewandelt, oder gaukelten ihm nur seine vom Kampfe gereizten Sinne ein Traumbild vor, das bald wieder in sich zusammensinken würde? Es war ihm, als sähe er Meriem auf einmal mit ganz anderen Augen. Er wußte nicht, wie lange es her war, seit er das kleine Arabermädchen in ihres Vaters Dorf aufgelesen. Die Zeit spielt in der Dschungel keine Rolle. Was wußte er, ob die Tage seit damals geeilt oder dahingeschlichen, ob es ihrer viele waren oder wenige? Als er Meriem aber jetzt immer von neuem staunend betrachtete, empfand er deutlich, daß sie nicht mehr dasselbe kleine Mädchen war, das mit Geeka unter dem großen Baum dicht am Palisadenzaun gespielt hatte. Ganz allmählich mußte sich diese Veränderung vollzogen haben; sonst hätte sie ihm ja garnicht entgehen können. Und wie kam es, daß er diese Wandlung nun so plötzlich und unabweisbar verspürte? Sein Blick schweifte von dem Mädchen zum Körper des Riesenaffen. Ein Gedanke durchzuckte ihn, es schien ihm mit einem Male ein Licht darüber aufzugehen, warum der Affe das

Mädchen für sich zu erobern gesucht. Seine Augen weiteten sich einen Augenblick, doch dann kam eine düstere Wolke von Wut und Abscheu vor diesem widerwärtigen Tiere zu seinen Füßen. Er mochte gar nicht mehr darauf hinsehen.

Sein nächster Blick zu Meriem hinüber zauberte ein verwirrtes Erröten auf seine Wangen: Ihm schoß das Blut in den Kopf. Er sah sie also doch auf einmal mit ganz anderen Augen an ... Akut war gerade dazu gekommen, als Meriem Koraks Gegner mit dem Speer das Herz durchbohrte. Seine Freude schien keine Grenzen zu kennen. Steifbeinig und mit wilder Gebärde stolzierte er auf dem Toten herum, der ja auch sein Feind gewesen. Er brummte tief, seine langen vorgeschobenen Lippen wölbten sich nach oben, seine Haare sträubten sich, und für Meriem und Korak hatte er nicht ein Wort übrig. Irgendeine geheime Macht mußte in den verborgensten Falten seines kleinen Hirns mit einem Male aufbegehren, seit der Geruch dieses gefällten Affenriesen ihm in die Nase drang. Nach außen hin trat dieses aufkeimende Nachsinnen zwar in einem tierisch-ungebändigten Wutzustand in Erscheinung, wie man ihn oft schon bei ihm beobachtet; aber in seinem Innern hatte sich diesmal etwas berauschend Angenehmes zum Durchbruch verholfen. Der Geruch und der Anblick dieser wuchtigen, zottigen Affengestalt hatte in Akut unabweisbar das Verlangen aufschießen lassen, wieder einmal in Freundschaft mit seinen Artgenossen die Dschungel zu durchstreifen, wieder einmal Affe unter Affen zu sein. Nicht nur Korak war also in jener Stunde ein anderer geworden.

Und Meriem? Sie war ein junges Weib ... und des Weibes göttliches Recht ist es, zu lieben. Immer schon hatte sie Korak geliebt. Er war ihr großer Bruder und blieb es. Sie hatte sich im Grunde ihres Herzens nicht gewandelt, sie war glücklich, in Korak einen guten Kameraden zu haben, sie liebte ihn, wie eine Schwester ihren ritterlichen Bruder liebt. Sie war sehr, sehr stolz auf ihn. Niemanden gab es in der großen weiten Dschungel, der so stark, so schön und so tapfer war wie er.

Korak trat einen Schritt auf sie zu. Seine Augen leuchteten in einem neuen Glanz; aber sie verstand ihn nicht. Sie ahnte nicht, wie nahe sie beide der Reife waren, ahnte nicht, daß der Flammenkranz in Koraks Augen auch in den ihren Funken schlagen wollte.

Meriem, flüsterte er, und in seiner dunklen Stimme schwang ein leises Zittern mit, als er mit seiner braunen Hand ihre bloße Schulter berührte. Meriem! Er zog sie rasch an sich. Sie schaute ihm lachend in die Augen – und dann beugte er sich nieder und küßte ihren Mund.

Was war das? Sie mochte es nicht fassen, sie konnte sich nicht entsinnen, daß man sie je geküßt. Aber es war doch schön, sehr schön. Ja, das gefiel ihr. Sie dachte, Korak wolle ihr damit sagen, wie froh er darüber war, daß es dem großen schrecklichen Affen nicht gelungen, sie ihm für immer zu entreißen. O, sie freute sich ja auch. Es wäre furchtbar gewesen, dieser Bestie auf gut Glück ausgeliefert zu sein. Und so schlang sie ihre Arme um den Hals des „Töters" und bedeckte sein Gesicht mit Küssen. Dann sah sie mit einem Male die Puppe an seinem Leibgurt. Geeka! rief sie strahlend, nahm das Puppenkind und küßte es, wie sie eben Korak geküßt.

Korak wollte etwas hervorstammeln, er wollte ihr sagen, wie sehr er sie liebe. Aber der Rausch jenes ersten Glücks hatte ihn schon zu sehr in seinem Bann, er fand die rechten Worte nicht. Oder fehlten sie in der Sprache der Mangani?

Plötzlich scheuchte ihn ein kurzer tiefer Brummlaut auf. Er kam von Akut und war nicht lauter als das frühere Brummen, als dieser vorhin auf dem toten Affenriesen herumstolzierte, aber für die feinen Dschungeltierinstinkte Koraks ein Ton, der alle Sinne alarmierte. Korak wandte sofort seine Blicke von dem so nahen traumhaft schönen Antlitz des Mädchens zu Akut. Mit einem Schlage war er wieder der andere Korak. Seine Ohren und seine Nase waren auf der Hut. Irgend etwas mußte in der Luft liegen.

Der „Töter" trat neben Akut, Meriem ihm nach. Wie in Stein gemeißelt standen die drei da und starrten in das dichtumrankte Dschungelgestrüpp. Das Geräusch, das Akut zuerst vernommen, verstärkte sich von Sekunde zu Sekunde, und schließlich brach ein großer Menschenaffe aus dem Dickicht hervor. Das Tier blieb stehen, als es die drei ein paar Schritte vor sich gewahrte, und stieß unverzüglich einen dumpfen Warnungslaut hervor, indessen es sich halb nach rückwärts wandte. Im nächsten Augenblick pirschte sich vorsichtig ein weiterer Riesenaffe heran – – und hinter ihm kamen noch mehr: Männchen und Weibchen mit ihren Jungen, im ganzen etwa vierzig mehr oder minder große, zottige Affen, die alle erstaunt die drei fremden Gestalten musterten. Es war der Stamm des toten Affenkönigs. Akut nahm als erster das Wort, indem er auf den Körper des bezwungenen Riesenaffen zeigte.

Korak, der mächtige Kämpfer, hat euren König getötet, brummte er laut und gewichtig. Niemand ist größer in der ganzen weiten Dschungel als Korak, der Sohn Tarzans. Korak ist jetzt der König. Wer meint größer zu sein als Korak?

Die Frage war für die bestimmt, die etwa noch Lust verspürten, Korak den Rang streitig zu machen. Die Affen knurrten, brummten und schnatterten einige Zeit miteinander in ziemlicher Erregung. Dann löste sich ein noch junger Riesenaffe aus dem Knäuel und schritt mit schrecklichem Gebrüll heran. Seine Haare sträubten sich, und sein Oberkörper schwankte in wilden Zuckungen über den kurzen Beinen.

Der Affe war ein Prachtexemplar auf der vollen Höhe seiner Kraft und gehörte zweifellos zu jener fast ausgestorbenen Gattung, die weiße Forschungsreisende nur nach langen Mühen und geführt von den Eingeborenen der kaum erschlossenen Dschungelgebiete zu Gesicht bekommen haben; denn selbst den Schwarzen läuft selten einmal solch ein großer zottiger Vetter der Urmenschen in den Weg.

Korak nahm die Herausforderung mit drohendem Gebrumm an. Er hatte einen neuen Plan. Sich auf den Riesen stürzen und mit ihm jetzt ringen wie vorhin mit dem König – – das wäre der Anfang vom Ende gewesen; denn er hatte schon einen schrecklichen Kampf hinter sich, während der Riesenaffe frische Kräfte und die ganze Wucht seines mächtigen Körpers einsetzen konnte. Diesmal mußte er sich den Sieg leichter machen. Er duckte sich sofort, um dem ersten Vorstoß gleich gebührend begegnen zu können. Es war keine Zeit zu verlieren, im nächsten Augenblick schon würde der Riese heran sein. Er zögerte nur noch, anscheinend, um seine Kampflust bis zum Siedepunkt aufzupeitschen und damit zugleich seinen Widerpart einzuschüchtern. Vielleicht ließ er in Windeseile all seine früheren Siege vor seinen Augen vorüberziehen, um seiner großen Tapferkeit ganz gewiß zu werden, und malte sich schon aus, wie er diesen winzigen Tarmangani herumwirbeln und zerreißen würde. Dann ging er los.

Mit verkrampften Fingern und weit aufgerissenem Rachen stürzte er auf den immer noch geduckt abwartenden Korak zu; wie ein Expreßzug brauste er heran. Und erst als er seine Riesenarme ausbreitete, um dann auf einen Ruck den Gegner in diesen Klammern einzupressen, kam Bewegung in Koraks Glieder. Er duckte sich mit einem Male noch tiefer. Ein Sprung zur Seite, gleichzeitig ein furchtbarer Faustschlag auf den Unterkiefer der Bestie ... und schon stand er auf dem Körper des jäh zu Fall gebrachten Affen.

Das Tier suchte sich mit Händen und Füßen aus der unerwarteten Lage zu befreien. Die Lippen waren schaumbedeckt, blutunterlaufen die kleinen Augen, und tief aus der Brust quoll dumpfes, heiseres Gebrüll. Doch er konnte sich nicht wieder aufrichten, so sehr er sich auch anstrengte, denn der „Töter“ wich und wankte nicht. Der Affe brauchte bloß einmal das zottige Kinn leicht anzuheben, da hatte Tarzans Sohn auch schon einen neuen Treffer gelandet, mit dem er einen Büffel zu Boden geschmettert hätte. Und jedesmal sank der Affe stöhnend zurück.

Immer und immer wieder versuchte das Tier sein Glück, aber der mächtige Tarmangani war auf der Hut und stieß ihn mit seiner geballten Faust wie mit einem schweren Rammblock nieder. Dann wurden die Bewegungen des Affen immer matter und matter. Die Affenschar hatte ihm erst zugejubelt und mit gellenden Rufen zum entscheidenden Vorstoß angespornt. Jetzt aber war man mit einem Male ganz auf der Seite des Tarmangani.

Kagoda? schrie Korak, als er den Affen wieder einmal niedergeboxt hatte.

Der zähe Riese schien sich immer noch nicht ergeben zu wollen und strampelte wie verzweifelt mit Händen und Füßen. Aber ein neuer furchtbarer Schlag war die eindeutige Antwort.

Kagoda? Hast du nun endlich genug? fragte Korak zum zweiten Male.

Einen Augenblick lag der Affe regungslos da. Dann preßte er mühsam das „Kagoda!“ über seine Lippen. Mehr nicht.

So steh' auf und geh' zu den Deinen zurück! fuhr Korak fort. Ich habe nicht Lust, König eines Stammes zu sein, der mich einmal wie einen Bösewicht davongejagt hat. Geht eurer Wege! Wir werden es auch so halten. Begegnen wir uns hier und da zufällig, wollen wir gut Freund miteinander sein. Aber mit euch zusammenleben? Nein, davon will ich nichts mehr wissen.

Ein älterer Affe kam langsam auf den „Töter“ zu.

Du hast unseren König getötet, begann er. Du hast auch den da mit Leichtigkeit besiegt, der zum König bestimmt war, ja du hättest auch ihn töten können, wenn du es gewollt hättest. Wer soll nun unser König sein?

Korak wandte sich zu Akut.

Dieser da ist euer neuer König, entgegnete er bestimmt. Allein Akut wollte sich durchaus nicht von Korak trennen, wiewohl er zu gern einmal wieder mit

Artgenossen die Dschungel durchstreift hätte. Am liebsten wäre es ihm gewesen, wenn auch Korak sich den Affen angeschlossen hätte, und er sprach diesen Wunsch offen aus.

Der Junge dachte jetzt in erster Linie an Meriem und welche Lösung für sie am besten und sichersten sein mußte. Ging Akut mit seinen Stammesgenossen fort, würde er ganz allein zu ihrem Schutze zurückbleiben. Andererseits würde er auch keine ruhige Minute haben, wenn er sich mit Meriem dem Affenstamm anschloß. So oft er dann auf die Jagd ginge, mußte er sie ohnehin im Lager zurücklassen, – und das Affenvolk hatte schließlich seine Leidenschaften und Tierinstinkte nicht so in der Hand, wie es dann wünschenswert gewesen wäre. Wer wußte, ob nicht sogar ein Weibchen eines schönen Tages einer eifersüchtigen Wallung oder sonst einem tierischen Einfall folgte und das schwache weiße Mädchen in Koraks Abwesenheit mißhandelte?

Wir wollen immer gute Nachbarn sein, meinte Korak schließlich. Wenn ihr in andere Jagdgründe zieht, wollen wir unser Standquartier auch verlegen. Meriem und ich bleiben so stets in deiner Nähe; aber völlig zusammenleben, das möchten wir nicht.

Akut erhob allerlei Einwände gegen Koraks Plan, denn der Gedanke einer auch nur bedingten Trennung von seinem Dschungelfreunde machte ihn traurig. Ein solches Opfer schien ihm die Wiedervereinigung mit seinesgleichen nicht wert.

Als er dann aber die Artgenossen einen nach dem anderen in der Dschungel verschwinden sah, und als sein Blick schließlich abermals die geschmeidige junge Witwe seines Vorgängers streifte, die immer wieder auf ihn als den neuen königlichen Herrn und Gebieter lockend und voll Bewunderung zurücksah, vermochte er der Stimme seines Blutes nicht zu widerstehen. Er schaute noch einmal kurz und ein wenig unsicher, aber freundlich zu seinem geliebten Korak hinüber. Dann wandte er sich rasch und folgte der Äffin in das Labyrinth des Urwaldes.

*

Als Korak bei seinem letzten Zug in das Dorf der Schwarzen gerade glücklich den Palisadenzaun hinter sich hatte, kamen auch schon die Männer aus dem Walde und vom Flusse herbeigestürzt, in der Meinung, sie könnten den schreienden und kreischenden Weibern und Kindern noch helfen. Wie groß aber war die Erbitterung, als sie merkten, daß der weiße Teufel wieder in ihre

Hütten eingedrungen, ihre Weiber bedroht und sich mit Pfeilen, allerhand Schmuckstücken und Nahrungsmitteln davongemacht hatte.

Einzig und allein ihre abergläubische Furcht vor diesem seltsamen Wesen, das mit einem großen Affenungetüm zusammen die Dschungel und alles im Umkreis unsicher machte, hatte sie bisher davon abgehalten, Vergeltung zu üben und ein für allemal mit dieser ständigen Bedrohung von Hab, Gut und Leben ein Ende zu machen.

Doch diesmal war das Maß voll. Etwa zwanzig der schnellsten und beherztesten Krieger des Stammes nahmen schon ein paar Minuten, nachdem Korak und Akut den Schauplatz ihrer häufigen Plünderungen verlassen, die Verfolgung auf.

Der Junge und Akut arbeiteten sich langsam durch die Dschungel vorwärts, weil sie mit einem Nachdringen der Schwarzen gar nicht rechneten. Ja, fast sorglos schritten sie dahin. Waren doch so viele ähnliche Beutezüge ohne irgendeine Gegenaktion einfach im Sande verlaufen, daß die beiden auf die Neger geradezu mit Verachtung herabsahen. Beim Rückweg nach ihrem Standquartier kam ihnen der Wind obendrein noch entgegen, Grund genug, auf ihre Verfolger nicht rechtzeitig aufmerksam zu werden. Diese wiederum hatten es damit um so leichter, zumal ihre kampf- und jagdgewohnten Sinne mit den Geheimnissen der Dschungelwelt gut vertraut waren. Wie Spürhunde waren sie scharf hinter den Räubern her, immer voran die flinkesten Späher.

Führer des Kriegertrupps war Kovudoo, der Häuptling, ein Mann in mittleren Jahren und bekannt ob seiner List und Unerschrockenheit. Er war es auch, der die beiden zuerst gewahrte, nachdem man ihnen stundenlang unermüdlich nachgespürt; dies war vor allem seinen außergewöhnlich scharfen Augen und Ohren und nicht zuletzt seinem selten guten Geruchssinn zu verdanken.

Der Affenkönig war vor wenigen Augenblicken unter Koraks Fingern und Zähnen verendet, als Kovudoo mit seinen Leuten auf die drei Dschungelfreunde stieß. Der Kampflärm hatte zu guter Letzt geradewegs ans Ziel geführt. Beim Anblick des hübschen hellbraunen Mädchens war der wilde Häuptling zunächst ein wenig verdutzt gewesen und hatte seinen Kriegern durch einen Wink zu verstehen gegeben, daß mit dem überraschenden Vorstoß noch gewartet werden sollte. Im gleichen Augenblick waren dann die großen Affen auf dem Plan erschienen.

Die Schwarzen duckten sich erst vor Entsetzen und folgten dann mit beinahe ehrfurchtsvoller Scheu den Unterhandlungen und dem harten Strauß zwischen Korak und dem jungen Affenriesen. –

*

Die Affen waren jetzt im Dickicht verschwunden und der junge Weiße und das Mädchen allein auf dem Kampfplatz zurückgeblieben. Einer der Krieger Kovudoos drängte sich dicht an seinen Häuptling heran. Da, sieh! flüsterte er ihm ins Ohr und zeigte auf ein kleines Etwas in der Hand des Mädchens. Als mein Bruder und ich noch Sklaven im Dorfe des Scheichs waren, hat mein Bruder dem Töchterchen des Scheichs dies kleine Ding geschenkt. Sie spielte immer gerne damit und nannte es Geeka. So heißt nämlich auch mein Bruder. Und eines Tages – es war noch vor unserer Flucht – drang ein Unbekannter ins Dorf ein, schlug den Scheich einfach nieder und raubte ihm seine Tochter. Du, wenn sie das ist … der Scheich wird dir eine gute Belohnung zahlen, wenn du ihm das Mädchen wiederbringst.

Korak hatte seine Arme wieder um Meriems Schultern geschlungen. Sein junges Blut lag im Banne der Liebe. Die Heimat, sein früheres Leben, was war es? Kaum, daß er noch daran dachte. London? So weit, weit weg schien es ihm, als müsse er sich in das Rom der Cäsaren zurückdenken. In der ganzen Welt gab es nur zwei, um die sich alles drehte, und das war er, Korak der „Töter", und seine Meriem. Er zog sie wieder zu sich und neigte sich in heißen Küssen über ihre schönen sehnsüchtigen Lippen …

Doch wie ein Donnerschlag brach gerade da mit einem Male die wilde Kriegerhorde aus ihrem Hinterhalt hervor und stürzte sich mit wütendem Kampfgeschrei auf die beiden Glücklichen.

Korak war im Nu zur Abwehr bereit, und auch Meriem stand sofort mit ihrem leichten Speer trotzig neben ihrem Gefährten. Doch schon im nächsten Augenblick schwirrte der Speerhagel heran. Korak brach, an Schulter und Bein schwer getroffen, zusammen.

Meriem blieb unverletzt; die Schwarzen hatten auf Weisung ihres Häuptlings nur auf Korak gezielt. Eben wollten die Leute über den Schwerverwundeten herfallen und ihm vollends den Garaus machen, als der gewaltige Akut und dicht hinter ihm seine nicht minder furchtbaren Genossen von der anderen Seite des Dickichts hervorstürzten.

Brummend und mit schrecklichem Kampfgebrüll stürmten sie auf die Schwarzen los, sowie sie das bereits angerichtete Unglück in seiner vollen Schwere erkannten. Kovudoo, der im Augenblick begriff, daß es Wahnsinn war, sich auf einen Nahkampf mit diesen fürchterlichen Menschenaffen einzulassen, packte Meriem und befahl seinen Kriegern den sofortigen Rückzug. Eine Zeitlang rasten die Affen den Flüchtenden nach; einige Schwarze wurden schlimm zugerichtet und einer mußte sogar mit dem Leben daran glauben. Doch schließlich waren die Krieger dank der geschickten Führung ihres Häuptlings entkommen. Sie würden aber trotzdem nicht ihrem verdienten Schicksal entgangen sein, hätte nicht Akut mit Rücksicht auf seinen verwundeten Freund die Verfolgung einstellen lassen. An Korak lag ihm doch mehr als an dem Wohl und Wehe dieses kleinen Mädchens, das er schon immer mehr oder minder als einen ungebetenen Gast angesehen. Korak sollte froh sein, wenn er diese Last nur vom Halse hatte. Er für seine Person war es jedenfalls.

Akut fand seinen Freund blutüberströmt und bewußtlos im Grase liegend. Der große Affe zog die schweren Speere heraus, leckte die klaffenden Wunden und trug seinen Korak in das hohe Baumzelt, das der Junge für seine Meriem gebaut. Mehr konnte das Affentier nicht tun. Die Natur hatte nun aus eigenen Kräften Heilung zu spenden oder – Korak mußte sterben.

Er starb nicht! Tagelang lag er hilflos in heißen Fieberschauern, indessen Akut und dessen Affenschar die Dschungel im nahen Umkreis durchstreiften, um Raubvögel und beutegierige Bestien, die dem Wehrlosen hätten gefährlich werden können, zu verscheuchen oder ihnen gleich den Garaus zu machen. Ab und zu brachte Akut dem Freunde saftige Früchte, die den brennenden Durst stillen und die immer neuen Anläufe des Fiebersturms brechen sollten. Und nach und nach siegte denn auch die kräftige Körperkonstitution des Jungen über die Mächte, die sein Leben zerstören wollten. Die Wunden schlossen sich, und allmählich fühlte er seine Kräfte wieder zurückkehren. So oft er auf seinem Krankenlager, weich gebettet auf Meriems Fellen, zu klarem Bewußtsein erwacht war, hatte er am bittersten unter der drückenden Sorge um seine geliebte Gefährtin zu leiden gehabt. Was kümmerten ihn die qualvoll schmerzenden Wunden? Er hatte für Meriem gelebt, um ihretwillen mußte er jetzt auch am Leben bleiben. Für sie allein brauchte er seine Kräfte wieder, denn, kaum genesen, würde er sich sofort auf die Suche nach ihr machen. Was mochten die Schwarzen mit ihr angefangen haben? Lebte sie überhaupt noch, oder hatten die Kannibalen sie geopfert? Korak erzitterte, so oft er sich all diese furchtbaren Möglichkeiten vorstellte – und doch quälte er sich da mit Gedanken, die nicht ohne weiteres begründet waren, da er ja Sitten und Gebräuche des Stammes jenes Kovudoo gar nicht kannte.

Langsam schlichen die Tage dahin, einer wie der andere. Doch schließlich war Korak so weit, daß er zum ersten Male ohne Akuts Unterstützung aus dem Zelt kriechen und vom Baum herabklettern konnte. Er genoß von da ab hauptsächlich wieder rohes Fleisch, war aber noch immer ganz von Akut abhängig, der seine Beute freundschaftlich mit ihm teilte.

Die Fleischkost förderte auch seine Genesung und den Wiederaufbau seiner außergewöhnlichen Kräfte wesentlich rascher, und eines Tages fühlte sich Korak stark genug, den lange geplanten Streifzug nach dem Dorfe der Schwarzen zu unternehmen.

Die Tierfalle

Zwei große bärtige Männer verließen ihr Zeltlager und wandten sich von dem breiten Strom in die Dschungel. Es waren Carl Jenssen und Sven Malbihn; beide hatten sich in den Jahren wenig verändert, seit ihnen Akut und Korak, der sich ihnen ja hatte anschließen wollen, jenen bösen Schrecken eingejagt.

Sie hatten jedes Jahr wieder ihre Streifzüge in die Dschungel unternommen, das heißt mit den Eingeborenen Geschäfte gemacht oder deren Elfenbeinlager geplündert, kostbare Tiere erlegt oder eingefangen, und auch andere Weiße in den entlegenen Waldgebieten herumgeführt, die sie nun in jeder Hinsicht genau kannten. Nur die Landstriche, die der Scheich unsicher machte, mieden sie seit jener fehlgeschlagenen nächtlichen Unternehmung ängstlich.

Diesmal hatten sie sich zwar etwas näher an dessen Dorf herangewagt, doch fühlten sie sich noch durchaus sicher, da weite unbewohnte Dschungelstrecken wie ein fester Riegel zwischen ihren neuen Jagdgründen und dem Dorf des alten Arabers lagen. Obendrein wußten sie, daß Kovudoo und dessen Leute auf den Scheich alles andere als gut zu sprechen waren, weil er vor einiger Zeit deren Dorf geplündert, ja sogar viele Einwohner niedergemacht hatte.

In diesem Jahre wollten Jenssen und Malbihn in erster Linie Tiere für einen europäischen zoologischen Garten einfangen; sie waren jetzt auf dem Wege nach einer Falle, die ihnen einige große Paviane einbringen sollte, wie sie in dieser

Gegend besonders häufig vorkamen. Sie merkten auch bald, daß ihre Bemühungen diesmal mit Erfolg gekrönt waren, denn das Bellen und Schreien von ein paar hundert Pavianen konnte nichts anderes bedeuten, als daß einer oder auch mehrere in die Falle gegangen waren.

Endlich konnten die beiden die Stätte der aufgeregten Szene überblicken und stellten zu ihrer Freude fest, daß alles ihren Erwartungen entsprach: Ein großes Männchen zerrte wie wahnsinnig an dem Stahlgitter des Käfigs, in dem es sich gefangen hatte. Draußen trieben sich Hunderte von Pavianen schreiend, bellend und schnatternd herum und suchten ihren gefangenen Genossen durch wütende Schläge, Rütteln und Schütteln an dem Gitter zu befreien.

Weder die Schweden noch die Paviane hatten indessen den halbnackten jungen Menschen gewahrt, der fast zur gleichen Zeit wie Jenssen und Malbihn aufgetaucht war und aus seinem Versteck im Blattdickicht eines nahen Baumes dem Treiben der Paviane mit gespannter Aufmerksamkeit zuschaute.

Koraks Beziehungen zu den Pavianen waren nie übermäßig freundlich gewesen. Begegnete man einander zufällig, tat man sich zwar nichts zuleide, hielt aber immer gewissermaßen die Faust in der Tasche geballt. Die Paviane und Akut gingen gewöhnlich steifbeinig und brummend hintereinander her, bis sich ihre Wege ohnedies wieder trennten; Korak dagegen hatte sich im ganzen neutral verhalten, wenn auch schließlich bei solchen Gelegenheiten immer von seinen Zähnen etwas mehr als sonst zu sehen war. Jedenfalls berührte ihn die mißliche Lage des Paviankönigs an sich gar nicht irgendwie unangenehm; die bloße Neugierde hatte ihn zu einer kurzen Unterbrechung seiner Dschungelwanderung bestimmt. Seine Augen schweiften bald hierhin, bald dahin, und mit einem Male fiel ihm auf, daß sich nicht weit von ihm, unten im Dickicht, etwas eigenartig Buntes bewegte, das ganz und gar nicht dahin paßte. Menschen? Er mußte auf der Hut sein. Wo kamen diese Kerle denn her und was hatten sie überhaupt im Reiche der Mangani zu suchen? Korak pirschte sich vorsichtig nach der anderen Seite um sie herum; er wollte sich diese neuen Eindringlinge erst mal etwas näher ansehen und dabei vor allem auch den Wind von drüben her in die Nase bekommen. Aber seine Augen flammten auf, als er in den beiden die Weißen erkannte, die ihn vor Jahren mit Gewehrgeknatter empfangen.

Die beiden Weißen erhoben sich und suchten die anderen Paviane durch lautes Schreien von der Falle zu verscheuchen. Als das nichts half, nahm der eine sein Gewehr und feuerte mitten in die Pavianherde, die sofort sichtlich bestürzt und verwirrt auseinanderstob. Anfangs meinte Korak, die Paviane würden nun ihrerseits zum Angriff übergehen, allein, als das Feuer aus zwei Gewehren ununterbrochen auf sie niederhagelte, flüchteten sie sich Hals über Kopf in das Baumdickicht. Die Europäer rückten näher an die Falle heran. Wahrscheinlich würden sie jetzt den Paviankönig töten, dachte Korak. Nun lag ihm, wie gesagt, an sich nichts an diesem Pavian, doch für diese beiden Weißen hatte er gleich gar nichts übrig. Und dann: Der Pavian hatte ihm nie nach dem Leben getrachtet; aber diese weißen Bösewichte ...? Der König war immerhin sein Nachbar in der über alles geliebten Dschungel – und diese Weißen? Fremdlinge und Räuber waren sie. Er hatte sich folglich für den Pavian und gegen diese Menschen zu entscheiden. Außerdem kannte er die Sprache der Paviane, weil sie der Sprache der großen Menschenaffen fast ganz und gar glich.

Drüben am jenseitigen Rande der Lichtung hatte sich der aufgeregte Pavianschwarm gesammelt und schien dem weiteren Verlauf der Tragödie gespannt zu folgen. Korak rief jetzt laut zu ihnen hinüber. Die Weißen fuhren sofort herum und suchten mit ihren Augen die Bäume hinter sich ab, da sie vermuteten, daß ein heimtückischer Pavian sich außen um sie herumgeschlichen habe. Allein sie hatten kein Glück, denn Korak schwieg sofort und war im dichten Laubwerk wohlgeborgen. Dann erhob er von neuem seine Stimme.

Ich bin der „Töter“, rief er zu den Pavianen hinüber. Diese Männer sind meine und eure Feinde. Ich will euch euren König befreien helfen. Wenn ihr seht, daß ich auf sie losstürze, brecht alle auf einmal aus dem Dickicht hervor. Nieder mit den Fremdlingen! Wir müssen sie verjagen und euren König befreien!

Und sofort hallte wie in einem Chor die Antwort der Paviane herüber: Wir tun, was du willst, Korak!

Ein Sprung, und Korak war vom Baume herunter und stürmte auf die beiden Schweden. Dreihundert Paviane folgten seinem Beispiel wie auf einen Schlag. Beim Anblick des halbnackten weißen Kriegers, der mit erhobenem Speer auf sie zustürzte, legten Jenssen und Malbihn die Gewehre an und feuerten. Doch in der Aufregung hatten sie schlecht gezielt. Die Schüsse gingen fehl, und im nächsten Augenblick brauste auch schon die Pavianherde heran. Die einzige Rettung bestand jetzt in sofortiger Flucht. Bald wichen sie nach rechts, bald wichen sie nach links aus, aber immer waren die rasenden Paviane hinter ihnen her. Ab und zu sprang der eine oder andere ihnen wütend in den Nacken, und wenn er mit Mühe und Not abgeschüttelt war, stürzte schon ein anderer Peiniger heran. Die beiden wären jedenfalls kaum mit dem Leben davongekommen, würden sie nicht nach ein paar hundert Metern auf ihre Askari gestoßen sein, die sofort helfend eingriffen.

Korak hatte sich nicht weiter um die beiden Weißen gekümmert, als sie einmal wie gehetztes Wild davonrannten. Die Hauptsache war für ihn jetzt der gefangene Pavian. Die Verschlüsse der Falltür, die von den Pavianen nicht einmal bemerkt worden waren, enthüllten dem menschlichen Verstand des „Töters“ ohne weiteres ihre Geheimnisse, und im nächsten Augenblick betrat der Paviankönig wieder das Reich der Freiheit. Nicht ein Sterbenswörtchen von Dank oder dergleichen bekam Korak zu hören ... und Korak hatte dies auch nicht anders erwartet. Er wußte jedoch genau, daß keiner der Paviane ihm diesen Dienst, den er ihrem König getan, je vergessen würde. Das stand fest, und weiter brauchte er keine Bestätigung oder Anerkennung. In erster Linie hatte ihn ja auch das Verlangen, den beiden mißliebigen Weißen einen Schabernack zu spielen, zu diesem Rettungsakt getrieben, und übrigens würden die Paviane ihm ohnehin kaum je ernstlich helfen können.

Korak hörte immer noch den Lärm des zwischen den Pavianen und den Schweden hin- und herwogenden Kampfes; als er dann allmählich in der Ferne verklang, wandte er sich und nahm seine Wanderung nach dem Dorfe Kovudoos wieder auf.

Unterwegs stieß er auf eine Elefantenherde. Auf einer großen Lichtung standen die Tiere, und Korak mußte wohl oder übel seinen Weg auf halber Höhe der Bäume verlassen, weil die Entfernung von Baum zu Baum viel zu weit war. Wie gern schwebte er doch immer hoch in den Zweigen dahin! Er mußte eben jetzt wieder daran denken. Herrlich diese Erhabenheit über das dichtverschlungene Gewirr da unten, wie frei der Blick, wie erfrischend, so von Baum zu Baum zu gleiten, die Kraft und Gewandtheit der Muskeln immer von neuem zu spüren und so die Früchte langer zäher Arbeit an sich selbst alle Tage wieder mit Behagen zu genießen! Fast wie im Flug ging es meist auf diesen Urwaldstraßen dahin, kein Hemmnis und keine beutehungrige Bestie konnten ihn aufhalten ... er lachte der Kreatur, die über Finsternis und Moderdunst des Dschungelgestrüpps zeitlebens nicht hinauskam.

Doch diese offene Lichtung, auf der sich Tantor mit seinen weitgespreizten Ohren und seinem massigen Körper bald hierhin bald dahin schob, mußte er zu ebener Erde kreuzen. Wie ein Zwerg unter Riesen kam er sich vor. Ein großer Elefantenbulle schwang seinen Rüssel in die Höhe und trompetete einen tiefen Warnungslaut hervor. Er hatte gemerkt, daß jemand in sein Revier eingedrungen war und hatte dies nur seinem scharfen Gehör und seiner ausgezeichneten Witterung zu verdanken. Seine Augen waren viel zu schwach und schweiften hilflos von der einen Seite nach der andern. Der ganzen Herde hatte sich große Unruhe bemächtigt. Man war zur Flucht bereit, denn der alte Elefant hatte ... einen Menschen gewittert.

Beruhige dich, Tantor! rief der „Töter“. Ich bin es, Korak, der Tarmangani.

Der Elefant ließ seinen Rüssel sinken, und die Herde gab sich wieder ihrer Ruhe hin, aus der sie so jäh durch das Warnungssignal ihres Führers aufgescheucht worden war. Korak kam dicht an dem großen Elefanten vorüber. Der schlängelte seinen gewundenen Rüssel auf Korak zu und berührte mit ihm fast streichelnd dessen glatte braune Haut.

Korak erwiderte diese freundliche Begrüßung mit einem kräftigen Klaps auf Tantors mächtige Seite. Vor Jahren, ja, da hatte er doch mit diesem Koloß und seiner Herde auf recht gutem Fuße gestanden! Wahrhaftig, diesen gewaltigen Dickhäuter mochte er von allen Dschungeltieren am liebsten leiden: Er war der friedlichste Nachbar und wenn es sein mußte – zugleich auch der allerschrecklichste! Die leichte Antilope hatte keine Angst vor ihm, aber Numa, der Herr der Dschungel, machte gern einen großen Bogen um ihn. –

Zwischen den jüngeren Elefanten, den Weibchen und Kälbern bahnte sich sodann Korak seinen Weg. Ab und zu spürte eines der Tiere Lust, seinen Rüssel an ihm wenigstens sanft auszuprobieren, und schließlich faßte ihn solch ein possierliches „Elefantenkind“ in seinem jugendlichen Übermut an den Beinen und setzte ihn ins Gras ... –

Die Nacht war schon hereingebrochen, als Korak im Dorfe Kovudoos anlangte. Dort schlich er hinter den Hütten entlang. Es galt das ganze Dorf planmäßig auszuspionieren und dabei Augen, Ohren und Nase offen zu halten, damit er auf jeden Fall herausbekam, wo Meriem steckte. Natürlich durfte er nicht zu keck vorgehen, denn die Hunde der Eingeborenen schienen bereits Lunte gerochen zu haben, daß jemand im Dorfe war, der nicht hereingehörte. Oft war er nahe daran, ertappt zu werden. Das unablässige Kläffen und Heulen der wachsamen Hunde mahnte jedenfalls zu größerer Vorsicht.

Korak war schon ziemlich hinter der letzten Hütte am Ende der langen Dorfstraße, als er mit einem Male ganz deutlich spürte, daß Meriem in der Nähe sein mußte. Wie ein Jagdhund schnupperte er, mit der Nase dicht an der Strohwand der Hütte. Es gab keinen Zweifel: Meriem war hier. Er schlich sich langsam um die Hütte herum, doch der Eingang war nicht frei. Ein stämmiger Neger, mit langem Speer bewaffnet, hockte an der Tür zum Gefängnis der kleinen Meriem. Scharf und silhouettenhaft hob sich sein breiter Rücken gegen den roten Feuerschein des Dorflagerfeuers ab. Er war allein, und bis zu den nächsten Dorfgenossen am Lagerfeuer hatte er immerhin zwanzig bis dreißig Meter. Wollte Korak jetzt in die Hütte, mußte er den Wächter irgendwie zum Schweigen bringen oder, ohne daß er es merkte, vorbeizukommen suchen. Im ersten Falle würde er damit ganz sicher die Krieger am Lagerfeuer alarmiert und damit das ganze Dorf auf sich gehetzt haben. Und der zweite Weg schien erst recht undurchführbar – für jeden der Leser wie für mich. Aber nicht für Korak, den „Töter“, der nicht wie jedermann war.

Der Schwarze saß etwa einen halben Meter vom Hütteneingang entfernt. Ob Korak nicht doch unbemerkt hinter dem breiten Rücken des wilden Kriegers vorüberkam? Mußte sich nicht der Feuerschein von drüben ebenso wie auf der ebenholzschwarzen Haut des Eingeborenen auch auf seinem lichtbraunen Körper widerspiegeln? Und wenn dann zufällig einer der vielen Schwarzen drüben an ihrem Lagerfeuer die Straße entlangblickte, mußte er sicher diese große, in Licht getauchte Gestalt gewahren, die langsam heranschlich.

Doch Korak verließ sich darauf, daß die Schwarzen weiter so eifrig in ihren Abendklatsch versunken waren, und daß die allzugrellen Flammen dicht vor ihren Augen ihnen die genauere Beobachtung des in Nacht gehüllten Dorfendes verwehrten oder zum mindesten erschwerten.

Dicht an der Hüttenwand schob sich der „Töter“ immer näher und näher an den Posten heran, ohne daß es auch nur einmal in der trockenen Strohverkleidung raschelte. Wie ein Wurm hatte er sich herangewunden; er stand dicht hinter dem Schwarzen und fühlte dessen Körperwärme seine Knie streifen. Er hörte jeden Atemzug und wunderte sich nur immer wieder, daß der dumme Kerl nicht schon längst erschreckt aufgefahren war. Im Gegenteil, der Schwarze saß wie vorhin nichtsahnend da.

Korak bewegte sich kaum mehr als zwei Fingerbreit auf einmal vorwärts, dann wartete er stets wieder ein paar Sekunden, ehe er sich weiterschlängelte. Der Schwarze riß laut gähnend den Mund auf, rekelte sich, dehnte und streckte seine Arme über seinem Kopfe. Korak blieb wie zu Stein erstarrt stehen. Noch ein Schritt nur, und er mußte in der Hütte sein. Der Schwarze ließ die Arme wieder sinken und schien es sich etwas bequemer einrichten zu wollen. Hinter ihm war der Türpfosten; der hatte schon oft sein müdes Haupt gestützt, und so lehnte er sich auch heute zurück, um den langweiligen Wachdienst durch ein wenn auch verbotenes Schläfchen zu versüßen.

Doch statt auf das gewohnte harte „Kissen" trafen Kopf und Schultern auf die warmen weichen Beine Koraks. Was war das? Er wollte eben seiner Bestürzung in einem Aufschrei Luft machen, als bereits stählerne Finger seinen Hals drosselten. Der Schwarze wehrte sich mit Händen und Füßen, um die heimtückische Kreatur, die ihn gepackt, abzuschütteln und niederzuwerfen, doch all seine Anstrengungen waren vergeblich ... Korak lehnte den Ohnmächtigen an den Türpfosten, in der Dunkelheit sah es aus, als hocke er noch immer wachend auf seinem Posten. Dann wandte sich der Affenmensch und glitt leise in das Dunkel der Hütte.

Meriem! flüsterte er.

Korak! Mein Korak! Am liebsten hätte Meriem laut aufgeschrien, doch sie fürchtete, die Schwarzen draußen stutzig zu machen, und barg ihre Freude in einem halbunterdrückten Schluchzen.

Der Junge kniete nieder, durchschnitt die Fesseln um Handgelenke und Füße, half dem Mädchen in die Höhe und führte es nach der Tür. Draußen saß der ohnmächtige Schwarze noch immer auf seinem Posten. Zu seinen Füßen wälzte sich jetzt heulend ein Dorfhund, wie sie die Eingeborenen im Dorfe als Haustiere hielten. Sobald er die beiden an der Tür gewahrte, knurrte er bösartig und, wie er erst den weißen Fremdling richtig witterte, fing er wütend zu bellen an. Die Krieger am nächsten Lagerfeuer fuhren auf und suchten sich sofort über die Ursache dieser Ruhestörung klar zu werden. Es war ausgeschlossen, daß ihnen die weißleuchtenden Flüchtlingsgestalten in diesem Augenblick entgehen konnten.

Korak verschwand rasch im Schatten der Hütte und zog Meriem nach. Allein es war schon zu spät gewesen. Den Schwarzen war die ganze Sache doch zu verdächtig vorgekommen. Etwa ein Dutzend stürzte heran, sie wollten genau sehen, was los war. Der Hund blieb laut kläffend Korak dicht auf den Fersen und mußte so den Verfolgern unfehlbar auf die Spur helfen. Und so oft auch Korak dem lästigen Köter mit seinem langen Speer den Garaus machen wollte: Das Tier war anscheinend an solche Behandlung gewöhnt und verstand es ausgezeichnet, jedem Stoß oder Schlag geschickt auszuweichen. Die anderen Schwarzen waren durch das Geschrei und das plötzliche Davonrennen ihrer Dorfgenossen wie auf einen Schlag alarmiert. Das ganze Dorf war auf den Beinen. Zuerst entdeckte man den bewußtlosen Wachposten. Man ahnte nichts Gutes – und als dann einer der Beherztesten sich in das Innere der Hütte wagte und die Gefangene nicht mehr vorfand, schwankten die bestürzten Schwarzen zwischen abergläubischer Furcht und grenzenloser Wut. Allein – ein leibhaftiger Gegner oder böser Geist war nicht zu sehen, und so gewannen Mut und Rachgier die Oberhand. Man stieß die Tapfersten vor sich her und drängte um die Hütte herum nach, immer in der Richtung, aus der das heisere Bellen herübergellte. Bald hatten sie auch den frechen Eindringling erreicht und waren erstaunt, in ihm nur einen bewaffneten Weißen mit ihrer Gefangenen zu erkennen. Als sie aber merkten, daß sie den Übeltäter vor sich hatten, der schon so oft Schrecken und Unheil über die Ihren und das Dorf gebracht, stürmten sie wie toll heran. Sie meinten überdies, er fühle sich schon von ihnen in die Enge getrieben und müsse im nächsten Augenblick erledigt sein ...

Sowie Korak gesehen, daß man ihn entdeckt hatte, hob er Meriem auf den Rücken und suchte in denkbar schnellstem Tempo den Baum zu erreichen, der ihm und Meriem den Weg in die Freiheit verhieß. Das Mädchen war jedoch nicht leicht, und so kam er langsamer vorwärts als er gehofft. Aber Meriem konnte sich kaum aufrecht halten, geschweige denn ihm in der gebotenen Eile folgen. Man hatte sie zu lange gefesselt im Zelte liegen lassen, der Blutkreislauf mußte mehr als einmal fast völlig gestockt haben, und es kam ihm vor, als seien ihr die Beine wie Blei so schwer.

Wäre dies nicht gewesen, die beiden würden im Nu entkommen sein, denn Meriem gab in ihrer Gewandtheit und Schnelligkeit Korak nicht mehr viel nach, ja sie war in der Dschungelkletterei fast ebensogut zu Hause wie ihr Gefährte. Doch mit dem Mädchen auf dem Rücken war es Korak unmöglich, mit voller Geschwindigkeit davonzujagen und gleichzeitig sich gegen das kläffende Hundepack mit Erfolg zu wehren. Er hatte noch nicht die Hälfte der Strecke bis zu dem rettenden Baum zurückgelegt, als eine ganze Hundemeute, herangelockt durch das Gebell des ersten Verfolgers und von ihren Herren gehetzt, ihm in die

Quere kam, nach den Beinen schnappte und ihn schließlich zum Straucheln brachte. Wie Hyänen stürzten sie über ihn her. Als er gerade halbwegs wieder auf den Beinen war, hatten ihn die Schwarzen umzingelt.

Einige machten sich sofort über Meriem her. Sie kratzte und biß ... aber ein Schlag auf den Kopf, und man hatte die Gefangene wieder in der Gewalt. Mit dem Affenmenschen würde man freilich nicht so leicht fertig werden, meinten sie; denn wiewohl die Hunde und die stärksten Krieger ihm hart zusetzten, war es ihm doch gelungen, aufzuspringen. Und nun boxte er; links und rechts sauste seine geballte Faust in die Negerfratzen. Was kümmerten ihn die Hunde jetzt? So oft sich einer gar zu dreist wieder in Greifweite wagte, bedurfte es nur einer blitzschnellen Handbewegung ...

Ein ebenholzschwarzer Herkules hatte ihm einen gehörigen Schlag mit seinem knorrigen Knüttel zugedacht, doch Korak packte die willkommene Waffe noch rechtzeitig und entriß sie ihm. Nun sollten die Schwarzen erst richtig erfahren, wie sich die elastischen Muskeln unter der straffen braunen Haut dieses unheimlichen Riesen für die Grobheiten seiner Gegner bedanken konnten. Wie ein zu wilder Kampfwut gereizter Elefantenkoloß stürzte er auf sie los, bald hierhin, bald dahin, und schlug die wenigen nieder, die noch so verwegen waren, ihm entgegenzutreten. Traf ihn nicht noch ein wohlgezielter Speer, so mußte er das ganze Dorf auf- und davonjagen und sich die Gefangene leicht zurückerobern. Allein der alte Kovudoo war nicht der Mann, der sich so leichten Kaufes um die Summe bringen ließ, die der Scheich als Lösegeld für das Mädchen geben würde. Er sah, daß seine Leute vor allem deshalb so schlecht abschnitten, weil man die Kräfte in lauter Einzelvorstößen zersplitterte. Zwei Mann wurden deshalb mit der unmittelbaren Bewachung der Gefangenen betraut. Die anderen rief er zurück, sammelte sie um sich zur Sicherung der kostbaren Gefangenen und befahl, daß niemand seinen Platz verlassen sollte. Der Affenmensch mochte sich nur an dieser in Waffen starrenden Menschenbarrikade den Kopf einrennen.

Korak stürmte auch immer und immer wieder heran, wurde aber jedesmal zurückgeschlagen. Schon blutete er aus vielen Wunden. Es war Zeit, sich auf einen anderen Ausweg zu besinnen. Er merkte, wie seine Kräfte nachließen, wie das Blut ihm vom Kopf bis zu den Füßen niederrann ... Es war bitter, aber es half nichts: Er mußte sich eingestehen, daß er allein seiner Meriem jetzt keine Hilfe mehr bringen konnte.

Plötzlich kam ihm ein Gedanke. Er rief das Mädchen laut beim Namen. Sie hatte ihn gehört und gab Antwort. Nur gut, sie war also wieder bei Bewußtsein.

Korak geht jetzt, schrie er laut hinüber, damit sie es auf alle Fälle verstünde. Aber er wird bestimmt wieder kommen und dich aus der Hand der Gomangani befreien. Leb' wohl, meine Meriem. Korak wird dich holen!

Leb wohl auch du! rief Meriem zurück. Meriem wartet mit Sehnsucht auf den Tag, an dem du wiederkommst.

Blitzschnell und ehe die Schwarzen es auch nur ahnen, geschweige denn verhindern konnten, raste Korak davon. Quer durch das Dorf erst und dann hinüber zu dem Urwaldriesen, von dem aus er seinen Weg in das Dorf Kovudoos genommen. Ein Sprung – und er war wieder auf seiner „Landstraße" im Geäst der Bäume. Wohl war ihm der Speerhagel seiner Verfolger nachgesaust; doch ein höhnisches Lachen aus der dunklen Dschungel war das einzige Ergebnis.

Meriem bekommt neue Herren

Meriem wurde wieder gefesselt und unter Bewachung in Kovudoos eigener Hütte untergebracht. Die Nacht verging und der neue Tag kam, ohne daß Korak, den sie jede Minute erwartete, aufgetaucht wäre. Sie zweifelte nicht im geringsten, daß er zurückkehrte. Korak war in ihren Augen nahezu allmächtig, der Stärkste und Beste zugleich. Mit Stolz gedachte sie seiner Tapferkeit und verehrte ihn geradezu wegen seiner rücksichtsvollen Art.

So lag sie jetzt, träumte von ihm und wartete, daß er kam. Sie verglich ihn in ihrer Langeweile mit ihrem Vater, dem Scheich, doch als sie sich den finsteren alten grauhaarigen Araber recht vorstellte, lief es ihr eiskalt den Rücken herunter. Nicht einmal die Schwarzen waren so unbarmherzig wie er! Nun, sie verstand die Sprache der Eingeborenen nicht und konnte nicht ahnen, wozu man sie gefangenhielt. Sie wußte zwar, daß es Kannibalen gab. Aber jetzt war sie schon einige Zeit in der Gewalt dieser Schwarzen, ohne daß man ihr ein Leid angetan hätte. Sie konnte nicht ahnen, daß man einen Eilboten nach dem weit abgelegenen Dorf des Scheichs geschickt hatte, um mit ihm wegen des Lösegelds für sie zu verhandeln. Sie wußte auch nicht – und ebensowenig Kovudoo – daß der Eilbote sein Ziel überhaupt nicht erreicht hatte, sondern auf die Träger Jenssens und Malbihns gestoßen war und – geschwätzig, wie die Eingeborenen sind – den schwarzen Leuten der beiden Schweden seinen ganzen Auftrag erzählt hatte. Die hatten die Neuigkeit ihren Herren sofort hinterbracht. Als dann der Eilbote kaum das Lager verlassen hatte, krachte ein Schuß – und der Schwarze war das Opfer seiner Schwatzhaftigkeit geworden.

Malbihn schlenderte ins Lager zurück und verbreitete dort, es sei ihm vorhin ein stattlicher Bock vor die Büchse gekommen, er habe aber leider danebengeschossen.

Die Schweden mußten sich zu solchen Beschönigungen häufiger verstehen, denn sie wußten genau, daß sie bei ihren Leuten keineswegs beliebt waren. Wäre diesen irgendein feindlicher Akt gegen Kovudoo bekannt geworden, würden sie es dem Häuptling bei der ersten besten Gelegenheit mitgeteilt haben. Und man war doch nicht stark genug bewaffnet und konnte auch nicht mit der unbedingten Zuverlässigkeit der Träger und Askari rechnen, um es auf eine ordentliche Auseinandersetzung mit dem alten schlauen Häuptling ankommen zu lassen.

Es folgte dann jener Zusammenstoß mit den Pavianen und dem unbekannten weißen Naturmenschen, der sich mit diesen Urwaldtieren zum Kampf gegen Menschen verbündet hatte. Nur ihrer unermüdlichen Findigkeit und Schnelligkeit und einer gehörigen Portion Pulver und Blei hatten die Schweden es zu verdanken gehabt, daß sie sich die wütenden Paviane einigermaßen vom Halse halten konnten. Stundenlang säumten noch Hunderte dieser Großaffen bellend das Lager.

Die Schweden schlugen mit ihren Gewehren noch manchen Angriff ab. Es war aber kein Zweifel, daß die Tiere obgesiegt hätten, würden sie unter einer einheitlichen Führung herangestürmt sein. Ab und zu meinten die beiden, sie sähen den glatthäutigen wilden Affenmenschen drüben unter den Pavianen am Waldrand, und im nächsten Augenblick würde er die Kampflustigen wieder zum geschlossenen Vorstoß ansetzen. Der bloße Gedanke war schon mehr als ungemütlich, und sie würden sonst etwas dafür gegeben haben, hätten sie ihn gleich bei der ersten Begegnung zur Strecke gebracht. Denn daß ihnen das gefangene stattliche Pavianexemplar entgangen und daß die ganze Paviangesellschaft über sie hergefallen war und sich noch immer nicht beruhigte, war nach ihrer Ansicht allein das Werk dieses unheimlichen Fremdlings.

Das muß derselbe Kerl sein, auf den wir schon vor einigen Jahren gefeuert haben, meinte Malbihn schließlich. Damals wurde er von einem Gorilla begleitet. Hast du ihn richtig gesehen, Carl?

Ja, meinte Jenssen. Kaum fünf Schritt von mir war er, als ich feuerte. Er machte auf mich den Eindruck, als sei er ein intelligenter Europäer und fast noch ein richtiger Junge. Nichts von Entartung in seinen Zügen und in seinem Benehmen. Nein, der Bursche ist aus festem Holz geschnitzt. Man muß ihn unbedingt fürchten. Sollte er diese Gesellschaft wirklich noch einmal in wohldurchdachtem Ansturm über uns herjagen, so könnte es uns an den Kragen gehen.

Doch der weiße Riese kam nicht, und so zog sich die erregte Pavianhorde nach und nach wieder in die Dschungel zurück. Die noch immer entsetzten Träger waren heilfroh, als sie endlich aufatmen konnten.

Am nächsten Tage machten sich die Schweden nach dem Dorfe Kovudoos auf, um das weiße Mädchen, das man nach der Aussage des Eilboten Kovudoos dort gefangen hielt, in ihre Gewalt zu bekommen.

Alles war gut bedacht. Die weiße Gefangene wurde nicht mit einem Wörtchen erwähnt. Sie hielten es für besser, so zu tun, als wüßten sie von dem Mädchen überhaupt nichts. Für den alten Häuptling brachten sie reiche Geschenke und feilschten nun mit dessen Bevollmächtigten lange um die übliche Gegengabe, denn einseitige Freigebigkeit würde verdächtig gewesen sein.

Man erzählte dem Alten im Laufe der Unterhaltung alle die Klatschgeschichten, die ihnen beim Durchmarsch durch mehrere andere Dörfer zu Gehör gekommen. Kovudoo gab dafür seine Neuigkeiten zum Besten, und so wurde ein stundenlanges und schließlich auch überaus langweiliges Palawer aus dem vorgesehenen Plauderstündchen. Kovudoo erwähnte nichts von seiner Gefangenen und schien – nach den Führern und den bedeutenden Geschenken zu urteilen, die er seinen Gästen zur Verfügung stellte – vor allem darauf bedacht, die beiden Weißen möglichst bald abzuschieben. Malbihn war es, der beiläufig ins Gespräch einfließen ließ, wie bedauerlich es sei, daß der Scheich ein unglückliches Ende gehabt habe. Kovudoo war sichtlich überrascht und interessiert.

Du weißt nichts davon? fragte Malbihn verwundert. Sonderbar! Im letzten Monat war es. Sein Pferd geriet mit dem Fuß in ein Loch, er stürzte kopfüber herunter und das Pferd über ihn. Als seine Leute ihn schließlich fanden, war er tot.

Der Negerhäuptling kratzte sich hinterm Ohr. Das war allerdings eine böse Enttäuschung. Der Scheich tot, das hieß ja so viel wie das Lösegeld für die Weiße war hin. Das Mädchen war wertlos, es sei denn ... als Frau? Der Gedanke kam ihm nicht übel vor und schien etwas tröstlicher. Er sah Malbihn prüfend an. Diese Weißen hatten viel Geld, viel Geld. Sie waren weit, weit weg von ihrer Heimat und hatten keine Frauen mit. Aber er wußte, daß sie etwas für Frauen übrig hatten. Es fragte sich nur, wieviel sie anlegen würden, und diese Ungewißheit machte Kovudoo noch Kopfschmerzen. Ich habe ein weißes Mädchen hier, warf er ganz unvermittelt ein. Wenn ihr sie kaufen wollt, sie ist billig.

Malbihn zuckte die Achseln. Wir haben so schon genug Scherereien, gab er zurück. Wir werden uns doch nicht einen alten Drachen aufhalsen lassen und auch noch etwas dafür bezahlen ...

Malbihn schnippte mit den Fingern und hatte eine spöttische Miene aufgesetzt.

Und wenn sie nun jung ist, fuhr Kovudoo fort ... und sehr hübsch?

Die Schweden lachten. Hübsche weiße Frauen in Zentralafrika? So etwas gibt es nicht, warf Jenssen sofort ein. Du solltest dich schämen, deine alten guten Freunde so zum Narren zu halten.

Kovudoo sprang auf. Kommt mit, rief er, ich will euch zeigen, daß sie so jung und hübsch ist, wie ich sagte.

Malbihn und Jenssen folgten, versäumten aber nicht, sich bei dieser Gelegenheit unauffällig ihre Freude über den guten Anfang zuzuzwinkern. Kovudoo betrat mit ihnen die Hütte, doch war es drinnen so dunkel, daß sie nicht mehr erkennen konnten, als daß dort eine weibliche Person gefesselt auf einer Schlafmatte lag. Malbihn tat, als hätte er gleich beim ersten Blick genug und ging hinaus. Die muß ja tausend Jahre alt sein, Kovudoo, meinte er verächtlich.

Nein, blutjung ist sie! rief der Wilde. Es ist hier nur finster, und du kannst dir gar kein Bild von ihr machen. Warte ab, ich bringe sie hinaus ins Helle. Und er befahl den beiden Kriegern, die das Mädchen bewachten, die Beinfesseln zu lösen und sie draußen vorzuführen.

Malbihn und Jenssen blieben völlig gleichgültig. Sie wollten nur wissen, ob es das Mädchen war, das man dem Scheich vor ein paar Jahren geraubt und meinten, sie würden sie ohne weiteres sofort wieder erkennen. Denn nach der Beschreibung des Eilboten, den Kovudoo neulich zum Scheich geschickt, schien es sicher, daß es sich um das gleiche Mädchen handelte, das sie selber dem Scheich hatten abhandeln wollen.

Als man dann Meriem aus der dunklen Hütte herausbrachte und im Tageslicht präsentierte, wandten sich wohl die Blicke der beiden Schweden zu ihr, doch hatte es den Anschein, als hielten sie es eigentlich für überflüssig. In Wahrheit vermochte Malbihn kaum einen Ausruf des Entzückens zu unterdrücken. Doch es hieß jetzt, das Schauspiel ohne Störung zu Ende zu führen.

Wie? Hübsch und jung? wandte er sich an Kovudoo.

Ist sie nicht blutjung und wunderschön? meinte der Häuptling im Brustton der Überzeugung.

Nicht gerade alt, entgegnete Malbihn gelassen. So eine wird einem aber besonders zur Last. Du kannst dir doch denken, daß wir aus unserem Norden nicht hierher gereist sind, um uns mit Frauen zu versorgen. Gibt es dort oben mehr als genug.

Meriem blickte den Weihen scharf in die Augen. Sie erwartete nichts von ihnen, sie waren für sie in gleicher Weise Feinde wie die Schwarzen. Sie fürchtete alle Männer.

Wir sind gute Freunde, sprach Malbihn sie auf Arabisch an. Wünschst du, daß wir dich von hier mitnehmen?

Ich möchte gerne frei sein, gab sie zurück. Und dann möchte ich wieder zu Korak.

Du wünschst, dich uns anzuschließen? drang Malbihn auf sie ein. Nein, erwiderte Meriem.

Malbihn wandte sich wieder an Kovudoo. Sie will nicht mit uns von hier fort, bemerkte er trocken.

Ihr seid doch Männer, meinte der Schwarze ein wenig ärgerlich. Könnt ihr doch mit Gewalt Beine machen!

Nein, nein! Wir hätten nur noch mehr Ärger, warf der Schwede ein. Nein, Kovudoo, wir wollen sie nicht. Wenn du sie aber ... durchaus los sein möchtest, na – denn in Anbetracht unserer großen Freundschaft könnten wir es schließlich einmal versuchen.

Kovudoo wußte, daß das Geschäft jetzt sicher war. Aha, sie waren also doch nicht abgeneigt! Und nun begann er zu feilschen. Am Ende war Meriem von dem schwarzen Häuptling an die beiden Schweden um 5½ Meter amerikanisches Tuch, drei leere Messingpatronenhülsen und ein blankes Jagdmesser von New Jersey verschachert. Alle – außer Meriem – rieben sich die Hände ob des guten Geschäfts. Man war zufrieden.

Kovudoo hatte sich nur noch eines ausbedungen: Die Europäer sollten am nächsten Morgen in aller Frühe das Dorf verlassen und das Mädchen sofort mitnehmen. Als der Handel tatsächlich abgeschlossen war, hielt er auch nicht mehr mit seinen Gründen für diese etwas befremdliche Forderung hinter dem Berg, erzählte vielmehr offen von ihrem wilden Genossen und dessen verzweifelten Anstrengungen, sie wiederzubekommen, und fügte hinzu, daß sie sich das Mädchen um so besser sichern würden, je rascher sie mit ihr diesen Gebieten den Rücken kehrten.

Meriem war wieder gefesselt worden, doch hatte man sie jetzt im Zeltlager der Schweden untergebracht. Malbihn knüpfte ein Gespräch mit ihr an und suchte sie dazu zu bewegen, sich ihnen freiwillig anzuschließen. Erst sagte er ihr, daß man sie in das Dorf ihres Vaters zurückbringen würde, doch wie er merkte, daß sie eher sterben als je wieder dem alten Scheich ausgeliefert sein wollte, beteuerte er, sie wären nur froh darüber. Sie würde nie wieder dem Scheich zu Gesicht kommen, und im übrigen hätten sie im Ernst gar nicht an eine derartige Lösung gedacht. Während er so sprach, ruhten seine Augen mit einem gewissen Wohlbehagen auf dem Antlitz der schönen Gefangenen. Groß und schlank und reifer war sie geworden, diese junge Blüte, seit er sie einst – o, es war doch schon lange her – im Dorfe des Scheichs gesehen. Damals hatte ihm bei ihrem Anblick nur die märchenhafte Belohnung vor den Augen geflimmert, die ihm sicher war, wenn er das Mädchen den Eltern zurückbrachte. Er hatte in ihr nur die Verkörperung des vielen Geldes gesehen, das ihm tausend Freuden und Genüsse verhieß. Doch jetzt? Wie sie da so vor ihm stand, blühend und sprühend, nahte sich ihm ein anderer Verführer. Neue Möglichkeiten taten sich auf. Er trat näher an sie heran und legte seine Hand auf ihren Nacken. Das Mädchen wich zurück. Er faßte sie mit beiden Händen, er wollte sie küssen – aber da gab sie ihm einen Schlag auf den Mund. Im selben Augenblick trat Jenssen ins Zelt.

Malbihn! lachte er ärgerlich. Du Narr!

Sven Malbihn wandte sich seinem Gefährten zu. Das Blut war ihm in den Kopf gestiegen. Er fühlte die Blamage, die dieser Zwischenfall für ihn bedeutete.

Was zum Teufel hast du vor? Willst du uns denn jede Aussicht auf die Riesensumme vernichten? Wenn wir sie übel behandeln, bekommen wir nicht einen Pfifferling. Man wird uns für unsere jahrelangen Mühen womöglich noch ins Gefängnis sperren. Ich glaubte bisher, du hättest ein bißchen mehr Verstand im Kopfe, Malbihn!

Ich bin eben kein Holzklotz, gab Malbihn mürrisch zurück.

Besser, du wärest einer, warf Jenssen schlagfertig ein. Wenigstens, bis wir das Mädchen in Sicherheit gebracht und das, was uns zukommt, eingestrichen haben.

O, Hölle und Teufel! erwiderte Malbihn triumphierend. Was hat das zu sagen? Sie werden froh sein, wenn wir sie doch noch heimbringen. Und das Mädchen? Sind wir erst einmal dort, wird sie vor lauter Freude über das Wiedersehen reinen Mund halten. Und dann verschwinden wir doch sofort! Also?

Nein, und nochmals nein! entgegnete Jenssen bestimmt. Du hast immer den Ton angeben können, Sven. Doch diesmal muß das gelten, was ich sage, ganz einfach, weil ich hier recht habe und du nicht. Das weißt du auch, genau so gut wie ich.

Bist auf einmal die Tugend selber, spottete Malbihn. Meinst du, ich hätte die Sache – mit der Wirtstochter vergessen; was? Und die kleine Celalla? – Und ... die schwarze ...

Halt' den Mund! fuhr Jenssen auf. Hier dreht es sich nicht um Tugend, Moral und dergleichen. Das brauche ich dir gar nicht erst zu erzählen. Ich will mich auch nicht mit dir zanken, aber das laß dir gesagt sein, Sven: Ich werde nicht dulden, daß du dem Mädchen ein Leid antust. Sieh dich also vor! Ich habe mich in den letzten neun bis zehn Jahren schlimmer als ein Sklave abgeschunden, habe gekämpft und gelitten und vierzigmal oder noch mehr am Rande des Grabes gestanden – und alles nur, um das Glück zu erjagen, das uns nun endlich, endlich – man möchte fast sagen in letzter Stunde – gleichsam in den Schoß gefallen. Du verstehst, daß ich nicht Lust habe, mich jetzt um die Früchte dieses Jahrzehnts betrügen zu lassen, weil sich in dir gerade mal das Tier regt. Sei ein Mann, Sven! Ich warne dich nochmals ...

Malbihn zuckte mit den Achseln und verließ mit einem bösen Blick auf seinen Freund das Zelt.

Belästigt er dich wieder, rufe mich! wandte sich Jenssen jetzt an Meriem. Ich halte mich immer hier in der Nähe auf.

Das Mädchen hatte kein Wort von der Unterhaltung ihrer neuen Herren verstanden, da sie die schwedische Sprache nicht kannte. Als Jenssen sie indessen auf Arabisch jetzt seiner Unterstützung versicherte, sah sie klar, was sich zwischen den beiden abgespielt haben mußte. Der jähe Wechsel im Gesichtsausdruck, die lebhaften Handbewegungen ... es ließ sich jetzt alles gut zusammenreimen. Jedenfalls hatte es eine ernste Auseinandersetzung gegeben. Jenssen war ihr aber offenbar freundlich gesinnt, und so meinte sie in ihrer jugendlich-kindlichen Vertrauensseligkeit, daß es das beste sei, ihn sofort um volles Erbarmen zu bitten. Sie trug ihm vor, er möge sie freilassen, damit sie zu Korak und in ihr geliebtes Dschungelleben zurückkehren könne. Doch da war sie aus dem Regen in die Traufe gekommen. Der Schwede lachte gerade heraus und gab ihr zu verstehen, daß sie jeden Fluchtversuch schwer zu büßen haben werde.

Die Nacht über lag Meriem wach und wartete gespannt auf irgendein Zeichen von Korak. Von der Dschungel ringsum drangen all die Töne und Laute herüber, die die Urwaldnacht durchzittern; nichts konnte ihrem feinen Gehör entgehen, sie verstand jede kleine Regung zu deuten, wie wir vielleicht einen guten Freund am Tonfall der Stimme von ferne erkennen. O, sie hörte mehr, als alle zusammen hier im Lager ... aber ihr Korak gab noch immer kein Lebenszeichen. Sie wußte indessen, daß er noch kommen würde. Nur wenn der Tod ihm den Fuß gehemmt hatte, würde er sein Wort nicht halten können. Was sollte ihm aber zugestoßen sein?

*

Die Nacht hatte ihr Korak und die ersehnte Befreiung nicht gebracht. Schon graute der Morgen, doch Meriems Hoffnung war nicht erschüttert, wenn sie auch ab und zu ein dunkles Bangen um ihren einzigen Freund beschlich. Zwar kam es ihr so unwahrscheinlich vor, daß ihr starker und kluger Korak, der täglich unversehrt unzähligen Gefahren und Schrecken der Dschungel entging, einem ernstlichen Unglück zum Opfer gefallen sein sollte, aber ...

Hell strahlte die Sonne vom Morgenhimmel. Man frühstückte, das Lager wurde abgebrochen, und dann ging die Reise gen Norden, immer unter scharfer Bewachung und ohne daß der erwartete Retter aufgetaucht wäre.

Man marschierte den ganzen Tag und den nächsten und übernächsten auch. Keine Spur war von Korak zu sehen, und doch verlor Meriem die Geduld nicht. Sie beherrschte sich und hielt schweigend in der Kolonne aus.

Malbihn blieb mürrisch und abweisend. Wenn Jenssen mit ein paar begütigenden Worten wieder anzuknüpfen suchte, bekam er stets eine knappe, ausweichende Antwort. Mit Meriem sprach Malbihn überhaupt nicht, doch ertappte sie ihn öfters, wie er sie mit halb zusammengekniffenen Augen fixierte. Dann drückte sie Geeka fester an ihr Herz. Hätte sie nur noch ihren Dolch! Aber den hatte man ihr genommen, als sie von Kovudoo in die Gefangenschaft geführt wurde.

Am vierten Tage begann Meriem die Hoffnung aufzugeben. Korak war sicher etwas zugestoßen. Es gab keine andere Möglichkeit mehr. Er würde nie wiederkommen, und diese Männer würden sie nun weit wegschleppen. Vielleicht mußte sie sterben? Und durfte Korak, ihren Korak, nie wiedersehen?

Die Schweden hatten endlich beschlossen, einen Tag zu rasten, denn man hatte bisher keine Minute versäumt, und die Leute waren todmüde. Malbihn und Jenssen gingen jeder für sich auf die Jagd. Sie mochten etwa eine Stunde fort sein, als sich der Vorhang zu Meriems Zelt hob, und zu ihrem Schrecken Malbihns Gesicht auftauchte.

„Bwana" und seine Farm

Meriem blickte angsterfüllt dem nahenden Unheil entgegen, gleichwie ein wehrloses Dschungeltier, das unter dem hypnotischen Blick einer Giftschlange den tödlichen Biß erwartet. Ihre Hände waren frei, aber man hatte die wertvolle Gefangene deshalb in nicht minder sicherem Gewahrsam. Eine Eisenkette um ihren Hals war durch ein Vorlegeschloß mit einer langen alten Sklavenkette verbunden, die mit dem anderen Ende an einem Zeltpfahl befestigt war.

Langsam wich die Gefangene jetzt Schritt für Schritt nach der entgegengesetzten Seite des Zeltes zurück. Malbihn folgte. Seine Hände streckten sich ihr entgegen.

Das Mädchen dachte mit einem Male an Jenssens Rat. War es nicht so? Sie sollte ihn rufen, sowie Malbihn sie noch einmal belästigte. Aber ... ach, Jenssen war auf der Jagd, fern in der Dschungel. Malbihn hatte sich schon die rechte Stunde herausgesucht. Doch es hieß alles versuchen. Sie schrie um Hilfe. Laut und schrill. Einmal, zweimal ... und noch einmal – doch schon hatte Malbihn in einem Satz das Zelt durchquert und erstickte ihre verzweifelten Hilferufe. Sie wehrte sich, wie ein Dschungeltier sich wehrt. Mit Zähnen und Nägeln setzte sie ihm zu, der Mann sollte fühlen, daß sie nicht einfach umzublasen sei. Nein, Muskeln wie die einer jungen Löwin ballten sich jäh in diesem schlanken jungen Mädchenleib, Kraft zitterte in den weichen Linien ihres Körpers. Doch auch Malbihn war kein Schwächling. Im Gegenteil: Er war ein Hüne an Kraft und Wuchs und dazu noch brutal.

Dem Mädchen half alles Kratzen und Beißen nichts. Er zwang sie allmählich zu Boden. Wohl wehrte sie sich wieder und wieder, aber dann fühlte sie, wie ihre Kräfte immer mehr abnahmen. Sie keuchte schon schwer und rang mühsam nach Atem ... –

Jenssen hatte unterdessen draußen in der Dschungel zwei Antilopenböcke zur Strecke gebracht. Er hatte sich nicht allzu weit vom Lager weg gewagt, denn es schien ihm nicht gut, die Jagd lange auszudehnen, schon weil ihm Malbihns Haltung in letzter Zeit verdächtig vorkam. Heute hatte Malbihn es zudem abgelehnt, mit ihm gemeinsam zu jagen, und war nach der entgegengesetzten Richtung verschwunden. Unter früheren Verhältnissen würden beide nichts darin gefunden haben; diesmal jedoch schien Jenssens Mißtrauen am Platze. Dazu kannte er seinen Malbihn doch zu gut!

Und so wandte er sich sofort nach den glücklichen Schüssen zum Lager zurück. Seine Träger mochten mit der Beute nachkommen. Er hatte jedoch noch nicht die Hälfte seines Weges hinter sich, als er ganz schwach einen Hilferuf zu hören glaubte. Er hielt einen Augenblick inne und lauschte gespannt. Wieder dieser Ton? Und noch einmal? Dann war alles ruhig ...

Ein halbunterdrückter Fluch – und Jenssen stob davon. Vielleicht kam er gar schon zu spät? Ein Narr dieser Malbihn, der einer schwachen Stunde zuliebe den ganzen Gewinn der jahrelangen Jagd nach dem Glück und sein Leben aufs Spiel setzte! Noch weiter vom Lager entfernt als Jenssen und gerade in der entgegengesetzten Richtung hörte auch ein anderer Meriems Hilfeschrei. Es war ein Fremder, der nichts mit Malbihn und Jenssen zu tun hatte, ja, der nicht einmal ahnte, daß Weiße in seiner Nähe waren. Mit einer Handvoll schwarzer Krieger durchstreifte er jagend die Dschungel und, wie jetzt der seltsame Ton aus der Ferne an sein Ohr drang, horchte er einen Augenblick scharf auf. Kein Zweifel, hier war eine Frau in Not; er kannte diesen Klang einer zu Tode geängstigten Frauenstimme. Und so eilte er, so schnell er konnte, vorwärts. Jenssen kam jedoch eher im Lager an, da der Fremdling einen bedeutend weiteren Weg zurückzulegen hatte.

Was der Schwede zu sehen bekam, spottete jeder Beschreibung. Er hatte sich ohnehin nie besonders in die Lage anderer hineindenken können und so hielt er hier erst recht jedes Mitleid mit seinem Gefährten für unangebracht. Malbihn sollte seine Erbitterung spüren. Meriem wehrte sich noch immer verzweifelt gegen den zudringlichen Malbihn, als Jenssen ins Zelt gestürzt kam und seinen einstigen Freund mit Verwünschungen überschüttete. Malbihn ließ sein Opfer plötzlich los und wandte sich gegen Jenssen. Ein Griff, und er zog seinen Revolver aus dem Leibgurt, doch Jenssen, dem die blitzschnelle Handbewegung des anderen nicht entgangen war, hatte seine Waffe fast gleichzeitig schußbereit. Beide feuerten wie auf ein Kommando, noch zweimal drückte Malbihn ab und Jenssen sank zu Boden.

Da wurde der Vorhang beiseite geschlagen, und ein großer Weißer tauchte in der Öffnung auf. Weder Meriem noch Malbihn bemerkten den Eindringling, denn Malbihns Rücken war dem Zelteingang zugekehrt und verwehrte so auch dem bedrängten Mädchen den Blick nach der gegenüberliegenden Seite des Zeltes.

Der Fremde sprang rasch und doch vorsichtig auf Malbihn. Dieser fuhr auf und sah sich mit einem Male einem völlig unbekannten Manne Auge in Auge gegenüber. Der Fremde war eine große stattliche Erscheinung, hatte schwarzes Haar und stahlgraue Augen und trug Khakianzug und Tropenhelm. Malbihn hob von neuem seinen Revolver, doch der andere war auf der Hut. Seine schwere Hand sauste nieder, ehe es sich der Schwede versah, und schleuderte die Waffe weit in die Ecke des Zeltes, wo Malbihn sie nicht mehr erreichen konnte, ohne sich der Gewalt des Fremden völlig auszuliefern.

Was geht hier eigentlich vor? Der Fremde richtete diese Frage an Meriem, doch sie verstand ihn nicht und schüttelte den Kopf. Als sie aber im nächsten Augenblick ein paar arabische Worte hervorstammelte, wiederholte der Weiße seine Frage auf Arabisch.

Die beiden da schleppen mich von meinem Korak fort ..., begann das Mädchen. Der hier hat es auf mich besonders abgesehen, und der andere, den er eben erschossen hat, suchte ihn davon abzubringen. Böse Menschen sind sie alle beide, aber der hier ist der schlimmere! Wäre nur mein Korak da! Er würde ihn einfach töten. Und wenn Sie ihn nicht auf der Stelle tot machen, werden Sie wohl kaum besser wie die beiden sein.

Der Fremde lächelte. Er verdient den Tod, sagte er dann. Das ist keine Frage. Ich hätte ihn früher schon gern wegen seiner Schlechtigkeiten bestraft. Ich werde aber dafür sorgen, daß er dich nicht noch einmal belästigt.

Wir haben nun übergenug von Ihnen, herrschte der Fremde Malbihn an. Ich weiß jetzt, mit was für einem Bösewicht ich es zu tun habe. Ich hörte schon öfters böse Sachen von Ihnen und Ihrem sauberen Freund! Merken Sie es sich, wir wollen hier in unserem Lande nichts mehr von Ihnen wissen. Diesmal will ich Sie noch laufen lassen. Kommen Sie aber noch ein einziges Mal wieder, dann werde ich nicht lange fackeln. Verstanden?

Malbihn begehrte indessen wie ein Verrückter auf und sparte nicht mit Drohungen und Beleidigungen.

Doch der andere blieb ruhig und nannte seinen Namen. Treffe ich Sie mit Ihren Leuten in der nächsten Stunde noch im Umkreis. so wissen Sie, daß Sie verloren sind. Sie werden gewiß schon von mir gehört haben.

Malbihn wurde blaß und war sogleich aus dem Zelt verschwunden.

Im nächsten Augenblick fielen Meriems Ketten.

Wollen Sie mich wieder zu meinem Korak gehen lassen? wandte sie sich mit bittendem Blick an den Fremden.

Ich werde dafür sorgen, daß du wieder zu den Deinen zurückgebracht wirst, erwiderte der Weiße rasch. Wo wohnen sie und wie heißen sie?

Mit offensichtlichem Staunen hatte er ihre seltsame Kleidung und den auffallenden Schmuck und Kopfputz gemustert. So liefen wohl die schwarzen Weiber herum, aber das Mädchen war doch – seiner Sprache nach zu urteilen – eine junge Araberin. Und Arabermädchen hatte er noch nie in einem derartigen Aufzug zu Gesicht bekommen.

Wo wohnen deine Leute, und wer ist Korak? forschte er deshalb von neuem.

Korak? Ei nun, Korak ist ein Affe. Andere Verwandte und Bekannte habe ich nicht. Korak und ich ... wir leben ganz allein miteinander in der Dschungel, seit A'ht König der Affen geworden. – Sie hatte „Akut“ immer nur so ausgesprochen, wie jetzt, weil es auch nicht anders geklungen hatte, als Korak und auch der Affe das erstemal ihr gegenüber diesen Namen aussprachen.

Korak hätte König sein können, aber er wollte es nicht, fügte sie stolz hinzu.

Der Fremde schien zu zweifeln und runzelte die Stirn.

Korak ist also ein Affe? forschte er weiter und sah dabei dem Mädchen scharf in die Augen. Und sagst du mir nun auch, was du selber bist?

Ich heiße Meriem ... und bin auch ein Affe.

Hm – das war die einzige Erwiderung des Fremden zu dieser verblüffenden Eröffnung. Was er im stillen dachte, würde einem feinen Beobachter vielleicht nicht entgangen sein, wenn er gesehen hätte, wie auf einmal ein fast mitleidiger Schimmer die Augen des Fremden veränderte. Er trat dicht an das Mädchen heran und wollte eben seine Hand auf ihre Stirn legen, doch da warf sie unwillig ihren Kopf zurück, und es klang, als knurre sie gar ein wenig. Der Weiße lächelte begütigend. Du brauchst dich vor mir nicht zu fürchten, sagte er ruhig. Ich tue dir nichts zuleide und möchte nur mal feststellen, ob du Fieber hast oder ob du ... wirklich ganz gesund bist. Bist du es, gut, dann wollen wir sofort auf die Suche nach deinem Korak gehen!

Meriem sah dem Fremden mit prüfendem Blick in seine scharfen grauen Augen, und da sie sehr bestimmt fühlte, daß das offenbar ehrliche Gebaren ihres Gegenübers nicht geheuchelt sein konnte, duldete sie schließlich seine Hand auf ihrer Stirn und am Puls. Von Fieber fand sich keine Spur.

Wie lange bist du denn schon ein Affe? fragte der Fremde weiter.

Ach, das war vor vielen, vielen Jahren, da kam Korak und nahm mich meinem Vater weg, der mich immer so schrecklich schlug. Und seitdem habe ich mit Korak und A'ht auf den Bäumen im Innern der Dschungel gelebt.

Wo ist das? Wo steckt dein Korak?

Meriem beschrieb leichthin mit ihrer Rechten einen Halbkreis, als ob Korak Beherrscher von halb Afrika wäre.

Würdest du dich zu ihm zurückfinden? fragte der Weiße weiter.

Ich? Ich weiß nicht recht. Aber er wird mich auf jeden Fall wieder zu sich holen.

Dann habe ich einen guten Plan, warf der Fremde ein. Ich wohne nur ein paar Tagereisen von hier und werde dich jetzt mitnehmen. Meine Frau wird für dich sorgen, bis wir Korak finden, oder er uns. Nicht wahr, es ist doch ebensogut möglich, daß er uns dort in meinem Dorfe begegnet wie hier?

Der Fremde wartete noch, bis Malbihn und dessen Safari das Lager abgebrochen hatten und in nördlicher Richtung in der Dschungel verschwunden waren. Meriem, die ihm jetzt schon mehr traute, stand neben ihm und hielt mit der einen schlanken braunen Hand ihre Geeka fest umklammert. Die beiden unterhielten sich weiter und der Weiße wunderte sich immer wieder, wie gebrochen das Mädchen das Arabisch sprach. Schließlich schrieb er diesen auffallenden Mangel ebenso wie manche ihrer früheren Bemerkungen dem Umstand zu, daß sie kaum geistig normal sein könne. Hätte er indessen gewußt, daß Jahre ins Land gegangen waren, seit sie das letztemal im Dorfe des Scheichs Arabisch gesprochen und gehört hatte, würde es ihm verständlich gewesen sein, daß sie diese Sprache halb verlernt hatte. Überdies war noch etwas anderes daran schuld, daß die Muttersprache des Scheichs so verhältnismäßig rasch aus ihrem Gedächtnis schwand. Doch eben diese wichtige Tatsache konnte sie selbst nicht im entferntesten ahnen, geschweige denn dieser wildfremde Mann.

Der Weiße gab sich unendliche Mühe, sie dazu zu bringen, daß sie ihn in sein „Dorf“ – er sagte stets auf Arabisch Duar – begleitete. Allein sie bestand hartnäckig darauf, Korak sofort zu suchen. Als letzter Ausweg blieb ihm nur noch, seinem Willen mit Gewalt Geltung zu verschaffen. Jedenfalls hielt er das für besser, als daß das Mädchen sich von seinen verwirrten Vorstellungen über einen Korak und über Affen in den sicheren Tod treiben ließe. Als guter Menschenkenner und erfahrener Mann beschloß er indessen, ihr zunächst zu willfahren und sie dann doch dahin zu führen, wohin er sie haben wollte. Man marschierte also auf Wunsch des Mädchens direkt nach Süden, wiewohl das Ziel des Fremden im Osten lag.

Unterwegs bog er nach und nach mehr und mehr nach Osten ab, und zu seiner nicht geringen Freude entging dem Mädchen dieses Abweichen von der gewünschten Richtung völlig. Sie wurde auch noch zutraulicher als anfangs, wo sie fast nur instinktiv die Überzeugung gewonnen hatte, daß dieser große Tarmangani ihr kein Leid antun würde. Sie fühlte täglich und stündlich seine

Güte und Rücksicht und vergalt ihm dies durch ein offenes, vertrauendes Wesen. Bisweilen kam es ihr sogar vor, als könne sie ihn in vielem mit ihrem Korak vergleichen. Am fünften Tage öffnete sich vor ihnen plötzlich eine weite Ebene. Von der Waldecke aus grüßte der Fremde hinüber zu den umzäunten Feldern und zu den Häusern, die dahinter lagen. Das Mädchen wich erstaunt zurück.

Wo sind wir? fragte sie hastig und deutete in die Ferne.

Wir konnten doch Korak nicht finden, entgegnete der Weiße sofort, und da wir gerade nahe an meinem Duar vorüberkamen, habe ich dich mit hierher genommen. Hier sollst du nun bei meiner Frau bleiben und ruhig warten, bis meine Leute auf deinen Affen treffen und ihn dir bringen, oder bis er selbst kommt. Glaub' mir. Kleine, so ist es besser. Du bist bei uns auch viel sicherer aufgehoben und wirst dich sehr wohl fühlen.

Bwana, o, ich bin bange. In deinem Duar wird man mich doch nur prügeln, wie es mein Vater, der Scheich, immer tat. Laß mich wieder in die Dschungel zurückwandern. Korak wird mich nur dort finden. Nein, er wird niemals auf den Gedanken kommen, daß ich im Duar eines Weißen bin.

Aber höre doch, mein Kind! Wer soll dich denn bei uns schlagen? Ich etwa? Oder habe ich dir auch nur ein Haar gekrümmt, seit du mich kennst? Und dann: All das da drüben gehört mir und folgt meinem Befehl und Wunsch. Du wirst gut behandelt werden, und bei uns hat noch niemand Schläge bekommen. Meine Frau wird sehr gut zu dir sein – und dein Korak wird dir gebracht. Du kannst dich darauf verlassen, denn ich schicke meine Leute in die Dschungel und lasse ihn suchen.

Das Mädchen schüttelte den Kopf.

Du kannst ihn gar nicht zu uns bringen; er würde alle töten, die ihm zu nahe kommen. Denn Korak tötet alle Menschen, weil sie ihm stets mit dem Tode drohten. Nein, ich habe große Sorge um ihn. Bwana, laß mich meiner Wege gehen!

Du weißt ja gar nicht, wie du dein Land und wo du Korak wiederfindest. Du wärest ja verloren! In der ersten Nacht schon würden Leoparden oder Löwen dich in Stücke reißen, und du würdest deinen Korak nie wiedersehen. Es ist tausendmal besser, du hältst dich jetzt zu uns. Und habe ich dich übrigens nicht neulich gerettet? Ich dächte, du wärest mir doch einigen Dank schuldig. Oder nicht? Also, dann bleibe wenigstens ein paar Wochen bei uns, wir können hernach immer noch sehen, was das Beste für dich ist. Du bist schließlich auch noch ein kleines Mädchen. Ein schlechter Mensch wäre ich, wollte ich dich allein in die Dschungel zurückgehen lassen.

Meriem lachte hell auf. Die Dschungel, sagte sie, ist mir wie Vater und Mutter. Gütiger und freundlicher hat sie mich in ihre Arme geschlossen, als je die Menschen. Bwana meint, ich fürchte mich vor der Dschungel? Nein, und nochmals nein! Und vor dem Leoparden oder dem Löwen erst recht nicht. Wenn meine Stunde geschlagen hat, dann sterbe ich eben. Mag sein, daß Leopard oder Löwe mich zerreißen. Vielleicht bringt mir auch ein kleines Tierchen, nicht größer als die Kuppe meines kleinen Fingers, den Tod. Wenn der Löwe auf mich losspringt, oder wenn mir das winzige Ding den tödlichen Stich gibt – dann werde ich zittern, das weiß ich wohl. Mir wird schrecklich bange sein. Aber das Leben wäre ja noch viel, viel schlimmer, wollte ich immer nur daran denken und mich davor fürchten, was mir alles noch an Bösem und Furchtbarem begegnen kann. Kommt der Löwe über mich, ist die Todesqual kurz. Trifft mich der kleine, feine Stachel, muß ich mich vielleicht gar tagelang vor Schmerzen winden, ehe der Tod mich erlöst. Sieh, Bwana – und deshalb fürchte ich mich gerade vor dem Löwen am allerwenigsten. Er ist groß und nicht besonders vorsichtig, wenn er durch die Dschungel streift. Ich höre, sehe oder rieche ihn daher beizeiten und – weiche ihm aus. Doch wenn meine Hände oder Füße auch nur flüchtig in die Reichweite dieses kleinen Insektes kommen – ich weiß es nicht einmal, und dann fühle ich auch schon den Stich, von dem es keine Rettung gibt. Nein, ich habe keine Angst vor der Dschungel. Ich liebe sie. Eher möchte ich gleich sterben, als ihr für immer den Rücken kehren zu müssen. – Allein, Bwana, dein Duar liegt nicht weit von der Dschungel. Du bist gut zu mir gewesen. Ich will also deinem Wunsche folgen und wenigstens eine Weile bei dir bleiben und warten, ob mein Korak doch noch kommt. Einverstanden! meinte der Weiße und führte die Kleine langsam hinab zu dem von Blumen und Blüten umrankten großen Wohnhaus, an das sich weiter rückwärts alle die Wirtschaftsgebäude einer modernen und großzügig angelegten afrikanischen Farm anschlossen.

Meriem hielt den Schäferhund, der seinem Herrn entgegengesprungen war, mit ihren schlanken Fingern am Halsband, als man sich dem prächtigen Landhaus jetzt immer mehr näherte. Am Portal stand eine Dame in Weiß und winkte hocherfreut dem Heimkehrenden ihren ersten Willkommengruß zu. Das Mädchen bekam auf einmal Angst, große Angst, wie nie in der Dschungel, wenn ihr wildfremde Menschen oder Urwaldbestien begegnet waren. Sie schrak zurück und blickte halb fragend, halb flehentlich bittend zu ihrem Begleiter auf.

Das ist meine Frau, sagte er. Sie wird dich von Herzen gern aufnehmen.

Die Dame ging den beiden entgegen, und nach dem Willkommenskuß berichtete er ihr sofort alles Wichtige über Meriem und ihr Dschungelleben, soweit er es selbst wußte. Meriem konnte alles mit anhören und verstehen, da er ihr zu Liebe Arabisch sprach. Sie sah auch auf den ersten Blick, wie schön die Frau vor ihr war, und wie sich Güte und Freundlichkeit in ihren Zügen und in ihrem ganzen Wesen widerspiegelten. Die Bangigkeit von vorhin war gewichen, und als ihr Retter nun schwieg, und die schöne weiße Frau ihre Arme um sie schlang, sie küßte und sie gar „mein Liebling" nannte, war es Meriem, als schlüge ihr Herz mit einem Male leichter und freudiger denn je. Sie barg ihr Gesicht an der Brust dieser neuen Freundin, in deren Stimme ein warmer, mütterlicher Ton mitschwang, wie sie ihn seit undenklicher Zeit nicht wieder vernommen. Und ihr kamen mit einem Male Tränen über Tränen. Es war ihr, als habe sich ein Alpdruck von ihr gelöst, als sei eine nie geahnte Freude in sie eingezogen.

So war Meriem, das kleine wilde Manganimädchen, auf einmal aus ihrer geliebten Dschungel mitten in das vornehme und behagliche Heim ihrer neuen Freunde übergesiedelt. „Bwana" und „My Dear" hatten sich die beiden Großen genannt, und Meriem nannte sie auch so. Ihr gegenüber waren sie von Anfang an wie Vater und Mutter, und nachdem sie alle Bedenken und stillen Befürchtungen endgültig zerstreut hatte, erwiderte sie Liebe und Vertrauen überreichlich. Sie blieb auch bei ihrem Vorsatz, ruhig hier zu warten, bis man Korak gefunden, oder bis er selbst kam. Ihr Korak war und blieb dabei jedoch alle Tage ihr erster und letzter Gedanke, denn sie mochte die Hoffnung auf ein Wiedersehen mit ihrem jungen, stolzen Erretter nie aufgeben.

Das Heer der Paviane

Weit draußen in der Dschungel folgte Korak, mit Wunden bedeckt, der Spur der großen Paviane. Sorge und Erbitterung nagten ihm am Herzen, so oft er der jüngsten Ereignisse und der nächsten Zukunft gedachte. Die Paviane hatte er wider Erwarten weder in der Nähe ihres letzten großen Kampfplatzes noch in einem ihrer bekannten Reviere angetroffen, und so blieb ihm nichts anderes übrig, als der deutlich erkennbaren Fährte weiter und immer weiter zu folgen.

Seine zähe Ausdauer wurde auch belohnt, denn eines Tages holte er sie ein. Sie bewegten sich langsam, aber stetig in großen Scharen südwärts. Wie eine kleine Völkerwanderung hätte es einem vorkommen können, und dabei ist es erwiesen, daß derartige planmäßige Streifzüge bei den Pavianen von Zeit zu Zeit immer wiederkehren, wenn auch die eigentlichen Gründe dafür nur den Pavianen selber richtig bekannt sind. Beim Nahen des weißen Kriegers, der nicht einmal den Wind im Rücken gehabt hatte, machte die Pavianherde sofort Halt, zumal die Nachhutposten ihn rechtzeitig entdeckt und unverzüglich den Warnungsschrei nach vorn durch gegeben hatten. Alles brummte, murrte und plapperte; die Männchen liefen steifbeinig und unschlüssig im Kreise herum, während die Pavianmütter in den höchsten Tönen und in sichtlicher Bestürzung ihre Jungen in die Arme nahmen und sich mit ihnen hinter den schützenden Wall der Männerleiber zurückzogen.

Korak seinerseits verlangte sofort nach dem König. Dieser stolzierte langsam und bedächtig und ebenso steifbeinig wie seine männlichen Untertanen heran, da er den Fremdling an seiner Stimme wieder erkannt zu haben glaubte. Er wollte jedoch noch das bestätigende Urteil seiner Nase abwarten, ehe er sich dazu herbeiließ, ganz auf die Eindrücke, die Augen und Ohren ihm vermittelten, zu bauen. Korak blieb ruhig stehen und wartete ab, denn er wußte, daß jeder weitere Schritt den sofortigen Angriff der ganzen Herde verursacht oder mindestens den Anstoß zu einer panikartigen Flucht der Paviane gegeben hätte. Und beides wäre ihm jetzt nicht erwünscht gewesen. Wilde Tiere sind eben im Grunde sehr nervöse Geschöpfe, und es ist daher überaus leicht, sie durch irgendeine kleine Unvorsichtigkeit außer Rand und Band, ja oft zu durchaus unüberlegtem Handeln zu bringen.

Der Paviankönig kam also auf Korak zu und ging brummend, knurrend und schnüffelnd im Kreise um ihn herum. Immer enger und enger wurde der Kreis, und so nahm Korak schließlich das Wort.

Ich bin Korak, begann er. Ich habe neulich die Falle geöffnet, in der man dich gefangen hatte. Ich habe dich also vor den Tarmangani gerettet. Ich bin Korak, der „Töter". Aber ich bin euer Freund.

Huh! grunzte der König. Ich weiß, daß du der Korak bist. Meine Ohren sagten mir es, daß du der Korak bist. Meine Augen sagten mir es auch, und jetzt hat es mir noch meine Nase bestätigt. Meine Nase wittert immer alles richtig. Ich bin dein Freund. Komm mit, wir wollen zusammen in den Wäldern jagen.

Korak kann jetzt nicht mit auf die Jagd gehen, gab der Affenmensch zurück. Die Gomangani haben meine Gefährtin geraubt. Sie haben sie gefesselt und halten sie in ihrem Dorfe gefangen. Korak war allein nicht stark genug, um sie zu befreien. Willst du mir jetzt mit deinem ganzen Stamm folgen und Koraks Meriem befreien helfen?

Die Gomangani haben viele, viele spitze Stöcke. Die werfen sie nach uns, und die Stöcke bohren sich meinen Affen in den Leib. Sie sind dann tot. Die Gomangani sind böse. Sie töten uns alle zusammen, wenn wir in ihr Dorf eindringen.

Die Tarmangani haben andere Stöcke. Die knallen laut und machen einen tot, auch wenn man noch weit entfernt ist, warf Korak ein. Weißt du, die Tarmangani hatten solche Stöcke, als Korak dich aus der schlimmen Falle befreite. Wäre Korak fortgerannt, würdest du jetzt als Gefangener bei den Tarmangani dein Leben fristen müssen.

Der Pavian kratzte sich am Kopf. Rings um ihn und den Affenmenschen hockten die männlichen Vertreter der Pavianherde. Sie hatten ihre Augen halb zusammengekniffen und folgten mit Spannung der Verhandlung; einer suchte dem andern einen besseren Platz abzuringen, damit ihm nichts entginge. Die weniger Neugierigen scharrten im Laub und in der moderigen weichen Walderde herum, um sich inzwischen ein paar leckere Würmer zu Gemüte zu führen, oder blickten starr und fast verständnislos bald auf ihren König, bald auf den fremden Mangani, wie er sich selbst genannt hatte, wiewohl er ihnen eigentlich viel mehr wie ein verhaßter Tarmangani vorkam. Der König ließ seine Blicke jetzt zu den Ältesten seiner Untertanen in der Runde herumschweifen. Es sah aus, als begehre er den Rat seiner Getreuen.

Wir sind zu schwach, brummte einer.

Die Paviane vom Hügelland wären da geeigneter, warf ein anderer ein. Sie sind viel, viel stärker. Unzählige gibt es, so viele wie Blätter im Walde. Und sie hassen die Gomangani nicht minder. Sie kämpfen für ihr Leben gern. Sie sind wild, sehr wild. Wir wollen sie fragen, ob sie sich uns anschließen. Wenn ja, dann können wir alle Gomangani in der Dschungel vernichten.

Korak konnte sie nicht davon überzeugen, daß es nicht nötig sei, noch die fremden Pavianstämme hinzuzuziehen. Gewiß, man wollte ihm gern helfen, aber bestand darauf, daß dazu erst ihre Blutsverwandten und Verbündeten aus dem Hügellande gewonnen werden müßten. Und so blieb denn Korak nichts anderes übrig, als sich in das Unvermeidliche zu fügen. Das einzige, was vorläufig in seiner Macht lag, war, sie zu möglichst großer Eile anzuspornen, und dies glückte wenigstens insofern, als sich der Paviankönig entschloß, mit ihm und zwölf der stärksten Pavianmänner nach dem Hügelland zu eilen und die anderen zurückzulassen.

Sowie die Paviane sich einmal mit dem Gedanken an eine derartig gewagte Unternehmung vertraut gemacht hatten, waren sie Feuer und Flamme. Die Abordnung rückte unverzüglich ab und kam überaus rasch vorwärts. Der Affenmensch hielt ohne irgendwelche Schwierigkeiten gleichen Schritt mit seinen gewandten Bundesgenossen. Solange man hoch in den Bäumen dahineilte, brachen Lärmen und lautes Geschrei nicht ab. Man wollte so erreichen, daß alle feindlichen Dschungeltiere, die den Weg kreuzten, gleich entsetzt davonstoben, denn die Paviane wußten aus Erfahrung, daß sie nie von einer bösartigen Dschungelkreatur belästigt wurden, so oft sie in großen Scharen die Wälder durchfluteten. Und durch den übermäßigen Lärm wurde jedenfalls der Eindruck erweckt, als sei eine ganze Pavianherde im Anmarsch. Wenn sie jedoch bei allzugroßer Entfernung zwischen den einzelnen Bäumen oder auf weiten Lichtungen zu ebener Erde vordringen mußten, bewegten sie sich leise und lautlos durch das Gras; denn Löwen oder Leoparden ließen sich natürlich nicht durch noch so lautes Geschrei und Geschnatter von einer Handvoll Paviane einschüchtern, sobald sie ihre geringe Zahl deutlich übersehen konnten.

Zwei volle Tage durchquerte man schon die Dschungelwildnis, als sich eine lichte Ebene vor ihnen auftat. Man kam rasch und unversehrt durch diese Gefahrenzone und betrat bald das bewaldete Berggelände. Korak war nie bis hierhin vorgedrungen. Völlig neu war ihm der ganze Charakter dieser Landschaft, neu und eine willkommene Abwechslung nach dem Einerlei der fast überall dichtverwachsenen Dschungel. Allein, was sollte er sich an den Schönheiten dieser Berge und Hügel erfreuen! Dazu war jetzt keine Zeit, denn Meriem, seine Meriem war in Gefahr. Ehe er sie nicht aus ihren Fesseln befreit wieder in seinen Armen halten würde, hatte er nicht viel Sinn für solcherlei Genüsse.

Im unermeßlichen Bergwald ging es langsamer vorwärts. Die Paviane erhoben ab und zu ihre Stimme zu lautem, fast klagend-fragendem Geschrei, warteten dann eine Weile und horchten gespannt. Und endlich war es ihnen, als halle von weit drüben eine schwache Antwort herüber.

Man eilte unverzüglich in der Richtung weiter, aus der sich die vertrauten Töne bald deutlicher vernehmen ließen, so oft man in atemloser Stille ein paar Augenblicke verweilte, und vergaß nicht, immer wieder von neuem den Namensbrüdern vom Bergland sein Nahen anzukündigen. Korak merkte auch bald, daß die Bergpaviane in Massen herbeiströmten, aber als die Fremden dann mit einem Male auftauchten, war er von der Wucht und Größe dieser ersten Begegnung geradezu überwältigt.

Wie zu einer Riesenmauer türmten sich die großen Paviane vor seinen Augen übereinander, von der Erde bis hinauf in die höchsten Baumwipfel, einer über dem andern, daß man sich wundern mußte, woher sie den Mut zu einer derartigen Belastung der Bäume nahmen. Langsam wälzten sie sich mit unheimlich-klagendem Geschrei heran, und hinter ihnen folgten mehr und immer mehr, Mauer über Mauer, soweit Korak sehen konnte. Zu Tausenden kamen sie. Der Affenmensch konnte sich im Augenblick gar nichts anderes denken, als daß das Schicksal der kleinen Abordnung besiegelt sein mußte, sowie nur eine einzige unglückliche Bewegung oder mißverstandene Regung des kleinen Häufleins auch nur einen einzigen dieser Tausende zu Zorn oder jäher Angst reizte.

Doch es kam nicht soweit. Die beiden Könige schritten gemessen aufeinander zu. Ihre Haare sträubten sich ob der Wichtigkeit ihrer Begrüßung, die zunächst mit der üblichen Prüfung der beiderseitigen Persönlichkeiten begann. Die Nasen bestätigten alsbald, daß man sich nicht getäuscht hatte, und nachdem einer des anderen Rücken freundschaftlich gekratzt, nahm man die Verhandlungen auf. Koraks Freund erklärte sogleich, warum man gekommen sei, und dann erst zeigte sich Korak selbst, der bisher hinter einem dichten Busch abgewartet hatte, wie sich alles entwickelte. Anfangs fürchtete er, man würde ihn auf der Stelle in tausend Stücke reißen, ein solcher Lärm erhob sich. Den beiden Königen gelang es indessen ohne weiteres, die Menge zu beruhigen, und so konnte Korak sich getrost heranwagen. Die Bergpaviane rückten auch näher heran, und die vordersten konnten es nicht lassen, ihn mit ihrer Nase nach allen Regeln der Kunst zu prüfen. Als er gar in ihrer eigenen Sprache mit ihnen redete, waren sie über die Maßen entzückt und schnatterten durcheinander. Dann schwiegen sie und folgten mit Spannung seinem weiteren Bericht. Korak erzählte ihnen zunächst von Meriem und von dem gemeinsamen Dschungelleben mit ihr und daß sie beide mit dem ganzen großen Affenvolk vom kleinsten Manu bis zu den Affenriesen, den Mangani, eng befreundet seien.

Die Gomangani, die mir meine Meriem geraubt haben, fuhr er fort, sind auch eure Feinde. Sie töten euch. Die Paviane vom Tiefland sind nun nicht stark genug, um einen erfolgreichen Angriff gegen diese Feinde zu wagen. Sie haben mich aber wissen lassen, daß ihr viele, sehr viele seid und euch obendrein hervorragender Tapferkeit rühmen könnt. Sie sagten mir, daß ihr so viele seid wie die Grashalme in der Ebene oder die Blätter in den Wäldern, und daß Tantor, der Elefant, vor euch flüchtet, weil ihr tapfer und unerschrocken vorgeht. Sie sagten mir auch, daß ihr glücklich wäret, könntet ihr mit uns nach dem Dorf der Gomangani ziehen und dieses böse Volk bestrafen, während ich, Korak der „Töter", meine Meriem befreie und in Sicherheit bringe.

Der König der Bergpaviane warf sich in die Brust und stolzierte noch einmal so selbstbewußt wie zuerst auf und ab. Viele seiner Gefolgsmänner machten es ihm auf der Stelle nach, denn man war geradezu hingerissen von den Worten des fremden Tarmangani, der sich selbst zu den Mangani rechnete und so geläufig die Affensprache zu gebrauchen wußte.

Ja, sprach einer, wir vom Bergland sind mächtige Kämpfer. Tantor fürchtet uns. Numa fürchtet uns. Sheeta fürchtet uns. Die Gomangani in diesen Bergen sind immer heilfroh, wenn sie unbehelligt davonkommen. Ich für meine Person will euch nach dem Dorf der Gomangani des Tieflandes begleiten. Ich bin der älteste Sohn des Königs, ich kann ganz allein alle Gomangani unten im Tiefland töten. Und er blies sich auf und stieg stolz hin und her, bis ihn einer seiner Kameraden am Rücken kratzte und Ruhe und Aufmerksamkeit für seine Worte heischte.

Ich bin Goob, begann dieser laut. Meine Zähne sind lang und scharf. Sie sind auch stark und haben schon manchem Gomangani böse mitgespielt. Die Schwester Sheetas habe ich ganz allein erschlagen. Goob wird mit euch ins Tiefland ziehen und so vielen Gomangani den Garaus machen, daß keiner von ihnen übrig bleibt, der die Toten zählen könnte. Auch er paradierte dann mit geschwellter Brust auf und ab und ließ sich von den Frauen und Kindern seines Stammes in seiner imponierenden Pose bewundern.

Korak blickte dem König scharf in die Augen.

Deine Männer sind sehr tapfer, meinte er. Aber der König ist doch allen an Mut und Unerschrockenheit weit überlegen.

Das zog. Der dichtbehaarte Herrscher der Bergpaviane fühlte sich geschmeichelt und das mit Recht, denn er stand offenbar in der Blüte seiner

Kraft, sonst wäre er ja auch längst nicht mehr in „Amt und Würden" gewesen. Er erhob seine Stimme zu einem lauten, weithin hallenden Kampfruf, der in vielfachem Echo vom Walddom zurückgeworfen wurde. Die Pavianjugend klammerte sich zwar ängstlich an die zottigen Rücken ihrer Mütter, doch die männlichen Vertreter dieses Bergvolkes gaben sofort ihrer freudigen Zustimmung zu dem Entschluß ihres Königs in tollen Luftsprüngen und unheimlichem Beifallssturm Ausdruck.

Korak trat dicht an den König heran und schrie ihm ins Ohr, der Marsch solle nun sofort beginnen. Er schritt darauf behend und in größter Eile voran. Zunächst konnte man noch im Walde bleiben, aber dann mußte wieder die Ebene gekreuzt werden, ehe die lange Dschungelwanderung bis zum Dorfe des Gomangani Kovudoo folgte. Der König blieb ihm unter fortgesetztem Gebell und Lärmen dicht auf den Fersen. Hinter ihm kamen die paar Paviane vom Tieflandstamm und dann die Tausende ihrer Verbündeten aus den Bergen, lauter wilde, sehnige Gestalten.

Am zweiten Tage war das Ziel erreicht. Es war am Nachmittag, die glühende Tropenhitze lastete schwer über dem Dorfe, es war alles still. Ganz langsam und vorsichtig schwangen sich die Pavianmassen näher und näher, und wenn auch Tausende und Abertausende ihre Füße regten, klang es doch nicht viel anders, als ob der Wind nur mit einem Male ein wenig stärker durch das Blättermeer der Dschungel rauschte. Korak und die beiden Könige waren an der Spitze und machten kurz vor dem Dorfe Halt, damit sich erst alle Nachzügler heranziehen konnten. Totenstille herrschte ringsum. Korak kroch wie eine Schlange noch ein Stück vorwärts und hatte bald den Baum erreicht, dessen Äste sich über den Palisadenzaun hinüberstreckten. Ein kurzer Blick nach rückwärts. Man kam ihm nach. Er hatte unterwegs allen immer wieder einschärfen lassen, daß nur die weiße Gefangene zu schonen sei.

Die Stunde hatte geschlagen. Er erhob sein Haupt zum Himmel und stieß einen einzigen unheimlichen Schrei aus. Das war das Signal zum Angriff.

Auf einen Schlag stürmten dreitausend zottige Paviane brüllend und bellend in das Dorf. Zu Tode erschrocken stürzten die Krieger aus ihren Hütten, Mütter mit ihren Kindern an der Hand und die Kleinsten auf dem Arm stoben von wildem Grauen gepackt durch das Tor auf der entgegengesetzten Seite davon und suchten ihr Heil in der Flucht. Kovudoo hatte noch genug Geistesgegenwart, die Krieger mit gellendem Kommando und ein paar kühnen Worten zur

Besinnung zu bringen und sie in einem speergespickten Wall wenigstens zur Deckung des Rückzugs der hilflosen Weiber und Kinder um sich zu sammeln.

Korak war, wie auf dem Anmarsch, so auch jetzt der Führer. Unsagbare Bestürzung bemächtigte sich der Schwarzen, als sie nun gar noch diesen weißen Teufel an der Spitze des anstürmenden Pavianheeres gewahrten. Einen Augenblick hielten sie zwar noch stand und schleuderten ihre Speere blindlings den Eindringlingen entgegen, doch dann wandten sie sich und rasten in wilder Flucht davon, ehe sie auch nur einen Pfeil auf den Bogen gebracht hatten. Allein die Paviane ließen nicht mit sich spaßen. Sie stürzten ihnen nach. Allen voran aber jagte Korak, der „Töter", wildgewaltig und voll Erbitterung. Doch am Dorftor schwenkte Korak ab und überließ die Verfolgung seinen Verbündeten, die unentwegt weiterstürmten. Der große Augenblick war nahe, und mit pochendem Herzen wandte er sich rasch nach der Hütte, in der Meriem neulich gefangen gehalten worden war. Sie war leer. Eine nach der anderen durchsuchte er in immer wachsender Unruhe, doch jedesmal gähnte ihm dieselbe grausame Leere entgegen. Meriem war nicht zu finden, sie war nicht mehr im Dorfe. Auch die Schwarzen hatten sie bestimmt nicht mitgeschleppt, denn er hatte vorhin ganz genau Ausschau gehalten und sie nicht unter den Flüchtenden entdeckt.

Der Affenmensch kannte die Neigungen und Schwächen der Wilden viel zu genau, um sich über den wahren Sachverhalt mit allerhand Beschönigungen hinwegzutäuschen. Es gab nur eine Erklärung: Man hatte Meriem getötet und buchstäblich aufgefressen. Der Gedanke an dieses schreckliche Ende seiner Meriem wirkte schlimmer auf ihn als das rote Tuch auf einen Kampfstier in der Arena.

Er hörte aus der Ferne das Schreien und Bellen der Paviane, vermischt mit dem Gekreisch ihrer Opfer. Dahin, ja dahin mußte er auf der Stelle. Als er den Kampfplatz einigermaßen überblickte, sah er, daß die Paviane nicht mehr ganz auf der Höhe waren oder wenigstens erst einmal verschnaufen mußten. Die kampffähig gebliebenen Schwarzen hatten sich zusammengerottet und suchten mit ihren Knütteln die wenigen Paviane, die noch immer hartnäckig anliefen, zu verjagen. Und auf dieses kleine Häuflein stürzte sich Korak in tollkühnem Sprung hoch vom schwankenden Ast herab. Wie der Blitz sauste er hernieder. Er schien von allen bösen Geistern besessen und gewillt, mit diesen Kannibalen eines Kovudoo kurzen Prozeß zu machen. Wie ein verwundeter Löwe sprang er bald hierhin, bald dahin, seine Fäuste hieben nach links und nach rechts und teilten Schläge aus. Es war unvermeidlich, daß dieser wuchtige Einsatz seiner eigenen Person an sich schon dem Kampfe die entscheidende Wendung geben mußte. Allein die abergläubische Furcht der schwarzen Gegner blieb auch nicht ohne Einfluß. Für sie war dieser weiße Krieger, der Schulter an Schulter mit den großen Menschenaffen und mit diesen Pavianbestien kämpfte, ja, der wie ein Raubtier knurrte, brüllte, biß und sprang, kein Mensch mehr. Nein, das konnte nur ein Teufelsgeist aus den Tiefen der Dschungel sein, ein furchtbarer Waldgott, den sie beleidigt hatten, und der nun aus seinen Urwaldgründen über sie hereingebrochen war. Und eben deshalb leisteten auch die meisten nicht so zähen Widerstand, sie fühlten sich im Banne des göttlichen Wesens, dem ihre armseligen Menschenkräfte ohnehin nicht gewachsen sein konnten.

Wer konnte, suchte sich jetzt noch in wilder Flucht zu retten, und so war schließlich niemand mehr da. Korak beschloß, ein paar Minuten Atem zu holen, ehe er die Verfolgung von neuem aufnahm. Die Paviane schienen den Kampf satt zu haben, strömten im Umkreis zusammen und streckten sich erschöpft nieder.

Kovudoo sammelte seine zerstreuten Leute erst weit draußen in der Dschungel und stellte sogleich betrübende Verluste fest. Man war und blieb kopflos und untröstlich. Er hätte den Überlebenden sonst etwas bieten können: Sie ließen sich nicht dazu bewegen, länger in diesem Lande zu bleiben oder wenigstens vor der endgültigen Abwanderung noch einen Teil ihrer Habe aus dem Schreckensdorfe zu bergen. Alle bestanden vielmehr darauf, daß die Flucht unverzüglich fortzusetzen sei, bis man ganz und gar dem Bereich dieses Teufels entrückt wäre, der sie so oft und zuletzt so schwer heimgesucht hatte.

Korak ahnte freilich nicht, daß die Menschen, die er jetzt von Haus und Hof verjagt hatte, die einzigen gewesen waren, die ihm hätten auf Meriems Spur helfen können. Und doch hatte er sich hier selbst das schwache Band zerrissen, das bis zu seiner geliebten Dschungelgefährtin und deren gütigen Beschützern im Duar hinüberreichte; denn Meriem war kaum hundert Meilen von ihm entfernt, als dies tragische Urwaldschauspiel im Grunde so sehr zu ihrem und Koraks Ungunsten ausging.

Die Jagd

Meriem gingen in ihrer neuen Heimat die Tage rasch dahin. Anfangs war sie recht unruhig gewesen und hatte Korak in der Dschungel suchen wollen, doch Bwana – sie nannte ihren Wohltäter nie anders – hatte ihr stets eindringlich von jedem Versuch abgeraten, der nur mit Mißerfolg und Schlimmerem enden konnte. Der Weiße hatte aber einen bewährten Eingeborenen mit einem kleinen Trupp gewandter Leute nach Kovudoos Dorf ausgeschickt, wo sie aus dem alten Häuptling herausbekommen sollten, wie das weiße Mädchen in seine Hände gelangt sei, und was er sonst etwa über sie und ihre Herkunft aussagen könne. Dem Führer gab Bwana den besonderen Auftrag, Kovudoo nach dem seltsamen Wesen zu fragen, das von dem Mädchen Korak genannt wurde, und gegebenenfalls dem „Affenmenschen" nachzuspüren, wenn sich irgendwo und irgendwie auch nur die geringsten Anzeichen für das wirkliche Vorhandensein eines derartigen Geschöpfes zeigen sollten.

Bwana war im Grunde völlig überzeugt, daß Korak nichts weiter als ein dem überreizten Hirn dieses Mädchens entsprungenes Phantasiegebilde sein könne. Die Schrecken und Qualen der Gefangenschaft und die damit verbundenen Vorstellungen von den Kannibalengelüsten der Schwarzen, sowie die kaum minder bösen Erfahrungen, die sie mit den beiden Schweden gemacht, mußten ihren Verstand aus dem Gleichgewicht gebracht haben. Doch als er das Mädchen mit der Zeit besser kennen lernte und sie unter normalen Verhältnissen in der Ruhe und Abgeschlossenheit seines afrikanischen Landsitzes beobachten konnte, mußte er sich zu der Überzeugung bekennen, daß das, was sie erzählte, gar nicht so verwirrt und haltlos klang. Es war nicht einzusehen, warum Meriem nicht mehr im Vollbesitz ihrer geistigen Fähigkeiten sein sollte.

Die Gattin des Weißen, die von Meriem immer noch „My Dear" gerufen wurde, weil Bwana sie bei der ersten Begrüßung so genannt, nahm nicht allein deshalb an dem Mädchen herzlichen Anteil, weil es sonst keine Freunde und keine Heimat hatte; sie fühlte sich vielmehr durch das sonnig-heitere Wesen und die offene lebhafte Art dieser „Tochter der Dschungel" selbst erfrischt und verjüngt. Meriem ihrerseits tat die Nähe und Fürsorge dieser so gütigen gebildeten Dame nicht minder wohl.

Ein Monat verging, ehe der Schwarze von seinem Streifzug zurückkehrte, und in dieser Zeitspanne hatte sich die wilde, halbnackte kleine Tarmangani in ein feines Mädchen in schmuckem Rock und Mieder verwandelt und so auch am eigenen Leibe Bekanntschaft mit den Äußerlichkeiten der Zivilisation gemacht. Ihre Fortschritte in der schwierigen englischen Sprache wurden von Tag zu Tag erfreulicher, zumal Bwana und seine Frau nicht mehr arabisch mit ihr sprachen und auch von ihr nur auf Englisch angeredet sein wollten.

Das, was der Schwarze zu berichten wußte, stimmte Meriem sehr traurig. Er hatte das Dorf Kovudoos völlig verlassen und zerstört gefunden und trotz aller Bemühungen weit und breit in der Umgebung nicht einen einzigen Eingeborenen getroffen. Einige Tage hatte er noch hier und da in der Nähe des Dorfes auf der Lauer gelegen und dann im ganzen Umkreis alles systematisch nach Korak oder wenigstens nach einer Spur dieses rätselhaften Geschöpfes abgesucht, doch vergeblich. Weder Großaffen noch ein Affenmensch oder etwas Ähnliches waren ihm zu Gesicht gekommen. Meriem wollte von neuem in ihre Dschungel zurück, um endlich selbst ihren Korak aufzuspüren, doch Bwana wußte sie abermals geschickt zum Abwarten zu bewegen. Er versicherte ihr, daß er, sobald er nur Zeit hätte, sich selbst aufmachen wolle, und damit gab sich Meriem zufrieden, wenn sie auch monatelang alle Tage ihre trüben Stunden hatte, in denen sie schwermütig ihres Koraks gedachte, ohne daß sie ihren neuen Freunden gegenüber noch davon sprach.

Sie war jetzt sechzehn Jahre alt, und doch hätte sie jeder leicht für neunzehn gehalten. Köstlich war diese schlanke, blühende Mädchengestalt mit dem tiefschwarzen Haar, der straffen braunen Haut und in all dem Liebreiz und all der Frische ihrer jugendlichen Unschuld.

Meriem sprach bald gut englisch, und auch das Lesen und Schreiben machte ihr keine zu großen Schwierigkeiten mehr. Eines Tages warf die Lady mitten in der Unterhaltung zum Spaße einmal ein paar französische Fragen dazwischen. Sie war nicht wenig überrascht, als das Mädchen auf Französisch antwortete. Langsam zwar und leicht stockend, aber gleichwohl klang es auffallend echt, wenn auch die Ausdrücke im allgemeinen über den Wortschatz, über den gewöhnlich ein Kind verfügt, nicht hinausgingen. Die beiden trieben deshalb täglich auch ein wenig Französisch, und die Ältere staunte von einem Male zum anderen immer mehr, wie spielend leicht, ja wie verblüffend leicht Meriem in die Geheimnisse dieser Sprache eindrang. Anfangs hatte das Mädchen immer die feingeschwungenen Augenbrauen nachdenklich nach oben gezogen, als ob sie sich dazu zwingen wolle oder könne, die Bedeutung von Worten, die sie einmal gekannt, aus dem Gedächtnis wieder hervorzuholen.

Du hast zweifellos im Duar deines Vaters ab und zu jemanden französisch sprechen hören, meinte die Lady und das schien auch die merkwürdigen französischen Kenntnisse des Mädchens am ehesten verständlich zu machen.

Meriem schüttelte indessen den Kopf.

Mag sein, antwortete sie, aber ich könnte mich wirklich nicht entsinnen, je einen Franzosen bei meinem Vater gesehen zu haben. Er haßte sie auch ganz schrecklich und wollte nichts mit ihnen zu tun haben. Ich bin felsenfest davon überzeugt, daß ich bisher nie ein französisches Wort zu hören bekommen habe, und wenn mir jetzt doch beinahe alles so vertraut erscheint, so kann ich es selbst einfach nicht begreifen.

Da hast du recht. Ich verstehe das auch nicht, stimmte die Ältere ohne weiteres zu. –

Es war eben in diesen Tagen, als auf der Farm ein Brief eintraf, dessen Inhalt Meriem nicht vorenthalten wurde, wenn er sie auch begreiflicherweise zunächst beunruhigen mußte: Besuch meldete sich an – und das bedeutete eine ungewohnte Veränderung der bisherigen Tageseinteilung und des ganzen zurückgezogenen Lebens. Einige Damen und Herren aus England hatten eine Einladung der Lady angenommen und wollten sich nun für etwa einen Monat in der Farm einnisten, um die Jagd und die anderen Freuden der tropischen Wildnis zu genießen. Meriem war voll banger Erwartung, zumal sie sich nicht das geringste Bild von den Fremden machen konnte. Ob sie wohl auch so freundlich und gut wie Bwana und seine Frau zu ihr sein würden? Oder ob sie wie die anderen Weißen waren, die sie nur als grausam und rücksichtslos kennen gelernt hatte? Doch die Lady beruhigte Meriem und versicherte, daß die Gäste alle freundliche, gebildete und prächtige Menschen seien, die ihr nichts zuleide tun würden.

„My Dear“ wunderte sich, daß Meriem nach dieser Erklärung gar nicht mehr argwöhnisch war, wie sie es sonst bei der eigenartigen, in der Wildnis an Mißtrauen gewöhnten Natur des Mädchens schon oft beobachtet hatte. Im Gegenteil: Sie sah dem Erscheinen des unbekannten Besuchs mit gesteigerter Neugier, ja mit großem Vergnügen entgegen. Noch mehr: Man hatte den Eindruck, daß sie sich wie jede junge Dame ihres Alters mit einer gewissen fieberhaften Spannung auf die angesagte Feriengesellschaft freute.

Und eines Tages war der Besuch endlich da. Drei Herren und zwei Damen, diese die Gattinnen der beiden älteren Herren. Der dritte und jüngste Herr war ein gewisser Mr. Morison Baynes, Mann von Welt und äußerst wohlhabend, der alles, was die Metropolen Europas an Vergnügungen und Genüssen bieten konnten, zur Genüge ausgekostet hatte und nun den Abstecher nach einem anderen Kontinent und die damit verbundenen Ablenkungen und Abenteuer mit Freuden begrüßte.

An sich schien ihm zwar alles „unmöglich“, was nicht in Europa lebte, aber anderseits war er nicht abgeneigt, wilde Landstriche kennen zu lernen.

Die Natur hatte ihm einen vollendeten Körper verliehen, er war hübsch und obendrein klug genug, um sich durch diese Vorzüge seiner Person nicht zu jenem verderblichen Hochmut hinreißen zu lassen, der die Herzen der Menge für ihn alles andere als gewonnen hätte. Kein Wunder, daß er auf diese Weise immer in dem Ruf stand, ein durchaus freimütig gesinnter und liebenswürdiger Mitbürger und Mensch zu sein. Und er war auch in der Tat liebenswürdig. Der leichte Schatten einer gewissen Selbstgefälligkeit, der nur selten offen bemerkt werden konnte, wirkte jedenfalls nicht so, daß ihn seine Mitmenschen als eine Art Belästigung empfunden hätten. Damit dürfte dieser verehrte Mister Morison Baynes, der sich zur Abwechslung mitten aus dem Luxus der europäischen Verhältnisse nach Zentralafrika zurückgezogen hatte, in kurzen Strichen so geschildert sein, wie er war. Freilich, wie er sich dort entwickeln würde, ließ sich vorerst nicht ahnen.

Meriem war anfangs recht scheu, so oft sie den Fremden begegnete. Ihre Wohltäter hatten es für richtig gefunden, über ihre Vergangenheit zu schweigen und sie einfach als ihr Mündel ausgegeben. Da man den Namen ihrer Eltern nicht genannt und auch sonstige nähere Angaben nicht gemacht hatte, rührte niemand an diesem Punkt, der anscheinend taktvolle Zurückhaltung heischte. Die Gäste konnten das Mädchen gut leiden, ja sie waren erstaunt, wie sich Bescheidenheit, Frohsinn und sprühende jugendliche Frische in dem schönen Kind so glücklich vereinten. Obendrein lauschten sie stets gern und mit Interesse den schier unerschöpflichen Erzählungen der Kleinen, die ihnen Zauber und Schrecken der Dschungel so seltsam klar und packend vor Augen führte.

Oft war Meriem im vergangenen Jahr mit Bwana und „My Dear“ ausgeritten. Sie kannte die Lieblingsplätze der Büffel im Sumpf und im Schilfdickicht unten am Fluß. Sie wußte ein Dutzend oder mehr Verstecke der Löwen und kannte jede Tränke zwanzig Meilen im Umkreis in dem trockeneren Gelände abseits vom Flusse. Mit unfehlbarer Sicherheit – den Fremden war es beinahe schon unheimlich – konnte sie die kleinsten wie die größten Dschungeltiere in ihren Unterschlupfen aufspüren, und was am meisten verblüffte: Sie wußte stets genau, ob Raubtiere in der Nähe waren oder nicht; mochten die anderen Augen und Ohren noch so sehr anstrengen, sie wären so und so oft ins Unglück hineingetappt, weil ihnen diese besondere geheime Beobachtungsgabe, die das Mädchen besaß, abging.

Mr. Morison Baynes hatte schon am ersten Tage ein Auge auf Meriem geworfen und fand, daß dieses hübsche Kind für ihn eine famose Gefährtin während der Dauer dieses afrikanischen Zwischenspiels sein würde. Er hatte sich allerdings nicht träumen lassen, daß ihm eine derartige Überraschung auf den weltfernen Besitzungen seiner Londoner Freunde geboten werden würde.

Meriem – des Umganges mit Männern vom Schlage dieses Baynes völlig ungewohnt – war bald ganz in seinem Bann, insofern sie sich für seine Schilderungen des bunten Lebens und Treibens in den Großstädten Europas geradezu begeisterte und aus dem Staunen kaum herauskam. Und wenn Mr. Morison überdies bei allem, was er zu erzählen wußte, selbst recht sehr im Mittelpunkt stand, so betrachtete Meriem dies als eine ganz natürliche Folge seiner hervorragenden Eigenschaften, ja sie meinte schließlich, daß Morison immer und überall die Heldenrolle spielen müsse.

Mit dem Auftauchen dieses jungen Engländers und der sich langsam anspinnenden guten Kameradschaft mußte freilich Koraks Bild allmählich verblassen. Hatte sie ihren Dschungelgefährten bisher immer deutlich vor Augen gehabt, so änderte sich dies jetzt merklich: Korak wurde mehr und mehr eine Erinnerung, gleichsam wie ein lieber Gedanke, von dem man sich zwar nicht trennen mag, über den aber doch die warme, lebensvolle Wirklichkeit sieghaft lachend hinwegschreitet.

Meriem war seit der Ankunft der Gäste niemals mehr mit auf die Jagd gegangen; die Jagd als Sport und mit dem Endzweck, nur möglichst viele und stattliche Exemplare zur Strecke zu bringen, war ihr zuwider. Da waren doch ihre Streifzüge, auf denen sie den Dschungelbewohnern nur nachspürte und sich an der Beobachtung ihrer Eigenheiten ergötzte, etwas anderes; nein, dies bloße Töten, um zu töten, kam ihr häßlich vor – und dabei war sie doch selber ein kleines, wildes Dschungelgeschöpf gewesen und war es sogar auch jetzt noch bis zu einem gewissen Grade. Bwana hatte sie natürlich immer gern begleitet, wenn er die Dschungel durchstreifte, um den Fleischbedarf für die Farm zu beschaffen. Jetzt war aber das schöne Weidwerk gleichsam entartet, wenn auch der Gastgeber sich bemühte, die Versessenheit seiner Gäste auf möglichst viele

Trophäen – mochten es nun Köpfe, Geweihe, Felle und dergleichen sein – einzudämmen.

Meriem blieb also zurück; sie saß mit „My Dear“ auf der schattigen Veranda oder ritt auf ihrem Lieblingspony in die Ebene hinaus oder hinüber zum Waldessaum. Dort schwang sie sich aus dem Sattel und ließ das zahme Tier unangebunden warten, indessen sie oben in den nächsten Bäumen eine Art Wiedersehen mit der wilden körperlich-freien Dschungelnatur feierte, in der sie einst so glückliche Tage verlebt.

Oft geschah es dann, daß Koraks Bild ihr wieder lebendig wurde, und daß sie sich, müde vom Klettern und Springen und Schweben, auf einem breiten Ast behaglich bettete und – träumte.

Auch heute lag sie wieder auf luftigem Baumnest und schaute im Traum ihren Korak von einst; doch dann war es, als zerflössen die Züge und Umrisse Koraks und als verschmölzen sie mit einem anderen Bild: Aus dem braunen halbnackten Tarmangani wurde ein Engländer im Khakianzug – und der saß dazu auf einem Pony, wie man sie zur Jagd ritt.

Sie fuhr in die Höhe – und just im gleichen Augenblick vernahm sie ganz schwach in der Ferne das Blöken eines geängsteten Lammes. Der Leser und ebensowenig ich würde gewußt haben, was dieser erbarmenheischende Hilfeschrei zu bedeuten hatte und von wem er herrührte, wenn wir ihn überhaupt gehört hätten. Doch Meriem war sofort im Bilde: Ein harmloses Lamm war in Not, irgendeine Bestie mußte in der Nähe sein, und das Tier sah keinen anderen Ausweg mehr, als den Rachen seines Feindes.

Korak hatte es oft Vergnügen gemacht, Numa nach Möglichkeit um seine Beute zu betrügen, und Meriem hatte aufgejauchzt, so oft es gelang, dem König der Tiere seinen Leckerbissen gleichsam aus den Pranken zu reißen. Und als jetzt dieser Verzweiflungsschrei aus der Ferne an ihr Ohr drang, standen mit einem Male all die schauerlich-schönen Kämpfe um Numas Beute wieder deutlich vor ihr. Sie war plötzlich wieder Feuer und Flamme für das große Wagen, für das prickelnde Versteckenspielen mit dem Tode.

Rasch entledigte sie sich ihres Reitrocks. Er flog beiseite, denn er mußte ihr auf Schritt und Tritt im Wege sein. Sie hatte ohnedies ein regelrechtes Hindernisrennen vor sich, wenn sie noch rechtzeitig zu Hilfe kommen wollte. Schuhe und Strümpfe folgten, denn ihr bloßer Fuß glitt auf der trockenen und selbst auf der feuchten Baumrinde im Gegensatz zu der harten ungelenkigen

Schuhsohle auf keinen Fall aus. Am liebsten hätte sie auch die alberne Reithose verabschiedet; allein sie gedachte der mütterlichen Ermahnungen von „My Dear“, wonach es sich absolut nicht schickte, nackt im Walde herumzulaufen.

Im Gürtel steckte ein Jagdmesser. Ihr Gewehr hatte sie im Behälter beim Pony zurückgelassen; ihren Revolver hatte sie überhaupt nicht mitgenommen.

Das ängstliche Blöken des jungen Tieres drang noch immer herüber, als Meriem aufbrach. Sie wußte genau die Richtung, die sie einzuschlagen hatte. Die „Unglücksstätte“ war sicher die ihr bekannte Tränke da drüben, wo sich früher die Löwen mit Vorliebe ein Stelldichein gegeben hatten. Seit längerer Zeit waren dort freilich Raubtiere nicht mehr gesichtet worden, aber Meriem hatte trotzdem die Überzeugung, daß jetzt ein Löwe oder mindestens ein Leopard sein grausames Spiel mit seinem hilflosen Opfer abhielt.

Nun, sie würde bald Klarheit haben, denn sie kam rasch vorwärts. Es war nur verwunderlich, daß die Jammerlaute des zu Tode erschreckten Tieres immer aus genau derselben Richtung herüberhallten. Warum nur das Tier nicht einfach fortrannte? Doch da war ja das unglückliche Geschöpfchen: Drüben jenseits der Tränke war es an einem Pfahl festgebunden!

Meriem wartete einen Augenblick oben im Geäst eines Baumriesen und spähte rasch und mit scharfem Kennerblick über die Lichtung. Wo mochte der Jäger stecken? Bwana und seine Leute waren solche lächerliche Scherze nicht gewohnt, das wußte sie genau. Wem war es eingefallen, das arme kleine Tier als Köder für Numa in diese qualvolle Lage zu bringen? Bwana duldete derartige Jagdmethoden überhaupt nicht, und was er einmal wünschte, das war Gesetz, und alle im Umkreis, soweit seine Besitzungen reichten, wagten es nicht, ihm nicht zu parieren.

Eingeborene von irgendwoher vielleicht, die ziellos durch die Wälder streiften? Aber wo waren diese Leute dann? Sie hatte gewiß gute Augen, doch sie vermochte niemanden zu entdecken. Und wo blieb Numa und weshalb hatte er sich nicht längst schon auf die so wehrlose leckere Beute gestürzt? Er war nicht weit, das sagte ihr das anhaltende erbarmungswürdige Schreien des Lammes. Ah ... da also! Das dichte Gebüsch da unten, ein paar Meter rechts von ihr, hatte er sich zum Versteck ausgesucht! Das Lamm bekam den Wind und damit die ganze Schreckenswitterung in die Nase.

Es hieß jetzt rasch handeln. Sie mußte die andere Seite der Lichtung zu gewinnen suchen, wo die Bäume weiter an das gefesselte Tier heranreichten. Ein

Sprung, und sie würde unten sein und das Tier befreien. Alles dann das Werk eines Augenblicks – aber der würde Numa zum Angriff genügen. Sie würde zweifellos kaum genug Zeit haben, sich mit Müh' und Not wieder in die sicheren Baumregionen hinaufzuschwingen ... allein, es mußte gelingen. Da war sie doch schließlich früher schon unzählige Male viel schlimmer in der Klemme gewesen.

Einen Augenblick zögerte sie freilich noch. Nicht, daß ihr vor Numa gebangt hätte. Aber die unsichtbaren Jäger konnten gefährlich werden. Waren es Schwarze, dann konnte es sein, daß sie ihren Speerhagel, der eigentlich Numa gelten sollte, ohne viel Federlesen auch auf den herniedersausen lassen würden, der sich erdreistete, sie um den Köder und wahrscheinlich auch um die fast sichere Beute zu betrügen.

Das Lamm zerrte und zappelte wieder verzweifelt an seinen Fesseln. Nein, dies jämmerliche Schreien mußte einem das Herz rühren, und so entschloß sich Meriem, alle Bedenken endgültig fallen zu lassen und sich in den Bäumen um die Lichtung herumzuschleichen. Nur auf Numa hieß es dabei aufpassen. Sie mußte sehen, daß er nicht vorzeitig auf sie aufmerksam wurde; das war die Hauptsache.

Nun war sie drüben. Noch einen Blick zu dem großen Löwen, und das Wagnis sollte beginnen. Doch da sah sie auch schon, wie der königliche Riese sich langsam zu seiner vollen Größe aufrichtete ... Er brüllte laut auf ... das hieß: er war bereit!

Meriem griff nach dem Messer und sprang zu Boden. Ein kurzer Anlauf – und sie war neben dem Lamm. Numa sah sie ... sein Schweif peitschte wütend die lohfarbenen Flanken ... er brüllte abermals auf und noch schrecklicher – aber er ... stürzte nicht vor, zweifellos für den ersten Augenblick völlig verblüfft durch diesen so plötzlichen und in dieser Form wohl nie dagewesenen Eingriff in seine Jagdrechte.

Und noch ein paar andere Augen hefteten sich auf Meriem, und in ihrem Erstarren lag nicht weniger Überraschung, als sich in den gelbgrünen Augenkugeln des verdutzten Raubtierfürsten widerspiegelte. Ein Weißer war es, der sich mitten im schützenden Wall seines Dornenzaunes halb aufrichtete, als ein junges Mädchen mit einem Male aus den Bäumen jenseits der Lichtung auf das Lamm zustürzte. Er sah, daß Numa zögerte. Er legte an und zielte. Es mußte ein Blattschuß werden ... das Mädchen ... jetzt blitzte das Messer ... der kleine Gefangene war frei und stob blökend in die Dschungel davon. Das Mädchen wandte sich blitzschnell zum Rückzug. In die Bäume hinauf, in das rettende Blätterdach, aus dem sie eben so jäh aufgetaucht war.

Wie sie sich umdrehte, sah der Jäger ihr Gesicht. Die Augen traten ihm fast aus den Höhlen, denn das war ja ... Allein der Löwe forderte jetzt die ganze Aufmerksamkeit: Das getäuschte Tier raste wütend zum Angriff. Der Weiße hatte noch immer die Büchse im Anschlag. Die todbringende Mündung zeigte noch immer auf Blattschuß – doch warum löste er nur nicht die Kugel, die den grimmen Angreifer zusammensinken lassen mußte? Das Mädchen! ... Er zögerte noch immer. Wollte er sie überhaupt nicht retten? Oder fürchtete er etwa, dann von ihr entdeckt zu werden, und war ihm das so unangenehm?

Wie ein Adler, der auf seine Beute herabschießt, folgte der Weiße mit Augen und Büchse dem Löwen. Ein Rennen um Leben und Tod hatte das Mädchen zu bestehen. Kaum vier Sekunden konnten verstrichen sein, seit der Löwe sich aus seiner Versteinerung aufgerüttelt hatte und zum Todesreigen vorgestürmt war. Auch als die lohfarbene Majestät rasch ein wenig nach rechts abbog, zeigte die Visierlinie haarscharf aufs Herz der Bestie. Unmöglich schien es, daß das Mädchen dem Verfolger entrann – der entscheidende letzte Augenblick war da, der Weiße krümmte den Finger am Abzug ... doch halt, vielleicht ...

Und richtig, das tollkühne Mädchen hatte im Bruchteil einer Sekunde den Sprung nach oben getan und klammerte sich mit beiden Händen am rettenden Ast fest. Auch der Löwe schnellte in die Höhe – doch Meriem hatte sich schon blitzschnell nach oben gezogen, die Pranken Numas krallten ins Leere.

Der Jäger atmete auf und ließ das Gewehr sinken. Er sah, wie das Mädchen dem wutschnaubenden „Menschenfresser“ noch ein paar unzweideutige Grimassen schnitt. Dann war sie auf einmal auf und davon, und nur ihr verklingendes Lachen hallte noch eine Weile aus der Dschungel zurück. Der Löwe blieb an der Tränke. Mindestens eine Stunde lang. Hundertmal hätte der Jäger ihn niederknallen können ... und doch tat er es nicht. Ob er befürchtete, der Schuß möchte das Mädchen von neuem herbeilocken?

Dann hatte es Numa offenbar satt, hier auf neue Beute zu warten, und trottete mürrisch davon. Der Jäger kroch aus seinem Dornengehege hervor, und schon nach einer halben Stunde betrat er ein kleines Lager, für das man mitten im Dschungelgestrüpp einen selten günstigen Platz gefunden hatte. Die paar Schwarzen im Lager schienen indessen von seiner Rückkehr kaum sehr erbaut zu sein, wenigstens war die Begrüßung alles andere als freundlich. Der große

Jäger schritt sofort in sein Zelt – und als er nach einer halben Stunde wieder heraustrat, war sein langer blonder Vollbart verschwunden.

Die Schwarzen waren sprachlos und machten große Augen.

Ihr erkennt mich wohl gar nicht wieder? fragte der Weiße lachend.

Die Hyäne, die dich geboren hat, Bwana, würde nicht wissen, daß sie dich vor sich hat, meinte einer bissig.

Der „Mann von Welt" in Afrika

Meriem kletterte langsam nach ihrem Lieblingssitz in den Bäumen zurück, um dort Rock, Schuhe und Strümpfe wieder an sich zu nehmen. Sie sang lustig vor sich hin ... doch was war das? Ihr Baum, ja ... aber was wollten die Paviane dort?

Als sie noch ein Stück näher heran war, wußte sie genug. Die Affen balgten und rauften sich gröhlend um den in ihren Augen sonderbaren Fund. Jetzt hatte man sie entdeckt. Oho, man fürchtete sich nicht vor dieser allein daherkommenden schwachen Tarmangani und zeigte brummend die Zähne.

*

In der Ebene diesseits des Waldes waren die Herrenjäger auf dem Rückweg von einer Streife. Man ritt in größerem Abstand nebeneinander her, weil man unterwegs vielleicht doch noch einen Löwen aufstöbern konnte.

Mr. Morison Baynes war am weitesten links und hatte so den Wald am nächsten. Er ließ seine Augen beständig über die weite wogende Grasfläche und hinter die hier und da verstreuten Büsche schweifen, um auf jeden Fall vor einer Überraschung gesichert zu sein.

Mit einem Male glaubte er drüben am Dschungelrand etwas Verdächtiges erkannt zu haben. Ein Raubtier oder ... Er war noch zu weit weg, um mit seinem ungeübten Auge das Rätsel ohne weiteres lösen zu können, und gab daher seinem Pferde die Sporen. Doch als er näher herangekommen war, und das „Raubtier" sich als ein harmloses Pferd herausstellte, wollte er halb ärgerlich wieder abbiegen. Da fiel ihm der leere Sattel auf dem Rücken des Tieres auf. Er ritt also doch näher und beschloß, der Sache völlig auf den Grund zu gehen. Donnerwetter, das war ja Meriems Lieblingspony!

Im Galopp sprengte er jetzt heran. Meriem konnte nicht weit sein. Im Walde? Ein leichter Schauer rieselte über seinen Rücken, als er sich das Mädchen ohne Beschützer allein in dieser Wildnis vorstellte, die ihm selbst noch immer als der Schrecken aller Schrecken erschien, als das Dunkel, wo der Tod sich auf leisen Sohlen durch die Zweige schleicht. Gleichwohl sprang er ab, ließ sein Pferd bei Meriems Pony und trat in die Dschungel. Sicher würde das Mädchen vorsichtig genug gewesen und nicht gerade blindlings in den Rachen eines Raubtiers hineingerannt sein. Nun, er würde sie jedenfalls überraschen.

Morison war noch gar nicht weit vorgedrungen, als er irgend etwas drüben in den nächsten Bäumen kreischen und schnattern hörte. Bald entdeckte er, daß es sich um Paviane handelte, die sich in den Haaren liegen mußten, und als er näher hinsah ... ein Reitrock ... und die dort balgten sich um ein Paar Schuhe ... und da hing ein Strumpf und ...?

Ihm blieb fast der Verstand stehen. Was ...? Die Paviane hatten Meriem getötet und ihr die Kleider und alles vom Leibe gerissen? Eine andere Erklärung für diese schauerliche Entdeckung ließ sich nicht finden. Morison war außer sich. Ihn fror bei diesem Anblick. Entsetzlich!

Dann kam ihm der Gedanke, daß sie vielleicht noch atmete, daß sie noch zu retten sei. Er wollte eben laut nach ihr rufen. Doch da war sie ja! Drüben auf dem Baum gegenüber dem Tummelplatz der Pavianbande ... Und wie die Affen sie anbellten und mit den Zähnen fletschten! Zu seinem nicht geringen Erstaunen schwang sich das Mädchen jetzt mit einem Male gewandt wie ein Meerkätzchen zu den Tieren hinüber. Er sah, wie sie sich auf einem dicken Ast, kaum zwei Meter von dem nächsten Pavian entfernt, niederließ, und wollte eben dem Dschungeltier eine Kugel auf den Pelz brennen, denn es mußte im nächsten Augenblick auf sein Opfer losspringen, als er das Mädchen mit einem Male sprechen hörte. Das Gewehr fiel ihm fast aus den Händen. Er war starr: Meriem plapperte oder schnatterte ja genau so wie diese Paviane ... Und die Paviane waren sofort mäuschenstill und horchten erstaunt auf. Kein Zweifel, sie fanden das Mädchen jetzt nicht weniger rätselhaft als Mr. Morison Baynes. Allmählich rückte einer nach dem anderen immer näher an sie heran, aber sie zeigte sich darob nicht im geringsten erschreckt. Jetzt hockten die Tiere schon im Kreise um sie herum. Baynes hätte nicht mehr feuern können, ohne das Leben des Mädchens ernstlich zu gefährden. Hätte – denn nun mochte er es gar nicht mehr. Neugier, eine grenzenlose Neugier hatte sich seiner bemächtigt.

Ein paar Minuten plapperte das Mädchen in derselben Tonart weiter; sie unterhielt sich also offenbar mit den Pavianen. Und schließlich brachten die Tiere mit sichtlichem Eifer und mit fast unterwürfiger Geste ... Rock, Strümpfe, Schuhe und übergaben sie der rechtmäßigen Eigentümerin. Indessen das Mädchen sich ankleidete, drängte sich die komische Gesellschaft gegenseitig auf den Ästen über ihr mit unverkennbarer Neugierde bald hierhin, bald dahin; denn so etwas schien noch nie dagewesen zu sein. Man schnatterte unverständliches Zeug, und sie wußte anscheinend auch immer wieder eine Antwort, die die Paviane belustigte. Mr. Morison Baynes mußte sich am Fuße eines Baumes niederlassen ... und strich sich nun die Schweißperlen von der Stirn. Dann erhob er sich und wandte sich zu den am Dschungelrand wartenden Pferden zurück.

Nur wenige Minuten später tauchte auch Meriem auf. Er empfing sie mit einem fast starr fragenden Blick. Er wußte wohl erst selber nicht, ob er sie bewundern oder ob er vor ihr erschrecken sollte.

Ich sah Ihr Pony hier, begann er zögernd, und dachte es mir hübsch, auf Sie zu warten und mit Ihnen heimzureiten. Sie sind überrascht, nicht wahr?

Natürlich, erwiderte sie rasch. Aber das ist nett von Ihnen.

Steigbügel an Steigbügel trabten sie über die Ebene dahin. Mr. Morison ertappte sich mehr als einmal bei einem interessierten Seitenblick auf das feingeschnittene Profil seiner Partnerin. Sollte dieses liebliche Geschöpf vorhin tatsächlich mit diesen grotesken Paviankreaturen ebenso angeregt und so gewandt geplaudert haben, wie jetzt mit ihm? Nein, so etwas gab es überhaupt nicht, das war einfach unmöglich ... Aber anderseits hatte er doch alles mit eigenen Augen gesehen und mit eigenen Ohren gehört. Er war doch bei Sinnen.

Immer wieder blickte er zu ihr hinüber, und da drängten sich ihm mit einem Male auch andere Gedanken ganz von selber auf. Gut, ja, sie war schön, sehr schön und sehr begehrenswert. Aber was wußte er denn eigentlich von ihr? War sie nicht einfach gesellschaftlich unmöglich? Mußte nicht diese fatale Szene, der er heimlich als Zeuge beigewohnt, genügen, um sie ein für allemal „nicht in Frage kommen“ zu lassen? Eine Dame, die in den Bäumen herumkletterte und Gespräche mit den Dschungelpavianen führte! Nein, das war doch zu stark! Mr. Morison fuhr wieder mit dem Taschentuch über seine Stirn. Meriem sah die Bewegung und ließ einen fragenden Blick zu ihm hinüberhuschen.

Ihnen ist es wohl zu heiß? meinte sie ein wenig spöttisch. Die Sonne geht doch unter, ich finde es schon recht kühl. Wie kommt das denn? Haben Sie Fieber?

Mr. Morison hatte sich vorgenommen gehabt, ihr seine jüngsten Erlebnisse zu verschweigen, doch noch ehe er recht merkte, was er eigentlich sagte, war er selbst zum Verräter seiner Kümmernisse geworden.

Ich bin außer mir, das ist das ganze Fieber! entgegnete er rasch. Ich habe Ihr Pony zufällig gesehen und wollte Sie natürlich überraschen. Doch ich muß sagen: Umgekehrt kam es. Ich war einfach perplex, wissen Sie. Ich sah Sie oben in den Bäumen, und zwar ... bei Pavianen!

Ja, und ...? warf das Mädchen ganz ruhig ein, als ob es sich von selbst verstünde, daß eine junge Dame mit den wilden Dschungeltieren auf gutem Fuße steht.

Entsetzlich, entsetzlich! stieß Mr. Morison hervor, denn das war ihm doch zu bunt.

Entsetzlich? wiederholte Meriem, ohne in Morisons Tonart zu verfallen, obwohl sie jetzt ein wenig verwirrt schien und leicht nervös die Augenbrauen hochzog. Was soll daran schrecklich sein? Die Tiere sind meine Freunde. Ich kann nichts dabei finden, wenn jemand sich mit seinen Freunden unterhält. Und Sie, bitte?

Sie haben also tatsächlich mit diesen Pavianen gesprochen? fuhr Mr. Morison auf. Er konnte sich kaum mehr beherrschen. Sie haben diese Tiere verstanden und umgekehrt auch?

Gewiß.

Aber das sind doch ganz schreckliche Kreaturen, Tiere niederster Ordnung. Erlauben Sie, wie können Sie überhaupt mit dem Geknurr dieser Bestien fertig werden und es verstehen?

Erstens einmal sind diese Tiere nicht schrecklich und dann sind sie ebensowenig Geschöpfe sechster oder siebenter Ordnung. Freunde sind so etwas überhaupt nie, entgegnete Meriem entschieden. Jahrelang habe ich unter solchen Tieren gelebt, ehe Bwana mich fand und hierher mitnahm. Ich kannte damals kaum eine andere Sprache als die der Mangani. Soll ich also jetzt die Freunde von einst einfach schneiden und so tun, als kenne ich sie nicht mehr, bloß weil ich augenblicklich unter Menschen lebe?

Augenblicklich? warf Mr. Morison fragend ein. Er kam aus dem Staunen gar nicht mehr heraus. Sie wollen damit doch nicht etwa sagen, daß Sie je wieder mit diesen Tieren in der Dschungel zu leben hoffen? Kommen Sie, nein, kommen Sie! Was reden wir da für wirres Zeug! Da haben wir es ja: Sie halten mich zum Narren, Miß Meriem. Sie sind ein paarmal freundlich zu diesen Pavianen gewesen, haben ihnen vielleicht ab und zu ein paar Leckerbissen hingeworfen, und nun kennt die Gesellschaft Sie und tut Ihnen nichts zuleide. Aber daß Sie einmal mit diesen und ähnlichen Geschöpfen Tag und Nacht in der Dschungel zugebracht haben ... Miß Meriem, wir wollen solche Scherze lieber nicht machen!

Doch, doch, es ist so, versicherte das Mädchen. Es machte ihr sichtlichen Spaß, das Entsetzen ihres Begleiters weiter zu schüren, zumal er trotz all seines Drehens und Wendens doch nicht verbergen konnte, wie peinlich ihm der bloße Gedanke an ihr „Dschungelvorleben“ war.

Ja, Mr. Morison, ich habe jahrelang in der Dschungel gelebt, immer nackt und immer unter Affen, großen und kleinen. Ich wohnte in den Zweigen hoch in den Bäumen, ich stürzte mich auf die Beute hinab und verschlang die besten Bissen – roh! Ich jagte mit Korak und A'ht Antilopen und Eber, ich saß auf schwankendem Ast und schnitt Numa, dem Löwen, die schönsten Grimassen, warf Holzstücke und Rinde nach seiner Mähne und verhöhnte ihn, bis er vor Wut brüllte, daß die Erde erzitterte. Und Korak baute mir auch ein Lager hoch oben im Geäst eines Baumriesen tief in der Dschungel. Er brachte mir Früchte und Fleisch, er kämpfte für mich und um mich ... und er war sehr gut zu mir. Ich kann mich nicht entsinnen, daß es mir je so gut gegangen wäre wie bei Korak, ehe ich zu Bwana und zu „My Dear“ kam.

In der Stimme des Mädchens schwang ein leichter, sehnsüchtiger Unterton mit, und sie schien mit einem Male vergessen zu haben, daß sie doch vor allem Mr. Morison necken und etwas quälen wollte. Und nun war sie mit ihren Gedanken bei Korak ... O, sie hatte doch lange, lange nicht so sehr an ihn gedacht.

Eine Weile ritten die beiden schweigend und in Gedanken versunken weiter, indessen man sich dem Landsitz des Gastgebers immer mehr näherte. Das Mädchen malte sich im Geiste alte vertraute Bilder: Eine götterhafte Gestalt, ein Leopardenfell halb um den stolzen Körper geschlungen – und wie der Freund durch das Blättergrün behend und kraftvoll von Ast zu Ast sprang, um ihr dann oben unter dem luftigen Zelt die köstliche Beute hinbreiten zu können. Und wie sich ein zottiger, urkräftiger Menschenaffe, ein Riese seines Stammes, ihm immer nachschwang, und wie sie, die Meriem, beiden stets ihr lachendes Willkommen zurief und sich dabei auf dem Ast vor dem Eingang zu ihrem Waldnest in den Lüften schaukelte.

O, es war herrlich, wieder einmal an diese Zeit zu denken! Die andere, weniger schöne Seite dieser Vergangenheit drängte sich ihr selten wieder auf: die langen, stockdunklen Nächte, diese feuchtwarmen schrecklichen Dschungelnächte – die kalte ungemütliche Regenperiode – das Brüllen, Knurren und Kreischen der Dschungeltiere, die beutegierig durch das Dickicht streiften – Sheeta, der Leopard, und Histah, die Schlange, die immer und überall auf der Lauer lagen – die Insekten mit ihren tückischen Stacheln und nicht zuletzt das abscheuliche Ungeziefer. Das alles trat zurück und wurde hundertmal durch das Glück der sonnigen Tage, durch die köstliche Freiheit und vor allem durch die Kameradschaft mit Korak aufgewogen.

Mr. Morison kam sich wie vor den Kopf geschlagen vor. Er war sich aber plötzlich klar geworden, wie er eigentlich schon bis über die Ohren in das Mädchen verliebt gewesen, über dessen Vergangenheit er bis zu dieser freiwilligen Enthüllung so gut wie nichts gewußt hatte. Und je mehr er darüber nachdachte, um so mehr fand er es in seinem Innern bestätigt, daß er im Grunde schon nahe daran gewesen, ihr seinen angesehenen Namen anzutragen und sie damit für immer an sich zu binden. Andererseits war das, was er jetzt wußte, nach den Begriffen eines Mr. Morison Baynes und anderer seines Schlages kein Grund, mit der Kleinen nicht anzubändeln. Sie zur Frau zu nehmen, wäre zweifellos nicht standesgemäß gewesen; man hätte ihm gerade so gut zumuten können, eine Pavianschöne zu heiraten. Aber sie würde einen Heiratsantrag von ihm gar nicht einmal erwarten. Nein, sie würde schon beglückt sein ob der hohen Ehre, daß der reiche Engländer sie gern hatte. Heiraten würde er später und dann nur eine wirkliche Dame.

Außerdem konnte ein Mädchen, das sich mit Affen in der Dschungel herumgetrieben hatte – obendrein noch nackt, wie sie selbst zugab – überhaupt keinen rechten Begriff davon haben, was sich schickte und was nicht, und deshalb würde er sich auch nicht scheuen, ihr mit seinen ihn zu nichts verpflichtenden Liebesbezeugungen zu nahen.

Je mehr Mr. Morison Baynes sich mit dieser neuen Einstellung zu dieser afrikanischen Menschenblüte vertraut machte, um so fester redete er sich ein, daß er durchaus recht tat. Es war seiner Meinung nach keine Frage, ob sie nicht viel glücklicher sein würde, wenn sie sich in der Behaglichkeit und im Luxus einer Londoner Villa seiner Liebe und der Rückendeckung durch sein beachtliches Bankkonto erfreute, als wenn sie mit irgendeinem beliebigen Mann ihrer „Klasse" gesetzlich verheiratet war. Er wollte aber trotzdem erst noch eine Frage beantwortet haben, ehe er seine neuen Pläne zu verwirklichen gedachte.

Wer waren eigentlich Korak und A'ht? wandte er sich an seine Partnerin und brach damit das lange Schweigen.

A'ht war ein Mangani, erwiderte Meriem, und Korak ein Tarmangani.

Und was ist, wenn ich fragen darf, unter einem Mangani und einem Tarmangani zu verstehen?

Das Mädchen kicherte.

Sie sind ein Tarmangani! Die Mangani sind dicht behaart, und Sie werden statt Mangani sicher lieber „Affe" sagen.

So war Korak also ein Weißer? forschte Morison.

Ja.

Und er war ... aha ... ah, er war ... Ihr ...? Er stockte, denn er fühlte sich doch auf den ersten Schreck nicht in der Lage, das auszusprechen, was ihm auf der Zunge lag, zumal das Mädchen ihn gerade mit ihren leuchtend-schönen Augen unschuldsvoll fragend anblickte.

Mein ...? Was wollen Sie damit sagen? drang Meriem ungeduldig auf ihn ein, und ihr ganzes Benehmen war dabei so ungekünstelt, daß Mr. Morison erkennen mußte, daß sie seine Anspielung gar nicht verstand.

Warum – ach – na, er ist wohl Ihr ... Bruder? stieß er stockend hervor.

Nein, Mr. Morison, Korak ist nicht mein Bruder, gab sie ruhig zurück.

Dann also sicher Ihr Gemahl? platzte Morison schließlich heraus.

Meriem lachte herzlich auf. Er hatte sie demnach mit dieser naiven Äußerung wenigstens nicht vor den Kopf gestoßen.

Mein Gemahl! sprudelte sie hervor. Was meinen Sie denn, wie alt ich bin? O, ich bin doch noch viel, viel zu jung, um verheiratet zu sein. Daran habe ich mein

Lebtag noch nicht gedacht. Korak war ... ei, was wollen Sie eigentlich ...? Korak ... Sie blieb jetzt selber mitten in ihrer Antwort stecken, denn sie schien zu fühlen, daß sie im Grunde noch niemals recht darüber nachgedacht hatte, worauf eigentlich ihr Verhältnis zu Korak fußte und umgekehrt.

Ei nun, Korak war eben Korak – – und sie schüttelte sich wieder fast vor Lachen, zumal sie ihre Antwort jetzt selber spaßig fand.

Mr. Morison hatte das Mädchen scharf beobachtet und auf alles, was sie sagte, wohl aufgemerkt. Er konnte sich darnach kaum denken, daß das Mädchen seiner ganzen Natur nach irgendwie auf Abwegen gegangen war, die eine völlige Verderbtheit voraussetzten. Anderseits redete er sich ein, daß sie schließlich gar nicht so brav und tugendsam sein konnte, wie sie tat – und das erleichterte ihm den Entschluß, seine weiteren Pläne mit ihr langsam zu verwirklichen; denn so ganz gewissenlos war Mr. Morison doch nicht.

*

Eines Abends, als die anderen sich schon zurückgezogen hatten, saß Mr. Morison mit Meriem auf der Veranda. Man hatte am Spätnachmittag Tennis gespielt, und Mr. Morison hatte sich dabei wieder hervorgetan, wie er ja tatsächlich im Sport überall Vorzügliches leistete. Er hatte sich jetzt behaglich in seinem Klubsessel zurückgelehnt und plauderte von London und Paris, von Bällen und Festmahlen, von reizenden Frauen und ihren bezaubernden Toiletten, von den tausenderlei Freuden und Vergnügungen, die viele sich erlauben konnten. Mr. Morison war nicht etwa ein Prahler, der das Blaue vom Himmel herunter fabelte. Gewiß, er gefiel sich in der Rolle des Allerfahrenen, aber er hatte dabei eine Art, die weder aufdringlich noch mit der Zeit ermüdend wirkte.

Meriem war entzückt. Wie Zaubermärchen klang das alles dem unerfahrenen Kind der Wildnis. Mr. Morison wuchs in ihren Augen von Minute zu Minute, er war doch ein prächtiger, ein wundervoller Mensch! Nein, sie war einfach hingerissen, und als er jetzt nach einer kurzen Pause näherrückte und ihre Hand in die seine nahm, rann ein leises Beben durch ihren Körper, ein leises Erschauern, als stehe sie halb ehrfürchtig, halb bangend vor dem Tempel einer ungeahnten neuen Welt.

Er neigte seine Lippen dicht an ihr Ohr.

Meriem! flüsterte er. Liebe, kleine Meriem! Darf ich hoffen, „meine kleine liebe Meriem“ sagen zu dürfen?

Das Mädchen blickte mit großen fragenden Augen zu ihm auf. Doch sein Gesicht lag im Schatten. Sie zitterte, aber sie entzog sich ihm nicht, als Morison einen Arm um sie schlang und sie an sich drückte.

Ich liebe dich! hauchte er.

Meriem gab keine Antwort. Sie wußte einfach nicht, was sie darauf sagen sollte. Was sollte das heißen: „ich liebe dich“? Nie hatte sie über den tieferen Sinn dieser Worte gegrübelt, sie wußte nur, daß es sehr nett war, wenn man liebevoll behandelt wurde, und das war alles. O, es war hübsch, wenn die anderen gütig und freundlich zu einem waren, und sie hatte doch früher so wenig oder nie dies Glück spüren dürfen.

Sag mir bitte, daß du mich auch liebst, daß du ...

Seine Lippen sanken über ihr Antlitz, und im nächsten Augenblick hätten sie ihren blühenden Mund berührt, wäre nicht auf einmal ... Koraks Bild wie eine Vision deutlich vor ihren Augen gestanden. Sie sah Koraks sonnenverbranntes Gesicht, sie fühlte seiner Lippen heißen Kuß auf den ihren – und eben in jenem Augenblick glaubte sie zum ersten Male zu ahnen, was lieben heißt. Sie wehrte Morison sanft ab.

Ich bin mir nicht klar, sprach sie mit leidenschaftsloser Stimme, ob ich Sie liebe. Warten wir also ab. Ich meine, es ist noch reichlich Zeit. Ich bin noch zu jung, um an eine Heirat zu denken, und ich weiß nicht, ob ich mich in London oder Paris überhaupt wohl fühlen könnte. Ich meine fast, mir ist bange vor den Menschen da drüben.

Meriem stand auf. Koraks Bild schwebte ihr noch immer vor.

Gute Nacht nun! Es ist doch ein zu köstliches Gefühl, hier bleiben zu können – und sie deutete mit einer leichten und doch überaus vielsagenden Handbewegung nach dem sternfunkelnden Himmel, dem Mond, der sein Silberlicht weithin über die Ebene goß, bis dorthin, wo die dichten schwarzen Schatten der Dschungel wie undurchdringliche Mauern herübergrüßten. Oh – – wie ich dieses Land und diese Natur liebe!

Sie würden London noch viel mehr lieben, warf Morison mit gewichtiger Miene ein. Und, Meriem, London würde Sie mit seiner Liebe überschütten! Sie wären eine vielgepriesene Schönheit in den Metropolen Europas. Die ganze Welt läge zu Ihren Füßen ...

Gute Nacht denn! nickte sie nochmals und verschwand.

Mr. Morison griff nach seiner Zigarettendose – – – und sah lächelnd dem feinen blauen Rauchwölkchen nach, das der Nachtwind im Mondlicht zerflattern ließ.

Tantor schreitet durch die Waldnacht

Meriem und Bwana saßen am nächsten Tage auf der Veranda, als in der Ferne ein Reiter auftauchte, der von der Ebene her gerade auf das Landhaus zuzuhalten schien. Bwana legte seine Hand über die Augen, um die blendenden Sonnenstrahlen abzudämmen, und spähte scharf nach dem Ankömmling hinüber. Er war eigentlich sprachlos. Fremde traf man nur ganz selten hier in Zentralafrika, und die Schwarzen ringsum in weitem Umkreis kannte er alle ganz genau. Erschien wirklich einmal ein weißer Neuling, so konnte Bwana sicher sein, daß er sein Nahen erfuhr, wenn der Fremde noch hundert Meilen weg war. Jede „Regung“ wurde dem mächtigen Bwana von den Schwarzen haarklein berichtet: Auf was für Tiere der Fremdling jagte und wie viele von ein und derselben Art, dann auch wie er sie tötete, denn Bwana duldete nicht, daß Blausäure oder Strychnin verwendet wurde. Schließlich auch, wie er seine Treiber und Träger behandelte.

Einige Europäer, die die Raubtierjagd als Sport betrieben, hatte der Engländer einfach zur Küste zurückjagen lassen, weil sie die ihnen beigegebenen Eingeborenen schlimmer als Hunde behandelt hatten. Ja einen, der in den zivilisierten Ländern bereits lange als Afrikajäger in bestem Ansehen stand, hatte Bwana ein für alle Male des Landes verwiesen, weil es sich herausgestellt hatte, daß der saubere Herr die stolze Beute von vierzehn Löwen nur mit vergiftetem Köder eingeheimst hatte.

Die Folge dieser strengen, aber durchaus richtigen Maßnahmen war, daß alle Weißen, die das Weidhandwerk auch weidgerecht betrieben, und alle Eingeborenen Bwana schätzten und für ihn durchs Feuer gingen. Sein Wort galt unbedingt, und auch da, wo vorher alles und jeder vogelfrei gewesen war. Kaum einem eingeborenen Führer oder Treiber im weiten Umkreis wäre es eingefallen, eine Übertretung der Vorschriften Bwanas zu dulden. Man paßte scharf auf die

Fremden auf, und so war es eine Kleinigkeit, einen unerwünschten Aasjäger abzuschieben. Bwana brauchte nur zu drohen, daß die Schwarzen am anderen Tage nicht mehr mittun würden – und der Fremde wußte, was passierte, wenn er sich jetzt nicht zu einer anständigen Ausübung seines Sports herbeiließ.

Hier kam jetzt offenbar einer, der unbemerkt in Bwanas Gebiete geschlüpft war. Bwana konnte sich absolut nicht denken, mit wem er es zu tun hatte, doch sollte ihn das nicht davon abhalten, ihm vorerst die auf dem ganzen Erdenrund übliche Gastfreundschaft zu gewähren. Er begrüßte ihn also mit höflichen Worten, noch ehe jener vom Pferde gesprungen war, und nahm ihn am Tore in Empfang. Der Fremde war eine hochgewachsene, keineswegs unsympathische Erscheinung. Bwana schätzte ihn auf etwa dreißig, doch mochte ihn das blonde Haar und das glattrasierte Gesicht auch gut etwas jünger aussehen lassen, als er tatsächlich war. Was Bwana sofort bedenklich machte, war das Gefühl, den Fremden schon einmal kennen gelernt zu haben, ja sogar seinen Namen auf der Zunge zu haben, ohne daß seine Erinnerung ihm zu Hilfe kam. Soviel stand zunächst fest: Der Ankömmling war Skandinavier. Das sagte die ganze Figur und wurde durch den eigentümlichen nordischen Akzent bestätigt. Im übrigen gab er sich anscheinend ganz natürlich, und wenn er auch alles andere als zartbesaitet sein mochte, der Gesamteindruck war gut. Der Engländer war zudem gewohnt, Fremde in diesem wilden unzivilisierten Lande nur nach dem Wert oder Unwert ihrer Persönlichkeit zu beurteilen. Er fragte nicht nach Dingen, die drüben über den Ozeanen vielleicht ausschlaggebend waren, und nahm so lange das Beste von seinen Gästen an, bis sie sich nicht seiner Gastfreundschaft unwürdig erwiesen.

Es kommt an sich sonst nicht vor, daß ein Weißer hier unangemeldet erscheint, meinte Bwana, während er sich mit dem Fremdling nach dem eingezäunten Rasenplatz wandte, wo dessen Pferd zunächst untergebracht werden sollte. Meine Freunde, die Eingeborenen, halten mich immer gut auf dem laufenden.

Das liegt wahrscheinlich daran, daß ich von Süden her komme, warf der Fremde rasch ein. Sie würden sonst schon von mir gehört haben. Aber – nun, Sie wissen das selbst am besten – da drüben ist ja weit und breit kein Mensch.

Stimmt, im Süden ist man wie verraten und verkauft, bestätigte Bwana. Seit Kovudoo sein Land verließ, trifft man auf gut zweihundert bis dreihundert Meilen keine Menschenseele. Bwana wunderte sich gleichwohl im stillen, wie der Weiße sich ganz allein meilenweit durch die unbekannte, ungastliche Wildnis hierher durchgefunden hatte. Doch als hätte der Fremde geahnt, was seinem Gegenüber durch den Kopf gehen mußte, kam er auch schon mit einer passenden Erklärung einer Frage zuvor.

Ich war von Norden weit nach Süden vorgedrungen und wollte mir nun die Zeit teils mit Handel und teils mit Jagd vertreiben, fuhr der Fremdling in harmlos-leichtem Tone fort. Und – das Unglück wollte es, daß ich mich ganz gehörig verirrte. Mein Führer – leider der einzige meiner Safari, der früher schon einmal in dieser Gegend gewesen war – wurde krank und – starb. Eingeborene, die uns wieder auf den rechten Weg geholfen hätten, waren nirgends aufzutreiben, und so wandte ich mich eben wieder nordwärts. Über einen Monat lebten wir nur von dem, was uns vor die Büchse kam. Als wir gestern spät abends weit drüben am Dschungelrand in der Nähe einer Tränke unser Lager aufrichteten, hätte ich mir nicht im entferntesten träumen lassen, daß ich im Umkreis von tausend Meilen oder mehr noch einem Weißen begegnen könnte! Nun, Sie begreifen mein Erstaunen, als ich mich heute morgen zur Jagd auf mein Pferd schwinge und die Rauchfahnen von Ihrer Siedlung gewahre! Meinen Gewehrträger mit der frohen Kunde zurückjagen und ich selbst sofort hierher unterwegs – das war eines. Ich hatte natürlich früher schon von Ihnen gehört – jeder, der nach Zentralafrika kommt, wird gleich von allen Seiten über Ihre Persönlichkeit unterrichtet – und so möchte ich Sie nun bitten, mir für ein paar Wochen Aufenthalt und Jagdrecht in Ihren Bezirken zu gewähren!

Gern! stimmte Bwana sofort zu. Lassen Sie Ihre Leute das Lager unten am Fluß etwas unterhalb der Siedlung meiner schwarzen Leute aufschlagen und im übrigen fühlen Sie sich bei uns wie zu Hause!

Man hatte inzwischen die Veranda betreten, und Bwana stellte Meriem und „My Dear“, die alsbald aus den inneren Gemächern auf der Bildfläche erschienen, den Fremden mit dem Namen vor, den dieser vorhin bei der Begrüßung genannt hatte.

Darf ich bekannt machen: Mr. Hanson. Hat Pech gehabt und sich in der Dschungel auf seiner Handelsreise nach dem Süden verirrt.

„My Dear“ und Meriem verneigten sich leicht. Der Neuling schien sich in Gegenwart der beiden Damen nicht sonderlich wohl zu fühlen, und da Bwana dies sofort bemerkte und auch mit Rücksicht auf die vielleicht lange Abgeschlossenheit des Fremden von Kultur und Umgang mit zivilisierten

Menschen verständlich fand, zog er sich mit seinem neuen Gast ins Herrenzimmer zurück, wo sich bei Whisky und Soda, die Mr. Hanson offenbar weniger genierten, die Unterhaltung noch eine Weile fortspann.

Die beiden hatten kaum die Veranda verlassen, als Meriem sich zu „My Dear" wandte.

Sonderbar, meinte sie, ich könnte darauf schwören, daß ich diesen Mr. Hanson früher schon einmal kennen gelernt habe. Wie verhext ... nein, aber es ist doch auch wieder unmöglich. Und damit ließ sie die Sache schließlich auf sich beruhen und grübelte nicht weiter darüber nach.

Hanson lehnte Bwanas guten Rat, sein Lager doch mehr in die Nähe der Farm zu verlegen, höflich ab und begründete dies vor allem damit, daß seine Leute zu Zänkereien neigten und so weiter draußen in der Dschungel besser aufgehoben wären. Er selbst würde hin und wieder in der näheren Umgebung zu treffen sein, aber er möchte nicht gern mit den Damen in Berührung kommen, da er gesellschaftlich nicht auf der Höhe sei – worüber Bwana natürlich herzlich lachte und es an ein paar spöttischen Bemerkungen über den „schüchternen" Herrn nicht fehlen ließ.

Hanson nahm in den nächsten Tagen an einigen Streifzügen der Herren von der Farm teil, und alle fanden, daß er seine Sache verstand und mit allen Feinheiten der Großwildjagd vertraut war. Hier und da blieb er auch einen ganzen Abend bei dem weißen Verwalter der Farm, mit dem er sich rasch angefreundet hatte. Offenbar lag ihm der zwanglose Verkehr mit diesem einfachen Mann mehr, als die abendliche Unterhaltung im Kreise der verwöhnten Londoner Gäste. In den Wirtschaftsgebäuden der Farm ging er also bei Tag und Nacht aus und ein, sooft und wann es ihm beliebte, und niemand nahm Anstoß daran. Es war, als gehörte er dahin. Besonders gern schien er sich auch in dem großen Blumengarten – „My Dears" und Meriems Freude und Stolz – zu ergehen. Als man ihm zum ersten Male dort begegnet war, hatte er auf Befragen ein wenig verlegen erklärt, warum ihn die nächtliche Schönheit dieses Gartens so besonders anziehe. Es seien, so meinte er, vor allem die prächtigen Blumen und Blüten der nordeuropäischen Flora, die „My Dear" mit Erfolg hier auf afrikanischen Boden verpflanzt hatte. Die hätten es ihm so angetan. Wie ein Stück Heimat sei ihm dieser Garten.

Lockten ihn nun wirklich die wundervollen Rosen und der Phlox, deren Düfte in der Nachtluft durch den Garten schwebten? Oder war es vielleicht jene unsäglich viel schönere Blüte, die im Mondschein spät abends zwischen den Beeten dahinwandelte … die sonnengebräunte Meriem mit ihrem tiefschwarzen Haar? –

Hanson war nunmehr drei volle Wochen da. Er hatte seinen Gastgeber wissen lassen, daß er seinen Leuten jetzt Ruhe und Erholung von den unmenschlichen Strapazen der letzten bösen Dschungeldurchquerung gönnen wolle. Im stillen war er jedoch geschäftig am Werk und hatte seine Leute in zwei Trupps eingeteilt, deren Führung er zwei seiner Ansicht nach besonders vertrauenswürdigen Eingeborenen übertrug. Seine weiteren Pläne waren den Leuten von ihm alsbald mitgeteilt worden, und er hatte nicht versäumt, ihnen auch reiche Geschenke als Belohnung auszusetzen, für den Fall, daß sie bis zum erfolgreichen Ende des gewagten Unternehmens durchhielten. Einen Trupp beauftragte er, langsam und vorsichtig nordwärts zu marschieren und sich dabei an den Weg zu halten, der die großen Karawanenstraßen kreuzt, die von Süden her in die endlose Sahara münden. Der andere Trupp sollte sich direkt nach Westen wenden und dann auf dem jenseitigen Ufer des Flusses, der die Besitzungen des großen Bwana nach dieser Seite hin als natürliche Grenze abschloß, festes Lager beziehen.

Seinem Gastgeber erklärte er jetzt, daß er seine Safari langsam nach Norden abrücken lasse. Von dem anderen Trupp, den er westwärts geschickt hatte, erwähnte er nichts. Einige Tage später erzählte er indessen Bwana betrübt, daß ihm die Hälfte seiner Leute davongelaufen wäre. Er hatte nämlich erfahren, daß die Jagdgäste der Farm auch die Nordebene durchstreift hatten, und fürchtete daher, die geringe Stärke seiner Gefolgschaft könnte ihnen aufgefallen sein.

So standen die Dinge, als Meriem in einer schwülen Tropennacht nicht einschlafen konnte, sich wieder ankleidete und in den kühleren Garten hinunterhuschte. Mr. Morison hatte noch dazu gerade an diesem Abend erneut und noch etwas heftiger um ihre Gunst geworben, und so war es nicht zu verwundern, daß das Mädchen vor lauter Zweifeln und Ratlosigkeit nicht gleich Schlaf finden konnte.

Hanson lag ruhig hinter einem großen blühenden Strauch und blickte sinnend zum Sternhimmel, wie oft schon just an diesem Platze in der ganzen letzten Zeit. Worauf wartete er eigentlich? Er hörte das Mädchen kommen und stützte sich auf den einen Ellbogen, um besser beobachten zu können. Kaum zehn Meter von ihm weg stand sein Pferd. Die Zügel waren an einem Pfosten des Gartenzauns festgemacht.

Meriem schlenderte langsam dahin, doch halt – jetzt bog sie zu ihm ab. Hanson zog rasch ein großes buntes Tuch aus der Tasche und richtete sich vorsichtig aus die Knie auf. Ein Pony wieherte drüben in der nahen Box. Weit draußen in der Ebene rollte das Brüllen Rumas jäh durch die Nacht. Hanson nahm sich noch mehr zusammen, wie er sich jetzt hinter dem Strauch mühsam in die Hockstellung brachte, um gegebenenfalls sofort aufspringen zu können.

Wieder das Wiehern, doch diesmal näher. Er hatte vielleicht den Strauch zu stark gestreift und das Tier dadurch stutzig gemacht? Sonderbar nur, wie das Pony auf einmal aus der Box herauskam; er war doch schon länger hier im Garten! Hanson wandte seinen Kopf nach der Richtung, aus der er das Wiehern gehört hatte, doch schon in der nächsten Minute sank er wie vom Schlag gerührt zu Boden und verkroch sich unter den Zweigen des Strauches: Ein Mann brachte zwei Ponys? Was war das?

Meriem schien jetzt auch aufzuhorchen. Sie war stehen geblieben. Allein, schon war Mr. Morison Baynes mit seinen beiden gesattelten vierbeinigen Begleitern zur Stelle.

Meriem blickte sprachlos zu ihm auf, und Mr. Morison fand fürs erste nur ein verlegenes Lächeln.

Ich konnte einfach kein Auge zutun, begann er und schien dabei seine Sicherheit wiederzugewinnen. Denken Sie, ich wollte mir gerade mein Pferd drüben holen, da entdecke ich Sie hier draußen. Miß Meriem! Und gleich kam mir auch die Idee: Wie wäre es, wir ritten zusammen? So ein Nachtritt ist doch etwas Famoses. O, das wissen Sie sicher selbst am besten. Darf ich bitten?

Meriem lachte. Der Gedanke war nicht übel.

Warum nicht! Aufgesessen also! meinte sie keck.

Hanson verwünschte diesen Baynes in Grund und Boden. Das war doch mehr als Pech.

Die beiden führten ihre Pferde zum Tor. Draußen stand Hansons Pferd. Ah, was soll das? Was hat der „Händler“ hier noch zu suchen? fragte Baynes erstaunt.

Er ist wahrscheinlich wieder beim Verwalter, meinte Meriem. Na, der hat heute noch was vor sich, bemerkte Morison ein wenig burschikos. Ich beneide ihn jedenfalls nicht um den Ritt durch die Dschungel ...

Und als müsse ihm dies von den dräuenden Gewalthabern des Dschungelreiches bestätigt werden, drang in jenem Moment abermals das Brüllen Numas aus der Ferne herüber. Mister Morison fuhr zusammen und warf einen wenig heldenhaften Blick auf das Mädchen, um die Wirkung dieser unheimlichen Warnung an ihr zu studieren. Allein sie schien völlig unverändert.

Im nächsten Augenblick saßen beide im Sattel und ritten im Schritt über die in Mondlicht gebadete Ebene. Das Mädchen hielt direkt auf die Dschungel zu, von der eben erst der hungrige Löwe sein markerschütterndes Gebrüll herübergeschickt hatte.

Täten wir nicht besser daran, wenn wir diesen Burschen da drüben links liegen ließen, bemerkte Morison beiläufig. Ich glaube, Sie haben ihn vorhin gar nicht gehört?

Doch, doch, ich weiß schon, lachte Meriem. Nur zu, wir wollen ihm auf den Pelz rücken.

Mr. Morison zwang sich zum Lachen, wiewohl es ihm nicht darnach zu Mute war. Aber er wollte sich schließlich vor dem Mädchen keine Blöße geben, wenn er auch gar keine Lust verspürte, es bei Nacht mit einem hungrigen Löwen zu tun zu bekommen. Nur gut, daß das Gewehr wenigstens schußbereit am Sattel hing. Doch der Dschungelkönig geruhte jetzt, sein Brüllen einzustellen. Wer weiß, was Numa beruhigt hatte ... Mr. Morison wurde jedenfalls alsbald wieder aufgeräumter und fand sich rasch in die Rolle des Mutigen zurück.

Der Löwe lag in einer kleinen Bodenwelle rechts seitwärts. Ein alter Herr war er schon, und die Zeit war für ihn vorüber, da er sich voll jugendlicher Spannkraft in blitzschnellem Sprung auf die Pflanzenfresser seines Reviers stürzen konnte. Zwei Tage und zwei Nächte war er nun schon leer ausgegangen und einige Tage vorher hatte er sich mit Aas begnügen müssen. Ja, Numa war gealtert. Doch denke niemand, daß er deshalb nicht immer noch eine jener lebenden „Höllenmaschinen“ war, die dem Unvorsichtigen zum Verhängnis werden konnten.

Wohl hatte er gewittert, daß es heute nacht nicht ungefährlich war. Aber der Hunger zerfraß ihm fast die Eingeweide – und das machte ihn rasend. Mochte gleich ein Dutzend Gewehre ihm entgegenstarren – er mußte alles wagen, denn sein Bauch war eine Höhle, gähnend leer und bereit zu verschlingen, was in den Weg kam. Numa trottete zum Dickicht zurück. Sie sollten ihn nicht überraschen; er wollte sich schon so einrichten, daß sie seine Witterung nicht in die Nase bekämen. Numa war alt und fast verhungert – aber schlau sein, das gehörte sich für ihn, und wenn er nicht mehr laufen konnte. – –

Tief in der Dschungel spürte ein anderer die seine Witterung. Er hob seinen Kopf und sog die Nachtluft in vollen Zügen ein. Menschen ... und Numa auch? Er neigte seinen Kopf zur Seite und horchte gespannt. – –

*

Kommen Sie doch mit, Mr. Morison! Der Urwald ist wunderbar bei Nacht! Wir brauchen nicht einmal abzusteigen, wir haben Platz genug.

Von dem Löwen ist nichts zu fürchten, fuhr Meriem so ruhig wie bisher fort, als sie Morison unschlüssig am Dschungelrand zurückbleiben sah. Bwana hat mir gesagt, daß die Menschen hier seit zwei Jahren von Numa nicht mehr belästigt wurden. Es gibt hier Wild in Hülle und Fülle; Numa hat es also nicht nötig, die Menschen auf seinen Speisezettel zu setzen, überdies ist mit ihm in dieser Gegend schon ziemlich aufgeräumt worden, und die letzten sehen zu, daß sie den Menschen lieber nicht in den Weg kommen.

O, die Löwen machen mir natürlich keine Kopfschmerzen, meinte Mr. Morison ein wenig beleidigt. Ich dachte nur daran, wie furchtbar unbequem es sein muß, ausgerechnet hier im Nachtwalde zu reiten. Diese elenden Schlinggewächse und die weitherabhängenden Zweige ... Miß Meriem, ich meine, das kann doch kein Vergnügen sein. Muß denn auf jeden Fall jetzt in den Wald geritten werden?

Gut, dann gehen wir eben zu Fuß! entschied Meriem rasch und war schon halb aus dem Sattel.

Aber bitte, rief Mr. Morison laut, denn dieser Vorschlag war ja noch viel weniger annehmbar. Wir reiten natürlich! Er gab seinem Pferde die Sporen und ritt jetzt voran. Ringsum breitete sich dumpf und unheimlich still die Dschungelnacht, und beide ahnten nicht, daß Numa mit grollendem Magen im Dickicht auf seine Stunde wartete ...

Draußen auf der Ebene stand indessen allein ein Reitersmann. Ein leiser Fluch rang sich über seine Lippen, als er die beiden wider Erwarten in der Dschungel verschwinden sah. Hanson war Meriem und deren Begleiter alsbald gefolgt; sie hatten genau die Richtung nach seinem Lager eingeschlagen. Das paßte. Entdeckten sie ihn, nun dann hatte er gleich ein halbes Dutzend überzeugende Gründe. Aber sie hatten sich ja nicht einmal umgedreht, würden ihn also sicherlich nicht bemerkt haben. Er ritt jetzt eilig nach der Stelle, wo die beiden die Dschungel betreten hatten. Es war ihm nunmehr einerlei, ob man ihn beobachtete oder nicht. Und dies aus zwei Gründen. Dieser Baynes war in seinen Augen ein Rivale, der – wenn auch mit anderen Zielen – das Mädchen entführen wollte. Hielt er sich jetzt dicht an die beiden, so würde er alles noch so drehen können, daß seine Pläne nicht durchkreuzt wurden. Mindestens würde sich feststellen lassen, ob Baynes das Mädchen für sich gewann oder nicht. Der zweite Grund für seine veränderte Haltung war sein Wissen um einen Vorfall, der sich vergangene Nacht in seinem Lager ereignet und von dem er wohlweislich auf der Farm nichts erwähnt hatte. Fürchtete er doch, daß man ihm dann in die Karten sehen würde, wenn die Schwarzen von der Farm, aus Neugier und um Einzelheiten über den Vorfall zu erfahren, die Verbindung mit seinen Leuten aufnahmen. Und das wäre alles andere als erwünscht gewesen, da er ja auf der Farm verbreitet hatte, daß ihm die Hälfte seiner Leute davongelaufen seien. Kamen Bwanas Schwarze aber tatsächlich mit seinen Eingeborenen in Berührung, war seine Entlarvung so gut wie sicher.

Dieser Vorfall, den er auf der Farm verschwiegen hatte, und der ihn jetzt zu größter Eile mahnte, hatte sich in seiner Abwesenheit und noch verhältnismäßig zeitig am gestrigen Abend ereignet. Seine Leute hatten am Lagerfeuer gesessen, ringsum durch hohes Dornengehege gesichert, als sich mit einem Male und ohne den leisesten Warnungslaut ein mächtiger Löwe in kühnem Sprung mitten ins Lager hereinschnellt und einen der Schwarzen gepackt hatte. Nur dem sofortigen unerschrockenen Eingreifen der Kameraden dieses Unglücklichen war es zu verdanken gewesen, daß er mit dem Leben davonkam. Die anscheinend völlig ausgehungerte Bestie hatte man dann umgehend, und ohne daß es zu einem „königlichen“ Kampf gekommen wäre, mit Speeren, Gewehren und lodernden Feuerbüscheln auf und davon gejagt.

Hanson wußte also, daß ein solcher „Menschenfresser“ die Gegend jetzt unsicher machte. Entweder war der Bursche aus seinem früheren Jagdrevier ausgewandert, oder das Alter zwang ihn zu dieser neuen Jagdweise, weil ihm seine jüngeren Artgenossen, die nachts in der Ebene und über die Hügel streiften und tagsüber im kühlen Walde lagen, die besten Bissen vor der Nase wegschnappten. Nun hatte Hanson kaum vor einer halben Stunde noch deutlich den hungrigen Numa brüllen hören. Es war also kein Zweifel, daß es der „Menschenfresser“ auf Meriem und Baynes abgesehen hatte. Der Teufel sollte diesen albernen Engländer holen! Es hieß sich jetzt sputen, wenn nicht …

Meriem und Baynes waren inzwischen bis zu einer kleinen Lichtung vorgedrungen. Hundert Meter weiter – und … Numa lag geduckt im Gestrüpp. Seine gelbgrünen Augen bohrten sich förmlich in seine nahende Beute, sein gewundener Schweif schien in krampfhafter Ungeduld wie erstarrt. Wie weit waren die beiden eigentlich noch? Er schätzte die Aussichten beinahe wie ein Feldherr vor der Schlacht ab. Sollte er den Überfall wagen, oder war es besser, noch abzuwarten, bis sie ihm von selbst in den Rachen liefen? Gewiß, der Hunger war im Recht. Warten konnte so viel wie Verzichtenmüssen sein. Aber Numa war auch sehr klug. Vielleicht brachte er sich gerade durch einen hastigen und nicht bis aufs letzte durchdachten Vorstoß um den ganzen fetten Braten? Er dachte an die vergangene Nacht: Hätte er da nur noch so lange seine Ungeduld bezwungen, bis die Schwarzen schliefen, er würde nicht mit knurrendem Magen das Feld haben räumen müssen.

Hinter ihm war der andere, der schon einige Zeit Numa und die Menschen gewittert hatte, inzwischen noch mehr auf dem Posten. Er hatte sich von seinem Ruhebett auf hohem schwankenden Ast aufgerichtet und lauschte in die Nacht. Zu seinen Füßen wankte ein ungeheuerliches graues Etwas auf und ab. Das Wesen oben im Geäst des Baumriesen stieß ein leises tiefes Brummen aus und schwang sich auf den Rücken des grauen Kolosses. Dann flüsterte es diesem so etwas wie ein Wort in eines der großen Ohren … und Tantor, der Elefant, hob seinen Rüssel und ließ ihn immer wieder auf und nieder pendeln, indessen er die Warnung, die sein Reiter ihm eben zugebrummt, mit der Nase nachprüfte. Abermals ein Brummen. War es nun eine Art Befehl oder nicht, der graue Koloß schob sich jedenfalls in der Richtung, aus der der Wind Numa und die fremden Tarmangani gemeldet hatte, vorsichtig durch den Blätterwald und war bald im Dunkel untergetaucht. Je weiter die beiden vordrangen, um so mehr wurde es klar, daß sie dem Löwen und seiner Beute immer näher kamen. Numa wurde von Minute zu Minute ungeduldiger. Wie lange sollte er denn nun noch auf seine redlich erhungerte Mahlzeit warten? Sein Schweif peitschte wütend die Lust. Am liebsten hätte er gerade herausgebrüllt … Und ungeachtet dieser drohenden Gefahren hatten Morison und Meriem sich ahnungslos im Gras am Rande der Lichtung niedergelassen und waren eifrig in ihre Unterhaltung vertieft.

Die beiden Pferde warteten dicht nebeneinander. Baynes hatte Meriems Hand erobert, und als er jetzt Worte der Liebe hervorstammelte, drückte er seine Hände fester um die schlanken Finger seiner afrikanischen Schönheit.

Komm mit mir nach London! bettelte Morison. Ich habe mir Schwarze besorgt. Ich brauche nur zu winken – und wir haben schon eine ganze Tagereise auf dem Weg zur Küste hinter uns, ehe man uns in der Farm überhaupt vermißt.

Warum so? Ist das nötig? fragte das Mädchen erstaunt. Bwana und „My Dear" werden ohnehin nichts gegen unsere Vermählung einzuwenden haben.

Weißt du, meinte Morison, das ist nicht so einfach. Ich kann unmöglich gleich jetzt heiraten. Da sind erst noch manche Formalitäten zu erledigen – na, Kind, das kannst du hier alles gar nicht so verstehen. Ist ja an sich auch Nebensache jetzt. Wird sich schon noch finden. Vor allem aber: Wir reisen nach London. Warten? Nein, das geht nicht. Liebst du mich wirklich, dann mußt du mitkommen. Wie war das denn bei den Affen? Ich meine, die werden auch nicht erst lange von Heiraten gesprochen haben. Sie lieben einander, wie wir uns auch. Wärest du bei ihnen geblieben, würdest du dich dort „verheiratet" haben, wie man sich eben dort „verheiratet". Das ist ein Naturgesetz – und kein Mensch kann daran etwas ändern. Und was geht das überhaupt andere an, ob wir uns lieben? Ich dächte, die sollten sich doch um sich selbst kümmern. Meriem, meine Hand lege ich für dich ins Feuer, ich würde für dich in den Tod gehen ... und du? Gibst du mir nichts dafür?

Du liebst mich wirklich? fragte Meriem mit bebender Stimme. Und wirst mich heiraten, wenn wir in London sind?

Ich schwöre es dir! beteuerte Morison laut.

Gut denn, so will ich heimlich mit dir gehen, flüsterte sie, wenn ich auch nicht ganz verstehe, warum du dies Opfer von mir fordern mußt. Sie neigte sich sanft zu ihm hinüber, und er nahm sie in seine Arme, ihren Mund zu küssen.

Im gleichen Augenblick brach ein gewaltiger Stoßzahn durch die Zweige der Bäume, die die Lichtung säumten. Morison und Meriem hatten nur für sich selbst Sinn. Sie sahen und hörten nicht, was um sie vorging. Numa aber wußte sofort, was ihm drohte. Korak auf Tantors breitem Nacken erblickte wohl ein junges Mädchen in den Armen ihres Geliebten, doch erkannte er in ihr nicht seine Meriem. Für ihn waren die beiden zwei wildfremde Tarmangani, aufgeputzte Menschen, die gar nicht in die Dschungel gehörten.

Numa schritt augenblicklich mit furchtbarem Gebrüll zum Angriff. Die Erde zitterte, als die große Bestie aus ihrem Versteck herausstürzte, um die kostbare Beute noch zu fassen, ehe Tantor sie ihm verscheuchte. Die Pferde standen wie vom Blitze getroffen. Morison Baynes wurde leichenblaß. Eisige Schauer durchzuckten seinen Leib, als der Löwe im grellen Mondlicht heranflog. Er verlor die Gewalt über sich ... einen Gedanken fassen ... Meriem retten ... für Meriem sterben ... Tod ... nicht mehr leben ... Es wirbelte alles durcheinander. Aufs Pferd! Ah, da ... die Zügel schießen lassen ... Sporen in die Weichen ... rette sich, wer kann. Und er hieb auf sein Pferd ein wie ein Wahnsinniger, daß es ihn hinaus in die Ebene ... fort ... in Sicherheit trüge.

Das Pony des Mädchens stürmte nach und wieherte laut in Todesängsten, denn der Löwe war ihm dicht auf den Fersen. Nur das Mädchen selbst war kühl bis ans Herz hinan und hatte sich voll in der Gewalt. Das Mädchen – und jener halbnackte Wilde, der auf dem Nacken seines grauen Riesen thronte und mit wirklichem Behagen der Weiterentwicklung dieser spannenden Kampfszene entgegensah.

Für Korak stand ja an sich nichts auf dem Spiel. Numa war hungrig und begehrte die beiden Tarmangani zum Schmause. Das war sein Recht und konnte ihm beim besten Willen nicht verdacht werden. Allein auch ein Weib sollte sein Opfer werden? Korak fühlte instinktiv, daß er etwas für sie tun müsse. Warum, konnte er sich eigentlich selbst nicht erklären, denn im Grunde waren alle Tarmangani jetzt seine Feinde. Er hatte zu lange schon wie ein wildes Tier in der Dschungel gelebt, und wenn sicher auch tief in seinem Unterbewußtsein noch so etwas wie ein“ Ahnung von Menschlichkeit schlummerte, im ganzen war er darüber hinaus. Kein Wunder also, daß ihm jene plötzliche Regung des Mitleids selbst eigentümlich vorkam. Er trieb Tantor zu höchster Eile, sein schwerer Speer erhob sich dräuend und sauste in blitzschnellem Flug der verhungerten Bestie nach. Das Pony des Mädchens hatte eben die Bäume drüben auf der anderen Seite der Lichtung erreicht, der Löwe war schon nahe heran – gleich mußte er das Tier mit seinen Pranken packen. Doch es kam anders. Numa schien es zunächst nur auf die kühne Reiterin abgesehen zu haben ... da ... wie er sich emporschnellte!

Doch Korak konnte einen Ausruf des Entzückens nicht unterdrücken: Der Löwe griff ins Leere und landete mit den Vorderpranken auf dem Rücken des Ponys, denn das Mädchen hatte im letzten Augenblick einen hängenden Ast errafft und sich mit einem Ruck aus dem Sattel in die rettenden Zweige gehoben.

Koraks Speer hatte Numa dicht unterhalb seines mächtigen Nackens getroffen. Er schien den Schmerz nicht meistern zu können, denn im nächsten Augenblick schon verlor er den Halt und rutschte von dem Pony ab, das in seiner Verzweiflung ausschlug, als könne es Numa mit seinen Hufen niederzwingen. Einmal frei von Reiter und Angreifer, galoppierte es so schnell wie wohl noch nie bisher auf und davon. Numa zerrte und biß an dem elenden Speer herum, der ihn so unerwartet um die Beute betrogen, doch als das heimtückische Geschoß allen seinen Bemühungen trotzte, entschloß er sich, lieber rasch nach anderer Beute zu streifen, damit er nicht zum dritten Male vierundzwanzig Stunden hungern müßte.

Korak lenkte Tantor zurück in den Dschungelhinterhalt. Er hatte keine Lust, sich jetzt noch sehen zu lassen. –

Hanson war gerade am Waldrand angelangt gewesen, als Numas Gebrüll ihm meldete, daß der Angriff auf die beiden bereits im Gange war. Dann krachte es in den Zweigen, und Mr. Morison kam wie ein Rasender dahergestoben – flach auf dem Pony liegend, seine Arme wie Klammern um den Hals seines Retters geschlungen, die Sporen tief in die Weichen gepreßt. Dahinter – Hanson war sofort zu Tode erschrocken – jagte auch schon das andere Pony heran ... reiterlos ...

Ein Fluch – und Hanson sprengte vorwärts. Vielleicht war das Mädchen doch noch zu retten, vielleicht ... Seine Büchse war bereit. Ein paar bange Sekunden verstrichen wie eine Ewigkeit.

Da, was war das? Der Löwe? Hanson konnte nicht begreifen. Was wollte Numa denn hier, wenn er wirklich schon die Beute in den Pranken gehabt hatte. Er zog die Kandare. Sein Pferd stand. Kurz gezielt – ein Schuß. Der Löwe taumelte, sein Kopf fuhr zur Seite, als wolle er sich die Kugel herausbeißen ... Dann brach er tot zusammen. Hanson ritt weiter. Er rief jetzt laut nach dem Mädchen.

Hier, hier! antwortete es schon, und es klang zu seinem nicht geringen Erstaunen so, als käme die Antwort oben aus den Bäumen.

Haben Sie ihm den Garaus gemacht? fragte Meriem mit heller sicherer Stimme.

Ja, er ist mausetot, gab Hanson zurück. Aber wo stecken Sie denn nur? Sie können froh sein, daß Sie jetzt nicht in seinem Magen ... Na, ich will Ihnen schon lehren, daß man nachts nicht in der Dschungel herumspaziert! –

Die beiden wandten sich ohne Aufenthalt zur Ebene, woselbst ihnen alsbald Morison langsam entgegengeritten kam. Er erzählte sofort, daß ihm sein Pferd vorhin durchgegangen sei, und daß er geradezu Blut geschwitzt habe, um es endlich zur Vernunft zu bringen. Hanson lachte im stillen: Das sollte Baynes nur jemand anderem aufbinden; er hatte jedenfalls die Sporen nicht in der Luft gesehen, im Gegenteil! Allein er verlor jetzt kein Wort darüber. Seine Stunde würde ohnedies kommen. Er nahm Meriem hinter sich mit in den Sattel, und schweigend ritten die drei im Schritt der Farm entgegen.

Korak, der Einsame

Korak zog den Speer aus Numas Leib, und wieder flog ein Lächeln über sein Gesicht. Er mußte noch einmal an die prickelnde Szene auf der Lichtung denken. Köstlich, dieses Erleben wilder Gewalten. Köstlich diese Dschungelnacht!

Nur etwas war ihm als ungewöhnlich ausgefallen und ließ ihn jetzt nicht in Ruhe: Wie kam es, daß dieses Tarmanganiweib sich im entscheidenden Augenblick vom Rücken des Pferdes gerade nach oben in die sicheren Baumregionen rettete? Das war doch eher die Art der Mangani ... oder ... Ja, Meriem! Er seufzte. Meine arme, kleine Meriem ... tot, tot, tot ... Ob diese Fremde auch sonst seiner Meriem etwas ähnlich sein mochte! Er eilte zum Waldrand – vielleicht konnte er noch einen Blick von der Fremden erhaschen.

Da, die drei Silhouetten auf der Ebene. Wie langsam sie davonzogen! Und wohin ...? Er hatte mit einem Male den heißen Wunsch, Klarheit über dieses seltsame Tarmanganiweib zu bekommen, zu folgen, wohin die drei auch reiten mochten ... Aber dann wartete er doch nur am Dschungelsaum, bis die Schatten von der Ebene verschlungen schienen.

Erinnerungen, die lange in seinem Innern begraben gelegen, rangen sich unwiderstehlich auf die Schwelle seines Bewußtseins empor, als er sich jetzt das wohlgekleidete Mädchen und den Engländer im seinen Khakianzug noch einmal genauer vorzustellen suchte. Einst, ja einst hatte es noch Tage gegeben, an denen er von einer Rückkehr in die Welt seiner ersten Jugend träumte. Doch seit Meriems Tod waren auch die letzten Spuren alter Sehnsüchte von ihm gewichen. Die Welt da drüben reizte ihn nicht mehr. Einsamkeit in der Dschungel – das war fortan sein Glück. Weg, weit weg von allem, was sich Mensch nannte. Und mit einem tiefen Seufzer, der allein Meriem galt, trat er entschlossen in die Dschungel zurück. –

Bwana empfing die heimkehrenden „Abenteurer“ auf der Veranda. Auch er hatte recht unruhig geschlafen und mitten in der Nacht, als er abermals einige Zeit wach lag, in der Ferne einen Schuß gehört. Sofort war ihm der Gedanke gekommen, daß Hanson, den er trotz seiner Zurückhaltung von den häuslichen Geselligkeiten als seinen Gast betrachtete, auf dem Heimweg nach dem Waldlager etwas zugestoßen sein könne. Bwana war augenblicklich aufgestanden und zu seinem Verwalter in das Nebengebäude gegangen. Dort hatte er erfahren, daß Hanson diesmal verhältnismäßig früh dagewesen und auch schon vor einigen Stunden weggeritten sei. Auf dem Rückweg zum Wohnhaus hatte Bwana zu seiner Verwunderung das Gatter der Box offen gefunden und war sofort der Ursache nachgegangen. Das Ergebnis war wenig erfreulich: Meriems Pony fehlte und außerdem auch das Tier, das Baynes meistens ritt. Bwana war daraufhin unverzüglich wieder zu seinem Verwalter zurückgeeilt, um mit ihm loszureiten. Zweifellos hatte Morison den Schuß abgegeben und wer weiß, wie die Sache da draußen jetzt stand! Allein die Hilfsexpedition brauchte nicht einzugreifen. Als Bwana aus dem Tor heraustrat, ritten die Ausreißer ihm schon entgegen.

Der junge Engländer bemühte sich, den sonderbaren Nachtritt zu erklären, doch prallten seine Ausreden an Bwanas frostiger Reserviertheit ausnahmslos ab. Meriem schwieg überhaupt. Sie sah sofort, daß Bwana ihr zürnte. Und da dies das erstemal war, traf sie der Schlag hart. Sie hätte sich am liebsten in eine Ecke verkrochen.

Meriem, du gehst gleich schlafen! sagte Bwana kurz. Und Baynes, wenn ich dich bitten darf: Ich möchte dich nur einige Minuten nachher drüben in meinem Zimmer sprechen!

Die beiden verschwanden auf der Stelle, und Bwana wandte sich an Hanson. Bwana hatte in seiner ganzen Art, und wenn er noch so höflich-verbindlich war, etwas Bestimmtes, Zwingendes, dem niemand widerstehen konnte.

Wie steht es, Hanson, wo sind Sie eigentlich den beiden begegnet? fragte Bwana ohne besondere Schärfe.

Ich saß im Garten, begann Hanson, nachdem ich mich von Jervis verabschiedet hatte. Wie die Damen wahrscheinlich wissen, habe ich eine kleine Schwäche für ihre prächtigen Blumen. Ich weiß nicht genau, wann es war, jedenfalls bin ich dort eingeschlafen. Hinter einem Strauch, der über und über blüht. Wie ich aufwache, merke ich, daß die beiden im Garten sind und, na ja, Sie wissen schon! Einzelheiten habe ich nicht verstehen können. Kurzum, mit einem Male ist Baynes weg, kommt aber bald darauf mit zwei Ponys wieder, und die beiden reiten auf und davon. Nun ging mich ja eigentlich die ganze Geschichte nichts an, zumal ich mich nicht gern in fremde Angelegenheiten einmische. Anderseits war ... ich dachte mir, es ist doch eigentlich Unfug, bei Nacht hinaus in die Wildnis zu reiten. Schließlich auch nicht in Ihrem Sinne, wenigstens was das Mädchen angeht. Recht war es jedenfalls nicht von Mr. Baynes. Mir kam die Sache also nicht geheuer vor, und so bin ich den beiden nachgeritten. Baynes hat sich natürlich Hals über Kopf aus dem Staube gemacht, als der Löwe ansprang. Das Mädchen mußte sehen, wie sie allein mit der Bestie fertig wurde. Na, meine Büchse hat wenigstens ihre Schuldigkeit getan und das Unheil verhütet.

Hanson hielt inne. Die beiden schwiegen einige Zeit. Jeder schien in Gedanken versunken. Schließlich hüstelte Hanson ein paarmal auffällig, und doch klang es auch wieder ein wenig verlegen, so als drücke ihn zwar noch etwas, als getraue er sich aber nicht, mit der Sprache herauszurücken.

Was ist, Hanson? fuhr Bwana aus seinem Grübeln auf. Sie wollten mir etwas sagen? Oder?

Gut denn, Sie merken es ja doch! Ich bin nun schon manchen Abend hier gewesen und kann mit gutem Gewissen sagen: ich habe die beiden mehr als einmal beieinander beobachtet. Verzeihung, wenn ich jetzt ... Also, mein Herr, mit Verlaub zu sagen, ich kann mir nicht denken, daß Mr. Baynes etwas Gutes mit dem Mädchen im Schilde führt. Ich habe genug hören müssen ... und wenn ich klar sehe, habe ich den Eindruck, als wollte Mr. Baynes das Mädchen absolut dazu bringen, daß es mit ihm von hier durchbrennt.

Hanson hatte mit dieser halberfundenen Eröffnung zufällig den Nagel auf den Kopf getroffen, ohne daß ihm Baynes' Entführungsplan bekannt war. Er fürchtete aber vor allem, daß Baynes ihm seine Pläne mit Meriem durchkreuzte, und so hatte er sich vorgenommen, mit diesen Indiskretionen Mr. Morison Baynes bei Bwana unmöglich zu machen.

Ich dachte nun, fuhr Hanson fort, daß Sie – wenn Sie meinem guten Rat überhaupt Gehör schenken wollen – Mr. Baynes vielleicht bedeuten, daß er sich nach diesem Vorfall mir anschließen möchte. Ich könnte ihn dann nach dem

Norden begleiten, sagen wir, bis er mit einer Karawane weiterreisen kann. Das heißt natürlich nur, wenn ich Ihnen einen Gefallen damit tue!

Bwana stützte einen Augenblick nachdenklich den Kopf. Dann blickte er Hanson scharf an.

Mr. Baynes ist natürlich noch immer mein Gast. Das bitte ich zu bedenken! Ich kann ihm unmöglich auf eine Vermutung hin auf den Kopf zusagen, daß er Meriem entführen will. Er ist einmal mein Gast, ich kann ihn nicht einfach bitten, abzureisen. Das wäre mir doch wider den Strich. Wenn ich mich aber recht entsinne ... Ließ er nicht vorhin selber so etwas durchblicken, daß er demnächst heimreisen will? Ist dies wirklich der Fall, würde es ihm zweifellos sehr gelegen kommen, wenn er sich Ihnen anschließen könnte. Sie sagten ... ja ... Sie reisen morgen? Kann also sein, daß Mr. Baynes mitkommt. Jedenfalls kommen Sie doch bitte morgen einmal vorbei! Gute Nacht ... und vielen Dank, daß Sie sich so um Meriem sorgten und heute gleich zur Stelle waren!

Hanson lächelte in sich hinein, als er jetzt so tat, als wolle er zu dieser späten Stunde nach seinem Lager zurückreiten. Was Bwana nicht alles glaubte! Ihm konnte es aber nur recht sein. Bwana begab sich sofort nach seinem Zimmer, wo Mr. Morison Baynes noch immer unruhig auf und ab ging.

Baynes – begann Bwana und ging damit ohne alle Umschweife gerade auf das Ziel los – Hanson zieht morgen nach dem Norden weiter. Er scheint dich ganz besonders zu schätzen, denn er bat mich, dir zu sagen, er würde dich von Herzen gern“ als Reisegenossen sehen. Gute Nacht, Baynes!

Auf Bwanas Wunsch blieb Meriem am folgenden Morgen so lange auf ihrem Zimmer, bis Mr. Morison abgereist war. Hanson hatte ihn schon früh abgeholt, denn er war für den Rest der Nacht beim Verwalter Jervis untergekrochen.

Der Abschied gestaltete sich sehr kühl: Mr. Morison und sein Gastfreund kamen über ein paar freundliche Worte nicht hinaus, und als Bwana seinen Gast davonreiten sah, atmete er erleichtert auf. Ekelhaft, so den „Büttel“ spielen müssen. Die Sache war nun jedenfalls vorbei, und er war nicht böse darüber. Wohl war ihm längst aufgefallen, daß Baynes eine Schwäche für Meriem hatte; er hatte aber nie im entferntesten daran gedacht, daß der stolze, selbstbewußte Baynes, der immer hochtrabend seine Verpflichtungen gegenüber dem Hause Baynes betonte, diesem namenlosen Arabermädchen seine Hand anbieten würde. Denn wenn Meriem an sich für eine vollblütige Araberin auch nicht dunkel genug war, Bwana hielt sie bestimmt für eine echte Tochter der Wüste. –

Zu Meriem sprach Bwana kein Wort mehr in der ganzen Angelegenheit. Er ahnte nicht, daß er damit einen Fehler beging; denn das Mädchen, das wohl fühlte, wie sehr sie Bwana und „My Dear“ zu Dank verpflichtet war, kam sich dadurch zurückgesetzt und gekränkt vor. Man hatte Baynes einfach weggeschickt und ihr nicht einmal Gelegenheit gegeben, ein gutes Wort für ihn einzulegen und alles den Tatsachen entsprechend zu erklären. So wurde Baynes in ihren Augen halb und halb zum Märtyrer einer gerechten Sache, und ihre Gedanken waren mehr und inniger bei ihm, als sie es je für möglich gehalten hätte. –

Die beiden ritten schweigend in der Richtung auf Hansons Lager. Der Engländer sah äußerst verstimmt aus. Hanson, der nur noch überlegte, wie er den zugeknöpften Mr. Baynes am einfachsten für seine weiteren Pläne gefügig machen sollte, hielt sich immer eine halbe Pferdelänge zurück. Es machte ihm Spaß, die Wolken in den Zügen seines so sang- und klanglos verabschiedeten Begleiters zu beobachten. Dann faßte er sich ein Herz und begann:

Ziemlich unverfroren von dem da, meinen Sie nicht? Er warf seinen Kopf nach rückwärts, wo die Dächer der Farm noch zu sehen waren, und wollte damit Baynes, der sich sofort umgedreht hatte, erst einmal ein wenig munter machen.

Er meint, er tut wunder etwas, wenn er das Mädchen bei sich behält und keinen Freier heranläßt, fuhr Hanson fort. Aber ich bin der Ansicht, er hat die Kleine mit Ihrer Verabschiedung am allermeisten getroffen. Einmal muß sie doch heiraten, und eine bessere Partie als einen eleganten, jungen und gebildeten Engländer, wie Sie es sind, kann sie in ihrem Leben nicht wieder machen.

Baynes war zuerst wenig davon erbaut, daß sich dieser Durchschnittsmensch in seine Privatangelegenheiten einzumischen wagte. Die Schlußbemerkung stimmte ihn indessen rasch um: Man mußte es Hanson schon lassen, er war ein kluger Kopf und schien gut zu beobachten.

Er ist ein Spießer, brummte Mr. Morison. Aber ich werde ihn mir schon kaufen. Mag er hier in Zentralafrika sein, was er will; in London bin ich jedenfalls mindestens ebensoviel, und das soll er merken, wenn er das nächste Mal hinüberkommt.

Na, ich an Ihrer Stelle würde mir von niemandem das Mädchen nehmen lassen, das ich einmal haben will. Unter uns gesagt: Ich habe nichts mehr für ihn übrig. Wenn ich Ihnen irgendwie behilflich sein kann, stehe ich jederzeit zu Ihrer Verfügung.

Sehr liebenswürdig von Ihnen, Hanson. Baynes taute schon ein wenig mehr auf. Aber, fuhr er fort, was in aller Welt ist in diesem elenden Erdenwinkel zu machen?

O, ich wüßte schon! warf Hanson rasch ein, um das Eisen zu schmieden, solange es heiß war. Ich würde an Ihrer Stelle das Mädchen einfach mitnehmen. Liebt es Sie wirklich, hat das keine Schwierigkeiten.

Hanson, das ist doch ausgeschlossen. Das ganze Land hier meilenweit in der Runde liegt ja zu seinen Füßen. Er fängt uns wieder ein, und damit ist erst recht nichts gewonnen.

Nein, nein! Da muß ich widersprechen. Ich bin auch noch da, Mr. Baynes! Seit zehn Jahren jage und reise ich hierzulande und kenne mich mindestens ebensogut wie er aus. Wenn Sie das Mädchen mitnehmen wollen, da, meine Hand: Ich garantiere Ihnen, daß uns niemand abfängt. Wir kommen zur Küste, darauf dürfen Sie sich verlassen. Ich will Ihnen etwas sagen: Sie schreiben der Kleinen einen Brief, und einer meiner Leute macht den Boten. Sie fragen einfach, ob sie Ihnen nicht noch einmal auf einen Augenblick ein Stelldichein gibt. Sie wollten ihr doch wenigstens Lebewohl sagen. Na ... und das wird sie Ihnen nicht abschlagen. Inzwischen verlege ich mein Lager ein Stück nach Norden, und Sie können alles so vorbereiten, daß das Mädchen in einer der nächsten Nächte fertig zur Flucht ist. Sie müssen ihr nur noch sagen, daß ich sie abholen werde. Sie bleiben lieber in meinem Lager. Sicher ist sicher, ich weiß hier überall besser Bescheid, und Verirren ist für mich ausgeschlossen. Sie übernehmen einstweilen auch das Kommando über meine Safari und können sich schon langsam nordwärts auf den Weg machen. Ich komme natürlich mit dem Mädchen im Eiltempo nach und habe Sie bald eingeholt.

Und wenn sie nun nicht mit mir fort will? meinte Baynes.

Gut, dann bitten Sie recht herzlich um ein letztes Wiedersehen. Sie kommt unbedingt noch einmal. Dann werde ich am „Treffpunkt" sein – und sie einfach mitbringen. Sie muß schon, glauben Sie mir, Mr. Baynes! Und wenn der erste Schreck verwunden ist, wird sie gar nicht einmal böse sein. Wir brauchen immerhin zwei Monate bis zur Küste, zwei lange glückliche Monate, ich meine, dann wird sie schon Geschmack an der Reise nach London finden.

Baynes hatte schon einen unzweideutigen Protest gegen diese beinahe zynischen Vorschläge Hansons auf den Lippen, doch beherrschte er sich noch im letzten Augenblick. Er fand, daß die Pläne dieses Schlauen sich im Grunde doch gar nicht so weit von seinen eigenen Ideen entfernten, nur daß die ganze Geschichte in der drastischen Darstellung dieses ungebildeten Menschen einen wesentlich brutaleren Ausdruck bekam. Nichtsdestoweniger war sich der junge Engländer darüber klar, daß die Aussicht aus Erfolg mit Hansons Hilfe in Anbetracht seiner Ortskenntnisse erheblich größer war, als wenn er allein sein Glück versuchte. Und so nickte denn Morison zustimmend, ohne sich weiter zu äußern.

Man ritt stumm nebeneinander her, immer nordwärts.

Die Steppe hatte man jetzt hinter sich. Ringsum breitete sich wieder der turmhohe Wald. Ein anderer Dschungelwanderer wurde stutzig: Es war der „Töter“, der, entschlossen, dem weißen Mädchen doch nachzuspüren, sich zunächst nach jener Lichtung gewandt hatte, wo er es vergangene Nacht von Tantors Nacken aus beobachtet hatte. Irgend etwas an diesem Geschöpf zog ihn unwiderstehlich in den Bann, die Erinnerung an gestern ließ ihn nicht los. Er mußte sie noch einmal sehen, und zwar bei Tage. Sehen, wie ihre Augen waren, das Haar, ihre Züge ... Sonderbar, er konnte den Gedanken nicht los werden, daß sie seiner armen toten Meriem ähnlich war – und doch sagte er sich auch wieder, daß solche Hoffnungen eitel sein mußten. Trotz alledem: Der flüchtige Blick auf die kühne Reiterin, die sich mit unerhörter Gewandtheit in die Zweige über sich hinaufschwang, hatte ihn aufgewühlt; denn das Mädchen war ihm kaum größer als seine Meriem vorgekommen, nur reifer und voller.

Er schlenderte jetzt gemächlich nach dem Schauplatz des gestrigen Nachtkampfes, als er mit einem Male deutlich Pferdegetrappel hörte. Vorsichtig kletterte er in den Zweigen weiter. Da waren sie ja! In dem jüngeren der beiden Reiter erkannte er sofort den Weißen, der mit dem Mädchen im Arm aus der mondhellen Lichtung von Numa überrannt worden war. Wo er den anderen hintun sollte, war ihm indessen nicht klar, wiewohl ihm die ganze Figur seltsam bekannt vorkam.

Der Affenmensch schloß an sich ganz richtig, daß er dem Mädchen am ehesten wieder begegnen müsse, wenn er unbemerkt mit dem jungen Engländer in

Fühlung bliebe, und so folgte er den beiden bis zu Hansons Lager. Mr. Morison schrieb seinen Brief, und Hanson setzte dann sofort einen seiner zuverlässigsten Schwarzen nach Süden in Bewegung, damit die Antwort nicht zu lange auf sich warten ließ.

Korak blieb inzwischen immer in unmittelbarer Nähe des Lagers und behielt den Engländer scharf im Auge. Hatte er doch gehofft, auch das Mädchen hier vorzufinden. Er war also arg enttäuscht und gespannt, wie sich die Dinge weiter entwickeln würden.

Baynes ging im Schatten der Bäume auf und ab. Er hätte sich lieber ausruhen sollen, denn die bevorstehende Flucht mußte ganz unvermeidliche Strapazen bringen. Hanson schaukelte in seiner Hängematte und rauchte. Die beiden sprachen kaum ein Wort miteinander.

Korak hatte es sich im dichten Blätterdach zu ihren Häupten bequem gemacht; er lag ausgestreckt auf einem dicken Ast des Baumriesen.

So ging der Rest des Nachmittags dahin, ohne daß sich im Lager etwas änderte. Korak hatte Hunger und Durst bekommen, und da er der Ansicht war, daß die beiden vor dem nächsten Morgen sich kaum wieder aus dem Lager herauswagen würden, wandte er sich mit Einbruch der Dunkelheit nach Süden. Irgendwo da drüben mußte doch das Mädchen aller Wahrscheinlichkeit nach stecken.

*

Im Garten von Bwanas Landsitz erging sich auch heute wieder Meriem. Herrlich klar und erfrischend war doch die Mondnacht – und das tat ihr wohl, denn die ungerechte Behandlung Mr. Morisons war ihr während des ganzen Tages durch den Kopf gegangen und hatte sie immer mehr verstimmt. Kein Sterbenswörtchen war heute über die Nacht und die sich überstürzenden Ereignisse gefallen, das war nicht recht. Sie wußte nicht, daß Bwana und „My Dear“ ihr damit nur eine Demütigung und womöglich einen Zusammenbruch ersparen wollten, der bei der Enthüllung der wahren Absichten dieses Mr. Baynes zweifellos zu erwarten war. Die arme Meriem hatte ja keine Ahnung davon, daß Baynes nicht im Traume daran dachte, sie zu seiner rechtmäßigen Frau zu machen. Bwana dagegen war jetzt völlig im Bilde: Wäre es Baynes mit seiner Neigung für Meriem tatsächlich ernst gewesen, würde er bei ihm selbst um ihre Hand angehalten haben. Gegen eine Heirat wäre dann nichts einzuwenden gewesen, sofern Meriem aus freiem Willen und von Herzen zugestimmt hätte.

Meriem liebte gewiß ihre Pflegeeltern und war ihnen aufrichtig dankbar für alles, was sie an ihr getan hatten. Doch tief in ihrem Herzen lebte trotzdem noch immer die alte glühende Liebe zur Freiheit und Ungebundenheit der Dschungel, die sie einst jahrelang in vollen Zügen genossen hatte. Und heute drängten sich ihr diese alten Bilder zum ersten Male, seit sie auf der Farm weilte, mit solch zwingender Gewalt auf, daß sie sich fast wie eine Gefangene Bwanas und „My Dears" vorkam.

Wie eine Tigerin im Käfig lief sie jetzt auf dem Gartenweg immer am Zaun entlang. Da – halt – was war das? Sie horchte auf und beugte den Kopf nach links und nach rechts. Es klang, als ob jemand barfuß im Garten herumschliche. Sie ging ein paar Schritte weiter und horchte wieder: Nichts war mehr zu hören. Sie nahm ihren Rundgang wieder auf, erst hinunter nach dem einen Ende des Gartens, dann zurück. Sie war noch nicht ganz wieder oben, als sie auf dem Rasen dicht vor den Sträuchern am Zaun etwas Weißes leuchten sah. Der Mond schien klar vom Himmel, jede Blüte hob sich scharf von den Blättern ab ... Merkwürdig, über diesen Brief sollte sie vorhin hinweggelaufen sein? Unmöglich! Hier stimmte etwas nicht.

Meriem blieb abermals stehen, und diesmal horchte sie nicht nur, sie sog die Nachtluft prüfend wie einst in der Dschungel in die Nase und spähte wie eine Tigerin sprungbereit nach den Büschen und Sträuchern gegenüber.

Ein nackter Eingeborener hockte dort! Die Blätter deckten ihn, und doch konnte er beobachten, worauf es ihm ankam. Er sah, wie das Mädchen jetzt einen Schritt näher kam. Sie hatte den Brief also entdeckt! Er erhob sich leise und schlich sich vorsichtig im Schatten der Büsche, die sich bis zur Box hinzogen, davon. Bald war er über alle Berge.

Meriem hatte mit ihren seinen geübten Ohren jede Bewegung des Schwarzen gehört, war aber trotzdem nicht weiter neugierig gewesen, denn sie konnte sich die Zusammenhänge ohnehin erklären. Mr. Morison hatte einen Boten zu ihr geschickt. Da lag ... der Brief. Sie bückte sich und riß den Umschlag auf. Richtig, von Baynes! Sie entzifferte rasch seine Zeilen. Der Mond sparte heute nicht mit seinem Licht. Dann wiederholte sie halb vor sich hin, was Baynes schrieb:

Ich kann unmöglich gehen, ohne daß ich dich noch einmal gesehen habe. Komme bitte morgen in aller Frühe nach der Lichtung. Du weißt, wo! Und dann sagst du mir Lebewohl, nicht wahr? Aber komm ja allein!

Er hatte noch ein paar Zeilen angefügt ... Ihr Herz schlug mit einem Male schneller, und sie spürte, wie eine Glutwelle ihre Wangen übergoß.

Der Ritt ins Unbekannte

Es war noch finster, als Mr. Morison Baynes im Lager aufbrach, um auf jeden Fall rechtzeitig zur Stelle zu sein. Er hatte daraus bestanden, daß ein Führer mitgegeben würde, weil er – wie er angab – die kleine Lichtung in der Dschungel kaum allein wiederfinden würde. In Wirklichkeit brachte er aber nur den Mut nicht auf, sich allein in die dunkle Dschungel zu wagen. Der Schwarze ging zu Fuß voran ... und über den beiden folgte ungesehen Korak, den die Frühaufsteher unten im Lager munter gemacht hatten.

Um 9 Uhr war Baynes am Treffpunkt auf der Lichtung. Von Meriem keine Spur. Der Schwarze warf sich ins Gras und holte den abgebrochenen Schlaf nach. Baynes lehnte sich nur im Sattel zurück, während sich Korak oben auf breitem Ast wieder so einrichtete, daß er alles genau beobachten konnte, ohne selbst gesehen zu werden.

Eine ganze Stunde war schon vergangen. Baynes wurde von Minute zu Minute nervöser. Korak war befriedigt. Er hatte bald gemerkt, daß der junge Engländer auf jemanden wartete. Auf wen, darüber konnte kein Zweifel sein, und er freute sich im stillen, daß er das klettergewandte Mädchen, das in ihm die Erinnerung an Meriem so deutlich hatte wiederaufleben lassen, nun auch bei Tageslicht zu sehen bekommen würde.

Da ... er hörte den Hufschlag eines Pferdes. Sie kam also! Noch ehe Baynes es sich versah, brach ihr Pony durch die dichte Blätterwand jenseits der Lichtung, und Meriem trabte heran. Baynes gab seinem Pferde die Sporen.

Korak blickte scharf zu ihr hinüber. Schade, der große breitkrempige Hut beschattete ihre Augen. Er sah, wie der Engländer ihre Hände nahm und wie er das Mädchen an seine Brust zog. Sein Gesicht verschwand fast unter ihrem Hut – aha, Korak konnte sich schon denken ... Küssen – es gab ihm einen scharfen Stich ins Herz, er mußte an einst denken und schloß die Augen, als könne er so die Bitternis verscheuchen, die ihm das Glück der beiden schuf.

Als er wieder aufblickte, hielten die beiden dicht nebeneinander im Sattel und schienen Wichtiges zu besprechen. Der Engländer gab sich große Mühe, ihr irgendetwas begreiflich zu machen; das Mädchen wollte aber offenbar nicht auf seine Vorschläge eingehen. Korak schloß ihre ablehnende Haltung aus ihrem Kopfschütteln und den anderen Gesten, die ihn übrigens wieder auffallend an seine Meriem erinnerten. Das Kinn ... als ob es seine einstige Gefährtin vom Baumhaus wäre.

Die beiden schwiegen. Der junge Engländer schloß das Mädchen abermals in seine Arme und küßte sie. Zum Abschied, wie es schien, denn er konnte sich kaum von ihr trennen. Doch dann gab sie ihrem Pferd die Sporen und sprengte davon. Der Engländer blickte ihr traumverloren nach. Gleich mußte die grüne Wand sich wie ein Vorhang hinter ihr schließen.

Heute abend also auf Wiedersehen! rief sie mit heller Stimme und warf ihren Kopf noch einmal lachend herum; Korak konnte jetzt zum ersten Male ihre Augen leuchten sehen ... Er war starr vor Entzücken und Verblüffung, als habe ihn Amors Pfeil ins Herz getroffen. Er zitterte wie Espenlaub, er preßte seine Hände vor die Augen ... Sah er denn recht oder narrte ihn ein Phantom ...? Als er die Augen wieder aufschlug, war das Mädchen verschwunden. Nur die Zweige am Dschungelsaum drüben schwankten noch da, wo sie sich eben ihren Weg gebahnt hatte.

Unmöglich ... und doch ... Er hatte seine Meriem mit eigenen Augen gesehen! Ein wenig reifer, ein wenig erwachsener, feiner und noch weicher und schöner in ihrer Jugend. Und im Grunde doch seine kleine Meriem, leibhaftig am Leben. Wieder am Leben? Sie lebte? War nicht tot? Er hatte ihr in die Augen geschaut ... sie war es, mußte es sein.

Meriem ... und in den Armen eines anderen? Korak, der Töter, liebäugelte mit seinem schweren Speer. Der Verführer, der Rivale saß doch da unten. Wie ...? Zerschmettern oder ..? Seine Finger nestelten nervös an dem Wurfseil herum, das ihm über die Schultern hing.

Der Fremde unten rief dem Schwarzen zu, er solle aufstehen. Dann zogen die beiden nach Norden ab.

Korak, der Töter, hockte noch immer allein mitten im dichten Geäst. Seine Hände hingen jetzt schlaff nach unten. Vergessen war, was eben noch jäh sein Hirn durchjagt hatte. Meriem war verändert, nicht sehr, aber es war ihm doch gleich aufgefallen. Als er sie zuletzt gesehen, war sie ja noch die kleine halbnackte Mangani gewesen. Wild, urwüchsig, und – das hatte er damals nicht gefunden, es war ihm jetzt erst zu Bewußtsein gekommen – nicht so gepflegt, nicht so beherrscht und im Bewußtsein ihrer Reize, nicht so gekleidet.

Die alte Liebe brannte noch in ihm, ja sie loderte auf in verzehrender Eifersucht auf diesen eleganten jungen Engländer, der sie in die Arme nahm und ... Was hatte dieser Mensch eigentlich vor? Ob er sie auch wirklich liebte? Aber wer brachte es fertig, sie nicht gern zu haben! Und sie selbst liebte den Engländer auch. Das ließ sich nicht leugnen. Sie würde ihn sonst von sich gestoßen haben, als er sie in die Arme schloß.

Seine Meriem hatte ihr Herz einem anderen geschenkt! Unfaßlich – und doch fühlte er, daß es so sein mußte. Je mehr er grübelte, um so deutlicher stand ihm diese Tatsache in ihrer ganzen Höllenqual vor Augen. Aber er war ein Mann. Es hieß, das Weitere bedenken und handeln. Eine Stimme in seinem Innern schrie: Rasch, spring ihm nach und vernichte ihn! Aber dann sprach sein Gewissen immer wieder: Sie liebt ihn. Kannst du ihr den Geliebten nehmen?

Er schüttelte betrübt den Kopf. Nein, das mochte er ihr nicht antun. Er schwankte. Ihr selbst vielleicht folgen, mit ihr reden? Er schwang sich weiter. Doch schon beim übernächsten Baum stockte er. Nackt, in diesem Aufzug? Er schämte sich. Er, der Sohn eines britischen Lords, mußte sich schämen, dem Mädchen zu nahen, für das sein Herz schlug, mochte es nicht wagen, ihr seine Liebe zu Füßen zu legen, weil er sein hoffnungsvolles Leben gleichsam weggeworfen und sich selbst zum Tier erniedrigt hatte. Er schämte sich, dem kleinen Arabermädchen, das einst seine sonnige Dschungelgefährtin gewesen, so unter die Augen zu treten; denn was konnte er ihr überhaupt bieten?

Vor Jahren hatte es das Schicksal nicht gewollt, daß er zu Vater und Mutter heimkehrte. Dann waren Stolz und Abenteuerlust mächtiger geworden und hatten die letzten Spuren seiner Heimatsehnsucht getilgt. Er war dem Affen in die berauschende Dschungelfreiheit gefolgt und dort gleichsam – ertrunken. Das Unglück im Küstenhotel und die Angst vor dem rächenden Arm des Gesetzes hatten sein junges Gemüt in die Enge getrieben, er hatte nicht aus noch ein gewußt und so sich lieber ins Reich des Unbekannten gestürzt. Weiße und Schwarze waren ihm wie Dämonen begegnet, als er ihre Freundschaft suchte, und diese bitteren Erfahrungen hatten sich seinem damals noch viel empfänglicheren Gemüt tief eingeprägt. Er war so zu der Auffassung gekommen, daß alle Menschen sich zu ihm feindlich stellten, und als ihm dann das Glück in

Meriem die frohe Gespielin schenkte, vermißte er nichts mehr von dem, wonach er sich in den ersten Wochen seiner einsamen Dschungelzeit gesehnt.

Und als man ihm seine Meriem dann nahm, war er erschüttert und im stillen schwor er sich, nie wieder etwas mit Menschen zu tun haben zu wollen. Der Würfel war mit diesem Schicksalsschlag ein für alle Male gefallen. Kraft seines eigenen Willensentschlusses war er zum Dschungeltier geworden. Er hatte wie ein Tier gelebt, und als Tier wollte er auch sterben. Jetzt, wo es zu spät war, bedauerte er diese Entwicklung. Meriem lebte, aber es war ihm jetzt vorgekommen, als gehöre sie in eine andere Welt, von der er immer ausgeschlossen bleiben müsse. Wäre sie jetzt tot, sie wäre ihm ebenso fern, denn sie liebte ja einen anderen, einen von ihrer Art.

Korak gestand sich ein, daß sie recht daran tat. Sie paßte nicht mehr für ihn, für den nackten wilden Affen. Nein, sie durfte ihn unter diesen Umständen nicht lieben, aber er würde nicht anders können, als für sie durchs Feuer zu gehen. Konnte er sie nicht mehr sein eigen nennen – gut, dann wollte er wenigstens alles tun, was in seinen Kräften stand, damit sie mit dem Geliebten ihres Herzens wirklich glücklich würde. Er würde dem Engländer folgen und bei nächster Gelegenheit schon sehen, ob er Meriem so behandelte, wie sie es verdiente. Er würde seine Eifersucht meistern, aber er würde über diesem Manne wachen und ihn prüfen. Und Gnade ihm, wenn er Böses im Schilde führte! –

Korak war Meriem nicht gefolgt, nachdem er sich über seine weiteren Schritte klar geworden war. Er wußte, daß sie von Süden, her gekommen und wieder nach Süden weggeritten war. Irgendwo dort unten mußte sie eine Zufluchtsstätte gefunden haben, und da er von ihr nicht erkannt sein wollte, was drüben auf der Ebene unvermeidlich war, hielt er es für bester, mit dem jungen Engländer in Fühlung zu bleiben.

Es wird dem Leser sicher unwahrscheinlich vorkommen, wie Korak diesen Mr. Morison, nachdem er ihm einen so großen Vorsprung gelassen hatte, in der Wirrnis der Dschungel überhaupt wieder einholen konnte. Allein Korak war seiner Sache sicher. Es war doch anzunehmen, daß der Weiße seinem Lager wieder zustrebte, und wäre dies nicht der Fall gewesen, würde der „Töter“ in den Spuren des Pferdes und des schwarzen Begleiters genug Anhaltspunkte gefunden haben, selbst wenn er erst nach Tagen die Verfolgung aufgenommen hätte. Es war gerade so gut, als sähe er sie leibhastig vor sich. Und so erreichte er denn nur wenige Minuten nach Morisons Ankunft das Lager und nistete sich sofort wieder in aller Heimlichkeit oben in einem Baume ein. –

Die Dämmerung war schon hereingebrochen, doch der junge Engländer traf noch immer keine Anstalten, sich wieder nach der Lichtung auf den Weg zu machen. Korak kam das sonderbar vor. Oder sollte Meriem etwa allein bis hierher reiten?

Nach einer Weile verließ Hanson zu Pferde mit einem Schwarzen das Lager. Korak nahm keine besondere Notiz davon. Es konnte ihm gleich sein, was die anderen sich vornahmen. Hauptsache war, daß er auf den jungen Engländer aufpaßte.

Es war jetzt Nacht, und der Engländer blieb noch immer da. Er ließ sich sein Abendessen auftragen und rauchte dann eine Zigarette nach der anderen, während er vor seinem Zelte auf und ab ging. Ein Schwarzer hatte zu tun, daß er das Lagerfeuer nur immer auf der von dem Engländer gewünschten Höhe hielt.

Der Löwe meldete sich ganz in der Ferne, und augenblicklich stürzte der Weiße ins Zelt und tauchte mit einem Schnellfeuergewehr wieder auf. Das erste war, daß er dem Schwarzen zu verstehen gab, er solle das Feuer hellauf lodern lassen. Korak lächelte höhnisch, wie er den Mann so zum Feigling werden sah. Und dieser Angsthase sollte ihm Meriems Herz entrissen haben? Das war doch kein Mann, wenn er schon zitterte, weil Numa irgendwo seinen Rachen aufsperrte! Und dieser „Held" sollte Meriem in den zahllosen Gefahren der Dschungel schützen können? Ach so ... da war es ja. Sie wollten sich drüben in Europa ihr Nest bauen. Und dort liefen ja genug Männer in Uniform herum, die für Sicherheit zu sorgen hatten. Wozu brauchte ein Großstädter tapfer zu sein, wenn er seine Frau beschützen wollte? Und wieder zuckte ein verächtliches Lächeln um Koraks Mund. –

Hanson und der Schwarze waren geradenwegs nach der Lichtung geritten, wo dieser zurückgelassen wurde, während Hanson mit den beiden Pferden noch bis zum Dschungelrand vordrang. Dort wartete er. Gegen 9 Uhr sah er jemanden von der Ebene her im Galopp heransprengen. Der Richtung nach mußte sie es sein. Nach wenigen Minuten war sie auch tatsächlich zur Stelle, aufgeregt und sichtlich verwirrt, ja erschrocken, als sie Hanson statt des Geliebten gewahrte.

Mr. Baynes hat sich den Fuß verletzt, das heißt, sein Pferd schlug aus und ..., beeilte sich Hanson zu erklären. Er konnte beim besten Willen nicht selbst kommen und bat mich deshalb, Sie zu ihm zu geleiten.

Dem Mädchen blieb der triumphierende Zug in Hansons Gesicht verborgen, da die Schatten der Dschungel ringsum alles gleichsam in Schleier hüllten.

Übrigens ... wir haben keine Zeit zu versäumen. Miß Meriem, fuhr Hanson fort. Müssen uns sogar gehörig dazuhalten, wenn wir nicht ertappt werden wollen.

Ist es schlimm mit der Verletzung? fragte Meriem besorgt.

Das nicht gerade, meinte Hanson. Er kann schon noch reiten. Aber wir dachten beide, es sei doch besser, wenn er die Nacht über läge und sich schonte. Wir werden in den nächsten paar Wochen einen scharfen Ritt haben.

Ja! nickte das Mädchen.

Hanson riß sein Pferd herum und Meriem folgte ihm. Sie ritten etwa eine Meile am Dschungelsaum entlang und wandten sich dann scharf nach Westen. Meriem gab wenig auf die Richtung acht, da sie Hanson vertraute und ohnehin nicht genau wußte, wo das Waldlager eigentlich war. Sie konnte natürlich nicht wissen, daß er sie gar nicht dorthin führen wollte. Die ganze Nacht über saß man im Sattel, und erst gegen Morgen wurde eine kurze Frühstücksrast gemacht. Aber man hatte nicht die rechte Ruhe und trabte alsbald eilig weiter.

Die Sonne brannte in den Mittagsstunden glühend heiß hernieder, und so hielt Hanson es doch für zweckmäßig, eine längere Rast einzuschieben.

Wir wollen uns hier ein paar Stunden Schlaf gönnen, meinte er. Ich hätte mir nicht träumen lassen, daß Ihr Lager so weit weg liegt, antwortete Meriem kopfschüttelnd.

Das glaube ich schon, Miß Meriem. Ich habe aber dort Befehl hinterlassen, bei Morgengrauen abzumarschieren, um unseren Vorsprung noch mehr zu vergrößern. Ich konnte mir doch denken, daß wir beide den großen schwerfälligen Zug mit den schwerbeladenen Trägern leicht einholen. Morgen wird es übrigens soweit sein, wenn wir uns dazuhalten.

Man ritt indessen die halbe Nacht durch, und auch am folgenden Tage war nichts von den Safari zu sehen. Meriem hatte genug Dschungelerfahrungen und sagte sich oft wieder, daß hier tagelang niemand durchgekommen sein konnte. Ab und zu stieß man auf Menschenspuren, aber die waren alt, sehr alt. Meistens hielt man sich an eine Elefantenfährte, die den hier ziemlich lichten Wald kreuzte und kam dabei jetzt rascher vorwärts als am ersten Tage.

Schließlich schöpfte Meriem aber doch ernstlichen Verdacht, daß ihr Begleiter ihr irgend etwas verheimlicht hatte. Von Stunde zu Stunde änderte sich nämlich Hansons ganzes Benehmen, ja ihr fiel auf, daß er sie oft mit den Blicken geradezu verschlang, wenn er sich unbeobachtet glaubte. Sie hatte auch mit einem Male wieder die Empfindung, als müsse sie diesem Menschen irgendwo früher schon begegnet sein. Er war jetzt ein paar Tage nicht rasiert, und überall im Gesicht begann das blonde Barthaar üppig zu sprossen. Das verstärkte nur ihre wachsende Abneigung, doch wollte sie es noch nicht zu einer Auseinandersetzung kommen lassen.

Indessen im Laufe des zweiten Tages konnte sie damit nicht mehr hinter dem Berge halten. Nein, das war ihr denn doch außer dem Spaß. Sie weigerte sich plötzlich, weiterzureiten, wenn er ihr nun nicht definitiv die wahren Zusammenhänge erklärte. Hanson suchte sie damit zu beruhigen, daß er angab, es könne sich nun nur noch um ein paar Meilen handeln, und sie werde doch nicht kurz vor dem Ziele schlapp machen wollen.

Wir hätten sie schon gestern einholen sollen, schloß er. Sie müssen aber doch merklich rascher vorwärtsgekommen sein, als ich es für möglich gehalten hätte.

Aber bitte, Mr. Hanson! Ihre Leute sind überhaupt nicht hier marschiert. Die Spuren sind ja Wochen alt.

Hanson lachte auf.

O, das kann doch gar nicht sein! Oder ... Er blickte bestürzt nach unten. Warum haben Sie mir das denn nicht längst schon gesagt? Ich hätte Ihnen leicht die Kopfschmerzen ersparen können. Wir sind natürlich nicht auf demselben Weg. Das ist doch klar. Aber wir müssen alle Augenblicke die frischen Spuren kreuzen, und dann ist das letzte Stück ein Kinderspiel. Wenn wir sie nicht überhaupt gleich treffen.

Die feingesponnene Ausrede hatte das eine Gute, daß Meriem jetzt endlich felsenfest davon überzeugt war: der Mann log. Man müßte doch ein Narr sein, solche lächerliche Erklärungen zu glauben! Wie sollte man die anderen überhaupt einholen können, noch dazu, wie er versicherte, gleich in der nächsten halben Stunde, wenn man nun schon zum zehnten Male nach „höchstens" acht bis neun Meilen auf ihre Spur kam?

Die Erbitterung über diese unerhörte Frechheit wuchs bei ihr von Sekunde zu Sekunde, und doch hieß es sich bezwingen. Im stillen erwog sie, wie sie diesem falschen Menschen am besten einen Strich durch die Rechnung machen könne. Die einzige Möglichkeit lag zweifellos in der Flucht. Sie wollte schon dafür sorgen, daß sie ihm bei nächster Gelegenheit durchgehen konnte, und behielt ihn scharf im Auge.

Verblüffend immer wieder die Ähnlichkeit dieses Unbekannten mit einem, den sie früher einmal gesehen haben mußte. Aber wo? Und wann und bei welcher Gelegenheit war ihr dieser Hanson schon über den Weg gelaufen, ehe er ihr in Bwanas Farm vorgestellt wurde? Sie ließ die weißen Männer, die sie bisher gesehen, einen nach dem anderen vor ihrem Inneren vorübergleiten. Es waren ja gar nicht einmal viele, und einige waren ihr damals im Dorfe ihres Vaters zu Gesicht gekommen. Ah ... war es der? Natürlich ... sie sah ihn noch stehen ...

Doch im Handumdrehen war diese blitzartig emporgeschossene Erinnerung wieder unter die Schwelle des Bewußtseins gesunken. –

Am Nachmittag trat dann das Unerwartete ein. Die Dschungel öffnete sich: Vor ihnen lag ein breiter, träge dahinfließender Strom und drüben auf dem anderen Ufer ... das rings von einem dichten Dornenzaun umgebene Zeltlager!

Da wären wir also endlich! meinte Hanson mit einer gewissen Selbstverständlichkeit im Ton. Er nahm seinen Revolver und feuerte einige Schüsse in die Luft. Sofort wimmelte es drüben im Lager wie in einem Ameisenhaufen. Schwarze rannten zum Ufer, Hanson schrie ihnen etwas zu, aber von Mr. Morison Baynes war nichts zu sehen.

Die Schwarzen folgten augenblicklich dem Befehl ihres Herrn, machten ein Boot flott und ruderten herüber. Meriem stieg ein, Hanson ihr nach. Bei den Pferden wurden zwei Schwarze zurückgelassen, die dann, wenn das Boot zurückkam und sie holte, die Pferde hinüberschwimmen lassen sollten.

Die erste Frage Meriems im Lager galt Baynes. Ihre Befürchtungen waren mit einem Male wie weggeblasen, nachdem Hanson mit seinen Vertröstungen von Mittag wenigstens einigermaßen bei der Wahrheit geblieben zu sein schien. Hanson zeigte nach dem für sich stehenden Zelt in der Mitte des Lagerplatzes.

Dort, Miß Meriem! Ich gehe gleich voran.

Am Eingang machte er ihr höflich Platz und schlug den Vorhang zurück, damit sie bequem eintreten könne. Meriem ging, frisch und elastisch ... doch drinnen war ... niemand. Außer Hanson, der ihr mit einem spöttischen Lächeln dicht auf dem Fuße gefolgt war. Sie wandte sich kurz um.

Wo ist nun Mr. Baynes?

Hier nicht, soviel ich wenigstens zu bemerken glaube. Oder haben Sie ihn vielleicht entdeckt? Aber ich bin hier, ich bin tausendmal mehr wert als dieser – Trottel. Sie brauchen sich nicht die Augen nach ihm auszuweinen – Sie haben es nur mit meiner Wenigkeit zu tun!

Zu spät

Der Schwarze, den Malbihn mit der Weisung, seine Rückkehr auf der Lichtung abzuwarten, zurückgelassen hatte, hockte nun schon eine volle Stunde vergeblich am Fuße eines Baumriesen, als plötzlich Numa dicht hinter ihm im Dickicht aufbrüllte und den zu Tode erschrockenen Burschen im Nu auf die nächsten Äste hinaufjagte. Der Löwe brach aus der Dschungel hervor und machte sich über eine im Grase der Lichtung versteckte tote Antilope her, die der Schwarze bisher noch nicht gesehen hatte.

Der Löwe hatte bis zum Morgengrauen mit seiner Mahlzeit zu tun. So blieb dem Schwarzen nichts anderes übrig, als einfach auf seinem Baumsitz auszuharren. Er tat kein Auge zu, teils aus Angst, teils um seinen Herrn ja nicht zu verpassen. Sonderbar, wo er nur bleiben mochte! Noch dazu mit zwei Pferden. Er stand nun schon ein Jahr bei Malbihn in Diensten und kannte den Weißen mit allen seinen Schattenseiten. Kein Wunder, daß es ihm jetzt so vorkam, als sei er absichtlich von ihm in dieser mißlichen Lage zurückgelassen worden, und dieser Gedanke schürte heute seinen Haß zu wilder Erbitterung. Haß? Er und die anderen Träger Malbihns haßten diesen seit langem, und nur sein eisernes Regiment hielt sie beisammen.

Nach Sonnenaufgang zog Numa ab. Die Bahn war frei, und der Schwarze machte sich sofort mürrisch auf den weiten Rückweg.

Nach einer Meile traf er auf die Spur von zwei Ponys, die seine Marschrichtung rechtwinkelig kreuzte. Seine Augen blitzten auf. Er verstand ... und klatschte sich unter Gelächter auf die Schenkel.

Neger sind von jeher unermüdliche Schwätzer, und Malbihns Leute schlugen auch in diesem Punkte einen Rekord. Einige waren nun schon verschiedentlich im Laufe der letzten zehn Jahre in seinen Diensten gewesen und wußten über sein Tun und Treiben in der afrikanischen Wildnis bis beinahe in allen Einzelheiten genau Bescheid. Was sie nicht mit eigenen Augen gesehen hatten, war ihnen zugetragen worden oder sie hatten mit ihrer nimmermüden Neugierde die Eingeweihten jeweils ausgehorcht.

So kannte er also auch – wenigstens zum Teil – die Pläne Malbihns und Baynes', soweit er oder die anderen gelauscht hatten; er wußte auch von dem nicht weniger geschwätzigen Führer des kürzlich abgesonderten Trupps, daß man weit im Westen jenseits des großen Stromes ein zweites Lager bezogen hatte. Zweimal zwei war vier, soviel traute er sich schon zu, mochte man ihn für noch so dumm halten, und „vier" war in diesem Falle die Lösung des Rätsels der letzten Nacht: Sein Herr hatte den anderen Weißen hinter das Licht geführt, ihm sein Weib geraubt und es nach dem Westen verschleppt, indessen er seinen Freund der strafenden Hand des überall gefürchteten großen Bwana preisgab.

Der Schwarze grinste abermals, daß die weißen Zähne blitzten. Dann eilte er nach Norden weiter, meistens in einem Dauerlauf, der die Meilen nur so „verschlang".

*

Im alten Lager hatte Mr. Morison fast die ganze Nacht vergeblich Schlaf gesucht. Seine Nerven waren überreizt und von Furcht und Zweifeln gepeinigt. Erst gegen Morgen war er, völlig erschöpft, eingeschlafen, als ihn auch schon bald nach Sonnenaufgang der Truppführer weckte und ihm zu verstehen gab, daß man sofort nach Norden fliehen müsse. Baynes wollte sich nicht darauf einlassen. Er bliebe hier, bis Hanson seine Meriem brächte. Darauf malte der Führer ihm die ganze Schwere der Gefahr aus, die jede Verzögerung des Abmarsches heraufbeschwören konnte; denn der Schwarze verstand die Schritte seines Herrn ganz richtig dahin zu deuten, daß Malbihn und Baynes irgend etwas getan haben mußten, was den Zorn des mächtigen Bwana entfacht hatte. Er wußte auch, daß es ihnen allen an den Kragen ging, wenn man sie in Bwanas Land faßte.

Die Worte des Schwarzen hatten bei Baynes gewirkt. Er bekam es offenbar noch mehr mit der Angst zu tun. Wie, wenn der große Bwana – so nannte der Schwarze den Herrn dieses Landes – Hanson auf frischer Tat ertappt hatte? Würde er nicht gleich Lunte riechen und auf der Stelle auch ihn aufspüren und bestrafen? Baynes hatte bereits genug davon gehört, daß sein bisheriger

Gastgeber große wie kleine Übeltäter, die sich über die Gesetze oder Gebräuche dieser kleinen Welt außerhalb der Grenzpfähle der Zivilisation hinwegsetzten, gerecht aber sehr scharf aburteilte. Geschriebene Gesetze gab es hier nicht.

Ja, gab Baynes jetzt mit bebender Stimme zu, wir müssen unbedingt auf der Stelle von hier fort. Weißt du den Weg nach Norden?

Der Führer bestätigte dies und traf unverzüglich die Vorbereitungen zum Aufbruch.

Es war Nachmittag, als ein Schwarzer, außer Atem und schweißtriefend, der sich mühsam den Weg bahnenden Kolonne nachgerannt kam und von seinen Kameraden sofort mit lautem Willkommen empfangen wurde. Er verlor trotz seiner offensichtlichen, wenn auch vielleicht nur momentanen Erschöpfung keinen Augenblick und eröffnete den anderen alles das, was er von den neuen Schritten seines und ihres Herrn wußte oder auch nur vermutete, sodaß Baynes, der bei der Spitze der Kolonne war, bald über die Lage der Dinge hinreichend orientiert war.

Mr. Morison hatte sich mit immer wachsendem Entsetzen die wahren Zusammenhänge erzählen lassen und war außer sich vor Ärger, weil der Schwede ihn gewissermaßen nur als Köder für Meriem benützt hatte. Was mochte aus dem Mädchen geworden sein? Ihm wurde sehr beklommen zu Mute.

Der Schwede hatte sicher eine Missetat im Sinn, das war empörend. Und doch bedachte unser Mr. Morison dabei nicht, daß er selbst in der gleichen Lage mit Meriem kaum weniger rücksichtsvoll verfahren wäre.

Weißt du auch ganz genau, wohin sich dein Herr gewandt hat? fragte er den Schwarzen.

Gewiß, Bwana! Er ist nach unserem zweiten Lager geritten. Das liegt drüben über dem großen Strom, der seine Fluten weit, weit nach dem Lande, wo die Sonne untergeht, fortwälzt. Kannst du mich zu ihm führen?

Der Schwarze nickte freudig. Er sah mit einem Male die längst ersehnte Vergeltung an seinem verhaßten Herrn greifbare Gestalt gewinnen, und zudem entging man so mit ziemlicher Sicherheit dem Zorn des großen Bwana, der sich – alle waren davon überzeugt – in erster Linie über dem nach Norden abziehenden Trupp entladen mußte.

Können wir beide auch allein das Lager am Strom erreichen? fragte Mr. Morison den Schwarzen im Flüsterton, damit die anderen es nicht hören sollten.

Ja, Bwana! gab der Schwarze zurück, der sich im stillen schon diebisch freute, daß alles klappen wollte.

Baynes wußte über Hansons Machenschaften jedenfalls jetzt genau Bescheid, er verstand nun gut, warum er das Nordlager so rasch wie möglich immer weiter nach der Nordgrenze der Besitzungen des großen Bwana verschieben wollte: Er gewann ja damit nur Zeit, um sich auf seiner eigenen Flucht nach der Westküste um so sicherer zu fühlen, je weiter der große Bwana sich auf der falschen Fährte nach Norden entfernte.

Ha, Freundchen, wir wollen uns deine sauberen Pläne zunutze machen, dachte Baynes in verhaltenem Grimm, denn er mußte ja selbst sehen, wie er sich den Klauen seines ehemaligen Gastgebers möglichst rasch entwinden konnte.

Du sorgst dafür, daß du mit deinen Führern in Eilmärschen die Nordgrenze erreichst, wandte er sich jetzt in bestimmtem Ton an den Führer des Trupps. Ich selbst werde umkehren und den großen Bwana dem Westtrupp auf den Pelz zu jagen versuchen.

Der Neger erklärte sich damit einverstanden, wenn er auch äußerlich nicht besonders entzückt zu sein schien. Daß er den fremden Weißen, der bei Nacht wie ein kleines Kind zitterte, los wurde, war aber immerhin ein Fortschritt, und im stillen wußte er diese Lösung in mehrfacher Beziehung zu schätzen. Es war doch nun damit zu rechnen, daß man den Eingeborenen des großen Bwana, mit denen sein eigener Stamm seit Jahren in blutiger Fehde lag, nicht auf Gnade und Ungnade ausgeliefert würde, und obendrein war es unter den Verhältnissen, wie sie jetzt standen, nur recht und billig, wenn er dem verhaßten Schweden ein für allemal davonlief. Das war mehr wert als der karge Sold. Er wußte zudem einen Weg nach dem Norden und nach seinem Stammesgebiet, der den weißen Jägern und Forschern völlig unbekannt war; sie waren jedenfalls nie auf die offenbar dürre, wasserlose Hochebene vorgedrungen und ließen sich nicht im entferntesten träumen, daß doch auch dort ab und zu – wenn auch versteckt – Wassertümpel zu finden waren, die selbst in den heißesten Monaten nicht versiegten. Mochte der große Bwana also ruhig die Verfolgung aufnehmen – er würde sich zu retten wissen. Mit diesem Gefühl der Sicherheit in seinem Innern ließ er denn auch sofort die Safari wieder zum Weitermarsch antreten und verschwand mit dem Trupp bald in nördlicher Richtung. Baynes aber wandte sich mit seinem schwarzen Begleiter nach Südwesten.

*

Korak war auf seinem Ausguck über dem Waldlager der beiden Weißen geblieben, bis man nach Norden abzog, und hatte sich dann selbst nach der bekannten Lichtung zurückbegeben, wo er Meriem zum ersten Male, wenn auch mit einem Anderen wiedergesehen hatte. Denn der junge Engländer, der sich den Schwarzen jetzt angeschlossen hatte, konnte seiner Ansicht nach unmöglich Meriem treffen, wenn er sich westwärts entfernte. Anfangs – in jenem ersten wunderbaren Augenblick des Wiedererkennens – hatte sich nicht ein Fünkchen Eifersucht in seinem Herzen finden lassen. Doch später, je länger er mit seiner Geduld auf die Probe gestellt wurde, änderte sich das, und Gedanken gewannen die Oberhand, die Mr. Morison windelweich gemacht hätten, würde er geahnt haben, daß sich jetzt eine wilde Bestie durch dieselben Wälder schlängelte, die er in der Erwartung, Hanson und Meriem abzufassen, durchstreifte. –

An der Lichtung unweit vom Dschungelsaum wartete Korak in tiefer Betrübnis auf seine Meriem – und sie kam nicht, kam vielleicht nie wieder ...

Dafür tauchte im Laufe des Tages von Süden her ein stattlicher Trupp starkbewaffneter ebenholzschwarzer Krieger auf, der von einem großen, breitschultrigen Weißen in Khakianzug geführt wurde. Das Gesicht dieses Mannes schien wie eine eiserne undurchdringliche Maske, so beherrscht war es – und doch wollte es Korak dünken, als spräche aus den Falten um die zusammengepreßten Lippen und aus den Schatten unter den Späheraugen des Fremden ein tiefer Schmerz, den auch die zu Energie geballten markigen Gesichtszüge nicht ganz verwischen konnten.

Dann sah Korak, wie der Fremde mit seinen Leuten die Lichtung und den Dschungelrand absuchte. Sah, starrte mit gläsernen Augen und blieb doch wie festgemauert in stummer Melancholie auf seinem Baumriesen, auf dem er nun schon so lange sehnsuchtsvoll der entschwundenen Dschungelgefährtin harrte. Er sah, wie der Weiße plötzlich seinen Leuten mitzuteilen schien, daß er das Gesuchte gefunden habe, sah, wie er mit seinem Trupp in nördlicher Richtung in den Dschungelgründen untertauchte, sah das alles und saß doch stumm wie ein Grab und blutenden Herzens in unsäglicher Trauer in seinem Blätterversteck.

Nach einer Stunde erst raffte er sich endlich auf und wankte nach Westen davon. Schlich bedrückt mit gesenktem Haupt und gebeugtem Nacken. Wie ein Alter, der mit den Sorgen und Lasten eines verfehlten Lebens dem Ende entgegenwankt ...

*

Baynes bahnte sich hinter seinem schwarzen Führer mit Anspannung aller Kräfte den Weg durch das oft nahezu undurchdringliche, verschlungene Dickicht. Solange es ging, beugte er sich mit dem Oberkörper dicht auf den Hals seines Pferdes nieder, doch nur zu oft mußte er aus dem Sattel, weil die Zweige sich zu weit nach unten drängten. Der Schwarze hatte den denkbar kürzesten Weg eingeschlagen, und der war natürlich fürs Reiten völlig ungeeignet. So gab Baynes denn auch bereits am Abend des ersten Tages sein Pferd auf und folgte dem gestählten Schwarzen zu Fuße so schnell es ihm nur möglich war.

Der lange Marsch in dieser Einsamkeit bot Mr. Baynes reichlich Zeit zum Nachdenken, und da ihm auch das mutmaßliche Schicksal Meriems in der Hand des Schweden in grellsten Farben vor Augen stand, wurde seine Erbitterung von Meile zu Meile immer größer.

Ja, es wurde ihm klarer und klarer, was Meriem ihm eigentlich war, sie erschien ihm auf einmal wertvoller, als er je gedacht hatte. Er verglich sie mit den jungen Mädchen drüben in Europa, die sein Herz gewonnen hatten oder ihn wenigstens reizten – lauter Damen der besten Gesellschaft – und er mußte sich zu seiner Überraschung eingestehen, daß die junge Araberin bei diesem Wettbewerb in seinem Innern keineswegs so schlecht abschnitt wie viele der fernen Schönen. Und nun haßte er nicht allein mehr diesen Hanson, der Haß schlug auf ihn selber zurück, und er überschüttete sich mit den ärgsten Vorwürfen ob seiner eigenen schändlichen Gedanken und Absichten, die nur der Zufall nicht zur vollen Ausführung hatte kommen lassen. Schuldig war er trotz alledem.

Er beschönigte nichts mehr vor sich selber, die Dinge lagen in der quälenden Gewissenspein sonnenklar und erfüllten ihn mit tiefster Scham. Seine eigennützige Leidenschaft wandelte sich in der Bedrängnis dieser Stunden in eine wahre Herzensneigung.

Ein Mann wie Baynes war – von Jugend auf nur an Behaglichkeit und Luxus gewöhnt – derartigen Strapazen und aufreibenden inneren Konflikten nicht gewachsen. Sein Anzug war zerrissen, der ganze Körper zerkratzt und blutig, er konnte sich kaum mehr auf den Beinen halten, stolperte alle fünfzig Meter – und trotzdem spornte er den Schwarzen zu immer größerer Eile an.

Die Not jagte jetzt seine Pulse, ließ sein Hirn nicht ruhen und obendrein war es ihm eine Lust, in diesem Leiden seines erschöpften Körpers wenigstens einen Teil des schweren Unrechts, das er dem geliebten Mädchen angetan, zu sühnen;

denn daß er sie vor dem Schicksal, zu dem er selbst erst die Wege geebnet hatte, noch würde bewahren können, wagte er nicht mehr zu hoffen. Zu spät! Zu spät! Diese zermürbende Erkenntnis war seine Weggenossin. Zu spät! Zu spät! hämmerte es in seinen Schlafen. Zu spät, um noch zu retten, aber ... nicht zu spät, um Rächer zu sein. Und dieser Gedanke gab ihm stets den Ruck vorwärts, wenn der Körper dem Willen nicht mehr gehorchen wollte.

Erst als die Finsternis der Nacht jedes zielsichere Vordringen in der Wildnis unmöglich machte, gönnte er sich und dem Schwarzen die längst nötige Rast. Am Nachmittag schon hatte der völlig ermüdete Schwarze sich mehrmals geweigert, weiter zu marschieren, doch Baynes hatte mit der Pistole gedroht und ihm so Beine gemacht. Der Bursche war natürlich über die Maßen bestürzt, als er auf einmal die unverständliche Veränderung im ganzen Wesen und Gebaren dieses Weißen bemerkte, der noch vergangene Nacht im Lager gezittert hatte, als stünde er am Marterpfahl. Er würde am allerliebsten sofort auf und davon gegangen sein, wenn ihm der Weiße nur die Gelegenheit dazu gegeben hätte. Doch Baynes mochte dies ahnen und tat ihm nicht den Gefallen. Er blieb ihm tagsüber immer dicht auf den Fersen und über Nacht schlief er mit ihm Arm in Arm innerhalb des Dornengeheges, mit dem beide sich zum Schutz gegen die Angriffe hungriger Raubtiere umgeben hatten.

Daß Baynes inmitten der unbekannten Dschungelwildnis diesmal Schlaf fand, zeigte deutlich, wie sehr er sich in den letzten vierundzwanzig Stunden verändert haben mußte, ganz abgesehen davon, daß er mit einem alles andere als appetitlichen Eingeborenen sein Lager teilte. Eine derartige Duldung hätte man sich jedenfalls von dem vornehmen Mr. Baynes früher nicht träumen lassen.

Am anderen Morgen fand er sich kreuzlendenlahm. Der Schmerz saß ihm in allen Gliedern, aber gleichwohl nahm er mit rücksichtsloser Energie die Verfolgung Hansons wieder auf. Beim Durchschreiten einer schmalen Furt kam ihm ein Bock vor die Büchse. Man hatte noch nichts zu sich genommen und mußte sich wohl oder übel den Aufenthalt zum Feuermachen, Rösten und Essen gönnen. Er bereute indessen diesen Zeitverlust bitter und schlug sofort ein scharfes Marschtempo an, wiewohl Bäume, Büsche und Schlinggewächse die Geduld immer wieder auf eine harte Probe stellten.

*

Inzwischen streifte Korak langsam westwärts. Tief in der Dschungel stieß er bald auf Tantor, den Elefanten, der sich am saftigen Grün der Bäume gütlich tat.

Der Affenmensch atmete erleichtert auf; er war glücklich, seinen alten Freund wiedergefunden zu haben, denn damit bot sich zugleich die Möglichkeit, die schwermütigen Stimmungen wirksamer zu bekämpfen. Tantor schien nicht minder erbaut zu sein; er schlang seinen biegsamen Rüssel um den Freund und hob ihn damit in leichtem Schwung auf seinen Riesennacken, auf dem Korak schon so oft gesessen oder gelegen und stundenlang geträumt oder das Dschungelleben ringsum beobachtet hatte.

*

Fernab im Norden hastete der große Bwana mit seinem Kriegertrupp den fliehenden Safari nach. Er folgte zwar frischen Spuren – ließ sich aber damit doch weiter und immer weiter von dem Mädchen weglocken, dessen Rettung er doch auf alle Fälle durchsetzen wollte. –

Und in der Farm auf der Ebene zählte die gütige Dame, die Meriem wie ihr eigen Kind liebte, die Stunden, die in Sorgen und Kummer nur zu langsam dahinschlichen. Mit immer wachsender Ungeduld wartete sie auf den Augenblick, da die Rettungsexpedition mit der Vermißten heimkehrte; denn soviel stand für sie felsenfest, daß ihr unbezwinglicher und unbezwungener Mann ihre Meriem auf jeden Fall wieder heimbringen würde.

Das tote Dorf

Meriem sah plötzlich schrecklich klar: Der sie da abermals in seiner Gewalt hatte, hieß nicht Hanson, sondern – Malbihn! Wilde Verzweiflung legte sich auf ihr gequältes Herz, und ihr schwand jede Hoffnung auf eine günstige Wendung. Sie schrie auch nicht um Hilfe, denn sie wußte, daß doch niemand kommen würde; hatte sie doch früher in der Dschungelwildnis so oft erlebt, daß der Angstschrei des Unterliegenden ungehört oder unbeachtet in der Tiefe der Wälder verhallte.

Doch mitten in ihrem Endkampf um Ehre und Freiheit bot ein gütiges Geschick ihr nochmals helfend die Hand. Malbihn mochte seiner Sache schon ganz sicher sein ... da hatte Meriem den Revolver in seinem Leibgurt entdeckt und mit blitzschnellem Griff in den Falten des Teppichs geborgen. Ihre Finger tasteten vorsichtig nach der Sicherung. Ein leichter Druck – und die Waffe war schußbereit.

Malbihn war aufgestanden. Er schien zu glauben, daß seine Gegnerin erschöpft sei.

Da sprang Meriem wie eine Schlange auf, den Revolver hinter ihren Rücken gepreßt, und warf sich unerwartet mit ihrem ganzen Körper gegen den zudringlichen Schweden, der sich augenblicklich mit den Füßen im Deckengewirr verfing, den Halt verlor und rücklings zu Fall kam. Meriem ließ ihm keine Zeit, sich aufzurichten. Im Nu hatte sie ihm den Revolver auf die Brust gesetzt und drückte ab.

Das Unglück wollte es, daß noch eine leere Patronenhülse im Lauf des Revolvers steckte ... Die Waffe versagte, und sogleich war Malbihn wieder obenauf. Doch Meriem entwand sich wie ein Aal seinen Fäusten und stürzte zum Ausgang. Schon winkte die Freiheit ... da schlug Malbihns Rechte auf ihre Schulter nieder und zerrte sein Opfer abermals zu Boden. Wie eine todwunde Löwin schlug Meriem um sich und holte in der Not mit dem Knauf der Waffe nach des Mannes Kopf aus.

Der Bösewicht sank bewußtlos zurück. Ohne ihn noch eines Blickes zu würdigen, stob Meriem in wilder Flucht davon. Ein paar Schwarze rannten herzu und suchten ihr den Weg nach dem Lagerausgang abzuschneiden. Doch der drohend erhobene Revolver in ihrer Rechten gab ihr die Bahn nach der Dschungel frei.

Hinauf in die Bäume und nach Süden zu davon, das war das Werk weniger Minuten, in denen die Instinkte des kleinen Manganiweibes sofort wieder wach wurden. Sie streifte ihren Reitrock ab, Schuhe und Strümpfe ereilte das gleiche Schicksal, und dann ging es mit leichtem Schwung und Sprung durch die Zweige weiter. Wozu sich mit diesem Plunder belasten! Es galt vielleicht tagelang und in größter Eile nach alter Art zu „wandern“, ehe man einigermaßen sicher war. Reithosen und Jackett behielt sie indessen gern, um die kühle Nachtluft und die Dornen nicht allzusehr spüren zu müssen, zumal sie durch diese Kleidungsstücke kaum in ihrem Vorwärtskommen gehindert wurde.

Sie mochte noch keine halbe Stunde unterwegs sein, als ihr mit einem Male erschreckend zu Bewußtsein kam, daß sie ohne hinreichende Bewaffnung sich weder verteidigen noch genügend mit Nahrung versehen konnte. Warum hatte sie auch nicht daran gedacht, Malbihn noch die gefüllten Patronentaschen vom Leibe zu reißen, ehe sie aus seinem Zelte davonstürmte! O, dann hätte sie sich mit Leichtigkeit der wilden Dschungeltiere, die zweifellos so oft ihren Weg kreuzen würden, erwehren können, sie hätte auch hier und da schmackhaftes Wild zur Strecke gebracht und konnte hoffen, Bwana und „My Dear" in ihrem sicheren Dorado wieder zu erreichen, ehe sie rettungslos in der unergründlichen Wildnis ermattete.

Was half es? Sie mußte zurück und sich auf irgendeine Weise Munition verschaffen. Wohl türmten sich damit von neuem all die Gefahren vor ihr auf, denen sie eben mit Mühe und Not entronnen war. Aber ohne Munition war alles noch aussichtsloser, und so wandte sie sich entschlossen nach dem Lager zurück.

Malbihn war zweifellos kampfunfähig, denn der Schlag hatte gesessen. Vielleicht bot sich also bei Nacht Gelegenheit, unbemerkt bis zu seinem Zelt vorzudringen und den Patronengurt zu erraffen. Sie hatte sich indessen kaum in einem großen Baum unweit des Lageplanes eingenistet und mit ihren Späheraugen das Lager flüchtig überblickt, als der Schwede aus seinem Zelt herauswankte. Sein Gesicht war zerschunden, doch hinderte ihn das nicht, mit Verwünschungen und lauten Fragen über seine vor Angst zitternden Leute herzufallen.

Das Kreuzverhör dauerte eine ganze Weile an. Als der Sturm vorüber war, verließ Malbihn mit seinen Leuten das Lager, anscheinend, um die Flüchtige wieder einzufangen. Meriem gewann den Eindruck, daß der Schwede in seiner Erregung gleich seine gesamte Mannschaft mitgenommen hatte, und wagte daher alsbald den Vorstoß ins verlassene Lager. Geduckt sprang sie über die Lichtung, hinein in Malbihns Zelt. Der erste Blick in der Runde war eine Enttäuschung: Er mußte die Munition mitgenommen haben. Doch da in der Ecke ...? Sie stürzte sich auf den in wasserdichte Leinwand verpackten Koffer, in dem der Schwede seine rein persönlichen Habseligkeiten verstaut hatte, und der von den Trägern des Westtrupps seinerzeit schon mit nach diesem Lager befördert worden war.

Vielleicht steckt hier der Hauptvorrat? Mit wahrem Feuereifer entfernte sie Verschnürung und Leinwandhülle, riß den Klappdeckel auf und stöberte in dem bunten Allerlei herum. Da lagen Briefe, Schreibpapier, alte und weniger alte Zeitungen und Zeitungsausschnitte und schließlich auch unter unzähligen anderen Kleinigkeiten die Photographie eines kleinen Mädchens. Auf die Rückseite dieses Bildes war ein Ausschnitt aus einer Pariser Tageszeitung geklebt, vergilbt und ziemlich abgegriffen, jedenfalls für Meriem unleserlich, schon weil sie die französische Sprache wohl etwas sprechen, aber nicht lesen konnte. Der Zeitungsausschnitt brachte in verhältnismäßig schlechtem Druck ein Bild desselben Mädchens, das auf der Photographie zu sehen war. Meriem griff sich an den Kopf. Das Bild ... Sie hatte es sicher schon einmal ... ja ... das ... war sie ja selbst, sie, die kleine Meriem, so, wie sie sich aus den Tagen ihrer Kindheit noch in Erinnerung hatte ...

Woher hatte der Schwede eigentlich diese Photographie? Wie war sie überhaupt in seine Hände gekommen und warum war das Bild in der Zeitung? Was mochte dahinter stecken?

Meriem war mit einem Schlage völlig im Bann dieser ihr geradezu unheimlichen Entdeckung und starrte minutenlang selbstvergessen auf die halbverblichene Aufnahme. Dann mochte sie aber eine warnende Stimme in ihrem Innern aufgescheucht haben, denn sie fing wieder an, in der Kiste weiterzuwühlen. Endlich ... ein Griff, und sie zog eine kleine Pappschachtel unter einem Wust von Zeitungsausschnitten hervor. Ein einziger Blick genügte, der Deckel wurde aufgerissen: die Patronen hatten das richtige Kaliber. Der Revolver war schon längst am Leibgurt befestigt, und zwar so, daß die Waffe in den bequemen Breeches verschwand. Die Patronenschachtel glitt in die Tasche.

Das Gefühl der Sicherheit verleitete sie indessen zu einem Fehler, der unter Umständen schlimme Folgen hätte nach sich ziehen können. Sie nahm nochmals das Bild und sah und sah und konnte sich gar nicht satt sehen an dem Bilde ihrer Jugend. Und wie sie so noch immer traumverloren dem Rätsel dieses unerhofften Fundes nachsann, drang plötzlich Stimmengewirr an ihr Ohr. Im Nu war sie mit allen Fasern bereit. Die Kerle kamen wohl schon wieder? Schon klangen die Stimmen näher. Der Schwede mußte auch dabei sein, sie konnte seine Stimme deutlich heraushören. Sie stürzte zum Ausgang des Zeltes. Ein Blick belehrte sie: Es war schon zu spät. Sie war schon förmlich umzingelt, der Weiße eilte mit drei Eingeborenen von der Lichtung her unmittelbar auf sein Zelt zu. Was sollte sie tun? Rasch das Bild in die Bluse, das Doppelmagazin des Revolvers mit Patronen gespickt und zurück in die äußerste Ecke des Zeltes. Er schien sich jedoch jetzt Zeit zu nehmen. Sie hörte, wie er draußen seinen Leuten endlose Befehle gab. Recht so, ihr konnte jede Sekunde nützen. Sie bückte sich, hob die Rückwand des Zeltes leicht auf und spähte durch den schmalen Spalt hinaus. Aha, dort war noch niemand! Sie warf sich nieder und wand sich vorsichtig ins Freie.

Kaum war sie draußen, hörte sie, wie der Schwede von der anderen Seite dem Eingang zuschritt. Halbgeduckt huschte sie nach der nächsten Hütte, in der sonst ein Teil der Schwarzen hausen mochte. Sie atmete auf, als sie dort in Deckung war. Von neuem spähte sie hinaus. Es war niemand zu sehen. Um so besser. In Malbihns Zelt erhob sich jetzt ein Höllenlärm. Sein Koffer ...

Er schrie wie besessen. Seine Leute stürmten zu ihm ins Zelt. Er hatte sie „gerufen“. Das war der rechte Augenblick. Meriem rannte aus der Hütte. Nur nicht zum Lagerausgang jetzt. Da ... der Baum. Wie die Zweige über das Dornengehege herabhingen! Die Schwarzen waren wohl zu bequem gewesen, die paar dicken Äste wegzuschlagen? Nun, das spielte ja auch keine Rolle. Die Hauptsache: Sie hatte jetzt die Leiter, die ihr den Weg in die Freiheit öffnete. Ein kühner Schwung – und sie war frei!

Aus ihrem hohen Baumversteck beobachtete sie, wie Malbihn wieder in die Dschungel zurückeilte. Die drei Leute, die er vorhin mitgebracht hatte, ließ er diesmal als Wache im Lager zurück. Malbihn strebte nach Süden und war bald verschwunden.

Meriem wartete noch ein paar Minuten, ehe sie sich in den Bäumen dem Strom zuwandte. Die Kanus lagen noch am Ufer festgebunden, so wie man sie vor Stunden verlassen hatte. Wenn solch ein Boot auch alles andere als leicht zu rudern sein würde, zumal für sie allein, so blieb ihr doch kein anderer Ausweg. Über den Strom mußte sie auf alle Fälle.

Der Landungsplatz mit den Booten konnte vom Lager aus genau beobachtet werden. Jetzt sich dorthin zu wagen, wäre Selbstmord gewesen, und so blieb nur die Hoffnung, daß die Nacht ihr zu Hilfe kam, wenn nicht doch schon vorher irgendein günstiger Zufall dazukam. Sie lag indessen etwa eine Stunde in ihrem Baumversteck, ohne daß sich der Schwarze, dem anscheinend die Bewachung der Boote befohlen war, auch nur einmal von seinem Posten entfernt hätte.

Plötzlich tauchte Malbihn wieder auf. Atemlos, keuchend kam er angerannt und ging auf der Stelle zum Ufer, wo er die Boote zu zählen schien. Ihm war offensichtlich unterwegs eingefallen, daß das Mädchen über den Strom zu kommen suchen mußte, wenn sie, wie zu erwarten, sich in Bwanas Schutz zurückbegeben wollte. Meriems Annahme stimmte. Mit einem Ausdruck der Erleichterung, als sei ein Alp von ihm gewichen – er fand alle Boote vollzählig vor – wandte er sich an den Führer seines Trupps, der mit ihm und einigen

Schwarzen zurückgekommen war und gab rasch und energisch einige Anordnungen, die offenbar keinen Aufschub duldeten.

Bald waren alle Kanus bis auf eines flott gemacht. Auch die Lagerwache war mit in die Boote beordert worden, und wenige Minuten später ruderte die ganze Gesellschaft stromaufwärts davon.

Meriem wartete noch, bis sie hinter einer scharfen Biegung des Stromes dicht oberhalb des Lagers verschwunden waren. Herrlich! Sie waren fort, sie war allein – und man hatte ihr ein Kanu mit – sage und schreibe – einem Ruder zurückgelassen. Es war eigentlich unfaßbar – und doch, es hieß das Glück beim Schopfe fassen, sollte es nicht vor ihren Augen ins Nichts zerrinnen. Und so schwang sie sich rasch hinab und rannte auf das Boot zu, von dem sie nur noch wenige Meter trennten. –

Jenseits der Strombiegung sammelte Malbihn seine Boote dicht am Ufer. Er selbst ging mit seinem Truppführer an Land, um dort einen geeigneten Punkt zur Beobachtung des drüben am Lagerplatz zurückgelassenen Kanus ausfindig zu machen. Er lächelte vergnügt, denn das Mädchen würde ohne Zweifel auf diesen Trick hereinfallen, d. h. früher oder später zum Lagerplatz und zu den Booten zurückstreben und die Überfahrt wagen. Mochte sein, daß sie nicht gleich auf den Gedanken kam, daß man ein oder zwei Tage warten mußte. Aber sie würde auf alle Fälle dort erscheinen, wenn sie überhaupt noch lebte oder nicht von seinen drüben in der Dschungel streifenden Leuten schon vorher aufgegriffen wurde. Er hatte es nicht im entferntesten für möglich gehalten, daß sie bereits am Werk sein könnte, und war sprachlos vor Bestürzung, als er beim ersten Blick auf den Strom in Höhe des Lagerplatzes das Mädchen schon im Kanu mitten auf den Fluten schaukeln sah.

Wie besessen rannte er zu seinem Boot zurück, der schwarze Truppführer ihm dicht auf den Fersen. Man warf sich förmlich in das Boot, indessen man die anderen Leute zu äußerster Kraftentfaltung beim Rudern anspornte. Wie Pfeile schossen die Kanus mit der Strömung talab, als gälte es das Leben. Meriem war schon ziemlich am Ziel, als sie den Schwarm ihrer Verfolger auf den Wassern heranbrausen sah. Mit der ganzen Kraft naher Verzweiflung legte sie sich ins Zeug. Sie brauchte Vorsprung. Zwei Minuten. Dann war sie gerettet. Einmal wieder oben in den Bäumen, und man würde sie nimmer einholen. Ein kurzer Blick auf die feindlichen Kanus belehrte sie schließlich, daß alles zu hoffen war. Sie hatte das Menschenmögliche geleistet.

Malbihn schien schon das Fehlschlagen seines listigen Planes zu erkennen, denn die Verwünschungen hagelten nur so auf die schwarzen Ruderer nieder, die trotz aller Anstrengung sein Boot nicht so rasch vorwärts brachten, wie er es sich wünschen mußte. Er stand vorn im Bug des schnellsten Kanus; am liebsten hätte er die hundert Meter, die ihn jetzt von der Flüchtenden noch trennten, im Sprung genommen, denn Meriems Kanu glitt bereits zum Uferdickicht. Ein paar Sekunden noch, und sie konnte sich an den überhängenden Ästen ans Land ziehen.

Malbihn schrie, sie solle halten. Er war außer sich vor Ärger, als sie nicht auf ihn hörte, riß sein Gewehr an die Schulter, zielte rasch und drückte ab. Doch vergeblich – das Mädchen hatte sich in kühnem Schwung gerettet.

Der Schwede war an sich ein ausgezeichneter Schütze. Unmöglich, daß er auf so geringe Entfernung danebengeschossen hätte, wäre nicht in dem Augenblick, in dem er den Finger am Abzug krümmte, ein Zittern und Schütteln durch sein Boot gegangen, dem ... Meriem nun ihr Leben zu verdanken hatte. Das Kanu war just in jener entscheidenden Minute mit dem Bug auf einen im Schlammgrund verankerten und mit seinem anderen Ende dicht unter der Wasseroberfläche schwimmenden halbmorschen Baumstamm aufgefahren und mit einem Ruck zur Seite geworfen worden. Kein Wunder also, daß der Schuß danebenging. Die Kugel pfiff an Meriem vorbei und landete in irgendeinem Urwaldriesen.

*

Ein befreites Lächeln huschte über Meriems Antlitz, als sie vom hohen Baumpfad herabglitt, um die kleine Lichtung, auf der einst Eingeborene gewohnt haben mußten, zu überqueren. Wohl standen hier und da noch ein paar dürftige Hütten, aber Wind und Wetter hatten schon das ihre getan und im Verein mit den üppig wuchernden Tropengewächsen die sicher einst blühende Siedlung zu trostloser Wildnis gewandelt. Meriem mußte sehen, wie sie die Lichtung am schnellsten hinter sich bekam, und wählte deshalb entschlossen den Pfad, der einst wohl die breite Dorfstraße gewesen sein mochte. Wenn sie geahnt hätte, daß sie doch nicht allein war, daß hinter halbzerborstenen Wänden und aus zusammengesunkenen Vorratshütten hier und da und überall lauernde Augen jeder ihrer Bewegungen folgten!

*

Eine Meile östlich vom Flußlager Malbihns arbeiteten sich zwei halberschöpfte Wanderer mühsam durch die Dschungel. Da ... ein Schuß. Der Mann im zerfetzten Khakianzug blieb sofort stehen und horchte. Bleich und verstört sein Gesicht, die Haare wirr durcheinander – er mußte Schreckliches hinter sich haben. Auch der Schwarze, der ein paar Schritte voraus war, hielt jetzt.

Wir haben nicht mehr weit, Herr! sagte er, und in dem Ton seiner Stimme wie in seiner ganzen Haltung lag etwas Beruhigendes. Der Schwarze schien seinen Herrn sehr zu schätzen.

Der Mann im Khakianzug nickte nur und wies nach der Richtung, in der der Schuß gefallen war. Es ging also weiter.

Der Mann im Khakianzug: Kein anderer war es als der verwöhnte Mr. Morison Baynes und – doch ein anderer! Hände und Gesicht zerkratzt und mit blutigen Schrammen, geschwärzt vom Kampf mit der Dschungelwildnis, fast in Lumpen gehüllt – nicht mehr der Baynes in der Übereleganz und dem überlegenen Auftreten von einst, nein, ein Mann, geadelt und gereift im Ringen mit sich selbst und mit den Urgewalten der afrikanischen Wildnis.

In jedem Menschen – und mag es noch so ein Schwächling sein – glimmt tief im Innern ein Fünkchen Mut und Ehrgefühl und ein Gewissen. Reue, bittere Reue und das brennende Verlangen, ein schweres Anrecht wieder gut zu machen, hatten in Mr. Morison die Bahn geebnet.

Der Schwarze war nicht bewaffnet, denn Baynes hatte ihm, trotzdem er selber das Gewehr oft kaum noch schleppen konnte, die kostbare Waffe nicht anvertrauen wollen. Er war sich immer noch nicht ganz klar darüber gewesen, ob der Schwarze nicht plötzlich seine freundliche Gesinnung wieder änderte.

Allein jetzt hieß es auf gut Glück den Versuch wagen; es galt den Kampf mit Malbihn zu bestehen. Die Stunde war da – und der Schwarze würde aller Wahrscheinlichkeit nach die günstige Gelegenheit, dem verhaßten Peiniger manchen Faustschlag heimzuzahlen, mit Freuden begrüßen. Er gab also dem Schwarzen sein Gewehr, während er selbst als gewandter Pistolenschütze sich mit dem handlicheren Revolver begnügen wollte.

Sie waren kaum ein paar hundert Schritte weitergekommen, als mit einem Male lautes Gewehrgeknatter sie von neuem zum Halten brachte. Ein – zwei Minuten dauerte das wilde Feuer an, dann krachte nur noch hier und da ein Schuß, man hörte jetzt deutlich gellende Kampfrufe schwarzer Krieger – und kurz darauf trat völlige Ruhe ein.

Baynes war alsbald weitergestürmt. Mochten alle Teufel da drüben losgelassen sein, er mußte retten, retten, was noch zu retten war. Doch die Dschungel schien stärker als sein fast zu Wahnsinn geballter Kampfwille. Dichter und immer dichter verschlang sich Dickicht in Dickicht, wohl ein Dutzend Mal lief er an, als gälte es ein Hindernis im Sturm zu nehmen, doch immer wieder kam er zu Fall oder verfing sich strauchelnd im Netz der Lianen. Der Schwarze war noch dazu zweimal in eine Sackgasse geraten. Man mußte ein Stück zurück und auf einem Umweg das Ziel zu erreichen suchen.

Endlich eine Lichtung! Der große Strom konnte nicht weit sein. Die Pulse hämmerten. Wie würde alles gehen?

Baynes erkannte sofort, daß einst ein Dorf mit seinem bunten Leben und Treiben die Lichtung ausgefüllt haben mußte, hier, wo jetzt die unersättliche Wildnis ihre grünen Fangarme über wankende Hütten und modrige Trümmer ausbreitete. Auf der einstigen Dorfstraße fanden sie – einen toten Schwarzen. Eine Kugel hatte ihm das Herz durchbohrt. Die beiden fuhren auf und spähten sofort scharf nach allen Seiten. Totenstille ringsum. Alles öde und verlassen, als habe seit Jahren niemandes Fuß dies große Dschungelgrab betreten.

Doch da ... was war das? Es klang wie Ruderschläge. Dann drangen auf einmal auch Stimmen herüber.

Baynes stürzte vorwärts, der Schwarze ihm nach. Das tote Dorf mochte sein, wie es wollte – jetzt war wirklich keine Zeit mehr zu verlieren. In wenigen Minuten hatten sie den Waldstreifen durchquert und bekamen den Blick auf den Strom frei. Zum Teufel, da war ja Malbihn mit seinen Leuten. Auch der Schwarze erkannte seine Kameraden sofort. Man war schon fast drüben am anderen Ufer.

Wie kommen wir hinüber? fragte Baynes kurz. Er fieberte.

Der Schwarze schüttelte bloß den Kopf. Ein Boot schien nicht auf diesem Ufer zu sein. Der Landeplatz war ja drüben. Und schwimmen? Es wäre Selbstmord gewesen, sich den Krokodilen in den Rachen zu werfen.

Zufällig blickte der Schwarze nochmals stromabwärts. Es war ihm aufgefallen, daß da etwas zwischen den auf das Wasser herabhängenden Zweigen hervorschimmerte, etwas ...

Er beugte sich ein wenig seitwärts. Herr, Herr ... flüsterte er und zog Baynes mit sich fort. Der konnte kaum einen lauten Freudenschrei unterdrücken – und in der nächsten Minute schwangen sich beide von schwankendem Ast in das Kanu, in dem Meriem sich vorhin nach diesem Ufer gerettet hatte.

Das Kanu schoß aus seinem Versteck in die Freiheit; der Schwarze ruderte, Baynes hockte vorn im Bug. Der gerade Weg schien der beste. Die da drüben zogen ihre Boote an Land. Malbihn war eben aus seinem Kanu herausgesprungen. Er drehte sich um, als wolle er mit einem raschen Blick den Strom und das andere Ufer noch einmal abtasten. Vielleicht ...

Baynes sah deutlich, wie seine Augen sich weiteten. Malbihn war überrascht. Das konnte ihm niemand übelnehmen. Ein Boot? Der Schwede stieß einen lauten Warnungsschrei aus.

Dann schien es, als hätte er sich wieder in der Gewalt. Ein Boot, und nur mit zwei Leuten bemannt? Was sollten die ihm und seinen Leuten anhaben können! Aber der Weiße? Wer mochte das sein? Wiewohl das Kanu jetzt fast die Strommitte erreicht hatte, und die beiden Insassen vom Ufer aus deutlich zu sehen sein mußten, kam Malbihn nicht der erleuchtende Gedanke. Erst als einer seiner Leute in dem schwarzen Ruderer einen guten alten Kameraden erkannte und seinen Herrn darauf aufmerksam machte, schien Malbihn zu ahnen, wer der Weiße war, wenn er es auch zunächst einfach nicht fassen konnte, wie Mr. Baynes nur in Begleitung eines einzigen Schwarzen ihm bis hierher nachgedrungen sein sollte. Das war doch der reine Hohn. Mr. Morison Baynes – nein, unmöglich.

Und er war es doch! Auch Malbihn mußte sich schließlich überzeugen lassen, daß unter diesen Kleiderfetzen der überängstliche, ja der fast feige Mr. Baynes steckte, der ihm durch die Wildnis gefolgt war, um ..., ja, um ...?

Um mit ihm abzurechnen! ... Es schien unglaublich. Und doch gab es keine andere Lösung für dieses Rätsel, das Malbihn schon mehr als ein Rätsel dünkte. Er zuckte die Achseln. Gut denn. Andere hatten die gleichen Gelüste gehabt. Das war nicht das erste Mal in der langen bunten Afrikakampagne, daß einer sich anmaßte, ihm in die Quere zu kommen. Er faßte sein Gewehr fester und behielt das Kanu mit den beiden scharf im Auge. Man war inzwischen auf Sprechweite herangekommen.

Was wollen Sie hier? rief Malbihn hinüber und hob drohend sein Gewehr.

Baynes sprang auf. Sie Schuft! schrie er und zog blitzschnell seinen Revolver.

Von beiden Seiten krachten Schüsse. Malbihn ließ das Gewehr sinken, seine Rechte griff nach der Brust, er wankte in den Knien und sank nieder.

Baynes stand noch einen Augenblick kerzengerade da – dann fiel er langsam in sich zusammen und blieb auf der Sohle des Bootes liegen.

Der Schwarze am Ruder zögerte unschlüssig. Was sollte er jetzt tun? War Malbihn wirklich tot, konnte er sich unbesorgt zu seinen Kameraden herüberwagen. Im anderen Falle mußte er lieber das jenseitige Ufer wiederzugewinnen suchen. Er hielt daher mit dem Kanu zunächst auf die Strommitte zu. Es würde sich bald zeigen, wie es mit Malbihn stand. Daß sein neuer Herr nun so plötzlich daran hatte glauben müssen, war ihm keineswegs gleichgültig; er hatte ihn in den letzten Stunden achten gelernt.

Mit einem Male glaubte er zu sehen, daß Baynes doch noch atmete. Der Schwarze beugte sich nieder und hob ihn in die Höhe, so daß er wenigstens sitzen konnte. Er fragte ihn auch, wo er getroffen sei, beachtete aber dabei nicht, daß er sich selbst, indessen er so im Boote stand und das Ruder bediente, dem Gegner preisgab. Ein Schuß vom Ufer – und der Neger stürzte in die Fluten und riß das Ruder mit sich in die Tiefe.

Baynes wandte seinen Kopf vorsichtig ein wenig rückwärts: Malbihn war also doch nicht tot. Er hatte sich auf seine Ellbogen gestützt und ... legte von neuem an. Die Kugel schwirrte eine Handbreit über Baynes' Haupt ins Leere, denn der Schwede hatte seine Kräfte doch überschätzt. Er war selber schwer verwundet, an sicheres Zielen war nicht mehr zu denken.

Baynes hatte sich sofort wieder hinter der Bootswand geduckt. Sein Revolver lag mit dem Lauf auf der Oberkante.

Malbihn dies sehen und augenblicklich noch eine Kugel hinüberjagen – war eines. Doch diesmal war Baynes unerschrocken bis zum Äußersten. Sein Zeigefinger umspannte den Abzug, er hob den Kopf über den Bootsrand, zielte, als läge er auf dem Schießstand, und gab Feuer.

Wohl war Malbihn zum zweiten Male getroffen – aber noch immer jagte er Schuß auf Schuß dem mit der Strömung davongleitenden Boote nach. Eine Kugel sauste sogar klirrend in den Bug des Kanus, daß die Holzsplitter flogen. Dann verschwand das Boot in der nächsten Biegung des großen Afi. Der Kampf war zu Ende.

Abdul Kamak, der Sohn der Wüste

Meriem war schon halb durch das tote Dorf hindurch, als Neger und Arabermischlinge von allen Seiten aus den verfallenen Hütten auf sie losstürzten. Fliehen? Unmöglich. Schwielige Hände griffen nach ihr und zerrten sie zu Boden. Alles Betteln half nichts. Sie war wieder gefangen.

Der Scheich ...! Finster und in verhaltenem Zorn sein gealtertes Gesicht unter dem faltigen Burnus – das war sein erster Gruß. Der Schreck lähmte Meriem die Glieder. Sie sah die Qualen und Nöte ihrer Kindheit jäh wieder heraufsteigen und richtete sich mit hilflosem Blick langsam auf, als die Schwarzen zurückwichen. Zitternd stand sie noch da, als der Scheich zwei Schritte vor ihr Halt machte, als er seine Augen überlegen lächelnd zusammenkniff, als wolle er sagen: ich kenne dich doch – und nun bleibst du auf immer in meiner Gewalt. Es war kein Zweifel: der Scheich hatte sie erkannt. Was machten die wenigen Jahre aus, die verstrichen waren, seit sie noch als Kind mit Geeka am Palisadenzaun spielte? Und die Kleider? Nichts, garnichts. Sie war im Grunde doch dieselbe geblieben, ihre Züge waren seinem scharfen Adlerauge kein Rätsel.

So hast du dich endlich wieder zu uns zurückgefunden, he? sprach der Scheich mit spöttischem Lächeln. Möchtest wohl was zum Beißen? Und helfen sollen wir dir auch noch, was?

Lassen Sie mich los! schrie das Mädchen auf. Lassen Sie mich nur los. Ich erbitte nichts weiter von Ihnen, als daß Sie mir den Weg zu dem großen Bwana frei geben.

Der große Bwana? – Der Scheich zeterte, fast schnappte ihm die Stimme über, wie er jetzt in ungebändigter Erregung ein Schimpfwort nach dem anderen über den weißen Farmer häufte, den alle Dschungelleute, soweit ihnen seine Anordnungen unbequem waren, wie einen Todfeind haßten. Du möchtest zu dem großen Bwana? Aha, dort also hast du dich herumgetrieben, seit du mich auf einmal nicht mehr nötig hattest! Und vor wem machtest du denn jetzt so lange Beine? Etwa gar vor deinem großen Bwana?

Nein, nein! Der Schwede kommt ... der Schwede, der mich Ihnen schon einmal entführen wollte. Sie entsinnen sich an Mbeeda, der bei Nacht ...

Dem Scheich ging ein Licht auf. Er befahl seinen Leuten sofort, den Waldstreifen zwischen Lichtung und Strom zu besetzen und Malbihn samt seiner Gesellschaft unschädlich zu machen.

Malbihn war indessen längst an Land gegangen und hatte sich mit seinen Schwarzen bis an den Rand der Lichtung vorgearbeitet. Er war bestürzt und dachte, er sähe nicht recht, als er mitten auf der alten Dorfstraße den Scheich und dessen Askari mit Meriem gewahrte.

Zwei Menschen nur fürchtete er, als seien sie leibhaftige Teufel: den großen Bwana und den Scheich. Und so wandte er sich augenblicklich zum Strom zurück, seine Leute folgten, als säße der Scheich ihnen schon im Nacken – und ehe die Verfolger sie auch nur gesehen haben konnten, war man in den Booten und strebte dem rettenden Ufer zu. Die Askari waren indessen stutzig geworden, als sie die heftigen Ruderschläge vernahmen, und jagten blindlings ein paar Salven in der Richtung auf den Strom. Malbihns Leute antworteten mit wildem Gewehrfeuer, dann fiel nur noch hier und da ein Schuß auf beiden Seiten. Der Scheich ließ die Gefangene in die Mitte nehmen und befahl den Rückzug nach Süden.

Der Überfall auf Meriem war keineswegs von langer Hand vorbereitet gewesen. Der Scheich war in einigem Abstand vom großen Strom in südlicher Richtung auf dem Marsche, als einer seiner Leute, der sich gerade Wasser holen wollte, Meriem im Kanu von drüben heranrudern sah. Der Bursche hatte nichts Eiligeres zu tun gehabt, als seinem Herrn sofort zu berichten, daß ein weißes Mädchen über den Strom herüberkäme – worauf der Scheich umgehend seine Leute im toten Dorf auf die Lauer legte. Eine Weiße und noch dazu allein hier in der Wildnis, das war etwas für den habgierigen Araber! Das Gold klang ihm schon im Beutel. Das wäre nicht das erste Mal, daß ihm die Jagd auf Lösegeld glückte, wenn das Mädchen ihm jetzt ins Garn ging. Hier ließ sich etwas verdienen. Endlich auch einmal wieder im Handumdrehen! Seit der große Bwana ihm seine einstigen „Jagdgebiete“ so arg beschnitten hatte, war es nicht mehr so einfach, den Eingeborenen das Elfenbein für ein Trinkgeld abzuhandeln oder es besser gleich mit dem Gewehr in der Hand gelegentlich eines nächtlichen „Besuches“ zu beschlagnahmen. Zweihundert Meilen im Umkreis war ihm das Geschäft durch diesen albernen Farmer und seine Spitzel verdorben. –

Und nun war das Mädchen auch gar noch die Meriem, die ihm damals davongelaufen! Bravo, das hatte er gut gemacht. Der Fang sollte sich lohnen, wie nicht gleich wieder einer. –

Zunächst fand er es indessen für angebracht, die „alten guten Beziehungen“ zwischen Vater und Tochter zu erneuern. Bei der ersten besten Gelegenheit gab es Püffe und, statt daß er einen seiner Leute hätte vom Pferde steigen lassen, um das Mädchen zu schonen, zwang er sie, zu Fuße zu folgen. Er scheute sich auch nicht, sie durch sonstige Schikanen zu quälen, ohne daß einer seiner Leute sie eines teilnehmenden Blickes würdigte oder es gar wagte, ein gutes Wort für sie einzulegen.

Nach zwei Tagemärschen war man am Ziele. Die Tore taten sich auf und schlossen sich hinter ihr: Sie war wieder in den „vier Pfählen", in denen sich die Tage ihrer Kindheit grau in grau und, wenn es schlimmer kam, unter Tränen und Schlägen abgespielt hatten. Der erste Blick sagte genug: Die schreckliche alte Mabunu war noch da, dasselbe blöde Lächeln wie damals höhnte ihr aus den Falten um den zahnlosen Mund entgegen. Es war, als seien all die letzten Jahre auf einmal wie ein Traum, ein schöner Traum, zerronnen und versunken ins Nichts. Wäre sie sich nicht doch erwachsen vorgekommen im Vergleich zu damals, sie hätte es fast glauben mögen, daß sie geträumt.

Die Dorfbewohner, soweit sie Meriems Bekanntschaft nicht schon auf dem Marsche gemacht hatten, waren für einige Zeit für nichts anderes zu sprechen, als für die so seltsam gekleidete Weiße, die man – wie es hieß – als Kind schon im Dorfe beherbergt hatte. Staunen und Lachen wollte kein Ende nehmen. Am allermeisten schien sich indessen Mabunu zu amüsieren. Sie schlug die Hände über dem Kopf zusammen, zog die einfältigsten Grimassen und meckerte wie eine alte Ziege. Meriem wandte sich schaudernd ab. Sie kannte die Hexe von früher zur Genüge.

Unter den Arabern, die sich im Laufe der letzten Zeit dem Scheich angeschlossen hatten, befand sich auch ein junger kräftiger Bursche, ein hübscher Kerl mit feurigem unsteten Blick. Er stand jetzt mit in der Runde der staunenden Dorfbewohner; doch als der Scheich von seinem Zelt her erschien, wies dieser ihn auf der Stelle fort. Was er denn hier zu suchen habe, meinte der Scheich in barschem Ton. Und Abdul Kamak ging mit geballter Faust.

Auch die Neugierde ist schließlich einmal satt. Die Leute wandten sich nach und nach wieder ihren Geschäften zu. Meriem war allein. Man hatte ihr wie früher gestattet, sich innerhalb des Dorfes frei zu bewegen. An Flucht war nicht zu denken; die Palisadenwände hatte man mächtig verstärkt, die Tore wurden bei Tag und Nacht scharf bewacht.

Sie wollte jetzt allein sein und allen Belästigungen nach Möglichkeit aus dem Wege gehen. Wie in den Tagen ihrer ersten Jugend, wenn sie mit ihrer

Geekapuppe plaudern und den bitteren Stunden im elterlichen Zelt auf eine Weile entrinnen wollte, schlenderte sie nach ihrem alten Lieblingsplatz im Winkel am Palisadenzaun, wo einst Korak sich zu ihr aus den Zweigen des schattigen Baumriesen herabgeschwungen hatte. Doch der Baum ... stand nicht mehr. Sie ahnte sofort, warum. Der Scheich konnte den Tag nicht vergessen, da er von Koraks Faust getroffen sich das Mädchen rauben lassen mußte.

Ein paar niedrige Büsche säumten die Umzäunung auf der Innenseite, und Meriem legte sich dort im Schatten ins Gras. Ihr war, als spüre sie hier noch einmal das Glück jener Stunde, in der Korak sie auf seinen Armen in die Dschungel gerettet, als überflöge sie die langen Jahre, in denen er sie beschützt und umsorgt hatte wie ein lieber Bruder seine kleine Schwester. Monatelang hatte sie nicht so herzlich Koraks gedacht wie heute. Er schien ihr auf einmal so viel näher und unersetzlicher, daß sie sich kopfschüttelnd fragte, wie ihr Herz ihm hatte so fremd werden können. Und dann drängte sich Morisons Bild in den Vordergrund. Liebte sie denn diesen eleganten jungen Engländer wirklich? Sie dachte an London und den Glanz der Geselligkeiten, von denen er in so hochtrabenden Worten gesprochen hatte. Sie suchte es sich auszumalen, wie sie dort bewundert und gefeiert worden wäre. All die Bilder, die Mr. Baynes so verführerisch und verheißend vor ihrem kindlich staunenden Gemüt in schillernden Farben gemalt, zogen noch einmal an ihr vorüber. Es war berauschend, davon zu träumen, doch unwillkürlich trat die Lichtgestalt ihres früheren Dschungelgenossen wieder vor das innere Auge der Sinnenden.

Ein tiefer Seufzer kam über ihre Lippen, sie preßte ihre schmale Hand auf die Brust und – – – fühlte die Photographie dicht über ihrem Herzen, wo sie vor Tagen in Malbihns Zelt ihr Versteck gefunden hatte. Sie zog das Bild heraus und versank von neuem in seinen Anblick; sie hatte ja Zeit jetzt, jede Einzelheit zu studieren. Unter dem feinen Spitzenbesatz des Kinderkleidchens lugte ein Kettchen mit Medaillon hervor. Meriem zog die Stirn in Falten. Sie kämpfte im stillen mit halbwachen Erinnerungen. Quälend die Gedanken, die doch nie die volle Gewißheit brachten. Wie sollte dies kleine Mädchen, dies Kind mit seiner unverkennbar europäischen Kleidung Meriem, das Töchterchen des Araberscheichs, sein? Unmöglich – und doch wieder die Halskette? Meriem konnte sich deutlich entsinnen, solch ein Kettchen einmal getragen zu haben. Aber wann? Und wo? Geheimnisvolles Dunkel lag über ihrer allerersten Kindheit gebreitet.

Sie war noch immer tief in die Betrachtung des rätselhaften Bildes versunken, als es ihr plötzlich so vorkam, als sei sie nicht mehr allein. Es mußte sich jemand leise herangeschlichen haben und jetzt hinter ihr stehen. Als sei sie auf frischer Tat ertappt, schob sie die Photographie hastig wieder in ihr zartes Versteck. Eine schwere Hand legte sich auf ihre Schulter. Der Scheich, sicher der Scheich! Im nächsten Augenblick mußten die gewohnten Schläge folgen. Sie zitterte in stummer Erwartung. Er schlug sie nicht? Zögernd wagte sie einen scheuen Blick nach rückwärts. Das war ja Kamak!

Ich habe das Bild wohl gesehen, das Sie eben wieder verschwinden ließen, meinte der junge Araber, und in seiner Stimme schwang ein leises Zittern mit. Ihr Bild! So waren Sie als kleines Kind, so niedlich? Darf ich es mir noch einmal anschauen?

Meriem schrak zurück.

Ich gebe es Ihnen natürlich wieder zurück, fügte er begütigend hinzu. Ich hörte schon viel von Ihnen; auch daß Sie Ihren Vater, den Scheich, nicht leiden können. Ich kann ihn übrigens auch nicht ausstehen. Bitte, zeigen Sie mir das Bild noch einmal. Ich werde nichts verraten.

Meriem begriff. Vielleicht war Abdul Kamak der rettende Strohhalm, an den sie sich jetzt noch klammern konnte, wo ringsum nur Feinde wimmelten. Vielleicht konnte er der Freund werden, der einzige, der ihr den Weg in die Freiheit ebnete? Er hatte das Bild ohnehin schon gesehen. Log er, würde er dem Scheich trotz seines Versprechens davon berichten, war das Bild für sie auch so verloren. Gut, sie wollte ihm die Bitte nicht abschlagen und hoffen, daß er sein Wort hielt. Sie zog die Photographie hervor und reichte sie ihm hin.

Abdul Kamak verglich anscheinend Zug auf Zug des halbverblichenen Bildes mit dem lebensprühenden Gesicht des rassigen Mädchens, das vor ihm im Grase saß und so erwartungsvoll zu ihm aufblickte. Er nickte ein paarmal nachdenklich.

Ja, kein Zweifel! brach er schließlich das Schweigen. Das sind Sie. Aber sonderbar. Wie kommt die kleine Tochter des Scheichs in ein Kleidchen, wie es nur die Kinder der Ungläubigen tragen?

Ich weiß es nicht, gab Meriem zurück. Ich habe das Bild vor ein paar Tagen zum ersten Male gesehen; ich fand es im Zelt des Schweden Malbihn.

Abdul Kamak zog die Augenbrauen hoch. Er drehte das Bild gedankenlos um. Ein Zeitungsausschnitt? In seinen Augen spiegelte sich höchstes Erstaunen. Er konnte etwas Französisch lesen. Was man so brauchte, mehr nicht. Er war ein Jahr in Paris gewesen. Mit ein paar anderen Wüstensöhnen hatte man ihn aus eine Ausstellung dorthin geschickt, und er hatte dort viel aufgeschnappt. Abdul Kamak wußte, wie man in Europa lebte, er hatte es ausgekostet! Und da lernt man auch sprechen und lesen, wenn man nicht auf den Kopf gefallen ist. Abdul Kamak war klug. Jetzt kam ihm das zugute. Langsam und mit sichtlicher Anstrengung suchte er zu entziffern, was der vergilbte Zeitungsausschnitt zu sagen haben mochte. Sein anfängliches Befremden wich, je weiter sich ihm das Geheimnis enthüllte. Er kniff die Augen immer mehr zusammen. Was mochten ihm für Gedanken durch den Sinn jagen? Oder tat er bloß so?

Sie kennen den Inhalt? wandte er sich an Meriem und blickte ihr scharf in die Augen.

Das ist ja Französisch, antwortete sie. Ich kann es leider nicht lesen.

Abdul Kamak schaute das Mädchen lange schweigend an. Sie war doch ein Prachtmädel, eine Schönheit!

Ein wunderbarer Gedanke hatte jäh sein Hirn durchzuckt, ein Gedanke, der tausend Seligkeiten verhieß, wenn das Mädchen den Inhalt dieses Zeitungsausschnitts nie erfuhr. Wenn aber doch, dann war nichts mehr zu hoffen.

Meriem! flüsterte er. Noch nie sind meine Augen trunken gewesen von deiner Schönheit. Ich sehe dich heute zum ersten Male – und mein Herz liegt dir zu Füßen! Du kennst mich nicht, das weiß ich wohl. Aber ich bitte dich, vertraue mir! Denn ich kann dir helfen. Du hassest den Scheich? Ich auch, du! Ein Wort von dir – und ich rette dich vor ihm. Komm mit, wir gehen weit weg in die große Wüste. Zu meinem Vater. Er ist auch Scheich und tausendmal mächtiger als dein Vater. Magst du nicht?

Meriem hatte schweigend und in Gedanken versunken zugehört. Es schmerzte sie, nun diesem einen einzigen, der ihr Freundschaft und Schutz gewähren wollte, mit ihrer Antwort Wunden ins Herz schlagen zu müssen. Aber was blieb ihr denn anderes? Sie liebte ja Abdul Kamak nicht.

Die Stille war beklemmend. Oder scheute sie sich nur, seine Werbung mit glühendem Kusse zu lohnen? Abdul Kamak streckte rasch seine Hand nach ihr aus und zog das Mädchen zu sich herüber. Meriem wehrte ihn ab.

Ich liebe Sie ja garnicht, flüsterte sie heftig. O, bitte! Lassen Sie das! Ich möchte Sie nicht hassen müssen! Sie sind der einzige, der hier ein Herz für mich hat. Ich danke Ihnen, ich achte Sie, aber ich kann Ihnen unmöglich das sein, was Sie wünschen.

Abdul Kamak richtete sich zu seiner vollen Größe auf. Das Blut war ihm in den Kopf geschossen.

Du wirst mich lieben lernen, so wahr ich Abdul Kamak heiße! Ich kann mit dir machen, was ich will, denn ich nehme dich einfach mit. Du hassest den Scheich und du wirst dich hüten, aus der Schule zu plaudern. Tust du es doch, dann weißt du schon. Denk an das Bild! Ich hasse den Scheich und ich ...

Du hassest den Scheich? rief auf einmal jemand dazwischen, und als die beiden erschrocken zurückfuhren, stand der Scheich vor ihnen. Ein paar Schritte noch und ...

Abdul Kamak ließ das Bild, das er noch immer in der Hand hielt, blitzschnell unter seinem Burnus verschwinden.

Ganz richtig, ich hasse den Scheich! Mit diesen Worten fuhr der junge Araber auf ihn los, schleuderte ihn zu Boden und raste quer durch das Dorf zu der Stelle, wo sein Pferd, an einem Pfahl festgebunden, gesattelt wartete. Abdul war nämlich vorhin im Begriff gewesen, auf die Jagd zu reiten. Da war gerade die Karawane zurückgekommen, er hatte Meriem gesehen und war ihr im Feuereifer seines südlichen Temperamentes sofort in ihren stillen Winkel nachgeschlichen.

Er schwang sich in den Sattel und sprengte in der Richtung auf das Tor davon. Der Scheich hatte sich nur zu bald von dem ersten Schreck erholt und schrie seinen Leuten zu, sie sollten den flüchtenden Abdul auf der Stelle dingfest machen. Wohl ein Dutzend Schwarze waren auch sofort auf den Beinen und suchten den Übeltäter zum Halten zu bringen, doch Abdul Kamak saß fest im Sattel. Er ritt die schwarzen Kerle einfach über den Haufen, als sie die Bahn nicht ohne weiteres freigeben wollten.

Am Tore mußte die Lage für ihn kritisch werden. Doch die beiden Wächter schienen nicht Lust zu haben, mit Abduls langer Araberflinte Bekanntschaft zu machen. Sie wichen zurück, daß sich die beiden schweren Torflügel unter dem

Druck knarrend öffneten. Abdul wirbelte die Büchse über dem Kopf. Der feurige Renner wieherte hell auf und in rasendem Galopp jagte der Wüstensohn hinaus.

Bebend vor Zorn befahl der Scheich, die Verfolgung sofort aufzunehmen. Er selbst eilte zu Meriem zurück, die totenblaß in ihrem Versteck saß.

Das Bild her! schrie er sie an. Von was für einem Bild sprach dieser Hund? Her damit! Wo hast du es?

Er hat es mitgenommen, gab Meriem zurück. Ihre Stimme klang matt und traurig.

Wer war auf dem Bild? Heraus mit der Sprache! drang der Scheich auf sie ein, zerrte sie an den Haaren in die Höhe und schüttelte sie wie eine verstockte Verbrecherin. Nun, wird es bald?

Ein Bild von mir. Von mir, als ich noch ein kleines Kind war. Ich habe es beim Schweden Malbihn gefunden ... und auf der Rückseite war ein alter Zeitungsausschnitt.

Was hast du da ... gelesen ... du ...? zischte der Scheich mit gedämpfter Stimme, daß Meriem kaum verstehen konnte, was er wollte.

Nichts, garnichts. Ich kann nicht Französisch lesen.

Der Scheich schien aufzuatmen. Er unterdrückte ein ihr unverständliches Lächeln und wandte sich zum Dorfe zurück, nachdem er Meriem noch eingeschärft hatte, in Zukunft ja mit niemandem weiter als mit ihm oder Mabunu zu sprechen. Schläge gab es diesmal merkwürdigerweise nicht mehr.

Abdul Kamak jagte unterdessen in wildem Galopp auf der Karawanenstraße nach Norden.

*

Als das Kanu mit Mr. Baynes in der Strombiegung den Blicken des Schweden entschwand, brach der junge Engländer zusammen. Der letzte Kampf war über seine Kraft gegangen. Er lag wohl stundenlang halb bewußtlos unten im Boot.

Es mochte schon bald Mitternacht sein, ehe er sich allmählich wieder aufzuraffen begann. Er sah die Sterne vom klaren Nachthimmel herabfunkeln und konnte doch nicht begreifen, wo er eigentlich war. Warum wurde er nur immer so seltsam geschaukelt? Und wie waren die Sterne heute so wunderbar flink, als sausten sie am Himmel von links nach rechts und wieder zurück? Eine

Weile meinte er zu träumen; dann nahm sein Wille den ersten ernstlichen Anlauf und bezwang die bleierne Schwere in allen Gliedern – den Schlaf, der ihm immer wieder die Augen in Fesseln nehmen wollte. Und nun stöhnte er vor Schmerzen. Die Wunde ... ja ... richtig. Alle die Erlebnisse der letzten Tage dämmerten in ihm mit einem Male auf ... Hanson ... Meriem ... und nun trieb er auf dem afrikanischen Wildstrom zu Tale ... allein ... mit Wunden ... verloren.

Vorsichtig und auf vor Schwäche zitternde Arme gestützt richtete er sich auf. Er konnte also wenigstens sitzen, das beruhigte ihn. Seine Finger tasteten suchend über die zerfetzte Kleidung. Die Wunde schien nicht mehr zu bluten. Vielleicht war es doch bloß ein Fleischschuß und nichts Ernstliches? Wenn bloß die große Schwäche nicht tagelang anhielt! Er müßte ja sonst glatt verhungern. Oder war er doch lebensgefährlich verletzt? Dann war der Tod gewiß, Tod in Wunden und Hunger!

Seine Gedanken schweiften zu Meriem. Er war felsenfest davon überzeugt, daß der Schwede sie gestern zurzeit des mißglückten Vorstoßes noch im Lager versteckt hielt. Was mochte nun aus ihr werden? Selbst wenn Hanson wirklich seinen Wunden erlag: War Meriem dann um einen Deut besser daran? Nein, sie blieb ja in der Hand der schwarzen Träger zurück! Baynes barg sein Gesicht in den Händen, bog den Oberkörper stöhnend zurück und ließ ihn wieder nach vorn auf die Knie sinken ... Schrecklich, sich Meriems Schicksal auszumalen, furchtbare Gewissenspein, daran zu denken, daß er dies unselige Los über sie gebracht hatte! Seine Selbstsucht hatte das harmlose, unschuldige Mädchen denen, die sie wie ihr eigen Kind liebten, schnöde entrissen und dem Bösewicht Hanson auf Gnade und Ungnade in die Hände gespielt. Und nun war ihm noch dazu die ganze Schwere seines Unterfangens erst zum Bewußtsein gekommen, als es schon – zu spät war. Nicht eher hatte er die furchtbare Schuldenlast gespürt, die er, gedrängt von wilder Leidenschaft, auf sich genommen, als bis er entdeckte, daß er das Mädchen wahrhaft von Herzen lieben konnte, lieben mußte, weil ihm noch nie solch seltsame Blume am Wege gewinkt hatte.

Er mußte Abbitte tun, mußte sehen, wie er doch noch zu ihr käme und, wenn es sein sollte, sein Leben für sie in die Schanze schlüge. Er bückte sich, seine Blicke schweiften rasch über das Boot. Wie elektrisiert war er aufgesprungen, was kümmerten ihn Wunden und Schmerzen und Schwäche ... das Ruder her ... das Ruder ...?

Es war ... nicht mehr da. Ringsum stockdunkle Nacht, kein Mondschein, die Dschungel wie eine undurchdringliche Mauer zur Linken und Rechten. Und trotzdem bangte ihm nicht; die Zeiten waren vorüber, da ihn der bloße Gedanke an eine solche Dschungelnacht hätte erzittern lassen wie eine Saite, über die der Windhauch geht.

Er hatte jetzt andere Aufgaben als seinen Nerven die Zügel schießen zu lassen; er kniete im Boot, lehnte sich leicht nach der Seite und suchte sich mit der offenen Handfläche vorwärts zu paddeln. Wohl war es ihm oft so, als müsse er im nächsten Augenblick vor Müdigkeit und quälendem Wundkrampf umsinken, um nie wieder aufzustehen. Aber er hielt durch. Die Stunden rannen dahin, und der einzige Trost war ihm das Gefühl, daß er sich doch mehr und mehr dem Ufer zu nähern schien. Ein Löwe brüllte. War er etwa schon dicht am Ufergestrüpp? Er zog sein Gewehr neben sich, paddelte aber trotzdem mit der Rechten weiter. Da endlich! Das Kanu streifte an Buschwerk oder überhängende Zweige. Er hörte, wie das Wasser gurgelte und ans Ufer schlug. Ewigkeiten hatte er gebraucht, bis er nun soweit war.

Er streckte die Hand aus und klammerte sich an einem Ast fest. ES rauschte in den Blättern, und wieder brüllte Numa, diesmal ganz in der Nähe. Baynes wunderte sich, daß die Bestie ihm so lange, lange Zeit an Land aufgelauert haben sollte. Sie mußte doch eine unendliche Geduld haben.

Er tastete den Ast ein paar Handbreiten ab. Das Ergebnis: Ein Dutzend Männer hätten sich an ihm aufhängen können, so stark schien er zu sein. Mit der Linken griff Baynes nach seiner Büchse, hing sie am langen Riemen über die Schulter und prüfte dann nochmals den Ast, dem er sich anvertrauen wollte. Von Schmerzen durchzuckt hangelte er sich langsam an dem Ast in die Höhe, bis seine Füße den Boden unter sich verloren. Das Kanu trieb augenblicklich ab und entschwand für immer in den düsteren Schatten der Nacht, die ebenso undurchdringlich über dem träge dahinfließenden Strome lagen wie über der geheimnisvollen Dschungel, in deren Rachen er sich nun gestürzt hatte.

Er hatte gleichsam die Brücken hinter sich abgebrannt. Gelang es ihm jetzt nicht, sich auf den Ast hinaufzuziehen, sank er in das Wellengrab, aus dem es bei seinem Zustande kein Entrinnen mehr geben würde. Er mühte sich krampfhaft, ein Bein überzuheben, doch die Kräfte versagten. Immer näher und näher kam die große Schwäche, vor der es ihm schon lange graute; noch ein paar

Minuten – und er war verloren. Aber noch krallte er seine Finger um den rettenden Ast.

Plötzlich drang Numas Gebrüll gellend an sein Ohr. Baynes fuhr zusammen. Zwei funkelnde Lichter grüßten gierig herüber. Der Löwe stand also am Ufer und wartete. Wartete auf ihn. Gut, mochte er verhungern, dachte Mr. Morison. Klettern kann er ohnehin nicht. Lächerlich, ein Löwe und klettern! Er würde jedenfalls in Sicherheit sein, wenn er nur erst einmal oben im Baum säße.

Die Füße des jungen Engländers schwebten noch immer nur ein paar Handbreit über dem Wasserspiegel. Er wußte es garnicht einmal so, konnte ja kaum die Hand vor den Augen sehen, geschweige denn seine Lage in ihrem ganzen Ernst überschauen. Erst als er auf einmal das Wasser unter sich stärker rauschen hörte, als es ihm vorkam, wie wenn etwas nach ihm schnappte, wurde er stutzig. Ein scharfer, krachender Ton, wie wenn ein Paar riesige Kinnladen aufeinanderprallten, folgte.

Halloh! schrie Mr. Morison laut auf. Das Vieh hätte mich um ein Haar gepackt!

Und mit einer letzten verzweifelten Anstrengung suchte er sich nach oben zu ziehen – doch vergeblich. Die Armmuskeln hingen schlaff und gestreckt und ließen sich nicht straffen. Nun mußte alles aus sein; auch die Hoffnung, die ihn bis jetzt noch immer allen Schmerzen und allem Ermattenwollen zum Trotz zum Ausharren bestimmt hatte, wankte und schwand. Starr fast die Finger, Müdigkeit und bleierne Schwere in allen Gliedern – ein paar Sekunden noch ... er fühlte schon, wie der Henker im Strom wieder seinen Rachen aufreißen würde und ...

Was bewegte sich da in den Blättern? Da ... da ... der Ast, an dem er noch hing ... er schwankte. Schwankte? Wer war das? Das Tier, die Bestie vielleicht? Ha! ... Leicht war sie nicht ... aber das Schwanken ... Tod von oben, Tod von unten ... welcher erreichte ihn zuerst? War es schon der letzte Krampf, in dem er sich noch einmal fester klammerte?

T ...o ...o ...d ... Ein Schatten oder ...? Etwas Warmes, Weiches strich über seine erstarrten Finger, wand sich um seinen Leib ... und zog ihn hinauf ins rettende Geäst.

Tantor hält Abrechnung

Bald bequem auf Tantors breitem Rücken, bald in Schwung und Sprung auf halber Höhe der Bäume dahingleitend drang Korak langsam nach Südwesten vor. Er nahm sich Zeit. Ein paar Meilen mehr oder weniger täglich, das machte ja nichts aus. Er hatte noch ein ganzes langes Leben hier vor sich und brauchte nichts zu versäumen. Vielleicht würde er aber schließlich doch ein schärferes Tempo angeschlagen haben, hätte er sich nicht im stillen gesagt, daß er sich mit jeder Meile zweifellos immer weiter und weiter von Meriem entfernte. Und wenn auch nicht mehr von seiner Meriem, da ihr Herz nun doch einem anderen gehörte, dann aber wenigstens von der lieben Meriem, die einst seine treue Gefährtin gewesen war.

So kam er denn der Bande des Scheichs auf die Spur, als sie an dem großen Strom entlang zog. Korak wußte ganz genau, daß der Scheich nicht mehr weit sein konnte; er kannte die ganze Gesellschaft genau wie alle, die seit Jahren ab und zu die Dschungel durchquerten. Aber diesmal wollte er mit dem alten Scheich nichts zu tun haben. Mochte er machen, was er wollte. Ihm war es am liebsten, wenn ihm jetzt Menschen überhaupt nicht in den Weg liefen. Er hatte genug von der Sorte. Sie brachten ihm doch nur Sorgen und trübe Stunden – und er wollte sich die Laune nicht wieder von ihnen verderben lassen.

Der Strom da lockte ihn anders. Hier gab es Fische in Fülle. Und so vertrödelte er gleich einen ganzen langen Nachmittag am Ufer, fing sich die flinken, glatten Kerle nach einer von ihm selbst erfundenen Methode und verspeiste sie gleich roh. Als die Nacht ihre Schatten herabsenkte, verkroch er sich ein wenig höher hinauf in seinen Baum, von dem aus er am Nachmittag „geangelt“ hatte, und schlief bald ein. Numas Gebrüll scheuchte ihn nach ein paar Stunden indessen wieder auf.

Eben wollte Korak höhnend und schmähend über den unverschämten Störenfried herfallen, als ein neues Geräusch seine Aufmerksamkeit auf sich zog. Er horchte gespannt. Machte sich da nicht jemand an seinem Baum etwas zu schaffen? Er beugte sich nach unten. Richtig, hier wollte jemand klettern. Er hörte, wie plötzlich ein Krokodil unten aus den Fluten heraustauchte, wie die Kinnladen des Wasserungetüms scharf aufeinanderknackten – und dann: Halloh ... das Vieh hätte mich beinahe gepackt!

Er griff sich an den Kopf. Die Stimme kam ihm so bekannt vor. Er strengte seine Augen an, um sich ein klares Bild zu machen, was da unten eigentlich los war. Schwach nur hob sich die Silhouette eines Mannes gegen die im Vergleich zum Dunkel ringsum doch etwas hellere Wasserfläche ab. Er hörte, wie sich der Mann verzweifelt zu mühen schien, auf den Ast zu kommen. Langsam und leise glitt Korak hinab. Sein Fuß spürte eine Hand ... kalt ... fast starr. Blitzschnell beugte sich Korak nieder und hob den Mann zu sich nach oben. Daß dieser sich auch noch dagegen sträubte! Viel Kraft schien er freilich nicht mehr zu haben, der arme Kerl. Mochte er sich ruhig winden und krümmen wie ein Wurm. Was tat das einem Korak? Als ob sich Tantor um das Zappeln einer Ameise kümmerte!

Er trug seine widerspenstige Last gleichsam spielend hinauf zu der breiten bequemen Astgabel, auf der er vorhin so schön geruht hatte, und lehnte den Mann dann mit dem Rücken an den dicken Stamm. Inzwischen hatte sich Numa schon wieder gemeldet.

Aha, der alte Freund war nicht entzückt, daß man ihm die lang ersehnte Mahlzeit vor der Nase weggeschnappt hatte! Korak überschüttete ihn mit den schmeichelhaftesten Schmähungen, die die Affensprache für Numa kannte.

Alter grünäugiger Aasfresser du! höhnte Korak. Du Hyäne, du Bruder des Dango ... schere dich fort oder ...

Mr. Morison Baynes hatte sofort den Eindruck, daß er einem Gorilla zum Opfer gefallen sein mußte. Er zog den Revolver vorsichtig aus dem Leibgurt ... Komme, was da wolle, der Gorilla sollte sich verrechnet haben. Doch da hörte er deutlich, wie der Gorilla auf einmal in vollendetem Englisch fragte, wer er sei.

Baynes wäre vor Freude beinahe abgestürzt. Seine Hände klammerten sich zitternd an die Astgabel. Sie sind also ... ein Mensch ...? stieß er stockend hervor, als würge ihn etwas im Halse.

Was dachten Sie denn? gab Korak rasch zurück.

Ein Gorilla. Wahrhaftig: ein Gorilla!

Korak lachte laut auf. Na, wer sind Sie nun, Sie komischer Mensch?

Ich bin ein Engländer. Baynes mein Name. Aber wer zum Teufel sind Sie?

Man nennt mich den „Töter“, erwiderte Korak und gebrauchte dabei die englische Übersetzung des stolzen Namens, den Akut ihm verliehen hatte. Nach einer längeren Pause, in der Mister Morison vergeblich versucht hatte, den seltsamen Fremdling, dem er nun fast auf Gnade und Ungnade ausgeliefert schien, näher zu mustern, fuhr Korak fort:

Sie sind derselbe Herr, den ich schon einmal drüben im Osten nicht weit von der großen Ebene gesehen habe. Es war Nacht. Aus einer Lichtung. Entsinnen Sie sich? Sie küßten ein Mädchen ... und dann sprang der Löwe?

Stimmt, gab Baynes zurück.

Was führt Sie hierher?

Das Mädchen ist mir geraubt worden ... Ich hoffe, sie noch zu befreien.

Geraubt! Das Wort schoß aus Koraks Kehle wie eine Kugel, die aus dem Gewehrlauf zischt. Wer hat sie geraubt? Wer? Der Schwede Hanson. Ein Händler oder so etwas Ähnliches. Wer ist dieser Hanson? Hanson ... Hanson ...? Kenne ich nicht.

Baynes eröffnete Korak alles, was er über Hanson gehört und was er erlebt hatte, seit er mit ihm in dessen Lager geritten war.

Und als der Morgen graute, kam die Stunde, die Korak zur Tat rief. Er bettete den Engländer noch bequem auf der Astgabel, holte ihm in seiner Feldflasche frisches Wasser aus dem Strom und brachte ihm Früchte in Hülle und Fülle.

Leben Sie wohl! meinte Korak schließlich und reichte Baynes die Hand. Ich gehe jetzt sofort nach dem Lager und sehe zu, daß ich das Mädchen befreie. Wir kommen dann hierher.

Halt, da will ich mit! warf Baynes ein und richtete sich halb auf. Das ist doch meine verdammte Pflicht und Schuldigkeit, ist auch mein Recht, denn Meriem soll ja meine Frau werden. Korak drückte Baynes sanft auf sein Blätterlager nieder. Schonen Sie sich! Sie sind verwundet! Den Marsch können Sie gar nicht aushalten, ganz abgesehen davon, daß ich zehnmal schneller dort bin.

Gut, dann gehen Sie nur immer! erwiderte Baynes. Aber ich komme bestimmt nach; das ist selbstverständlich meine Pflicht. Wie Sie wollen! sagte Korak noch und zuckte die Achseln. Was ging es ihn weiter an, wenn der Mann es sich durchaus in den Kopf gesetzt hatte, sich kaputt zu machen? Liebte Meriem diesen Baynes tatsächlich, dann mußte er in ihrem Interesse dafür sorgen, daß der Verwundete sich nicht zu viel zumutete. Und das hatte er in selbstloser Weise getan. Er hatte ihn eindringlich vor dem Marsche gewarnt. Kam dieser

Baynes nun doch nach, mußte er die Folgen für seine Gesundheit vor sich und seiner Geliebten selbst verantworten.

Korak wandte sich also rasch nach Norden. Kaum war er im Dickicht entschwunden, als auch Baynes sich aufmachte. Er kam natürlich nur langsam vorwärts, humpelte wie ein gebrochener Greis und hatte viele Schmerzen auszustehen. Als Korak schon am Ufer gegenüber dem Lager Malbihns anlangte, hatte Baynes kaum zwei Meilen hinter sich.

Es war schon spät am Nachmittag, als der Engländer, der vor lauter Mattigkeit ab und zu erschöpft im Gras niedersank, um erst einmal wieder zu verschnaufen, einen Reiter im Galopp herannahen hörte. Er verkroch sich augenblicklich im dichten Unterholz und ließ den einsamen Reitersmann vorbeirasen, ohne sich durch Zuruf bemerkbar zu machen. Es war ein Araber in der typischen weißen Kleidung. Baynes hatte genug von den zweifelhaften Elementen gehört, die von der Wüste her weitgreifend nach Süden die Wildnis durchstreiften. Eine Giftschlange oder ein Leopard konnten nicht gefährlicher werden als diese Hyänensöhne aus dem Norden.

Der Reiter war Abdul Kamak. Als er nordwärts im Walde untergetaucht war, nahm Baynes alsbald seinen Marsch wieder auf. Doch schon nach einer halben Stunde vernahm er von rückwärts abermals Pferdegetrappel, doch klang es so, als käme jetzt ein ganzer Trupp herangaloppiert. Sich nur ja nicht sehen lassen, war sein erster Gedanke. Er kreuzte gerade eine Lichtung. Hier durfte er auf keinen Fall bleiben. Allen Schmerzen zum Trotz mußte er ein paar Sprünge wagen, so gut es eben ging. Sonst war er verloren. Doch schon nach den ersten paar Metern versagten die Beine den Dienst. Er hatte seine Kräfte überschätzt, und noch ehe er den Dschungelsaum drüben erreichen konnte, sprengten weißgewandete Reiter über die Lichtung.

Sie hatten ihn sofort bemerkt und schrien ihm auf Arabisch etwas Unverständliches zu. Im Handumdrehen hatten sie ihn umzingelt und überschütteten ihn mit Fragen, die er ebensowenig beantworten konnte, wie sie mit seinem Englisch etwas anzufangen wußten. Aus ihren drohenden Gesten war jedoch zu schließen, daß man nicht lange zu verhandeln gedachte. Der Führer verlor jedenfalls bereits nach wenigen Minuten die Geduld und bestimmte zwei Leute, die den verdächtigen Fremdling entwaffneten. Der eine hob Baynes ohne viel Federlesen auf sein Pferd, und dann ritten die beiden mit ihm in südlicher Richtung zurück, während der Hauptteil des Arabertrupps die Verfolgung Abdul Kamaks wieder aufnahm.

*

Als Korak vom Ufer des Afi aus Malbihns Lager auf der anderen Seite des Stromes erblickte, als er sah, daß drüben reges Leben und Treiben herrschte, atmete er erst einmal ordentlich auf. Dieser Hanson war also zweifellos noch da.

Eine andere Frage erhob sich freilich sogleich: Wie sollte er jetzt über den Strom kommen?

Schwimmen? Er sagte sich, daß damit das Gelingen seines Planes von vornherein vereitelt werden mußte. Der Tod lauerte in den Wassern; Korak hatte seine Erfahrungen.

Ein paar Minuten saß er nachdenklich hinter dem Ufergestrüpp. Dann schien er die Lösung gefunden zu haben. Er sprang auf und eilte in die Dschungel zurück. Ab und zu rief er schrill und laut, dann blieb er wieder einmal stehen und horchte, ob nicht aus den unergründlichen Tiefen das Echo zurückhallte, das allein auf diesen Lockruf antworten konnte. Doch vergeblich. Immer weiter und weiter mußte er vordringen. Wie lange nur noch? Seine Stirn zog sich in Falten.

Endlich kam Antwort. Der Elefant hatte ihn also doch gehört! Wie er trompetete! Als sei es ihm selber unangenehm, daß er so lange hatte auf sich warten lassen. Korak brach in ein paar raschen Sätzen durch den Blätterwall, der ihn noch von Tantor trennte. Da war er ja, der alte Freund. Wie er den Rüssel hochschwang, und wie seine großen Ohren sich spreizten!

Nun aber schnell, Tantor! rief der Affenmensch. Der Koloß wand seinen Rüssel um Koraks Lenden und hob ihn auf seinen Nacken.

Spute dich! Und der gewaltige Dickhäuter trottete los, von Koraks nackten Füßen gelenkt. Korak hielt sich nach Nordwesten, denn er wußte dort etwa ein bis zwei Meilen oberhalb von Malbihns Lager eine Furt durch den Afi, die wenigstens für Elefanten gangbar war. Einmal am Ufer angekommen, duldete der Affenmensch keinen Aufschub mehr. Tantor mußte sofort ins Wasser, ob er gerade Lust hatte oder nicht. Und Tantor tat ihm den Gefallen. Er hob seinen Rüssel und watete langsam, aber mit vollendeter Sicherheit durch die Fluten. Einmal schoß zwar ein wütendes Krokodil dicht vor ihm aus seinem Wassernest hervor, doch Tantor bewahrte von jeher bei solchen Angriffen die Ruhe.

Schwapp – und sein Rüssel sauste auf das heimtückische Wasserungetüm. Im Nu hatte er den richtigen Griff und schleuderte den unverschämten Wegelagerer in großem Bogen heftig beiseite, daß er erst etwa dreißig Meter stromabwärts wieder ins Wasser plumpste. Und so gelangte Korak trockenen Fußes „hoch zu Roß" ans andere Ufer.

Drüben ging es sofort unentwegt weiter. Nur den größeren Bäumen wich Tantor aus, wie er sich jetzt dröhnenden Schritts und leicht schwankend gleichsam durch die Dschungel wälzte. Von Zeit zu Zeit mußte Korak zu Fuß auf halber Höhe der Bäume weiterklettern, weil Tantor sich oft so dicht unter den knorrigen Riesenästen hindurchdrängte, daß Korak glatt heruntergefegt worden wäre.

Endlich hatte man die Lichtung mit dem Lager des Schweden erreicht, doch auch jetzt wurde nicht lange gezögert, überraschen hieß gewinnen. Das Lagertor befand sich an der Ostseite. Tantor und Korak kamen von Norden her – und dort war keinerlei Eingang festzustellen. Doch was kümmerten sich Tantor und Korak um Tore oder dergleichen? Das Tor war überall, wo sie es haben wollten.

Der Affenmensch rief Tantor etwas ins Ohr. Der Riese schwenkte zur Bestätigung seinen Rüssel hoch nach oben und brach in stampfendem Tritt durch den Dornenwall, als sei dieser überhaupt nicht dagewesen. Etwa ein Dutzend Schwarze, die vor ihren Hütten hockten, fuhren entsetzt auf und rannten mit Angstgeschrei durch das offene Tor davon. Tantor wäre ihnen am liebsten nachgestürzt, denn er haßte die Menschen und dachte, Korak hätte es auf diese Eingeborenen abgesehen. Der Affenmensch beschwichtigte ihn indessen und lenkte ihn nach dem Leinenzelt in der Mitte des Lagers. Dort würde dieser „Hanson" und das Mädchen zweifellos zu finden sein.

Malbihn lag in seiner Hängematte vor seinem Zelt unter einer aufgespannten Zeltbahn. Seine Wunden hatten ihn arg geschwächt; er hatte viel Blut verloren und bedurfte sorgfältiger Pflege. Was war das? Er hörte, wie seine Leute mit einem Male schreiend und kreischend davonstoben ... Er drehte sich unter Schmerzen auf die andere Seite ... Ein wilder Elefant hier?

Leichenblaß ließ er sich auf das Kissen zurücksinken. Der Pfleger, der ihn ohnehin nur widerwillig versorgte, stürzte seinen Kameraden nach. Malbihn war allein. Er fühlte, daß er rettungslos dem Tode geweiht war.

Näher und immer näher kam der Koloß – und Malbihn konnte nichts anderes, als starr vor Entsetzen sein Schicksal erwarten, das in dem mächtigen Hirn und hinter den kleinen, blutgeränderten Augen des wütenden Dickhäuters sicher bereits beschlossene Sache war.

Er war begreiflicherweise über die Maßen erstaunt, als mit einem Male ein Mann hinter dem Elefanten austauchte und rasch auf ihn zuschritt. Erst wollte er erleichtert aufatmen, denn vielleicht gelang es dem Fremden, ihn vor dem Verderben zu retten; doch im nächsten Augenblick erkannte er auch schon in ihm den unheimlichen „Jäger“, der mit Affen und Pavianen die Dschungel durchstreifte, denselben weißen „Krieger“, der damals den Paviankönig befreit und ihm und Jenssen die ganze teuflische Pavianherde auf den Hals gejagt hatte. Malbihn krümmte sich stöhnend auf seinem Lager.

Wo steckt das Mädchen? fragte Korak auf Englisch.

Was für ein Mädchen? Ich wüßte nicht, daß wir ein Mädchen hier hätten. Oder wollen Sie etwa eines der schwarzen Weiber meiner Leute?

Nein, ich suche das weiße Mädchen, gab Korak barsch zurück. Lügen können Sie sich sparen, Verehrtester! Sie haben das Mädchen hier, denn Sie selber haben es ja aus den Armen seiner Freunde weggelockt. Wo steckt es? Wird's bald?

Wie soll ich das wissen! fuhr Malbihn auf. Ein Engländer hatte mich beauftragt, sie zu entführen, weil er es nicht wagte. Er wollte sie dann mit zu sich nach London nehmen. Sie war schließlich auch bereit, ihm zu folgen. Der Herr heißt Baynes. Wenden Sie sich also bitte mit Ihren Wünschen dorthin!

Schon gut! Ich komme nämlich gerade von ihm. Verstanden? Er schickt mich hierher. Vielleicht bequemen Sie sich nun zur Wahrheit und lassen das Schwindeln sein. Also, wo haben Sie das Mädchen? Korak trat mit unmißverständlicher Gebärde einen Schritt näher. Malbihn zuckte zusammen. Er sah die Gewitterwolke auf Koraks Stirn.

So will ich Ihnen alles anvertrauen, jammerte Malbihn. Lassen Sie mich armen, geplagten Menschen nur in Ruhe! Ich verschweige Ihnen dann gewiß nichts. Also hören Sie! Das Mädchen war hier, das kann ich nicht leugnen. Baynes hatte sie mit allerlei schönen Reden soweit gebracht, daß sie ihren Freunden den Rücken kehrte, weil er versprach, sie zu heiraten. Dieser Baynes weiß aber überhaupt nicht, wer das Mädchen ist und woher sie stammt. Ich dagegen kann Ihnen verraten, daß der eine Riesenbelohnung erhält, der sie zu ihren Eltern zurückbringt. Sehen Sie, das war alles, was ich mit dem Mädchen vorhatte. Sie ist mir aber wieder fortgelaufen. Nahm sich heimlich ein Boot ... und verschwand dann da drüben in den Wäldern. Natürlich bin ich ihr sofort nach, denn das war doch Wahnsinn, so allein davonzulaufen. Und das Unglück will, daß ich zu spät komme! Der Scheich muß drüben auf der Lauer gelegen haben. Ich sah noch, daß man sie gefangen hatte, dann griffen die Kerle uns an und jagten uns hierher zurück. Das Trauerspiel war aber noch nicht zu Ende. Baynes erschien mit einem Male. Wahrscheinlich aus Wut darüber, daß er das Mädchen hergeben mußte, hat er mich so zugerichtet. Da ... sehen Sie! Eine elende Schießerei war das gestern. Wenn Sie das Mädchen für sich begehren, rate ich Ihnen also, sich mit dem Scheich in Verbindung zu setzen. Seit früher Jugend ist sie seine Pflegetochter. Er hat jetzt allein über sie zu verfügen.

Dann ist sie also gar nicht einmal die Tochter des Scheichs? forschte Korak, verblüfft durch die unerwartete Eröffnung des Schweden.

Gar nicht daran zu denken! bestätigte Malbihn sofort.

Wer ist sie dann? fragte Korak freundlicher.

Malbihn fühlte, daß er jetzt einen Vorteil in die Hand bekam, den er wenigstens so ausnützen mußte, daß er mit heiler Haut davonkam; denn er war überzeugt, daß dieser wilde Affenmensch ihn, ohne sich Gewissensbisse zu machen, einfach vernichten würde, wenn er ihm nicht aus der Klemme half. Ein guter Rat könnte ihm vielleicht das Leben retten.

Wenn Sie das Mädchen finden, will ich Sie in alles Nähere einweihen, begann Malbihn mit gewichtiger Stimme. Sie müssen mir aber versprechen, mich zu schonen und die bewußte Belohnung mit mir zu teilen. Tun Sie mir etwas an, erfahren Sie das Geheimnis nie. Nur der Scheich weiß noch Bescheid ... und aus dem werden Sie niemals etwas über die Vergangenheit seiner Pflegetochter herausbringen. Das Mädchen selbst hat keine Ahnung, wo sie eigentlich herstammt.

Abgemacht. Haben Sie nicht gelogen, will ich Sie laufen lassen. Ich wende mich jetzt sofort zum Scheich. Er wird sich vermutlich in seinem Dorfe aufhalten. Finde ich das Mädchen nicht dort, komme ich wieder und Sie dürfen sich dann auf etwas gefaßt machen! Was den zweiten Punkt anlangt, so werden wir, sofern das Mädchen einwilligt, schon Mittel und Wege finden, Sie gesprächiger zu machen, mein verehrter Herr.

Der Blick des Töters bei den Worten „Mittel und Wege finden" zusammen mit dem eigenartigen Unterton in seiner Stimme kam Malbihn nicht gerade verheißungsvoll vor. Gelang es ihm nicht, sich in der Abwesenheit des Affenmenschen ganz aus dem Staube zu machen, konnte es passieren, daß dieser Teufelskerl ihm das Geheimnis abzwang und ihn dafür noch ins Jenseits beförderte, ohne daß er selbst einen Finger zu rühren vermochte. Wenn er dann wenigstens diesen Affenmenschen gleich auch daran glauben lassen könnte!

Zunächst war freilich die Hauptsache, daß der Fremde diesen Elefantenkoloß, der anscheinend auch zu seinen wilden Duzfreunden gehörte, auf die Reise nach dem Dorfe des Scheichs mitnahm.

Die kleinen bösen Augen des Dickhäuters folgten nämlich jeder Bewegung Malbihns mit einem Mißtrauen, das – abgesehen von dem leichten Hin- und Herschwanken des Riesenleibes – den so schon überreizten Schweden nur noch nervöser machte.

Korak war in das Zelt gegangen, um sich davon zu überzeugen, daß Meriem wirklich nicht dort versteckt gehalten wurde. Kaum merkte Tantor, daß er mit Malbihn allein war, stapfte er einen Schritt näher, anscheinend, um sich über irgend etwas zu vergewissern, was ihm an dem Mann in der Hängematte aufgefallen war. Ein Elefant hat bekanntlich nicht besonders gute Augen, aber das blondbärtige Menschlein mußte doch schon gleich beim ersten Blick irgendeinen Verdacht in ihm ausgelöst haben. Wie eine Schlange wand sich jetzt sein elastischer Rüssel auf den Schweden zu, der sich sogleich noch tiefer in seine Hängematte duckte. Tantor nahm es mit der Untersuchung genau. Das Rüsselende tastete von oben bis unten über Malbihns Leib ... und plötzlich stieß der Riese einen tiefen unwilligen Laut hervor. In seine kleinen Augen kam jäh ein unheimlicher Glanz. Wie winzige Feuerkugeln funkelten sie. Tantor hatte endlich, ja endlich die verruchte Kreatur wiedererkannt, die sein Weibchen vor langen Jahren schmählich abgeschossen hatte. Und Tantor, der Elefant, kennt kein Vergeben und Vergessen!

Malbihn sah die Veränderung, die mit dem Riesen auf einmal vorgegangen war, sah, daß sein Stündlein geschlagen hatte.

Hilfe, Hilfe! schrie er aus Leibeskräften. Der Teufel tötet mich, tötet ...

Korak stürzte sofort aus dem Zelt. Der wütende Elefant hatte schon sein Opfer samt Hängematte und Zeltbahn mit seinem Rüssel umschlungen und hoch über seinen Kopf emporgerissen. Korak war mit einem Satz bei Tantor und befahl ihm mit unverkennbarer Entrüstung, seine Last langsam und ohne ihr etwas zuleide zu tun sofort niederzulegen. Allein der Befehl verhallte ungehört. Korak hätte genau so gut dem Strom, der seine Fluten ewig und immer zu Tale wälzte, befehlen können, er solle auf der Stelle umkehren zu seinen Quellen ...

Tantor drehte sich wie eine Katze im Kreise, schleuderte Malbihn zu Boden und sank blitzschnell über ihm in die Knie. Seine scharfen Stoßzähne gaben dem Unglücklichen den Rest. Laut schallte weithin der schrille Trompetenton, vermischt mit erbittertem Gebrüll, zum Zeichen, daß der Vergeltung Genüge getan war.

Korak war erschüttert. So viel an ihm lag, hätte er dem Schweden gerne dieses Ende erspart, wiewohl er ihn im Grunde seines Herzens haßte. Nun war mit ihm auch noch das Geheimnis für immer begraben, es sei denn, daß der Scheich sich irgendwie einmal verplapperte. Doch darauf ließ sich nicht bauen, selbst wenn man sich bei der Verhandlung noch so geschickt benahm, um den alten Araber aufs Eis zu führen.

Der Affenmensch ließ den mächtigen Tantor indessen nichts von seiner Verstimmung merken. Er gab seinem alten Freund zu verstehen, daß man hier nichts mehr zu suchen habe, worauf Tantor sofort – folgsam und zahm wie ein junges Kätzchen – herantrottete und den Töter mit einer äußerst rücksichtsvollen Bewegung seines Rüssels wieder auf seinen Nackensitz beförderte.

Malbihns Leute hatten von ihrem Dschungelversteck aus das ganze Drama mit angesehen. Sie waren einfach sprachlos, als der fremde weiße Krieger jetzt auch noch so sicher oben dicht hinter Tantors Riesenhaupt hockte, nachdem der Elefant eben erst seinen Menschenhaß unzweideutig gezeigt hatte. Längst war der schreckliche Koloß mit seinem rätselhaften Reiter drüben in der Dschungel verschwunden, als die Schwarzen noch immer in tausend Ängsten in ihren Verstecken ausharrten. Wer konnte wissen, ob diese Teufel nicht wiederkamen?

Die schaurige Nacht

Der Scheich musterte den Gefangenen, den zwei seiner Leute von Norden angeschleppt brachten, mit mißbilligendem Blick. Wo war Abdul Kamak, sein ehemaliger erster Unterführer? Die Leute waren wohl verrückt, mit einem verwundeten Engländer so viel Federlesen zu machen! Warum hatten sie ihm nicht gleich auf der Stelle den Laufpaß gegeben oder besser ihn einfach niedergeknallt? Ein Händler, ein armer Schlucker – das sah man doch auf den ersten Blick. Wahrscheinlich hatte er sein eigentliches Revier genügend abgegrast und sich nun im fremden Gebiete verirrt. Keinen Pfennig war der Kerl wert.

Wer sind Sie überhaupt? forschte der Scheich schließlich auf Französisch, und seine Stirn zog sich in schlimme Falten.

Ich bin der Mr. Morison Baynes aus London, gab der Gefangene mit sichtlicher Gespreiztheit zurück. Der Name und wie der Mann das „London“ betonte ... der Scheich konnte sich des Eindrucks nicht erwehren, daß doch mehr hinter dem Gefangenen steckte, als er zunächst angenommen hatte. Vielleicht war hier wieder etwas mit Lösegeld zu verdienen? Der Scheich beschloß also, der Sache auf den Grund zu gehen, natürlich ohne sich seinen Stimmungsumschwung irgendwie anmerken zu lassen. Es hieß erst einmal weiter vorfühlen.

Wie kommen Sie dazu, in meinem Lande zu wildern? fuhr der Scheich los.

O, ich hatte natürlich keine Ahnung davon, daß Sie über Afrika zu verfügen haben, erwiderte Morison in schmeichelndem, unterwürfigen Ton. Ich war bloß auf der Suche nach einem jungen Mädchen, das seinen Freunden über Nacht geraubt worden ist. Der Entführer hat mich angeschossen ... da! Ich trieb in einem Kanu stromabwärts, und auf dem Rückweg nach dem Lager des Übeltäters haben mich Ihre Leute überfallen.

Ein junges Mädchen? fragte der Scheich. Ist es dies etwa? Und er zeigte mit seiner Linken nach den Büschen am Palisadenzaun.

Baynes wandte sich. Seine Augen wurden groß und weit. Das Mädchen, das mit übereinandergeschlagenen Beinen da drüben im Grase hockte und ihnen den Rücken zudrehte, war ... Meriem.

Meriem! schrie Baynes laut und wollte zu ihr hinübereilen. Doch ein Araber packte ihn am Arm und stieß ihn mit eiserner Faust zurück. Das Mädchen war sofort aufgesprungen. Wer hatte sie so gerufen?

Morison! Morison! rief sie zurück. Auf den ersten Blick hatte sie ihn erkannt.

Schweig! Und bleibe ja hier, du Christenhund, fuhr der Araber dazwischen. Haha! Sie sind also der saubere Herr, der mir damals meine Tochter entführte?

Ihre Tochter? meinte Baynes mit offensichtlicher Verwunderung. Das Mädchen ist Ihr Kind?

Es ist meine Tochter und damit basta! brummte der Araber. Für einen Ungläubigen ist sie jedenfalls nicht zu haben, verstanden! Sie Mann von England, S ... i ... e ... den Tod haben Sie verdient. Können Sie zahlen, was ich verlange, will ich Sie noch einmal laufen lassen.

Baynes war noch immer ganz in Meriems Bann. Er hatte sie in Hansons Lager vermutet – und nun war sie hier? Wie konnte das überhaupt möglich sein? Hanson ließ sich doch nicht so leicht an der Nase herumführen. Hatte der Araber sie dem Schweden mit Gewalt abgejagt, oder war sie durch irgendeinen glücklichen Zufall entkommen und hatte sich dann aus freien Stücken wieder zu diesem Araber geflüchtet, der sie seine „Tochter" nannte? Könnte er auch nur ein Wort mit ihr sprechen, er würde sonst etwas dafür geben. Wenn sie hier tatsächlich in Sicherheit war, würde er gar nicht versuchen, sie dem Araber abspenstig zu machen und sie zu ihren Freunden auf der Farm zurückzubringen. Und sie gar nach London „locken", ohne daß sie selbst ihn aus voller Überzeugung begleiten wollte? Nein, derartige Experimente würde er nicht mehr machen.

Nun, wie wird's? fragte der Scheich bestimmt.

Oh – verzeihen Sie! Ich dachte gerade an etwas anderes. Natürlich, natürlich. Bezahle alles glatt. Wieviel Pfund bin ich wert?

Der Scheich nannte eine Summe, die Morisons Erwartungen angenehm enttäuschte. Er hatte im stillen mit einem viel höheren Betrage gerechnet, nickte aber jetzt selbstverständlich und bekräftigte mit einer Handbewegung, daß er völlig einverstanden und zu zahlen bereit sei. Ebenso würde er auch ohne weiteres jeder anderen Forderung zugestimmt haben, und wäre sie höher gewesen als sein gesamtes Guthaben auf der Bank drüben in England. Er hatte sich nämlich vorgenommen, überhaupt nichts zu bezahlen. Das einzige, was noch Rettung versprach, war seiner Ansicht nach unbedingtes Eingehen auf die Wünsche des Scheichs. Ehe das Geld dann wirklich in bar verfügbar wurde, mußte er aber auf alle Fälle Mittel und Wege zur Flucht – und wenn es ihr Wille war, auch zur Befreiung Meriems – gefunden haben. Der Araber hatte ihm vorhin selbst gesagt, daß das Mädchen seine Tochter sei. Morison fühlte, daß dieser Punkt Meriems weitere Haltung stark beeinflussen mußte, wenn er den Tatsachen entsprach. Ob sie sich von hier wegsehnte? Er hätte es zu gern gewußt, obwohl er die Überzeugung nicht los wurde, daß dieses junge bildhübsche Weib in dieses schmutzige Dorf und zu dem ungebildeten Araber wie die Faust aufs Auge paßte, ja, daß sie die Behaglichkeit und das freie menschenwürdige Leben aus der Farm in Gesellschaft von gleichgesinnten gütigen Menschen schwer vermissen mußte. Und an alledem war er schuld! Er gedachte wieder seiner unverantwortlichen Doppelzüngigkeit, die das ganze Unheil heraufbeschworen hatten. Das Blut schoß ihm vor lauter Beschämung in den Kopf ...

Der Scheich schien seinen Plan fertig zu haben und scheuchte den Gefangenen aus seinen Gedanken auf. Baynes mußte augenblicklich einen Brief an den britischen Konsul in Algier schreiben, den der Scheich in fließendem Französisch von A bis Z diktierte, und zwar in allen Punkten derart raffiniert ausgeklügelt, daß der Gefangene ohne weiteres erkannte, daß der alte Araberschurke nicht zum ersten Male in einer derartigen Angelegenheit mit den britischen Behörden verhandelte. Baynes machte noch allerhand Einwände, zumal der Brief an den Konsul in Algier gerichtet wurde. Er suchte dem Scheich zu erklären, daß dieser Weg sehr umständlich sei, ja daß es so fast ein Jahr dauern könne, bis das Geld einträfe. Doch der Scheich wollte nichts von Baynes' Vorschlag wissen, nach dem ein Bote unmittelbar in den nächsten Küstenort geschickt werden sollte, um von dort aus Morisons Wünsche an seine Londoner Angehörigen kabeln zu lassen und so die telegraphische Anweisung der gewünschten Summe binnen kurzem durchzusetzen. Nein, der Scheich war klug und vorsichtig. Er hatte seine langjährigen Erfahrungen und hielt nichts von Neuerungen, die undurchsichtig waren und womöglich gar mit allerhand unerwünschten Überraschungen endeten. Die ganze Geschichte eilte ja auch nicht. Ob er das Geld in einem Jahr oder vielleicht sogar erst in zweien bekam, war ihm im Grunde gleich. Im übrigen wußte er, daß in sechs Monaten gewöhnlich alles perfekt war.

Der Scheich wandte sich jetzt zu einem der Araber, die hinter ihm standen. Es schien, als gäbe er Weisung, wie der Gefangene weiterhin zu behandeln sei, denn er zeigte mit dem Daumen mehrmals auf Baynes, der Arabisch weder sprach noch verstand.

Der Araber verneigte sich schließlich vor seinem Gebieter und winkte Baynes, er solle mitkommen. Der Engländer blickte fragend zu dem Scheich auf, gleich als müsse er erst noch von ihm selbst Näheres über die weitere Gestaltung seiner Lage hören; doch der Alte nickte nur ungeduldig. Mr. Morison stand also auf und folgte dem Beauftragten des Scheichs nach einer Eingeborenenhütte in der Nähe der äußeren Lederzelte. Er wurde dann einfach mit in die dumpfe hintere

Behausung hineingezerrt. Der junge Araber trat zum Eingang zurück und rief ein paar schwarze Burschen heran, die vor ihren eigenen Hütten herumlungerten und auf der Stelle erschienen. Man fesselte Baynes, wie vom Scheich befohlen, an Händen und Füßen, ohne auf die energische Verwahrung des Engländers gegen eine derartig harte Freiheitsberaubung irgendwie zu reagieren. Als er indessen merkte, daß die Schwarzen und der Araber ihn anscheinend ebensowenig verstanden wie er Arabisch oder das Kauderwelsch der Eingeborenen, gab er für heute wenigstens auch die letzte Hoffnung auf Milderung seiner Haft auf, zumal die Kerle alsbald verschwanden.

So lag er denn wehrlos und völlig im ungewissen über sein weiteres Schicksal am Boden. Schrecklich, nur daran zu denken, was ihm in den langen bangen Monaten alles passieren konnte, ehe seine Freunde überhaupt erfuhren, daß er Geld brauchte, geschweige denn, ehe wirksame Hilfe dieser Marter ein Ende machte. Hoffentlich schickten sie wenigstens sofort das Lösegeld! Er hätte das Vielfache des Geforderten gerne bezahlt, wenn man ihn bloß aus dieser stinkenden Höhle herausließ, wiewohl er vorhin seinen Freunden drüben in London hatte kabeln lassen wollen, sie sollten kein Geld schicken, sondern sich sofort mit den britischen Kolonialbehörden von Westafrika in Verbindung setzen und eine Strafexpedition herschicken.

Wie Mr. Morison Baynes seine feine Nase rümpfte! Abscheulich diese Hütte mit ihren dumpfen, feuchten Dünsten, dem fauligen Gras, dem undefinierbaren Schmutz! Ein Schweinestall war nichts dagegen.

Doch es sollte noch besser kommen! Er hatte kaum ein paar Minuten langgestreckt am Boden gelegen, so wie man ihn verlassen hatte, als es ihn auch schon an den Händen, am Hals und auf dem Kopf heftig juckte. Mühsam richtete er sich in die Höhe, als ob sich beim Sitzen irgend etwas an diesem unheimlichen Überfall ändern könnte. Zu seinem großen Entsetzen wurde die Plage nur noch schlimmer und breitete sich rasch über seinen ganzen Körper aus. Es war furchtbar, obendrein diesem Ungezieferschwarm völlig machtlos gegenüberzustehen. Die Hände waren ihm hinter dem Rücken zusammengeknebelt!

Bis zur Erschöpfung zerrte und wand er sich in seinen Fesseln stundenlang. Dann kam die Nacht. So ganz aussichtslos schien ihm sein Unterfangen nicht. Vielleicht konnte er doch mit der Zeit erreichen, daß er eine Hand wenigstens frei bekam! Man hielt es anscheinend auch nicht einmal für nötig, ihn mit Essen und Trinken zu versorgen. Ob sie vielleicht meinten, er könne ein Jahr lang von der Luft leben?

Das Ungeziefer war noch immer an der Arbeit, wenn er auch mit der Zeit nicht mehr so sehr unter den fortwährenden Attacken dieser Plagegeister litt. Er sah darin wenigstens ein gutes Zeichen. Der Körper wehrte sich gegen die ungewohnte Mißhandlung, bis er gleichsam immun oder zum mindesten abgestumpft war.

Immer wieder suchte Baynes weiterhin, wenn auch nur mit halber Kraft, seine Fesseln zu lockern. Und dann kamen ... die Ratten! Das Ungeziefer war schon ein Kapitel für sich – aber die Ratten, nein, das war ekelhaft, gemein, unerträglich. Quiekend und einander beißend jagten sie durch die Hütte, an den Wänden entlang, über ihn weg ... und schließlich machte sich solch ein widerliches Vieh gar noch über eines seiner Ohren her. Mit einer lauten Verwünschung riß Baynes seinen Oberkörper in die Höhe. Die Ratten stoben auseinander, als er die gefesselten Beine nach links und rechts schwenkte. Mit fast übermenschlicher Anstrengung brachte er sich nach vielen vergeblichen Versuchen auf die Knie und dann sogar so weit, daß er stehen konnte. Stehen? Er taumelte, zitternd vor Schwäche und in kalten Schweiß gebadet.

Mein Gott! murmelte er vor sich hin. Was muß ich getan haben, daß ich es verdiene, hier ... Er schwieg. Wie war das doch? Er hatte zu büßen, er hatte ...

Er dachte mit einem Male wieder an das Mädchen, das vielleicht in ähnlicher Weise in einem Zelt dieses verrückten Dorfes schmachtete oder ...

Ja, er hatte dies Los verdient. Zähneknirschend gestand er sich ein, daß er erntete, was er gesät. Er durfte sich nicht mehr bedauern. Es geschah ihm ganz recht so.

Plötzlich drangen Stimmen an sein Ohr. Aufgeregtes Durcheinander, eine weibliche Stimme war herauszuhören. Sollte Meriem wirklich mit drüben im nahen Zelt sein? Man sprach Arabisch, er konnte kein Wort davon verstehen, aber es klang, als ob Meriem dabei wäre.

Wie sollte er ihr begreiflich machen, daß er ihr so nahe war? Er überlegte hin und her. Gelang es ihm, sich seiner Fesseln über Nacht noch zu entledigen, konnte man doch vielleicht zusammen sein Heil in der Flucht suchen, in der Flucht auf Leben und Tod freilich. Er fragte sich auch, ob sie überhaupt Lust hatte, mit ihm zu fliehen. Das war es, was ihm jetzt am meisten Kopfzerbrechen machte. Hing das Mädchen wirklich an dem Scheich und den Leuten hier? Er mußte sich unbedingt zuerst Klarheit über diesen Punkt verschaffen; denn wenn sie gewissermaßen das „Nesthäkchen" des mächtigen Scheichs war, würde sie kaum die alte Heimat wieder verlassen wollen, wenigstens nicht ohne die Zustimmung des Scheichs.

In der Farm hatte Baynes oft dabeigesessen, wenn Meriem, von „My Dear" auf dem Flügel begleitet, das alte schöne „ God save the King" sang. Er summte also diese Melodie jetzt ziemlich laut. War Meriem drüben im Zelt, würde sie irgendwie antworten.

Lebe wohl, lebe wohl, Morison! rief sie laut, und sich fast überstürzend fuhr sie fort: Wenn Gott gnädig ist, bin ich tot, ehe der Morgen graut. Lebe ich noch, bin mehr als tot. Schlimm, schlimm ...

Dann hörte Baynes eine wütende Männerstimme, und darauf klang es, als sei da drüben eine wüste Rauferei im Gange. Er wurde vor Entsetzen leichenblaß. Er zerrte und riß wie ein Wahnsinniger an seinen Fesseln. Ah ... sie gaben nach! Schon war eine Hand frei. Warte nur, alter Freund ... die andere Hand. Da, jetzt haben wir dich bald. Er bückte sich, löste die Stricke von den Füßen, das Letzte, was ihm den Weg zur Rache versperren sollte. Frei! hinaus aus diesem Stall ... da, der Ausgang. Meriem, noch ein paar Sekunden ...

Als er sich halbgebückt in die Nacht hinaustastete, sprang ihm ein schwarzer Hüne entgegen.

*

Wenn es Korak besonders eilig hatte, verließ er sich von jeher in erster Linie auf sich allein, das heißt, er holte aus seinen Muskeln heraus, was Gewandtheit und Kraft in ihrem oft erprobten Wechselspiel hergaben. Er hatte sich also auch heute von seinem alten guten Tantor mit einem freundlichen Klaps verabschiedet, nachdem auf seinem Nacken der Strom wieder durchquert war, und somit die Wanderung nach dem Dorfe des Scheichs ohne wesentliche Hindernisse vor sich gehen konnte. Der Affenmensch sputete sich und nahm deshalb den altgewohnten Weg auf halber Höhe der Bäume, und zwar in südlicher Richtung, wohin nach der Aussage des Schweden der Scheich mit Meriem abgezogen war.

Es war schon Nacht, als er den Palisadenzaun erreichte, denselben, über den er damals von seinem Baumversteck aus hinweggesprungen war, als er Meriem aus dem „Gefängnis“, in dem sie ihre Kindheit vertrauert hatte, befreite. Man hatte den Zaun allerdings inzwischen wesentlich verstärkt, wie Korak sofort bemerkte. Außerdem waren die schönen breiten Äste jenes Baumriesen, die ihm als Brücke ins Dorf so gute Dienste geleistet hatten, abgehauen. Doch was kümmerte das einen Korak? Die Menschen mochten sich verbarrikadieren, wie sie wollten: Er wußte sich immer zu helfen. Er nahm sein Wurfseil, das am Leibgurt hing, schleuderte es nach oben, daß die Schlinge einen der spitzen Palisadenpfähle umklammerte, und im nächsten Augenblick zog er sich, die Beine gegen den Holzwall gestemmt, hinauf. Zuerst spähte er nur vorsichtig aus, ob die Luft drüben rein war. Niemand da, soweit sein scharfes Auge reichte. Also los! Ein Ruck – und er sprang leicht wie eine Katze hinüber. Es galt, wie ein Dieb in der Nacht auf leisen Sohlen erst einmal auszukundschaften. Geruch und Gehör hatten die Hauptarbeit. Er wandte sich nach den Araberzelten zu und schlich an den Rückwänden entlang. Wie ein Schatten unter lauter Schatten schlängelte er sich langsam und doch sicher vorwärts. Nicht einmal die Hunde schlugen an, und das wollte etwas heißen! Er holte tief Atem. Tabak? Aha, die Araber mochten noch schmauchend und qualmend vor ihren Zelten hocken. Er hörte lautes Lachen. Wehe, das sollte ihnen vergehen, wenn ...

Von der anderen Seite des Dorfes drang mit einem Male eine vertraute Melodie an sein Ohr. „ God Save the King“? Korak war baff. Ein Mann summte „ God Save“? Hier in diesem Arabernest? Der junge Engländer vielleicht, den er am Strom neulich aufgelesen hatte? Dann fuhr er bestürzt zusammen. Wer antwortete da? Die Stimme, die ... Kein Zweifel, das war Meriem. Auf zur Tat also! Und der Töter sprang geduckt zum Angriff. Wie Numa in der Nacht.

*

Nach der Abendmahlzeit hatte sich Meriem in dem für die Frauen bestimmten Abteil des Zeltes auf ihrem Strohsack zur Ruhe niedergelegt. Die „Wand“, die dieses sonst bescheidene „Gemach“ von dem geräumigeren Wohnraum des Scheichs trennte, bestand aus ein paar prachtvollen Perserteppichen. Alles war so geblieben, wie einst, als Meriem mit Mabunu in diesem Winkel hauste. Der Scheich hatte nie schöne Frauen bei sich gehabt, und daran hatte sich anscheinend auch in den langen Jahren bis jetzt nichts geändert. Mabunu wies Meriem ihren alten Platz neben ihrem Lager an.

Dann kam plötzlich der Scheich ins Zelt und schlug den Teppichvorhang nach dem dunklen Frauengemach leicht zurück.

Meriem! rief er bestimmt. Komm einmal herüber!

Das Mädchen gehorchte und ging zum Scheich. Ein kleines Feuer machte den Raum hell und freundlich. Ali ben Kadin, der Stiefbruder des Scheichs, hockte rauchend auf einem Teppich, der Scheich war stehen geblieben.

Die beiden hatten einen gemeinsamen Vater. Mütterlicherseits stammte Ali ben Kadin indessen von einer Sklavin, und zwar von einer Negerin der Westküste. Ali ben Kadin war übrigens schon ein alter Knabe, obendrein von einer verheerenden und zehrenden Krankheit derart gezeichnet, daß einen beim ersten Blick schon das Entsetzen packen mußte.

Ali nahm Meriem sofort aufs Korn, als sie erschien. Ein gewöhnliches Lächeln verzerrte sein Gesicht zu einer unzweideutigen Grimasse.

Der Scheich zeigte mit dem Daumen auf Ali ben Kadin und meinte, zu Meriem gewandt:

Ich werde alt. Meine Tage sind vielleicht nur noch gezählt – und so habe ich dich für meinen Bruder Ali ben Kadin bestimmt.

Das war alles. Ali ben Kadin erhob sich und schritt gewichtig auf sie zu. Meriem wich entsetzt zurück, doch ihr neuer Herr und Gebieter bekam sie mit raschem Griff am Handgelenk zu fassen.

Du willst nicht? Komm ja mit, sonst ... Und er zwang sie, ihm in sein eigenes Zelt zu folgen.

Der Scheich lachte hellauf, als die beiden fort waren. Wenn ich sie in ein paar Monaten nach dem Norden abschiebe, murmelte er in den Bart, wird die Gesellschaft da oben endlich begreifen lernen, was es heißt, den Tod des Schwestersohnes von Amor ben Khatur büßen zu müssen. Haha, die werden sich nicht wieder solche Scherze erlauben, diese ...

Meriem hatte in Ali ben Kadins Zelt bald durch Bitten, bald durch Drohungen das Fürchterliche abzuwenden gesucht, das die Nacht über sie hereinbrechen lassen mußte, doch vergeblich. Erst verlegte sich der alte Mischling auf zärtliches Werben um die Gunst seines neuen Weibes; als Meriem aber aus ihrer Verachtung und ihrer Abscheu keinen Hehl machte, ja sich sogar offensichtlich jeder geringsten Zudringlichkeit widersetzte, stürzte er sich auf sein Opfer, um es mit derberen Mitteln unter seinen Willen zu beugen. Zweimal entwand sie sich seinen Armen, und als sie gerade vor dem atemlosen Peiniger nach dem Ausgang zu zurückwich, drang Baynes' Stimme an ihr Ohr. Sie ahnte sofort den

Zusammenhang. Ein Zeichen für sie? Kein Zweifel ... und sie gab ihm die Antwort, die ihm ihr geängstetes Herz und den ganzen Ernst der Lage enthüllte. Doch schon zog Ali ben Kadin sie in das „Frauengemach" des Zeltes, wo drei Negerinnen mit völlig gleichgültiger Miene und stumm der Tragödie entgegensahen, die sich nun vor ihren Augen abspielen sollte.

*

Als Mr. Morison Baynes von dem schwarzen Riesen so unerwartet in seinem Vordringen nach Meriems Zelt aufgehalten wurde, war mit einem Schlage das wilde Tier auch in ihm erwacht und bereit, unter Einsatz des Lebens das Unmöglichste zu wagen. Er fieberte vor Erbitterung, er warf sich mit der ganzen Wucht eines aufs äußerste gereizten und von rücksichtslosem Willen beherrschten Körpers über den schwarzen Burschen, der in letzter Minute den einzigen Plan vereiteln wollte, der ihm Sühne und Tilgung der Gewissensqualen verhieß. Die beiden wälzten sich am Boden. Der Schwarze suchte sein Messer zu erraffen, während Baynes ihn mit eisernem Griff an der Kehle würgte und so vorerst jeden Hilfeschrei seines Gegners erstickte.

Doch eine unvorsichtige Bewegung des jungen Engländers ließ dem Schwarzen Zeit, sein Messer zu ziehen. Im nächsten Augenblick schon spürte Baynes den scharfen Stahl in seiner Schulter, der Schwarze holte zu neuem Stoße aus – Baynes sah, daß er verloren war, wenn er nicht ...

Blitzschnell tastete seine Rechte nach links und rechts, indessen er noch mit der Linken dem gefährlichen Burschen die Kehle zupreßte. Da – ein Stein! Verzweifelt klammerten sich seine sehnigen Finger um die neue „Waffe" – und ehe der Schwarze es sich versah, sauste der Stein ihm auf den Schädel. Das Messer entsank seiner Hand. Der Schlag hatte seine Wirkung getan. Bewußtlos blieb der schwarze Hüne auf dem Kampfplatz, während Baynes sofort aufsprang und auf das Lederzelt zustürzte, aus dem er vorhin Meriems Angstschrei vernommen hatte.

Doch ein anderer war ihm schon zuvorgekommen: Korak, der Töter, nur mit Lendenschurz und Leopardenfell angetan, war just in jenem Augenblick hinter Ali ben Kadins Zelt aufgetaucht, als der Mischling sein Opfer vor sich her ins Frauengemach stieß. Ritz – ratz, und Koraks scharfer Dolch hatte einen fast mannshohen Eingang durch die Zeltrückwand gebahnt. Ein Sprung. Korak war drinnen und trat aufrecht und im vollen Glanze seiner Manneskraft auf den vor Schrecken fast gelähmten Ali ben Kadin zu.

Meriem war zur Seite gewichen. Ihre Augen leuchteten in stolzer, unaussprechlicher Freude, denn kein anderer als ihr langentbehrter Freund und Beschützer war auch diesmal wieder im letzten entscheidenden Augenblick gekommen, um sie vor dem Schlimmsten zu bewahren.

Korak! Korak! jauchzte sie laut auf.

Meriem! kam die verhaltene Antwort zurück. Mehr sagte der Töter nicht, er hatte jetzt zu kämpfen. Die drei Negerinnen waren kreischend von ihren Schlafmatten aufgesprungen und hatten sich, trotzdem ihnen Meriem den Weg zu versperren suchte, durch die von Korak in der Zeltwand geschaffene Öffnung flüchten können. Es war also Eile geboten, wenn man nicht das ganze Dorf auf dem Hals haben wollte.

Wie Eisenklammern preßten sich Koraks Finger um die Kehle Alis. Dann blitzte der Dolch des Töters. Ali ben Kadin war gerichtet. Eben hatte sich Korak nach dem Frauengemach zurückgewandt, um Meriem seinen Gruß zu bieten, als ein Fremder, vom Kampf zerfetzt und mit zerzaustem Haar, von vorn ins Zelt hereinstürmte.

Morison! schrie das Mädchen.

Korak drehte sich um. Wer ...? Er ließ seine Arme sinken, die sich eben um Meriem, seine liebe Meriem von einst, in seligem Wiedersehensrausch hatten schlingen wollen. Er hatte vergessen ... ja richtig. Der junge Engländer ... die Lichtung ... küssen. Natürlich, hier war der andere im Recht, Und mit stummer Entsagung trat er beiseite.

In allen Gassen des Dorfes wogte indessen schon wilder Lärm. Die Negerinnen schienen gründlich alarmiert zu haben. Schon kamen die Stimmen näher – es war höchste Zeit, daß man sich aus dem Staube machte, wenn es überhaupt noch möglich war. Rasch! rief Korak, der die Gefahr am ersten in ihrer vollen Größe erkannte, dem verblüfften Baynes zu, der noch immer nicht zu wissen schien, ob ihm Korak als Freund oder als Feind gegenüberstand. Ich muß ein Machtwort sprechen. Da, nehmen Sie Meriem mit! Gehen Sie immer dicht hinter den Zelten entlang! Hier mein Wurfseil. Sie können sich damit gut über den Palisadenwall in die Freiheit hinüberretten!

Und du, Korak? Was wird mit dir selber? warf Meriem mit angstgeweiteten Augen ein.

Ich bleibe selbstverständlich, erwiderte der Affenmensch bestimmt. Ich habe noch mit dem Scheich zu tun!

Meriem wollte etwas einwenden, doch der Töter zog die beiden nach der Zeltrückwand und schob sie hinaus. Es war, als ständen sie ganz unter dem Zwange eines überstarken Willens, der keinen Widerspruch duldete.

Seht zu, daß ihr schnell aus diesem Wespennest hinauskommt! hatte er im letzten Augenblick noch gesagt und sich dann unverzüglich nach dem eigentlichen Zelteingang begeben, um dort die nahenden Dorfbewohner gebührend zu empfangen.

Und der Affenmensch kämpfte, wie er vielleicht noch nie hatte kämpfen müssen. Allein, dieser Übermacht war auf die Dauer doch nicht zu trotzen. Man stürmte mit immer neuer Erbitterung an, bis der Tapfere die Waffen strecken mußte. Man fesselte ihn und brachte ihn unter schärfster Bewachung nach dem Zelt des Scheichs. Das einzige, was Korak erreicht zu haben glaubte, war die Sicherung des Rückzugs seiner Meriem, und mit dieser Gewißheit im Innern sah er allem Weiteren mit Gleichmut entgegen.

Der alte Araber betrachtete lange Zeit den Gefangenen, ohne mit einer Wimper zu zucken. Es machte ihm Spaß, diese verhaßte Kreatur zappeln zu lassen und dabei im stillen nachzugrübeln, mit welchen Martern er an diesem Fremdling, der ihm nun schon zum zweiten Male Meriem gleichsam aus den Händen gerissen hatte, sein Mütchen kühlen könne. Daß Ali ben Kadin im Kampfe gefallen war, machte ihm wenig oder eigentlich keine Kopfschmerzen. Der häßliche Stiefbruder hatte ihn so schon zum Überdruß immer an die noch häßlichere Sklavin seines Vaters erinnert ... Gut, daß mit Ali auch diese fatale Geschichte ein für alle Male erledigt war. Anders stand es mit dem Faustschlag, den er selber vor Jahren sich von diesem weißen Burschen hatte gefallen lassen müssen. Das war eine Beleidigung, eine Unverschämtheit, für die keine Strafe zu hart sein konnte. Ihm schoß das Blut in den Kopf, als ihm jetzt angesichts seines Gefangenen diese unwürdige Szene von damals wieder deutlich vor Augen stand.

Die peinliche Stille im Zelt wurde für einen Augenblick durch lautes Trompeten von der Dschungel her gebrochen. Tantor, der Elefant, meldete sich. Ein Lächeln huschte über Koraks Lippen, er wandte seinen Kopf nach der Richtung, aus der sein Freund soeben nach ihm gerufen – und im nächsten Moment entrang sich ein unheimlich wilder Aufschrei seiner Brust. Einer der schwarzen Krieger schlug ihm sogleich mit dem Speerschaft über den Mund, doch schien niemand auch nur zu ahnen, was jener Schrei des Gefangenen bedeuten mochte. – Tantor horchte gespannt auf, als seine Riesenohren Koraks Stimme vernahmen. Dann trottete er dicht an den Palisadenzaun heran, schwenkte seinen Rüssel hinüber und schnupperte. Kein Zweifel, der Freund war hier. Sein Kopf stemmte sich wütend gegen den Holzwall, doch vergeblich. Man hatte sich gut verschanzt. Die dicken Pfosten gaben kaum ein paar Handbreit nach. –

Der Scheich schien sich endlich über das Maß der verdienten Strafe schlüssig zu sein. Er stand auf, zeigte auf den gefesselten Übeltäter und wandte sich an einen seiner ersten Unterführer. Der Kerl wird mir auf der Stelle verbrannt, befahl er. Am Gerichtspfahl. Verstanden?

Sofort schleppte man Korak nach dem freien Platz in der Mitte des Dorfes. Dort hatte der Marterpfahl von jeher als Sinnbild der höchsten Gerichtsbarkeit gestanden, wenn er auch ein derartiges Urteil, wie es der Scheich soeben gefällt, noch nicht erlebt haben mochte. Sklaven wurden freilich dort oft einmal vor aller Augen geprügelt, bis sie ohnmächtig oder tot am Pfahle hingen.

Korak war alsbald an diesem starken, in die Erde gerammten Pfosten festgeseilt. Trockenes Holz und Stroh wurden ringsum aufgeschichtet, und nach wenigen Minuten erschien der Scheich, um sich an dem Todeskampf seines Opfers zu weiden. Er hatte sich indessen geirrt, wenn er etwa meinte, daß Korak vor ihm um Gnade winseln würde! Die Flammen schlugen hoch – der Gerichtete verzog keine Miene.

Nur einmal noch erhob er seine Stimme zu jenem unheimlichen Ruf, wie man ihn vorhin im Zelte des Scheichs schon vernommen hatte; das war keine Angst, das war kein Jammern – nun, mochte er rufen, wen er wollte, dachten die Araber und achteten nicht weiter darauf, daß abermals ein Elefant fast unmittelbar nach Koraks Aufschrei draußen vom Dschungelsaum herübertrompetete.

Koraks Ruf, der ihm galt, und der Geruch von Menschen, die dem Dickhäuter verhaßt waren, weil sie ihm doch nie freundlich begegneten, ließen den Riesen Tantor vor Wut über die widerspenstige Holzbarrikade fast rasend werden. Er wankte etwa zwanzig Meter zurück, drehte sich wieder um, schwang seinen Rüssel nach oben und antwortete dem Freunde mit lautem Gebrüll. Er sollte wissen, daß sein Tantor kam. Dann senkte er seinen Kopf und warf sich mit der vollen Wucht seines Riesenleibes wie ein Sturmbock von Fleisch und Knochen und unwiderstehlicher Muskelkraft gegen den Palisadenwall.

Krachend barst der Holzwall an der Einbruchstelle, und Tantor stürmte durch die Bresche. Korak hörte alles genau; er wußte, was es zu bedeuten hatte. Die anderen im Umkreis schienen taub zu sein, sahen nur, wie die Flammen sich immer näher und näher an das gefesselte Opfer heranwälzten, und warteten auf den Höhepunkt dieses nächtlichen Dramas.

Ein Elefant, ein Riesenelefant! schrie mit einem Male ein Schwarzer, der schließlich doch stutzig geworden war, und stob kreischend davon. Allein Tantor war schon auf dem Plan. Neger und Araber schleuderte er beiseite oder zertrat er, soweit sie ihm den Weg in die Feuergarben um seinen Korak versperrten. Wohl haßte Tantor das Feuer. Aber er liebte den alten Kameraden – und das gab hier den Ausschlag.

Der Scheich schrie seinen Leuten zu, sie sollten die Gewehre holen. Er selber stürzte nach seinem Zelt, um sich zu bewaffnen. Doch Tantor war schon am Werk. Im Nu schlang sich sein Rüssel um Koraks Leib. Ein Ruck – und der Todgeweihte war samt dem Pfahl in Tantors rettendem „Arm". Die Flammen waren indessen auch für Tantor eine Höllenqual, denn seine Haut ist trotz ihrer Dicke gegen Feuer furchtbar empfindlich. Kein Wunder also, daß der Riese in dem Bestreben, seinen Freund zu befreien und anderseits aber auch möglichst rasch der sengenden Glut den Rücken kehren zu können, nicht gerade „sanft" zupackte, ja den Affenmenschen fast erdrückt hätte. Mit der kostbaren Last in seinem hocherhobenen Rüssel raste Tantor wieder zu der Bresche im Palisadenwall zurück, durch die er den Vorstoß begonnen hatte. Schon stürzte der Scheich mit schußbereitem Gewehr aus seinem Zelt dem Ungetüm nach, das so unerwartet das ganze Dorf in wilder Panik zerstreut hatte. Er legte an und gab Feuer. Doch der Schuß saß nicht so, wie der Scheich gedacht haben mochte. Tantor machte eine scharfe Wendung, und im nächsten Augenblick zermalmten seine Riesenfüße den heimtückischen alten Schurken, der so vieles auf dem Gewissen hatte, zermalmten ihn, wie wir vielleicht oft zufällig eine Ameise, die im Walde unseren Weg kreuzt.

Die Bahn war frei – und Tantor, der Elefant, schritt langsam mit seiner Bürde in die Dschungelnacht.

Tarzan ist wieder da!

Die Begegnung mit Korak nach den langen Jahren der Trennung, in denen sie ihn beinahe schon für tot gehalten hatte, war Meriem so überraschend gekommen, daß sie kaum einen klaren Gedanken fassen konnte und sich willenlos von Baynes hinter den Zelten entlang nach dem Palisadenzaun führen ließ. Koraks Rat war sicher gut und richtig; Meriem hatte sogleich wieder das alte Vertrauen zu dem, was ihr einstiger Kamerad sagte. Man erreichte auch ohne Zwischenfall den Holzwall am Dorfrand. Der Engländer warf die Schlinge oben um einen der hohen Pfähle und zog sich – allerdings nur unter Aufbietung aller Kräfte – hinauf. Dort wandte er sich um und reichte Meriem die Hand, um sie sofort nachzuziehen.

Komm! flüsterte er. Wir müssen uns beeilen!

Meriem schien mit einem Male wie aus tiefem Schlafe zu erwachen. Sie griff sich an den Kopf. Korak? Er war allein, kämpfte. Vielleicht um sein Leben? Sie hatte ihren Korak verlassen. Nein ... sie wollte nicht fort, solange er noch da drüben war. Sie mußte mit ihm und für ihn kämpfen. Gehen Sie immer! rief sie zu Baynes hinauf. Sehen Sie zu, daß Bwana uns zu Hilfe kommt! Ich habe die Pflicht, hier zu bleiben. Sie können ohnehin bei Ihrem Zustand nicht mehr lange kämpfen. Aber holen Sie Bwana, das ist entschieden das Beste!

Mr. Morison Baynes glitt lautlos wieder zu Meriem hinab. Miß Meriem, bedenken Sie, bitte: nur um Ihretwillen bin ich vorhin mit Ihnen hierher geflohen! begann er mit gedämpfter Stimme. Ich wußte, daß er Ihre Feinde länger abwehren kann, als ich es vermocht hätte. Und es handelte sich doch darum, daß Sie erst einmal sicher aus diesem schrecklichen Nest herauskamen. Wenn ich es mir jetzt richtig überlege: Ich hätte trotzdem zurückbleiben sollen. Ich hörte, wie Sie ihn bei Namen riefen, weiß auch jetzt, wer er ist. Ihr alter guter Freund, von dem Sie ... Bitte, seien Sie so gut und unterbrechen Sie mich nicht! Ich habe Ihnen etwas zu beichten, ich will Ihnen sagen, was für ein Schuft ich beinahe geworden wäre. Miß Meriem, ich wollte Sie mit mir nach London nehmen, nicht wahr? Aber ich dachte nicht daran, Sie zu meiner Frau zu machen. Ja, glauben Sie es mir, verachten Sie mich! Ich verdiene Ihre bösen Blicke, verdiene, daß Sie sich von Ekel erfüllt von mir abwenden, denn ich war leichtfertig und wußte nicht, was für ein heilig Ding die große Liebe zweier Menschen ist. Aber ich habe es in Qualen und Nöten lernen müssen und seitdem weiß ich, was für ein gefühlloser und feiger Mensch ich mein Leben lang gewesen bin. Ich habe mich stets für besser und tausendmal wertvoller als alle die gehalten, denen das Schicksal einen gleich günstigen Platz an der Sonne versagte, wie ich ihn unverdient seit meiner Jugend innehatte. Ich hielt Sie nicht für gut, für fein genug, um meinen Namen mit mir vor aller Augen zu teilen. Seit Hanson mich betrog und Sie entführte, verzehrte mich das Höllenfeuer meiner Gewissensängste. Und das ... hat einen Mann aus mir gemacht, wenn auch vielleicht zu spät. Ich wage daher jetzt, Ihnen meine aufrichtige Liebe zu versichern, meine unverbrüchliche Liebe, und frage in Bescheidenheit: Wollen Sie, können Sie noch ganz und für immer mein sein?

Meriem schwieg, tief in Gedanken versunken.

Wie sind Sie gerade hierher in dieses Dorf gekommen? fragte sie dann ganz unvermittelt.

Baynes erzählte ihr in Eile alles, was er durchgemacht hatte, seit der Träger Hansons ihm die bösen Pläne seines Herrn hinterbrachte.

Da sagen Sie noch, daß Sie ein Feigling wären! warf Meriem plötzlich ein. Sie nennen sich feige, nachdem Sie all das Furchtbare ausgestanden haben, um mich vor dem Schlimmsten zu bewahren? Nein, Mr. Baynes, da gehört wahrhaftig Mut dazu, mir anzuvertrauen, wie Sie um Ihre eigene Rechtfertigung, um Ihr besseres Ich gerungen haben. Sie haben sich selbst besiegt und für mich gelitten. Ich rechne Ihnen diesen doppelten Beweis Ihrer männlichen Gesinnung hoch an. Und Mister Baynes: Einem Feigling könnte ich auch nie mein Herz schenken!

So lieben Sie mich also doch? Ein tiefer Seufzer entrang sich seiner Brust. Er trat einen Schritt näher, um die Geliebte in seine Arme zu schließen, doch Meriem wehrte ihm mit einer leichten Handbewegung ab, als wolle sie damit sagen: Noch nicht! Sie wußte im Grunde jedoch selbst nicht, warum sie seine so aufrichtige Werbung jetzt nicht mit freudigem Ja belohnte, denn sie hatte ihn tatsächlich gern. In dieser Herzensneigung zu dem jungen Engländer sah sie keinerlei Untreue gegen ihren Korak; denn Korak war und blieb ihr doch trotzdem der alte, liebe Gefährte ihrer Dschungeljahre, der starke Bruderarm, der sie einst wie eine jüngere Schwester sicher und voller Rücksicht durch alle Fährnisse geleitet hatte. –

Der Lärm im Dorfe ließ mit einem Male merklich nach.

Man hat ihn getötet! flüsterte Meriem und zuckte zusammen. Baynes fuhr aus seinen Gedanken auf. Es kam ihm mit einem Male wieder zu Bewußtsein, warum man vorhin eigentlich die so glücklich gelungene Flucht unterbrochen hatte.

Warten Sie bitte hier! sagte er mit fester Stimme. Ich werde mich nach ihm umsehen. Ist er wirklich tot, können wir natürlich nichts mehr für ihn tun. Lebt er aber noch, will ich alles daransetzen, um ihn zu befreien.

Nein, wir gehen zusammen! Kommen Sie!

Und sie schlichen zurück zum Dorf. Oft mußten sie sich im Schatten eines Zeltes oder einer Hütte zu Boden werfen und dicht an die Rückwand pressen, denn überall war man auf den Beinen. Ein fortwährendes Kommen und Gehen. Das ganze Dorf stand gleichsam Kopf.

So kam es, daß sie für den Rückweg nach Ali ben Kadins Zelt viel länger brauchten, als zu ihrer Flucht nach dem Palisadenzaun. Im Zelt schien alles still. Vorsichtig zwängten sie sich durch die von Korak aufgeschlitzte Rückwand nach dem Frauengemach, Meriem voran und Baynes dicht hinter ihr, nachdem er erst noch festgestellt hatte, daß sie von niemandem beobachtet worden sein konnten. Auf den Fußspitzen tasteten sie sich zu den Teppichvorhängen, die das Zelt in zwei Teile schieden. Meriem spähte durch einen schmalen Spalt hinüber: Auch dort war alles leer. Ein Sprung, und sie stand am eigentlichen Zelteingang. Doch da ... Sie unterdrückte mit Mühe einen Aufschrei. Baynes, der hinter ihr lehnte, beugte sich vorwärts, um selbst zu sehen, warum Meriem mit einem Male so zusammenschrak. Eine furchtbare Verwünschung kam über seine Lippen, er drängte Meriem leicht beiseite und stürzte wie ein Rasender aus dem Zelt.

Korak am Marterpfahl gebunden, der Holzstoß ringsum geschichtet, und schon züngelten überall die Flammen empor? Ohne zu bedenken, daß er gegen diese Übermacht nichts, gar nichts ausrichten konnte, stürmte er los. Koste es, was es wolle, er mußte den Todgeweihten zu retten suchen.

In demselben Augenblick wälzte sich Tantor vom Palisadenzaun heran. Die Zuschauermenge auf dem Richtplatz stob in wilder Flucht davon und riß mit sich fort, was in den Weg kam. Auch Baynes. Alles das Werk weniger Sekunden. Der Engländer sah nur noch, wie der Elefant mit seiner kostbaren Last drüben wieder verschwand. Kein Mensch schien sich um ihn zu kümmern. Es war, als seien alle Teufel losgelassen. Männer, Frauen und Kinder suchten Hals über Kopf das Weite, Hunde sprangen kläffend und heulend nach, Pferde, Kamele, Esel – alles war außer Rand und Band, als der gewaltige Dickhäuter mit markerschütterndem Trompeten durch das Dorf raste. Viele Tiere hatten sich losgerissen, jagten in wildem Galopp bald hierhin, bald dahin und steigerten so die Panik unter den Arabern und Schwarzen ins Ungeheuerliche.

Baynes erkannte sofort, welchen Vorteil diese heillose Verwirrung bot. Er wandte sich, um Meriem aus dem Zelt zu holen. Doch da war sie ja schon! Das unerschrockene Mädchen mußte nicht von ihm gewichen sein.

Die Pferde sind los, sehen Sie? schrie er. Wir brauchen zwei Pferde, Miß Meriem!

Das Mädchen begriff und führte ihn nach dem anderen Dorfrande.

Hier, machen Sie die beiden los! bestimmte sie rasch, schon halb im Weggehen. Und warten Sie mit ihnen dicht hinter diesen Hütten. Ich hole Sättel und Zaumzeug. Und ehe er sie zurückhalten konnte, war sie verschwunden.

Baynes koppelte die beiden Pferde los. Es war keine Kleinigkeit. Den Tieren saß der Schrecken noch in allen Gliedern. Dann zog er die störrischen Vollblüter hinaus. Und wartete. Eine Ewigkeit schien es ihm, bis Meriem endlich wiederkam, wiewohl kaum zehn Minuten vergangen sein konnten. Das tapfere Mädchen brachte wahrhaftig zwei Sättel!

Unverzüglich wurden die Pferde gesattelt. Drüben loderten noch immer die Flammen des Marterbrandes hellauf zum Nachthimmel. Man konnte deutlich sehen, wie die Araber und Schwarzen sich langsam wieder einfanden. Einige hatten sogar schon Tiere wieder eingefangen und nahten mit den Ausreißern, um sie wieder in den Stallhütten festzubinden. Es hieß sich dazuhalten, wollte man nicht noch in letzter Minute von den Kerlen überrascht werden.

Meriem schwang sich hastig in den Sattel.

Los? Morison! Ehe es zu spät ist. Durch Tantors Bresche, verstanden?

Sie sah nur noch, wie Baynes mit dem linken Fuß im Steigbügel stand, dann ließ sie ihrem feurigen Renner die Zügel schießen. Das rassige Tier raste sofort im Galopp los. Es galt, den kürzesten Weg einzuschlagen. Es gab keine Wahl: Man mußte mitten durch das Dorf. Baynes sprengte dicht hinter ihr. Die Pferde gaben ihr Bestes.

Und das war die Rettung. Wie ein Sturmwind fegten die beiden Reiter durch das Dorf! Man hatte schon die halbe Strecke hinter sich, als die bestürzten Araber zur Besinnung kamen. Einer mußte die beiden schließlich erkannt haben. Ein wilder Aufschrei – er riß sein Gewehr an die Backe und gab Feuer. Das ganze Dorf war mit einem Schlage von neuem alarmiert. Aus allen Ecken krachten Schüsse. Doch schon jagten die schweißtriefenden Rosse durch Tantors Bresche und trugen ihre Reiter in ununterbrochenem Galopp auf der glatten Karawanenstraße gen Norden. Noch lange hallte fernes Gewehrgeknatter durch die Nacht. –

Und Korak?

Tantor eilte mit dem geretteten Freund bis weit in die Tiefen der Dschungel. Er rastete nicht eher, als bis sein überscharfes Gehör ihm bestätigte, daß das Dorf mit seinen lärmenden Bewohnern meilenweit hinter ihm liegen mußte. Dann erst legte er seine Last vorsichtig ins weiche Dschungelgras nieder.

Korak suchte sich sofort unter Anspannung aller Kräfte aus seinen Fesseln zu befreien. Doch die Stränge wollten und wollten nicht nachgeben, geschweige denn reißen. Er ruhte einige Zeit, begann von neuem das qualvolle Ringen und ruhte wieder. Vergeblich! Nur gut, daß Tantor nicht die Geduld verlor! Der Riese harrte getreulich bei ihm aus, und wehe der Dschungelbestie, die dem Dickhäuter in die Quere gekommen wäre!

Langsam kroch die Morgendämmerung im Osten herauf. Korak war nicht einen Finger breit weiter gekommen. Er war sich klar, daß Durst und Hunger ihn zu Tode martern mußten, wenn er seine Fesseln nicht bald sprengen konnte. Ringsum Früchte und Fleisch in Hülle und Fülle – und doch verschmachten und verhungern? Es half nichts, er hatte sich mit dem Gedanken vertraut zu machen, denn Tantor konnte nun und nimmer die bösen Knoten lösen.

*

Baynes und Meriem ritten den ganzen Rest der Nacht in schnellstem Tempo am Strome entlang nach Norden. Das Mädchen hatte Baynes wiederholt versichert, daß Korak von Tantor in der Dschungel sicher geborgen worden wäre. Sie bedachte allerdings nicht, daß der Affenmensch dabei doch noch immer am Pfahl gefesselt bleiben mußte.

Mr. Morison Baynes war zuletzt noch von einer Kugel getroffen worden. Meriem wünschte ihm Schonung und wollte ihn auf alle Fälle sofort nach Bwanas Farm geleiten, wo er von My Dear mit aller Sorgfalt gepflegt werden konnte.

Du darfst die Wunde nicht so leicht nehmen, Morison! meinte sie schließlich. Wir machen es dann einfach so: Ich reite mit Bwana zurück und suche Korak. Er muß gefunden werden und dann auch zu uns kommen.

Die ganze Nacht über war man im Sattel und auch am Morgen gönnte man sich keine Rast. Es mochte gegen acht Uhr sein, als man plötzlich einem stark bewaffneten Trupp, der anscheinend nach Süden vordrang, begegnete. Meriem atmete auf: Es war Bwana selbst mit seinen flinksten und tüchtigsten Askaris. Als er Baynes erkannte, verfinsterte sich sein Gesicht. Doch er schien erst noch hören zu wollen, was Meriem zu berichten hatte, ehe sich sein lang verhaltener Grimm über den einstigen Gast wie ein Unwetter entladen sollte. Doch es kam anders. Als Meriem geendet hatte, schien Baynes ihm mit einem Male Luft zu sein. Er hatte offenbar Wichtigeres im Kopfe als diese leidige Liebestragödie.

Du sagtest eben, du hättest Korak gefunden? fragte Bwana. Ist das wirklich so? Hast du ihn gesehen?

Natürlich! gab Meriem zurück. So wie ich dich hier sehe. Und nun komm bitte mit, Bwana, und hilf mir, ihn wiederzufinden.

Haben Sie ihn auch gesehen? forschte Bwana weiter und blickte Baynes scharf in die Augen.

Ja, ganz deutlich. In allernächster Nähe! antwortete der Gefragte.

Wie sieht er ungefähr aus? Ich meine, welchem Typus kommt er am nächsten? fuhr Bwana fort. Und wie alt mag er schätzungsweise sein?

Ich würde ihn für einen Engländer halten. Alter? Ungefähr wie ich ... halt ... vielleicht doch schon etwas älter, meinte Baynes. Er ist außerordentlich kräftig gebaut. Muskeln hat dieser Mensch, nein, das ist fabelhaft. Und nicht zu vergessen, wie prächtig gebräunt die Haut ist.

Können Sie sich an Augen und Haar erinnern? Bwana sprach rascher und sichtlich erregt.

Korak hat schwarzes Haar und graue Augen, warf Meriem sofort ein.

Bwana wandte sich ruckartig zu dem Führer seines Askaritrupps:

Du bringst mir Miß Meriem und Mr. Baynes sofort nach der Farm. Ich streife allein weiter.

Nimm mich mit, Bwana! bettelte Meriem. Du suchst Korak, ich weiß es. Laß mich dabei sein!

Bwana winkte bestimmt ab.

Du gehörst zu dem Mann, den du liebst, mein Kind!

Mehr sagte er nicht. Er bedeutete dem Askariführer mit einer Handbewegung, daß ohne Verzug abzumarschieren sei. Für Baynes, der seit ein paar Stunden schon unter heftigen Fieberschauern litt, wurde im Nu eine Tragbahre aus Zweigen hergerichtet. Meriem schwang sich noch halb unschlüssig auf den Rücken des müden Vollblüters, der sie so sicher in stundenlangem Gewaltritt bis hierher getragen hatte, und langsam schlängelte sich der kleine Zug mit dem Verwundeten in der Mitte am Strome entlang nach Süden davon.

Bwana wartete, bis sie seinen Blicken entschwunden waren. Nicht ein einziges Mal hatte Meriem sich umgedreht, sie war böse auf Bwana und ritt traurig mit gesenktem Haupt davon. Bwana seufzte. Er liebte das hübsche Araberkind, wie er eine eigene Tochter geliebt hätte, und da Baynes anscheinend sein großes Unrecht wieder gutgemacht hatte, wollte er nun nichts gegen eine etwaige Vermählung der beiden einwenden, wenn Meriem sich tatsächlich aus vollem Herzen zu diesem Schritt entschließen konnte. Er selbst vermochte sich jedoch trotz allem des Eindrucks nicht zu erwehren, daß die kleine Meriem für Mr. Morison Baynes zu schade war.

Er schwang sich alsdann an einem tief herabhängenden Ast hinauf in die Zweige eines nahen Baumriesen. Wie eine Katze kletterte Bwana! Oben entledigte er sich seiner gesamten Bekleidung, zog aus der Jagdtasche ein langes Stück Wildleder, ein feingewickeltes Wurfseil und ein vielverheißendes Jagdmesser und machte sich aus dem Leder einen Lendenschurz, hing das Seil über eine Schulter und steckte das Messer in seinen Leibgurt.

Hoch aufgerichtet stand er dann ein paar Sekunden auf schwankendem Ast, den Kopf stolz zurückgeworfen, seine Brust geschwellt im Bewußtsein seiner unversiegten Kraft. In tiefen Atemzügen sog er die Dschungelluft ein, daß die Nasenflügel bebten, seine stahlgrauen Augen ahnten von neuem die Lust vergangener Jahre. Und dann kroch und sprang und schwang er sich durch den unermeßlichen Blätterwald nach Südosten. Immer mehr und mehr entfernte er sich damit vom großen Strom, aber er schien zu wissen, warum. Wie ein Pfeil schoß er dahin, und wenn er einmal kurze Zeit verweilte, drang ein wildgewaltiger schriller Schrei aus seiner Kehle in die weiten Gründe. Er horchte auf, und dann begann die stürmische Jagd durch die Baumwipfel von neuem.

Er mochte schon einige Stunden unterwegs sein, da vernahm er plötzlich halblinks vorwärts eine schwache Antwort auf seinen weithin schallenden Lockruf. Ein Riesenaffe mußte das sein! Bwanas Augen leuchteten auf, seine Pulse flogen. Noch einmal ein lauter wildgewaltiger Aufschrei, und er eilte in der neuen Richtung auf der Baumstraße dahin.

*

Korak sah schließlich ein, daß er sich unmöglich selbst aus seinen Fesseln lösen konnte. Auf Hilfe warten, war verlorene Zeit, bedeutete sicheren Tod. Er wandte sich also in der Dschungelsprache, die auch die Elefanten verstehen konnten, an Tantor und bat, er solle ihn wieder in seinen „Arm" nehmen und dann nach Nordosten weitertrotten. Korak war in dieser Richtung vor einiger Zeit wiederholt Weißen und auch Schwarzen begegnet. Lief man zufällig einem Schwarzen in den Weg, würde er Tantor einfach befehlen, ihn einzufangen; für das übrige würde er schon sorgen. Jedenfalls mußte man den Versuch wagen, denn ein rasches Ende war schließlich immer noch besser als langsamer Hungertod. Und Tantor würde ohnedies einen Schwarzen wenigstens solange im Zaume halten, bis er die Fesseln Koraks zerschnitten hatte.

Tantor tat, was sein Freund wünschte, und trug ihn getreulich und ohne zu rasten gen Nordosten durch die Wälder. Ab und zu rief Korak laut nach allen Seiten. Er hoffte, daß Akuts Menschenaffen vielleicht gerade wieder einmal diese Reviere durchstreiften. Begegnete er gar Akut selber, so wäre er sicher binnen kurzem frei. Schon einmal vor langen Jahren hatte er ihm ja die Knoten geöffnet, damals, als der Anschlag des Russen Pawlowitsch so kläglich mißlungen war.

Und Akut hörte tatsächlich die bekannte Stimme. Ganz schwach zwar nur, denn er war noch weit südlich von Korak, aber er folgte dem Ruf. Und ein anderer vernahm beide ...

*

Nachdem Bwana allein zurückgeblieben war, allein auf die Suche nach Korak gehen wollte, war Meriem ein Stück Weges tief in Gedanken versunken in der Kolonne mit weitergeritten. Plötzlich hob sie den Kopf. Sie schien verändert, zu irgend etwas Besonderem entschlossen und winkte dem Truppführer.

Ich reite zu Bwana zurück. Nur damit du es weißt! stieß sie bestimmt hervor.

Der Schwarze schüttelte den Kopf.

Auf keinen Fall, Miß Meriem! Bwana gab mir Befehl, Sie heimzugeleiten. Und dabei muß es bleiben?

Du willst mich nicht gehen lassen? fragte das Mädchen überlegen.

Der Schwarze nickte bloß und ritt an den Schluß der Kolonne, um ein etwaiges Zurückbleiben des ihm anvertrauten jungen Mädchens auf alle Fälle unterbinden zu können. Meriem lächelte. Man ritt oft unter Bäumen dahin, die ihre Äste weit herabreckten. Mit einem Male war das Mädchen verschwunden. Der Führer wußte nicht recht, wie. Er sah bloß den leeren Sattel. Weiter nichts. Er rief. Erst kam überhaupt keine Antwort, dann hörte er ziemlich weit rechts abseits vom Wege ein seltsames Kichern. Sofort wurden seine Askari nach allen Seiten ausgeschickt, um das Mädchen wieder einzuholen. Doch die armen Kerle kamen ganz niedergeschlagen zurück: Miß Meriem war nirgends im Umkreis zu finden gewesen. Man wartete noch eine Weile. Dann nahm man den Marsch nach der Farm wieder auf, da Baynes' Zustand immer bedenklicher wurde. Das Fieber mußte rasend in die Höhe gegangen sein. Er phantasierte das wirrste Zeug, schlug mit den Armen um sich und stöhnte, daß es kaum mehr anzuhören war.

*

Meriem eilte geradenwegs durch die Bäume in der Richtung davon, in der sie Tantor vermutete. Sie wußte noch genau die Stelle, weit östlich vom Dorfe des Scheichs, wo sich die Elefanten oft und gern aufhielten. Lautlos und in denkbar schnellstem Tempo glitt sie durch die Wipfel. Nur das eine schwebte ihr jetzt vor Augen und verscheuchte alle anderen Gedanken: Sie mußte Korak finden und ihn mit nach der Farm bringen. Das war einfach ihre Pflicht, meinte sie.

Dann brachen mit der Zeit auch schlimme Befürchtungen und Ängste über sie herein. Vielleicht brauchte Korak sie gar nicht, wollte gar nicht in ihrer Nähe sein? Sie machte sich bittere Vorwürfe, den schwerverwundeten Morison im Stich gelassen zu haben, wo er doch vielleicht ihrer lindernden Hand und ihres Zuspruches bedurfte.

Einige Stunden war sie so im Widerstreit ihrer Gefühle immer unermüdlich weitergeeilt, als ihr plötzlich der altbekannte Lockruf eines Menschenaffen entgegenhallte. Sie gab keine Antwort, schlug aber sofort ein noch schärferes Tempo an. Es war, als flöge sie nur so durch die Zweige.

Bald kam ihr der ausgezeichnete Geruchssinn, den Korak früher so oft bewundert hatte, zu Hilfe. Tantor konnte nicht mehr weit sein, wie sie mit Befriedigung feststellte. Sie war also auf der rechten Fährte. Korak selber würde bei Tantor sein. Sie wußte, daß er sich nicht so leicht von seinem alten Dschungelfreund trennte. O, sie wollte ihn schön überraschen!

Noch zweihundert Meter – und ihre Augen bestätigten die freudige Erwartung. Da trottete ja Tantor, und auf seinem Kopfe schaukelte ... Sonderbar, wie Korak heute da oben lag. Der Pfahl? Und Tantor hielt ihn ja anscheinend immer noch mit seinem biegsamen Rüssel da oben fest wie gestern ...? Korak! rief Meriem von ihrem hohen Ausguck im Blätterversteck hinab.

Wie auf einen Ruck drehte sich der Elefantenkoloß um, legte seine Last ins dichte Dschungelgras und rüstete sich unter wütendem Trompeten zur Verteidigung seines Kameraden.

Meriem! hallte die matte Antwort des Affenmenschen zurück, der die vertraute Stimme sofort erkannt hatte. Das Mädchen hier? Er war bestürzt und beglückt zugleich. Ein sonderbares Gefühl schnürte ihm fast die Kehle zu.

Das Mädchen schwang sich blitzschnell hinab. Halb außer Atem rannte sie auf Korak zu. Schrecklich, daß er noch immer in dieser qualvollen Lage war. Sie mußte ihn auf der Stelle losbinden. Doch Tantor schien anderer Meinung. Dräuend senkte er sein Riesenhaupt und stieß einen unheimlichen Warnungslaut hervor.

Zurück! Zurück! schrie Korak. Er tötet dich, er zermalmt dich! Meriem blieb stehen.

Tantor! rief sie mit sicherer Stimme dem grimmen Riesen entgegen. Kennst du mich denn auf einmal nicht mehr? Ich bin doch die kleine Meriem. Weißt du nicht mehr, wie oft ich mich auf deinem breiten Rücken tummelte?

Doch der Riese ließ sich nicht beirren. Abermals donnerte seine Warnung aus dem Riesenrachen. Er schüttelte seine langen Fangzähne, als wollte er sagen: Du lügst und mach daß du fortkommst, oder ...

Nun versuchte Korak, den alten guten Tantor umzustimmen. Erst mit freundlichen Worten, dann mit dem Befehl, dem der Freund nie den Gehorsam versagte, wenn er fühlte, daß Korak im Rechte war.

Geh' jetzt einmal, Tantor! Wir rufen dich wieder! meinte Korak zuletzt noch besänftigend. Er wollte ja Meriem nur Gelegenheit geben, die Fesseln zu lösen, ohne daß sie in Gefahr kam

Allein Tantor wich nicht von der Stelle. Alle Menschen außer Korak waren seine Feinde. Wer wußte, ob das Mädchen nicht Böses gegen seinen Freund im Schilde führte? Nein, er würde es nicht darauf ankommen lassen, solange er noch auf festen Füßen stand!

Eine volle Stunde verstrich, ohne daß die verschiedensten Bemühungen Erfolg gehabt hätten. Der starrsinnige Riese war einfach nicht davon zu überzeugen, daß seine Beschützerrolle in diesem Falle einmal nicht angebracht war. Er blieb dabei: Niemand sollte es wagen, Korak näher zu kommen, wenn er nicht zu Brei werden wollte.

Endlich schien Korak einen Ausweg gefunden zu haben.

Meriem! rief er hinüber, tu so, als gingest du ganz fort. Du mußt aber nachher zusehen, daß du den Wind ins Gesicht bekommst. Und dann folgst du uns wieder. Er darf dich nicht wittern! Ich werde ihn bald soweit haben, daß er mich wieder ins Gras legt, und ihn dann unter irgendeinem Vorwand wegschicken. Du springst uns, wie gesagt, nach, und schleichst dich zu mir, wenn er mir den Rücken gekehrt hat. Hast du ein Messer?

Ja, natürlich. Gut denn, ich gehe jetzt. Vielleicht gelingt uns der Streich nun endlich. Aber nimm dich bitte trotzdem in acht, Korak! Tantor hat seine Mucken. Er ist ein Schlaumeier.

Korak nickte freundlich. Das Mädchen hatte recht. Sie wußte doch noch alles genau, was die Dschungel von dem fordern mußte, der nicht zu Grunde gehen wollte.

Im Nu war sie verschwunden. Der Elefant horchte auf. Sie ging? Schon gut, aber die Witterung wollte er sich doch lieber merken. Er hob prüfend seinen Rüssel und schien tief zu atmen.

Korak befahl ihm, sogleich den Marsch nach Nordwesten wieder aufzunehmen. Tantor zögerte erst ein paar Sekunden, doch dann folgte er sichtlich gern dem Wunsche seines Freundes. Man war kaum ein paar hundert Meter wieder unterwegs, als Korak aus der Ferne den Ruf eines Menschenaffen zu hören glaubte.

Sollte das Akut sein? Ihm wäre es nur recht, dachte Korak. Tantor kannte Akut gut, er würde den befreundeten Affen sicher ohne weiteres herankommen lassen. Und Koraks Antwort hallte laut durch die Wälder.

Er hielt es indessen trotz dieser neuen hoffnungsvollen Entdeckung für ratsam, den mit Meriem vereinbarten Plan nicht einfach aufzugeben, und trieb Tantor zur Eile an. Bald erreichte man eine Lichtung. Korak spürte deutlich, daß Wasser in der Nähe war. Das paßte. Er würde so leicht eine Ausrede haben, um sich Tantor für einige Zeit vom Halse zu schaffen. Tantor sollte nur gehen und ihm endlich einmal in seinem Rüssel Wasser für die trockene Kehle holen.

Der Riese gehorchte und bettete Korak mitten auf der Lichtung ins weiche Gras. Dann blieb er jedoch noch ein paar Minuten dicht neben dem Freunde. Er nahm es genau mit seiner Pflicht, der gute Tantor, spreizte seine Ohren und schwenkte den Rüssel schnuppernd nach allen Seiten in der Luft herum. Erst als er davon überzeugt schien, daß zunächst nichts für seinen Schützling zu befürchten war, trottete er nach dem kleinen Bach zu davon. Korak entsann sich. Es mußten etwa zweihundert bis dreihundert Meter bis dahin sein. Ach, Tantor! dachte er im stillen, jetzt haben wir dich doch an der Nase herumgeführt. Und er hätte am liebsten laut aufgelacht.

Allein, so gut der Affenmensch auch sonst seinen Dschungelfreund kennen mochte, er ahnte nicht, wie argwöhnisch der kluge Tantor sein konnte. Der Riese verschwand alsbald drüben hinter dem Waldrand in der Richtung nach der Tränke; doch kaum fühlte er sich durch dichtes Laubwerk den Blicken Koraks entzogen, da machte er flugs kehrt und zwängte sich unter dem schützenden Blätterdach bis zum Dschungelsaum an der Lichtung zurück. So, jetzt konnte er erst noch einmal die Lage da drüben überschauen, ohne daß man ihn gewahrte.

Tantor ist nämlich von Natur aus sehr, sehr mißtrauisch. Und so fürchtete er jetzt immer, daß dieses Tarmanganiweib, das seinen Korak hatte angreifen wollen, doch noch nachkommen könnte. Er hatte nicht Lust, sich narren zu lassen, und ehe er nicht ganz sicher war, daß seinem Freunde nichts passieren konnte, würde er einfach nicht zum Wasser gehen.

Aha! Er hatte also doch wieder einmal nicht danebengeraten! Er sah, wie das Tarmanganiweib aus den Bäumen drüben herabglitt und über die Lichtung zu dem Affenmenschen rannte. Tantor beschloß, noch abzuwarten, bis sie fast bei Korak war. Aber dann wollte er endlich Ernst machen. Diesmal durfte sie ihm nicht wieder entschlüpfen! Seine kleinen Augen sprühten vor Wut, sein Schweif reckte sich zornig nach oben, er war drauf und dran, seiner Erbitterung in wilden Trompetenstößen Luft zu machen ... Aber es galt, sich zu beherrschen. Nur der Angriff im rechten Augenblick verbürgte den vollen Erfolg. Tantor hatte seine Erfahrungen.

Da! Das Tarmanganiweib war schon dicht bei Korak. Ein Messer blitzte in ihrer Rechten ... Tantor, der Riese, brach mit erschütterndem Kampfgebrüll und tiefgesenktem Haupt vom Dschungelsaum zum Angriff auf das winzige Menschlein vor.

Korak übersah im Bruchteil einer Sekunde, welche Gefahr der Geliebten drohte, als Tantor heranstürmte. Nein, diesmal wurde es bitter ernst. Wohl suchte er dem aufs äußerste gereizten Freunde mit scharfem Befehl Halt zu gebieten, doch Tantor hörte nicht. Meriem rannte, so schnell ihre Beine sie tragen konnten, nach der anderen Seite der Lichtung zurück, um sich im hohen Geäst zu retten. Was half's, der Riese ließ nicht nach. Wie ein Expreßzug dröhnte er heran. Der Affenmensch verzweifelte fast. Kalter Schweiß perlte ihm auf der Stirn, sein Herzschlag stockte. Die schreckliche Tragödie ging ihren Lauf. Hier gab es keine Rettung mehr. Ja, vielleicht erreichte Meriem noch kurz vor Tantor den Dschungelsaum. Doch ehe sie sich dann hinauf in die Zweige geschwungen haben konnte, mußte Tantors Rüssel sie gepackt haben. Mochte sie noch so behend und tausendmal schneller als sonst nach oben klimmen, der Riese würde sie im letzten Augenblick noch erraffen, herunterschleudern und zertrampeln. Deutlich stand Korak das Bild des gerichteten Schweden vor Augen.

Furchtbar – jetzt hatte der Koloß sein Opfer fast in Reichweite! Korak wollte die Augen zusammenpressen, doch es ging nicht. Seine Kehle war wie verdorrt. Er röchelte. Noch nie, solange er die wilde Dschungel kannte, hatte solch ein wahnsinniges Erleben und Erbeben seine Sinne aufgewühlt, nie noch hatte er auch nur im entferntesten geahnt, wie Schrecken und Ängste ein Menschenherz foltern können. Ein Dutzend Schritte noch – und der zur Furie gewandelte Tantor mußte Meriem umschlingen und ...

Doch, was war das? Korak traten die Augen fast aus den Höhlen. Ein Unbekannter war in jähem Sprung aus dem Baum herabgeglitten, dessen untere Äste das Mädchen eben umklammerte. Ein nackter weißer Hüne? Um seine Schulter wand sich ein Wurfseil, im Leibgurt blitzte ein Jagdmesser, und sonst trug er keine Waffen. Wie er vorstürzte! Was? Der wollte Tantor mit bloßen

Händen begegnen. Armer, verblendeter Tarmangani! Du kennst Tantor schlecht!

Ein messerscharfes Kommando ...

Der Fremde hob die Rechte, und Tantor, der Riese, stand. Noch schwankend und zitternd, aber er stand. Und Meriem schwang sich hinauf in das Reich der Sicherheit.

Korak atmete auf, als habe er sich selber dem Todesrachen entwunden. Wer sollte dies Wunder verstehen? Seine Blicke bohrten sich gleichsam in das Antlitz des kühnen Erretters seiner Meriem – und aus den Tiefen seines Bewußtseins dämmerte mit einem Male ein Erkennen herauf, das alles Menschenmögliche zu übersteigen schien.

Tantor grollte noch immer, wenn er auch nicht von der Stelle wich. Der weiße Riesenmensch trat jetzt dicht zu ihm heran und raunte ihm mit tiefer Stimme irgendetwas zu. Das Poltern und Murren des großen Dickhäuters verstummte, das wilde Aufflackern der Augen ließ merklich nach, und als der Fremde sich nun zu Korak wandte, folgte ihm Tantor beinahe lammfromm auf dem Fuße.

Meriem wartete zunächst ab, wie sich die Dinge weiter entwickelten. Sie war noch ganz sprachlos und vermochte einfach nicht zu fassen, wie dieser Fremdling den wütenden Tantor hatte zum Halten bringen können. Plötzlich drehte er sich um und blickte zu ihr hinauf, als sei ihm eben etwas wieder eingefallen, was er vergessen hatte.

Komm zu mir, Meriem! rief er – und mit einem Male wußte sie, daß Bwana sie gerettet hatte.

Bwana! Bwana! klang es freudig zurück. Sie kletterte behend wie ein Eichkätzchen herab und eilte ihm nach. Wohl schielte Tantor fragend und schon wieder halb unwillig zu seinem weißen Gebieter hinüber, doch ein Wort genügte, um ihm zu bedeuten, daß er Meriem zu dulden habe. Korak starrte den beiden Ankömmlingen mit leuchtenden Augen entgegen. Aus seinem Blick sprach mehr als bloße Dankbarkeit. Es war, als läge ein trauriger Schimmer darüber, als wollten seine Augen bitten: Vergib!

Jack! stieß der weiße Hüne mit zitternder Stimme hervor und sank neben dem Affenmenschen in die Knie.

Vater! kam es jubelnd über die Lippen des Töters. Gott sei Dank, daß du es warst. Niemand anders in der ganzen weiten Dschungel hätte Tantors Grimm in jenem entsetzlichen Augenblick bannen können!

Koraks Fesseln fielen unter Bwanas Messer, der Junge sprang auf und schlang die Arme um den Hals seines Vaters. Ich dächte – ich hätte dir gesagt, wandte Bwana sich dann in strengem Ton an Meriem, du solltest mit nach der Farm zurückreiten?

Korak schaute verwundert auf. Was hatten die beiden miteinander zu tun? Am liebsten hätte er doch jetzt das Mädchen geherzt und geküßt, aber ... da war ja auch sicher noch irgendwo der junge elegante Engländer. Wie sollte er als wilder, ungepflegter Affenmensch vor der Geliebten bestehen können?

Meriem begegnete Bwana mit einem bettelnden Blick, der eigentlich alles sagte.

Du meintest, Bwana, fügte sie kleinlaut und doch wieder mit einem seltsamen Unterton in ihrer weichen warmen Stimme hinzu, daß ich zu dem Manne gehöre, den ich liebe? Und ihre wundervollen Augen schweiften zu Korak, wie prächtige Sterne aus einer Zauberwelt, die zum ersten Male in vollem Glanze aufleuchten.

Der Töter wollte schon mit ausgestreckten Armen auf die Geliebte zustürzen, um sie lachend in seine Arme zu schließen, doch noch im letzten Moment schien er sich auf eine andere Huldigung zu besinnen. Er beugte ein Knie, nahm ihre Hand und führte sie langsam an seine Lippen. Fürwahr, eine Königin wäre von der Grazie dieser Begrüßung entzückt gewesen!

Mit einem Male wurde Tantor unruhig. Sofort war das dschungelerfahrene Kleeblatt wie umgewandelt. Der große Dickhäuter mußte irgend etwas Verdächtiges hinter ihnen drüben am Waldessaum bemerkt haben. Es sah aus, als wolle er im nächsten Augenblick hinübertrotten. Die drei spähten scharf nach rückwärts. Da! Kopf und Schultern eines Menschenaffen zwängten sich zögernd durch die dichte Blätterwand. Es schien, als sei das Tier sich nicht ganz im klaren, ob es seinen Augen wirklich trauen könne. Doch dann hallte jäh und gewaltig ein wilder Freudenschrei herüber. In einem Satz war der Riesenaffe unten im Grase und humpelte mit fuchtelnden Armen heran, dicht gefolgt von der Schar seiner zottigen Stammesgenossen. Und seiner Kehle entrang sich laut und deutlich in der Sprache der Menschenaffen sein dröhnender Gruß, der weithin in die Wälder fortschallte: Tarzan ist wieder da! Tarzan, der Herr der Dschungel!

Akut war es, der seinen alten Herrn und Gebieter das erste Willkommen entgegengejubelt hatte. Und alsbald tanzte und sprang er samt seinen Getreuen vom Affenstamm mit unbändigem Gebrüll und Brummen rings um die drei den wilden Reigen der Menschenaffen. Einer suchte den anderen in seinen tollen Luftsprüngen zu überbieten, immer unheimlicher schwoll das Stimmengewirr zu jener urgewaltigen Huldigung, die nur die Eingeweihten in ihrer vollen Größe zu würdigen vermochten. Fremde würden vor Angst vergangen sein, doch die drei wußten, daß der König der Affen nur seinen alten Freund und Gefährten ehrte, dem einst und jetzt noch die ganze Dschungel zu Füßen lag.

Korak legte seine Hand auf die Schulter des Vaters und blickte ihm voll stolzer Bewunderung in die Augen.

Es ist nur ein Tarzan auf der Welt! sagte er. Es wird nie einen zweiten geben!

*

Nach zwei Tagen hatte man den Waldrand drüben an der großen Ebene erreicht. Aus der Ferne grüßten Farm und Felder. Man sah deutlich, wie sich die Rauchfahnen aus den Kaminen der Wirtschaftsgebäude vom Horizont abhoben. Die Stunde der großen Überraschung für My Dear war gekommen.

Der Affen-Tarzan hatte sich unterwegs oben im Baumversteck wieder umgekleidet, nur Korak war noch ganz in seiner Dschungelgewandung. Er weigerte sich jetzt entschieden, vor seiner Mutter „in diesem Aufzuge", wie er sagte, zu erscheinen. Meriem wollte wiederum ohne Korak nicht zur Farm mitgehen; sie machte gar keinen Hehl daraus, daß sie fürchtete, er könne in der Zwischenzeit anderen Sinnes werden und wieder in die Dschungel entfliehen. Und so entschloß sich sein Vater, zunächst allein zur Farm hinüberzuwandern und dann mit Pferden und Kleidungsstücken für Jack zurückzukehren.

My Dear kam ihrem Mann bis zum Tor entgegen. Tränen standen ihr in den Augen, denn sie hatte schon von weitem gesehen, daß er Meriem nicht mitbrachte.

Wo ist sie, du? forschte sie mit dunkler zitternder Stimme, als müsse sie im nächsten Augenblick unter der vollen Wahrheit zusammenbrechen. Muviri hat mir schon berichtet, daß sie deiner Weisung nicht folgte, daß sie bald, nachdem du dich von ihr und deinen Leuten trenntest, auf und davon gegangen ist. O,

John, ich kann es nicht ertragen, wenn ich nun auch sie noch verloren haben soll!

Und Jane sank schluchzend in die Arme ihres Gatten und barg ihr Haupt an seiner breiten Brust, an der sie schon so oft in den großen Tragödien ihres bewegten Lebens Ruhe und Linderung gefunden.

Lord Greystoke strich ihr sanft über Haar und Wangen und blickte ihr mit mildem Lächeln in die trauerumschatteten Augen. Durfte sie noch hoffen?

Was soll das heißen, John? schrie sie laut auf. Du bringst gute Botschaft? Bitte, spanne mich nicht auf die Folter!

Jane, du weißt, ich bin nicht so grausam. Ich wollte nur erst die Gewißheit haben, daß du die allerschönste Überraschung, die wir je erlebt haben, jetzt überhaupt vertragen kannst!

Freude tötet nie. Nie, John! gab sie bebend zurück. Du ... fandest ... sie?

Es schien ihr unfaßlich, auch nur an die Möglichkeit zu glauben. Ihre Augen flackerten unstet zwischen schwacher Hoffnung und Verzweifeln.

Ja, Jane! stieß er hervor, und seine Stimme war heiser vor Erregung, als er fortfuhr: Ich fand sie, und auch ... ihn!

Ihn? Wen? John, was willst du damit sagen? Sprich bitte! Wo sind sie?

Draußen am Dschungelrand. Er wollte nicht halbnackt und nur mit seinem Leopardenfell dir unter die Augen treten ... er schickt mich. Ich soll ihm einen Anzug holen ...

Jane schlug die Hände über dem Kopf zusammen. In ihrem Herzen jubelte alles, Weinen war in seliges Lachen gewandelt.

Bleib' gleich da, John! rief sie ihm über die Schultern zurück und rannte die Treppen nach dem Wohnhaus hinauf. Ich hab' ja alle seine Sachen noch. Ich hab' sie gut aufgehoben. Warte nur, gleich bringe ich dir, was er braucht!

Tarzan lachte hell auf und meinte, sie solle nicht so eilen.

Jane, dein Junge ist mächtig herausgewachsen! fuhr er fort. Das einzige, was ihm vielleicht paßt, sind ... meine Sachen. Vielleicht! Ich möchte fast behaupten, auch die sind ihm noch zu klein. –

So ritt denn eine Stunde später Korak, der Töter, heim zu seiner Mutter, zur Mutter, deren Bild in seinem Jungenherzen hatte nie ganz verblassen können, auch als Freiheit, Freundschaft und Kampf der Dschungel ihn in ihren Bann schlugen. Und aus den Augen der Mutter leuchteten Liebe, Vergeben und Vergessen, als er sich ihr, Verzeihung erbittend, in die Arme warf.

Dann wandte sich die Mutter des Wiedergefundenen zu Meriem. In ihren Zügen spiegelten sich Kummer und Mitleid. Der heitere Glanz ihrer Augen war jäh einem wehmütigen Schimmer gewichen.

Meine liebe, kleine Meriem! begann sie schonend. Mitten in unserem so unerwarteten Glück tut es mir weh, dich betrüben zu müssen. Aber du wirst meine tapfere kleine Meriem sein, nicht wahr? ... Mr. Baynes ist seiner schweren Verwundung erlegen.

Tiefe Schatten senkten sich auf Meriems Antlitz, und wenn diese Schatten auch Meriems aufrichtige Empfindungen wiedergaben, so durchzuckte sie doch jetzt ein anderer Schmerz als der einer Geliebten an der Bahre des Herzensfreundes.

Er tut mir leid, sagte sie ganz schlicht und beherrscht. Beinahe hätte er mir bitter unrecht getan. Aber er hat reichlich wieder gut zu machen gesucht, ehe er starb. Das muß ich zu seiner Ehre versichern. Es war einmal eine Zeit, da meinte ich, mein Herz schlüge für ihn. Erst nahm mich seine ganze gewinnende Art gefangen, ich schwärmte für ihn, weil ein Mann, wie er, mit all seinen prächtigen Erinnerungen und Plänen mich blenden mußte. Ich staunte ihn an, weil ich so etwas noch nie gehört und gesehen hatte. Und hernach war es Achtung und Bewunderung für den starken Mannesmut seines geläuterten Ich, was mich zu ihm zog. Denn er hatte sich selbst bezwungen, hatte vor mir in Reue sein Unrecht bekannt und war bereit, zur Sühne dem Tode die Stirn zu bieten. Aber Staunen, Achtung und Bewunderung sind nicht so viel wie Liebe. Ich kannte im Grunde nicht eher, was Liebe im wahrsten Sinne bedeutet, als bis ich mit einem Male wieder wußte – – – daß Korak doch noch lebt! – Und sie blickte mit einem liebreizenden Lächeln zu Töter auf.

Jane forschte ernst in den Augen ihres Sohnes, ihres Jack, der eines Tages Lord Greystoke sein würde. Sie fand, das Mädchen und der Junge waren einander wert. Meriem! Ein König könnte stolz auf sie sein. O, wenn sie bloß wüßte, ob ihr Jack das kleine Arabermädchen wirklich liebte! Nein, Jacks Augen logen nicht, der seltsame Glanz und das freudige Leuchten zu Meriem hinüber sagten ihr genug. Und so zog Jane Greystoke die beiden Glücklichen in ihre Arme und küßte sie mit ihrem mütterlichen Segen.

John, ist das nicht herrlich? Nun habe ich auch noch auf einmal eine richtige große Tochter! rief sie zu Tarzan hinüber.

*

Ein langer anstrengender Ritt bis zur nächsten Missionsstation an der Küste stand nun als erstes auf dem Programm. Rasch wurden auf der Farm die Vorbereitungen für das große Ereignis und die anschließende längere Reise nach Europa getroffen, und schon nach wenigen Tagen, die zum Teil auch noch zur Erholung von den Strapazen der vergangenen Wochen ausgenutzt werden konnten, war man nach der Küste unterwegs. Es folgte die Trauung des jungen Paares, und mit dem nächsten Dampfer ging man nach England in See.

Für Meriem war diese Reise das Wundervollste, was sie bisher erlebt hatte. Sie war entzückt von all dem Komfort eines modernen Ozeanriesen, von der berauschenden Schönheit der wildbewegten See und all den unzähligen Eindrücken dieser Fahrt ins neue Glück. Nur als man dann im Lärmen und Tosen des Großstadtgetriebes untertauchte, wurde es ihr zunächst doch ein wenig beklommen zu Mute. Es war fast zu viel, was auf sie einstürmte. –

Man war etwa eine Woche wieder in der Londoner Villa, als Lord Greystoke unerwartet ein Lebenszeichen von einem alten guten Freund erhielt.

Ein General Armand Jacot ließ sich melden, und zwar kam er mit einem Empfehlungsschreiben des früheren Leutnants und jetzigen Admirals d'Arnot.

Lord Greystoke empfing den graubärtigen verdienten Militär mit der markanten Adlernase in seinem Bibliothekszimmer, und nach wenigen Worten schon entspann sich zwischen den beiden eine lebhafte Unterhaltung. Man hatte wohl gleich den Eindruck, sich ohne Formenzwang so geben zu können, wie es die gemeinsame Freundschaft mit d'Arnot erlaubte.

Grund meines Kommens – fuhr der General Jacot fort – ist eine liebenswürdige Mitteilung unseres verehrten Admirals. Er vertraute mir nämlich an, daß Sie wie niemand auf der Welt in ganz Zentralafrika zu Hause sind, wenn ich so sagen darf.

Und nun möchte ich Sie bitten, mir ein paar Minuten Gehör zu schenken. Es wird mir nicht leicht, aber ... Vor vielen Jahren ist mir mein Töchterchen geraubt worden. Wie ich vermute von Arabern, denn ich war damals als Hauptmann zur Fremdenlegion nach Algerien kommandiert. Wir haben natürlich alle Hebel in Bewegung gesetzt. Sie können sich denken: Nie dagewesene Belohnungen wurden ausgeworfen, von uns wie auch von der Regierung, um den Schurken auf die Spur zu kommen. Leider alles vergeblich.

Der General machte eine Pause und fuhr dann fort: Man hat das Bild meiner Kleinen auch alsbald in allen führenden Blättern der Welt veröffentlicht, aber noch nie hat sich jemand bei uns gemeldet, der unser Kind seit jenem Unglückstag, an dem es auf so geheimnisvolle Weise verschwand, auch nur flüchtig gesehen hätte.

Vor etwa einer Woche erschien nun plötzlich bei mir in Paris ein Araber, ein rechter echter Wüstensohn. Abdul Kamak – so nannte er sich wenigstens – versicherte mir, er habe meine Tochter gefunden und könne mich zu ihr führen. Ich ging mit ihm sofort zu Admiral d'Arnot, weil ich mich gut erinnerte, daß er früher viel in Zentralafrika herumgekommen war. D'Arnot glaubte nach der Beschreibung des jungen Arabers zunächst nur soviel vermuten zu können, daß das Dorf, in dem meine Tochter in der Gefangenschaft schmachten soll, nicht übermäßig weit von Ihren afrikanischen Besitzungen liegt. Er verwies mich also freundlichst an Sie, verehrter Lord, weil er meinte, daß Sie es zweifellos wüßten, wenn tatsächlich eine junge Europäerin irgendwo drüben in der Nähe Ihrer Farm allein oder wenigstens ohne Anschluß an andere Kolonisten lebte.

Konnte der Araber Ihnen einen einwandfreien Beweis dafür erbringen, daß es sich auch wirklich um Ihre Tochter handelt? forschte Lord Greystoke.

Nein, das ist es eben! gab der General zurück. Gerade deshalb wollte ich Sie erst gehört haben, ehe wir eine Expedition hinüberschicken. Der Bursche gab mir nur eine alte vergilbte Photographie von ihr. Auf der Rückseite findet sich ein Zeitungsausschnitt von damals. Ich sprach Ihnen ja schon von den Bemühungen der Presse, den Belohnungen usw. Wir befürchteten natürlich sofort, daß dem Araber das Bild irgendwo in die Hände gekommen ist, und daß er es bloß auf die wirklich fabelhafte Belohnung abgesehen hat, ohne mir in dem besagten weißen Mädchen meine Tochter wiederzuschenken. Vielleicht meint er, die vielen Jahre, die seit damals ins Land gegangen sind, könnten das sichere Wiedererkennen ohnehin nicht gewährleisten, und er wird dann vermutlich eine andere junge Weiße, die sich heimatlos da drüben herumtreibt, für die einst Geraubte ausgeben. Was halten Sie davon?

Haben Sie die Photographie zufällig da? fragte Lord Greystoke gewissenhaft weiter.

Der General zog einen Briefumschlag aus der Brusttasche und reichte dem Engländer die Photographie.

Tränen standen dem im Dienst und Kummer ergrauten Soldaten in den Augen, als sein Blick jetzt flüchtig über die halbverblichenen Züge des geliebten und so schmerzlich vermißten Kindes glitt.

Lord Greystoke musterte das Bild nur kurz. Wer ihn scharf angesehen hätte, würde den seltsamen Schimmer in seinen Augen entdeckt haben. Er drückte auf den Klingelknopf an der Wand dicht hinter seinem Klubsessel, und sofort erschien ein Diener.

Bitten Sie meine Schwiegertochter, sie möchte doch so gut sein, gleich einmal zu mir in die Bibliothek zu kommen, verfügte Greystoke.

Die beiden Herren sahen schweigend vor sich hin. General Jacot besaß Takt genug, sich seine begreifliche Verstimmung über die kühle, sachliche Art des Lords nicht anmerken zu lassen, mit der er anscheinend die ganze wahrlich nicht erquickliche Angelegenheit abzutun beliebte. Er hatte ja schließlich nur einen aufrichtigen Rat haben wollen, und das hätte er zum mindesten von einem Menschen erwarten dürfen, der noch ein Herz im Leibe hatte. Genug, er war jedenfalls jetzt entschlossen, sich alsbald nach der Vorstellung der jungen Lady zu verabschieden. Meriem trat ein. Lord Greystoke und General Jacot erhoben sich. Der Engländer stellte seine junge Schwiegertochter nicht vor, hielt sich vielmehr völlig abwartend zurück, jedoch so, daß er den General genau beobachten konnte; denn just vorhin in dem kurzen Moment, in dem seine Augen das Kindergesicht der kleinen Jeanne Jacot gestreift hatten, war ihm wie ein Geschenk des Himmels ein erleuchtender Gedanke gekommen, der ... Nun, es hieß, nicht dem Schicksal in die Arme greifen! General Jacot verneigte sich vor Meriem und grüßte sie mit verbindlichem Lächeln. Dann wandte er sich rasch und sonderbar erregt zu Lord Greystoke.

Wie lange wissen Sie das eigentlich schon? fragte er mit scharfer Betonung und fast ein wenig mokant.

Seit einer Minute. Sie zeigten mir eben erst diese Photographie, nicht wahr? gab der Engländer gelassen zurück.

Sie ist's, stieß Jacot mit zitternder Stimme hervor und er vermochte die Freude des erschütternden Augenblicks kaum mehr zu meistern. Aber sie erkennt mich nicht wieder ... Natürlich, wie sollte es auch sein!

Er drehte sich wieder um. Mein Kind, rief er, ich bin dein ... Ein lauter, jubelnder Aufschrei unterbrach ihn, und Meriem sank mit ausgebreiteten Armen an seine Brust.

Ich kenne dich, du! Ich kenne dich! jauchzte sie. Oh ... jetzt weiß ich auf einmal alles wieder! Und der greise Vater barg die Wiedergefundene in seinen Armen.

Jack und dessen Mutter wurden gerufen, und als man ihnen in aller Eile die unerhörte Überraschung eröffnete, war auch bei ihnen nur eitel Freude, weil Meriem wieder einen Vater und eine Mutter hatte.

Hörst du, Jack, meinte Meriem schließlich, nun hast du zu guter Letzt nicht bloß ein Arabermädel geheiratet! Ist das nicht wunderschön?

Du bist wunderschön, meine Meriem! gab der „Töter“ lachend zurück. Ich habe meine kleine Meriem zur Frau genommen, und das ist für mich die Hauptsache. Und wenn sie eine Araberin wäre oder auch nur eine kleine Tarmangani! Nicht wahr, du?